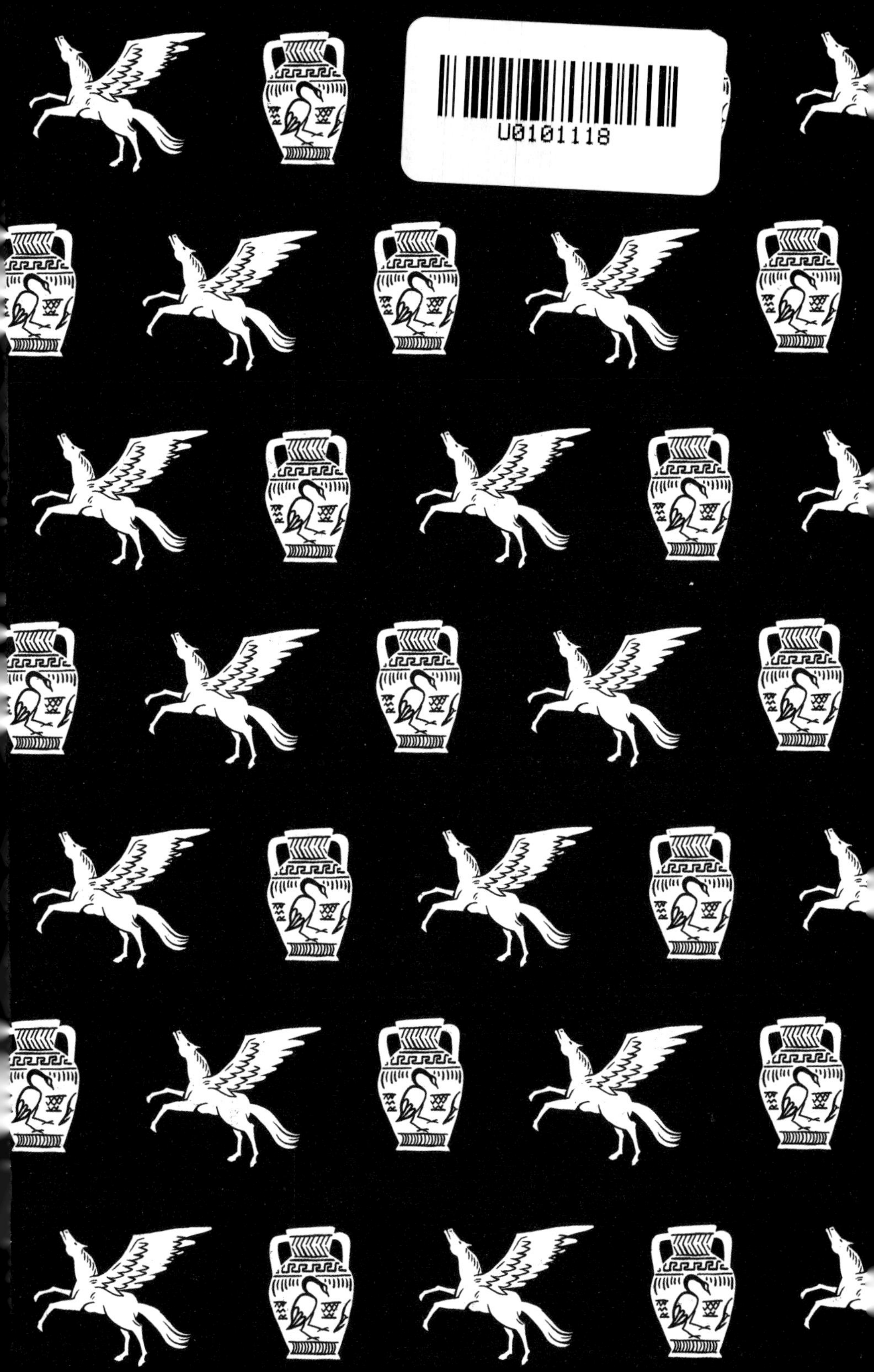
U0101118

IMĀGINOR, ERGŌ SUM.

想象即存在

幻想家

MYTHOLOGY

Ψ TIMELESS TALES OF GODS AND HEROES Ψ

希腊罗马神话全书

〔美〕伊迪丝·汉密尔顿 著 王爽 译

EDITH HAMILTON

CNS PUBLISHING & MEDIA 湖南文艺出版社

目 录

图表目录

谱系图

插图

前　言

一本关于神话的著作必须广泛征引各种资料。最初那批作者先于最近的作者达一千二百年之久，正是借由他们的作品，这些神话传说方才流传至今，其中一些故事差异之大如同《灰姑娘》之于《李尔王》。要把它们全部收入一本书中，就如同要把英国文学中所有的故事都放在一起，从乔叟到民谣，从莎士比亚到马洛，再到斯威夫特、笛福、德莱顿、蒲柏，不一而足，再以丁尼生和勃朗宁收尾；为了让这份对比更加形象，还得把吉卜林和高尔斯华绥也加进来。这样一部英国文学合集的体量更大，但它所包含的内容却并没有更多独特的东西。实际上，乔叟和高尔斯华绥的相似点多于荷马和琉善的，而吉卜林和民谣的相似之处也要比埃斯库罗斯和奥维德的多些。

面对这个问题，我一开始就决定放弃把所有神话故事统合起来的想法，因为那样就好比用《灰姑娘》的手法去写《李尔王》，肯定行不通——很明显，反过来写也绝无可能——或者就好像用我自己的写法去复述那些伟大作家的作品，即使写出来也不像我的文章，还是它们原本的风格更为合适。我并不是说大作家的风格是可以复制的，也不是说我打算尝试这样的壮举。我的目的仅仅是为读者保留不同作者之间的差异而已，我们正是从这些作者身上学到了有关神话的知识。举例来说，赫西俄德是个相当质朴的作家，一心向神；他有些天真，甚至可以说是孩子气，有时候不谙世故，总是满怀虔诚。本书中很多故事都出自他的手笔。和赫西俄德的故事相伴的是奥维德的故事，它们纤柔秀美，措辞讲究，精雕细琢，充满自我意识，对神持彻底的怀疑态度。我的目标就是让读者看到这些作者之间的不同，因为他们确实风格迥异。毕竟，看这样一本书，读者不会要求我把这些故事讲得多么引人入胜，而是想要看到故事最接近原型的样子。

我希望不谙古典文学的读者在阅读此书时，不光能获得有关神话的知识，还能对这些故事的原作者是何等样人有所了解——他们名垂后世，历经两千多年的时光而不朽。

古典神话简介

古代的希腊人头脑机敏，鲜有胡思乱想，这一点与其他野蛮民族截然不同。

——希罗多德《历史》第一卷第六十章

大家普遍认为，希腊罗马神话能够告诉我们古时候人们的思想和感受。根据这个说法，我们可以通过神话追溯人类的发展，从远离自然的文明人一直追溯到过去与自然紧密相伴的人类；而神话真正的乐趣在于，它让我们回到了世界依然年轻，人类依然和陆地、海洋、山川、花草、树木有所联结的时代，那是我们自身所感受不到的。我们必须明白，当这些神话故事被创作出来的时候，真实与虚构之间的差异是很小的。当时人们的想象力鲜活而生动，不受理性制约，因此任何人都有可能看到从林间穿行而过的宁芙仙女，或者在清澈的池塘边俯身饮水时，瞥见水塘深处水泽仙女那伊阿得的脸。

几乎每一个涉猎过古典神话的作者都希望回到如此美好的情境中去，诗人尤甚。在那无限遥远的时代里，人们可以——

目睹普洛透斯从大海中现身，
聆听老特里同吹响环形号角。

通过这样的神话，我们可以一窥那怪诞美妙、生机盎然的世界。

但是只要稍微考虑一下各个时代、各个地方未开化的人们，这个幻想的泡泡就很容易破灭。一个无比明确的事实是，无论是今日的新几内亚，还是远古的史前世界，原始居民绝不是文明人类想象中的那么明朗、迷人而可爱。潜伏在原始森林里的是可怕的存在，而非宁芙和那伊阿得这样的仙女。“恐怖”驻扎在那里，“魔法”随时相伴左右，而最常见的防御措施就是“人祭”。为了平息当时各路神明的怒火，人类将主要的希望寄托于某些毫无道理但极具威慑力的魔法仪式，或者以痛苦和悲伤作为代价的献祭。

希腊人的神话

这幅黑暗的图景是古典神话故事以外的世界。要想研究早期人类对于生活周遭的看法，古希腊人帮不了什么忙。而且，人类学家对希腊神话的研究也十分有限。

当然，希腊人也源自原始土壤之中。他们也曾过着野蛮的生活，也曾是丑陋粗鲁的人。但是当我们对希腊人有所了解后就知道，神话表明他们当时已经脱离了远古的混乱和暴力。只不过当时我们在故事中找到的线索不算太多。

这些流传至今的神话故事最早是在什么时候被创作出来的，我们不得而知；但是无论创作于何时，在这些故事中，原始的生活方式都被摒弃了。我们读到的神话故事来自伟大诗人们的作品。《伊利亚特》留下了希腊最早的文字记录。希腊神话始于荷马，一般认为荷马生活的时代不会早于公元前1000年。《伊利亚特》是最古老的希腊文学作品，或者可以说《伊利亚特》中包含了最古老的希腊文学。它是以丰富、细腻、华美的语言写成的——这部作品身后必定有着数百年的沉淀，人们在此期间努力用准确优美的语言表达自己的思想——这毫无疑问是文明的铁证。希腊神话并没有明确描写早期人类的生活，但它们十分清楚地写到了古希腊人的状况；而更为重要的是，从某种意义上看来，我们在智力、艺术、政治方面都是古希腊人的后裔。我们所了解到的古希腊人的一切都并不陌生。

人们常常说"希腊奇迹"，这个词想要表达的是随着希腊人的觉醒，世界也获得新生。"旧事已过，都变成新的了。"在古希腊，正是发生了这样的事情。我们不知道这是为何发生的，也不知道是何时发生的。我们只知道在最古老的希腊诗人的头脑中，一种全新的观点诞生了，那是当时世界上从未有人想到过的，而自他们以后，这种想法就在世界上长久流传。随着希腊的发展，人类成了宇宙的中心，成了万物的灵长。这是思想的革命，在此之前，人类总是无足轻重的。古希腊人首次明确了人类究竟是什么。

希腊人按照自己的形象造神。在人类真正意识到这一点之前，众神是全然不同于现实的。他们和一切生物都不同。在古埃及，超乎想象的巨型石像被赋予生命，它们被雕刻在如同神庙石柱般巨大的石头上，这些石像是人类形象的非人类再现。比如一个僵硬的猫头女身像，象征着不屈和非人的残忍。抑或一个可怕而神

秘的狮身人面像，冷漠地远离一切生命。在美索不达米亚，有很多闻所未闻的怪兽形象的浅浮雕，比如鸟头鹰翅人和牛头鹰翅狮，创造这些浮雕的艺术家着力于表现仅存于他们自己脑海中的怪兽，这是完完全全的非现实。

在希腊人之前，世界崇拜着此类非现实的创造。想象一下这些怪兽石像与古希腊神像并列，后者是如此自然而美丽，俨然能让人感觉到世界孕育出了一种全新的思想。随着这种思想的出现，万物变得理智有序。

圣保罗曾说过，无形之物需通过有形之物来理解。这可不是希伯来人的观点，而是希腊人的。在古代世界中，唯有希腊人专注观察，他们从身边客观真实的世界中得到了满足。雕塑家观察参加竞赛的运动员，发现这强壮年轻的肉体之美超越了他所能想象的一切，于是创作了阿波罗的雕像。说书人穿行在街道上，在路人身上发现了赫耳墨斯。正如荷马所说的那样，他见到这位神灵“如同风华正茂的少年一般”。希腊艺术家和诗人知道人类可以美丽至极，可以挺拔、敏捷、强壮。这样一个人践行着他们对美的探求。艺术家们无意创造想象中的形态。希腊的一切艺术和思想都是以人类为中心的。

因为人神的存在，天堂成了一个悠闲自如的地方。希腊人对那样的地方感到亲切。他们知道神灵在居所做了些什么，知道神灵的饮食，也知道他们如何设宴、如何娱乐。当然神灵是值得畏惧的，他们非常强大，生气的时候非常危险。但是只要采取适当的方法，人们便可以与神灵和平共处，甚至可以尽情嘲笑众神。宙斯总想向妻子隐瞒自己的风流韵事，结果却频频曝光，他是被嘲笑最多的神灵之一。希腊人拿他说笑，但也因此更加喜欢他。赫拉也是个喜剧性的角色，她是个十足的妒妇，想出各种诡计去为难丈夫并惩罚丈夫的情人，但希腊人一点也不讨厌她，反而觉得她十分喜感，就像我们今天看待那些争风吃醋的妻子一样。这些故事传递出一种亲切的感觉。在埃及的狮身人面兽和亚述的鸟头兽身怪前实在不可能笑得出来，但是在奥林波斯却可以自然而然地发笑，这也让众神显得和蔼可亲。

在人间，神灵也像人类一样充满吸引力。他们以俊美的少男少女形象居住在山林之间、水泽之中，与美丽的土地和清澈的河川和谐共处。

这就是希腊神话的神奇之处——一个人性化的世界，人类不再对一种无所不能的未知力量感到恐惧。在其他地方广受敬奉、神秘莫测的骇人神灵，充斥在大地、天空和海洋中的可怕精灵，在古希腊一概没有。创造神话的人排斥非理性而偏爱真相，这样说可能有些奇怪，但不管希腊神话中有多么离奇古怪的故事，事实就是如此。认真阅读了这些故事的人会发现，即使是最荒诞不经的情节，终究也是发生在理性务实的世界里的。比如赫拉克勒斯虽然穷其一生和各种怪物战斗，却也要经常回到位于忒拜的家中。阿佛洛狄忒就诞生于基西拉岛海域的泡沫中，地点十分确切，任何古代的游客都能前去参观。生有双翼的天马珀伽索斯终日翱翔天际，入夜后就回到位于科林斯古城的舒适马厩里。众人皆知的地点让神话生物有了真实感。如果觉得这样的混搭有些幼稚的话，不妨将如此翔实的背景设定和阿拉丁神灯中的精灵比较一下，一旦任务完成，神灯精灵就不知所终了。

在古典神话中，骇人的非理性是不存在的。存在于古希腊之前和之后的世界里无比强大的魔法，在希腊神话中基本上是不存在的。只有两个女人拥有可怕的非自然力量，男人全都没有魔法。从古代到近现代一直横行欧美的恶毒男巫和阴险女巫，在希腊神话中也不见踪影。基耳刻和美狄亚是仅有的两位女巫，她们都很年轻，并且美貌无比——不仅不可怕，反倒让人喜爱。从古巴比伦流行至今的占星术在希腊神话中全无立锥之地。很多故事都写到了星星，但没有任何迹象表明它们影响了人类的生活。希腊人思考着星星，于是创立了天文学。在希腊神话中，由于知晓战胜神灵、离间神灵的方法而让人胆寒的神奇祭司是完全不存在的。实际上，希腊神话中鲜有祭司出场，即便有也无足轻重。在《奥德赛》中，一个祭司和一个诗人在奥德修斯面前跪下，请求他饶他们一命，但奥德修斯毫不犹豫地杀死了祭司，然后放过了诗人。荷马说，诗人从众神那里习得了高超的技巧，奥德修斯不忍杀死他。所以对上天造成影响的不是祭司，而是诗人——而且没有人会畏惧诗人。在别的地方，鬼魂司空见惯并且面目可憎，但在希腊神话中，鬼魂从来不出现在人间。古希腊人并不惧怕死者，《奥德赛》中称之为“可怜的死者”。

希腊神话中的世界并不是一个让人类灵魂感到畏惧的地方。他们的神灵确实让人捉摸不透，以至于令人不安——谁也不知道宙斯的闪电下次会落在什么地方。然而总体来说，除了那极少数的例外，希腊众神都充满了引人入胜的人性之美，而人性之美是完全不骇人的。早期的希腊神话作者将充满恐惧的世界变成了极为美好的世界。

然而，再明朗的图景中也会有其阴暗的一面。变化来得极为缓慢，却从未停止。对信徒们而言，在很长一段时间内，神灵身上人性的嬗变进展甚微。与人类相比，神灵的可爱和强大都是无可比拟的，他们当然也是不朽的，可是他们的行为却不是正派人应有的行为。《伊利亚特》中的赫克托耳比任何神灵都要高贵，而安德洛玛刻显然也比雅典娜或阿佛洛狄忒更受人尊敬。赫拉作为女神，自始至终都表现得不怎么人道。几乎每一个光辉的神灵都可以表现得残忍卑劣。在荷马所描述的神界中，是非观念十分有限，而且是很久以后才盛行起来的。

其他一些阴暗面也很明显。有线索表明，希腊一度也有过兽神。萨梯洛斯是羊人，肯陶洛斯则是半人半马。赫拉常被称作“母牛脸”，无论作为神牛还是天庭女王，她的外形变来变去，这个称号始终不变。还有一些传说明确指向古时人祭的习俗。然而间或残留的野蛮信仰并不值得惊讶；真正奇怪的地方在于，这些残留实在太少了。

当然，神话中的怪物形象万千，变化多端：

> 戈耳戈[1]、许德拉[2]、基迈拉[3]，凡此种种。

但它们之所以存在，只不过是为了让英雄功成名就。要是在一个没有怪物的世界里，英雄们还能干些什么呢？怪物总是会被英雄打败的。赫拉克勒斯，这位神话中的盖世英雄，或许就是写给希腊本身的寓言。赫拉克勒斯打败怪兽，从怪兽手中拯救了很多地方，就好比古希腊将人类从“人类之上存在着更加优越的非人力量”这般野蛮的观念中拯救出来。

希腊神话很大程度上是由男女众神的故事构成的，但切不可将其视为希腊版的《圣经》，它不是对希腊宗教的阐述。从当代观点来看，真正的神话是与宗教无关的。神话是对于事物本质的解

1　蛇发女妖，包括斯忒诺、美杜莎和欧律阿勒三姐妹。她们的头发是毒蛇，任何人只要与其毒眼对视，就会立即石化。

2　九头蛇怪，传说中栖身于勒拿湖区。

3　狮首羊身蛇尾怪，会口吐火焰。

释，比方说：世间万物从何而来，人类、飞禽走兽、花草树木、日月星辰、风暴、地震、火山喷发，所有这一切是如何产生的，各种事情又是如何发生的。打雷和闪电是宙斯投掷雷霆箭矢所致。火山喷发是因为被囚禁在山体内部的怪兽挣扎着想要逃脱。北斗七星所在的星座叫大熊座，它从不降落到地平线以下，因为有一位女神生它的气，下令让它永远不准沉入海中。神话是早期的科学，是人类第一次试图解释自己所见所闻的成果。但是也有很多所谓的神话没解释任何东西，那些故事纯粹是为了娱乐，是人们在漫长冬夜互相讲着取乐的。皮格马利翁和伽拉忒亚的故事就是如此，它与任何自然现象都没有联系。寻找金羊毛的故事，俄耳甫斯和欧律狄刻的故事，以及其他不少故事也都一样，和自然现象毫无关联。现在一个普遍的观点就是：我们不应把每一个神话女英雄都拿去和月亮及黎明做对应，也不应把每一个神话男英雄的故事当作太阳的神话。这些神话故事既是早期文学作品，也是早期科学记录。

但希腊神话中也包含了宗教。准确来说是宗教被隐含在故事背景中，不过也很容易看出来。从荷马的时代，到诸位悲剧作家及至后来的作者们，他们的作品中都表现出了对人类需求的深刻理解，并充分表达了他们对神灵的具体诉求。

可以肯定的是，雷神宙斯曾是一位雨神。他的地位在太阳神之上，因为希腊境内多岩石地貌，人们对于雨水的需求甚于阳光，因此众神之主必须是一位能够为崇拜者带来甘霖的神灵。不过荷马笔下的宙斯已经不再具有自然的因素，他是一个生活在文明世界的人，当然也有自己的是非标准。只是他的是非标准不怎么高，并且基本上只用来衡量他人，从不约束自己；但他的确会惩罚说谎和不守誓言的人，对死者不敬的人也会惹怒他；他会同情他人，当年迈的普里阿摩斯为阿基琉斯求情的时候，宙斯帮助了他。在《奥德赛》中，他表现得更好些。猪倌说穷人和异乡人都是受宙斯庇护的，谁不帮助他们就是违背宙斯的意志。赫西俄德生活的时代和《奥德赛》差得不远，他说如果谁不帮助有需要的人，不帮助异乡人，欺负孤儿，就"会惹宙斯生气"。

宙斯因此成了一个公正的神灵。这是一个新构想。《伊利亚特》中的海盗头子不喜欢公正。他们想凭借武力到处抢掠，渴望一个支持暴力的神。而赫西俄德是一个穷苦的农夫，他知道穷人需要公正的神，因此他写道："飞禽走兽与游鱼互相吞食。宙斯唯独将公正赐予人类。在宙斯的宝座旁，就有公正的一席之地。"这段话显示了无助的人们多么需要帮助，他们上达天国，将强大的神灵变成了弱者的保护伞。

当人们越来越了解生活的需求，人类的需要也就反映在他们崇拜的神灵身上；此时，在那时而多情、时而懦弱、时而又很滑稽的宙斯之外，我们可以瞥见另外一种宙斯正在逐渐成形。渐渐地，宙斯取代了其他神灵，变得无所不在。最终，他成了"大家的宙斯，一切恩赐的赠予者，我们的天父，全人类的救星和守护者"，这是"金口"狄翁[1]在公元 2 世纪写下的句子。

《奥德赛》中称他是"所有人期望的神"；数百年后，亚里士多德则将其描述为"完美，为全人类劳碌"。从最早的神话作者开始，希腊人就对完美和神圣有着明确的认知。他们对于神灵的渴望十分强烈，以至于始终努力想要看清神灵的全貌，于是雷电之神最终演变成了天父。

1 "金口"狄翁（Dio Chrysostom，约 40—约 115），古希腊演说家、哲学家。

希腊和罗马的神话作者

绝大部分古典神话的书籍都是基于拉丁语诗人奥维德的作品写成的。奥维德生活在奥古斯都时代，他写出了神话的纲要。在这方面，任何一个古代作家都无法和他相比。他基本上讲述了所有的故事，而且篇幅都很长。有时候我们从文学和美术作品中熟知的那些故事都源自奥维德的作品。但在本书中，我尽可能不去引用他。毫无疑问，他是个伟大的诗人，也很会讲故事，他懂得欣赏神话，能够辨别出其中美好的素材，但是他对神话的理解偏差很大，甚至比作为现代人的我们偏差要大更多。在他看来，神话全是胡编乱造。他曾写道：

> 我信口说说古代诗人的弥天大谎，
> 自古迄今无人得见的奇景异象。

他确曾告诉自己的读者："不管它们有多傻，我都会把它们修饰得漂漂亮亮，你们一定会喜欢。"他确实做到了，他的作品都十分雅致。但是原本这些故事对赫西俄德、品达等早期古希腊诗人来说是无可辩驳的严肃事实，是古希腊悲剧演员表达深层宗教真理的载体，在奥维德手中却变成了打发闲暇的小品，时而机智，时而逗趣，总是故作感伤，长篇大论。其实古希腊的神话作者不是修辞学家，他们的作品算不上多愁善感。

将神话传承至今的作家不算太多。荷马自然居于首位。《伊利亚特》和《奥德赛》两部作品包含了目前最古老的希腊神话，其写作年代已经无法准确断定。各方学者意见分歧也很大，这种情况无疑还会持续下去。大家唯一认同的时期是公元前 1000 年——至少这两部史诗中成书较早的《伊利亚特》是写于这一时期的。

排在第二位的作者是赫西俄德，有人认为他生活在公元前 9 世纪，有人则认为是公元前 8 世纪。他是一位贫穷的农夫，生活十分艰辛。他在长诗《工作与时日》中着力描述人是如何在严酷的环境中追求美好的生活，与《伊利亚特》和《奥德赛》中展现出的辉煌壮丽形成了鲜明的对比。此外赫西俄德对众神也颇有见解，《神谱》这部作品通常被认为是他所作，这是一部完完全全的神话作品。如果赫西俄德的确是《神谱》的作者的话，那么就可以这样说：古希腊第一个对世界、天空、众神、人类等万事万物始于何时感到好奇的人，第一个想要给世界一个合理解释的人，是一个居住在远离城市的偏远农场上的卑微农夫。荷马对世间万物从未有过一丝疑惑。《神谱》记载了宇宙诞生与诸神世系，对神话学而言，这是至关重要的。

接下来便是“荷马颂诗”，这是一组歌颂众神的诗歌。作品的创作时间不明，但大多数学者普遍认同其最早的一首可追溯到公元前 8 世纪末或公元前 7 世纪初。荷马颂诗由 33 首诗歌组成，其中最后一首较为重要的诗歌被认为出自公元前 5 世纪或公元前 4 世纪的雅典。

品达是古希腊最伟大的抒情诗人，他大约在公元前 6 世纪晚期开始创作。他的作品主要是为了赞颂古希腊盛大的城邦节日竞赛中的获胜者，这点在他的每一首神话诗作中都有所提及。品达在神话学方面的重要性与赫西俄德不相上下。

三大悲剧诗人中，埃斯库罗斯是最年长的一位，他和品达是同时代的人。另外两位是索福克勒斯和欧里庇得斯，他们生活的年代稍晚。其中欧里庇得斯是最年轻的一位，他于公元前 5 世纪末去世。为庆祝希腊人在萨拉米斯大败波斯人，埃斯库罗斯创作了《波斯人》一剧，除此之外，所有希腊悲剧都以神话为主题。他们三位与荷马一道，成为我们神话知识的主要来源。

伟大的喜剧作家阿里斯托芬生活在公元前5世纪末至公元前4世纪初，他的作品屡屡涉及神话。另外两位伟大的散文作家也常常援引神话，其中一位是希罗多德，他是欧洲第一位历史学家，和欧里庇得斯同时代；另一位是柏拉图，他是一位哲学家，是希罗多德的晚辈。

亚历山大派诗人生活在公元前250年左右。之所以这样称呼他们，是因为此时希腊文化的中心已经从希腊转移到了埃及的亚历山大城。罗得岛的阿波罗尼俄斯[1]详细讲述了寻找金羊毛的故事，以及和这个故事相关的其他神话。还有三位亚历山大派诗人也写过不少神话，他们是田园诗人忒俄克里托斯[2]、彼翁[3]和摩斯科斯[4]。以上几位缺乏赫西俄德和品达那种朴实的信仰，也缺乏悲剧诗人深刻而庄严的宗教观，但他们至少不像奥维德那样轻佻。

稍晚一点的拉丁语作家阿普列乌斯[5]和希腊作家琉善[6]都生活在公元2世纪，他们两位贡献良多。丘比特和普绪刻的故事就是阿普列乌斯创作的，他和奥维德很像。而琉善的风格则是独一无二的。他讽刺众神。在琉善那个时代，众神成了可以说笑的题材，他以这样的方式记录了很多关于众神的信息。

1　罗得岛的阿波罗尼俄斯（Apollonius of Rhodes），公元前3世纪的古希腊诗人、学者，代表作为《阿尔戈英雄纪》。

2　忒俄克里托斯（Theocritus），生于约公元前300年，卒于公元前260年以后，古希腊田园诗人。

3　即士麦那的彼翁（Bion of Smyrna），活跃于公元前100年前后，古希腊田园诗人。

4　摩斯科斯（Moschus），活跃于公元前150年前后，古希腊田园诗人。

5　阿普列乌斯（Apuleius，约124—约170），古罗马作家，代表作为《金驴记》。

6　琉善（Lucian，约125—约180），古罗马时期的希腊语讽刺作家、修辞学家。

阿波罗多洛斯[1]也是希腊人，他是继奥维德之后在神话方面著述最丰的古代作家，但和奥维德不同的是，他很求实也很无趣。他生活的年代并不确定，公元前1世纪至公元9世纪都有可能。英国学者J. G. 弗雷泽[2]爵士认为，阿波罗多洛斯的作品创作于公元1世纪或2世纪。

希腊人帕乌萨尼亚斯[3]是个充满激情的旅行家，也是有史以来第一部旅游指南的作者，他经常写到自己游历过的地方发生了哪些充满神话色彩的事件。他生活的年代较晚，在公元2世纪，但是他从不质疑自己的见闻，全都一五一十地认真记录下来。

古罗马作家之中，维吉尔是首屈一指的。他跟奥维德一样不相信神话故事，但和奥维德相反的是，他从神话中发现了人性，并让神话中的角色变得充满人情味，这是古希腊悲剧作家之后从未有人做到过的。

古罗马还有很多其他以神话题材进行创作的诗人。卡图卢斯[4]写过一些神话故事，贺拉斯[5]经常援引神话，但他们在神话学方面都不是特别重要。对罗马人来说，神话故事只是遥远的影子。想要充分了解希腊神话，最好还是通过古希腊作家，他们坚信自己所写的都是事实。

---

1 阿波罗多洛斯（Apollodorus），又称伪阿波罗多洛斯（Pseudo-Apollodorus），其代表作《书库》是唯一一部由古希腊时期保存下来的用希腊语撰写的希腊神话合集。

2 詹姆斯·乔治·弗雷泽（James George Frazer，1854—1941），英国人类学家、民俗学家。

3 帕乌萨尼亚斯（Pausanias，约110—约180），古希腊旅行家、地理学家。

4 卡图卢斯（Catullus，约前84—约前54），古罗马诗人。

5 贺拉斯（Horace，前65—前8），古罗马诗人。

第一部分

众神、创世、造人及早期的英雄

第一章

众 神

古时荣光的神秘鳞爪，
天尊众神残存的圣影，
他们来自那失落的杳远天国，
散发着奥林波斯的气息。

古希腊人并不认为宇宙是由众神创造的；恰恰相反，是宇宙创造了众神。天空和大地是万事万物的父母，早在众神出现之前就已经存在。提坦神是天与地之子，其余诸神则是其孙辈。

提坦神与奥林波斯十二主神

提坦神也被称为“古神”，他们是宇宙中的至尊，经历了难以计数的漫长岁月。他们身形巨大，神力无穷。提坦神数量众多，

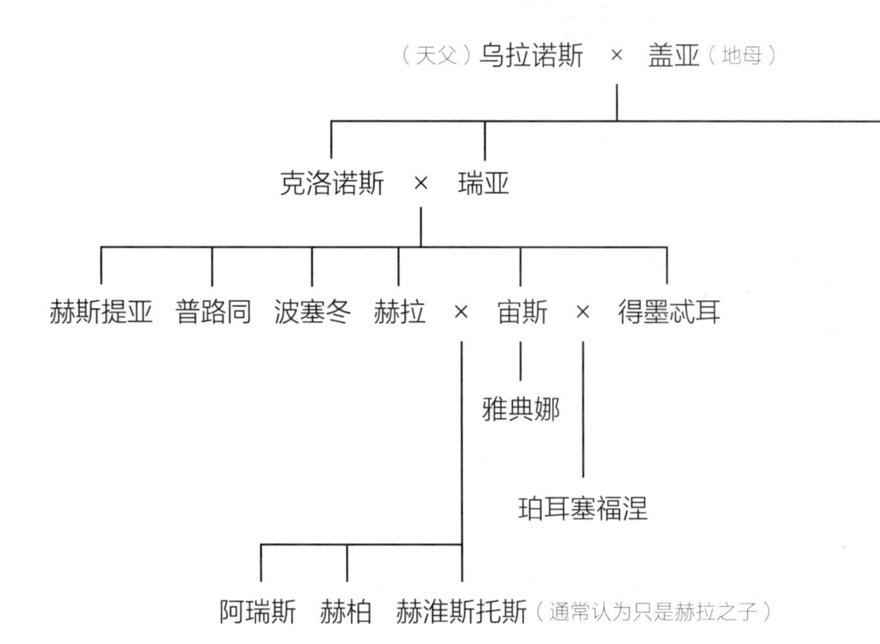
（天父）乌拉诺斯 × 盖亚（地母）
克洛诺斯 × 瑞亚
赫斯提亚
普路同
波塞冬
赫拉 × 宙斯 × 得墨忒耳
雅典娜
珀耳塞福涅
阿瑞斯
赫柏
赫淮斯托斯（通常认为只是赫拉之子）

主神谱系

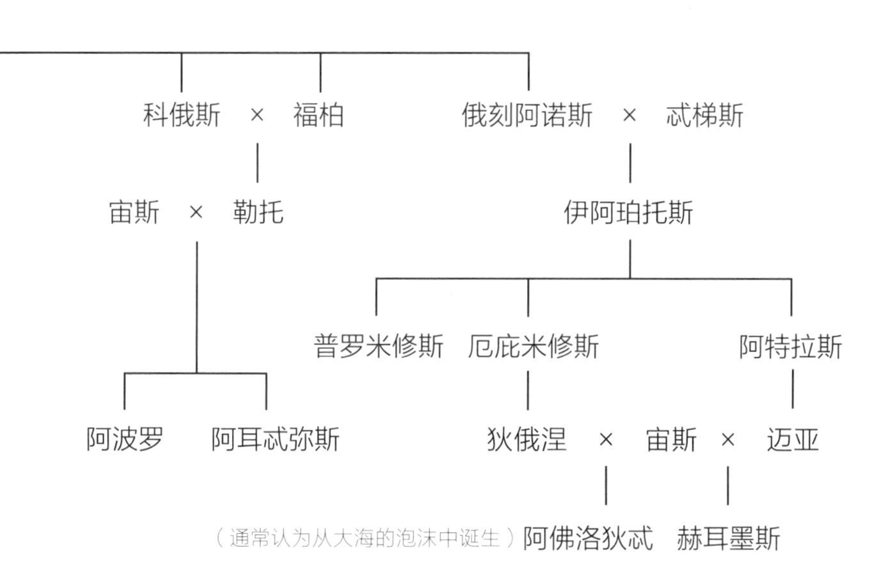
科俄斯 × 福柏
俄刻阿诺斯 × 忒梯斯
宙斯 × 勒托
伊阿珀托斯
普罗米修斯
厄庇米修斯
阿特拉斯
阿波罗
阿耳忒弥斯
狄俄涅 × 宙斯 × 迈亚
（通常认为从大海的泡沫中诞生）阿佛洛狄忒
赫耳墨斯

但经常在神话传说中出现的只有几个。其中最重要的一位是克洛诺斯，拉丁文写作萨图耳努斯。他是提坦神族的首领，后来被自己的儿子宙斯打败并攫取了神力。罗马神话中说，当朱庇特（宙斯的罗马名字）继承众神首领之位后，萨图耳努斯逃亡至意大利并为那里带来了黄金时代，在他统治期间，罗马一直和平幸福。

其他重要的提坦神有：俄刻阿诺斯，环绕地球的河流之神；他的妻子忒梯斯；许珀里翁，太阳、月亮和黎明之父；谟涅摩绪涅，意为“记忆”；忒弥斯，通常译为“公正”；伊阿珀托斯也很重要，因为他的儿子阿特拉斯将整个世界扛在肩上，他的另一个儿子普罗米修斯则是人类的救星。他们是宙斯攫取权力后还没被放逐的几个提坦神，但是地位都降低了不少。

奥林波斯十二主神是继提坦神之后的至高神。他们之所以被称为奥林波斯众神，是因为他们住在奥林波斯。不过奥林波斯究竟是个怎样的地方却很难说得清。首先，毫无疑问的一点是，那里一定是在山顶，通常认为是希腊最高的山峰之巅，也就是位于希腊东北部色萨利地区的奥林波斯山。然而即使在最古老的希腊史诗《伊利亚特》中，诗人也常说奥林波斯是一个神秘的地方，远在一切人世的高山之上。《伊利亚特》中有一段，宙斯与众神谈话时提到“奥林波斯众多山脊之中的最高山峰”，显然那是一座山；但是稍后他又说，如果他有意，可以将大地和海洋悬挂在奥林波斯的小尖塔上，显然这又不是一座山了。但总的来说，奥林波斯不是天空。荷马借波塞冬之口说，波塞冬统治海洋，哈得斯统治冥界，宙斯统治天空，而奥林波斯是他们三个共有的。

不管奥林波斯是什么，通往它的入口是由四季女神把守的云门。众神居住其中，他们在那里生活起居，享用仙馔蜜酒，聆听阿波罗的歌谣。那是无尽美好的所在。据荷马说，没有一丝风能

够动摇奥林波斯的平静，没有一滴雨水或一片雪花会降落在那里，唯有晴朗的天穹无限延伸，灿烂的阳光照耀着奥林波斯的宫墙。

奥林波斯的十二主神组成了一个神圣的家族：

（1）宙斯（朱庇特），众神之首；接下来是他的两位兄长，（2）波塞冬（涅普顿）和（3）哈得斯（普路同）；（4）赫斯提亚（维斯塔），他们的姐姐；（5）赫拉（朱诺），宙斯的妻子，以及他们的儿子（6）阿瑞斯（玛耳斯）；宙斯的孩子们，（7）帕拉斯·雅典娜（密涅瓦）、（8）福玻斯·阿波罗、（9）阿佛洛狄忒（维纳斯）、（10）赫耳墨斯（墨丘利）和（11）阿耳忒弥斯（狄安娜）；以及赫拉的儿子（12）赫淮斯托斯（伏尔甘）——有时也被认为是宙斯的儿子。

宙斯（朱庇特）

宙斯和他的兄弟以抽签的方式决定如何分配这个宇宙。海洋归波塞冬，冥界归哈得斯。宙斯成了最高神。他是天空的主宰，是云雨的掌管者，手握着骇人的雷电。他的力量比别的神灵加起来都要强大。在《伊利亚特》中，他对自己的家族成员说："我是最强大的。你们稍微想想就能知道。若把一根黄金做成的绳子绑在天上，所有的男女神祇都握住绳子，你们也不可能拉得过宙斯。但是如果我想把你们拉下来，我就能办到。我要把那根绳子绑在奥林波斯的塔尖上，这样大地和大海的一切都会悬在半空中。"

但是他也不是全知全能的。他也会受到挑战和欺瞒。波塞冬就曾在《伊利亚特》中欺骗过他，赫拉也骗过他。有时候，命运那神秘的力量似乎也比他更强大。荷马写道，赫拉曾轻蔑地诘问宙斯，若某人命运走到了尽头，他是否能够让那人起死回生。

故事里常写到宙斯与一个又一个的女性恋爱，想尽各种办法在妻子面前掩饰自己的不忠。学者们解释说，他之所以会有这样的行为，是由于这些故事和歌谣其实综合了多位不同神灵的传说。当宙斯的信仰传播到已经有其他主神存在的地方时，两位神灵就会合为一体。原先那位神灵的妻子就会成为宙斯的妻子。很不幸的是，这样一来，后来的希腊人都不喜欢这样没完没了的风流韵事。

不过早期关于宙斯的记载还是很严肃的。在《伊利亚特》中，阿伽门农祈祷时说："宙斯，最伟大最辉煌之神，身居天穹的暴风雨之神。"宙斯当然需要人们献上祭品，此外也要求人们行为正直。希腊军队在特洛伊时被告知"天父宙斯从来不会帮助骗子，也不会帮助背弃誓言之人"。他的这两个特质一高一低，同时存在了很长时间。

他的盾牌就佩戴在胸前，看起来相当骇人，代表他的鸟是雄鹰，代表他的树是橡树。他的神谕之处是位于橡树林中的多多那城。橡树枝叶发出的沙沙声就是在传达宙斯的意志，祭司会解读这些声音。

赫拉（朱诺）

赫拉是宙斯的妻子，也是他的姐姐。提坦神俄刻阿诺斯和忒梯斯将她抚养长大。她是婚姻的保护者，尤其会庇护已婚女性。诗人们描绘她的形象时，往往不会说她美丽动人。然而，在一首早期的诗歌中，的确曾这样描述过她：

> 黄金王座上坐着众神的天后，
> 璀璨的赫拉，美貌无可匹敌，
> 在高耸的奥林波斯备受尊崇，

荣光不输雷电的主宰宙斯。

但是她的事迹落到细节之处时，大都和惩罚与宙斯恋爱的女性有关，尽管那些女性其实只是被宙斯蒙骗或强迫的。对赫拉来说，她们就算不情愿，就算无辜也没用，天后会一视同仁地惩罚她们。她的怒火还会落到她们的孩子头上。一旦受到伤害，她会永远记在心底。若不是一位特洛伊人认为别的女神比她更美，导致她恨意难平，[1]特洛伊战争最终会在光荣的和平中收场，双方都不会遭受侵略和蹂躏。由于她的美貌被人轻视了，她怀恨在心，直到特洛伊变成一片废墟。

在寻找金羊毛这个重要的故事里，赫拉是英雄们仁慈的保护者，她能激励他们完成丰功伟绩，但在别的故事里就并非如此了。不管怎么说，每个家庭都很崇敬赫拉。已婚的女性都会向她寻求帮助。她的女儿厄勒梯亚是庇护分娩的女神。

代表她的神圣动物是母牛和孔雀。她最喜爱的城市是阿尔戈斯。

波塞冬（涅普顿）

他是海洋的统治者，宙斯的兄弟，地位仅次于宙斯。居住在爱琴海沿岸的希腊人大都是渔民，海洋之神对他们来说十分重要。波塞冬的妻子安菲特里忒是提坦神俄刻阿诺斯的孙女。波塞冬有一处壮丽的海底宫殿，不过他经常出现在奥林波斯。

他不光是海洋的统治者，还是第一个将马匹赐予人类的神，这两点都使他备受尊崇：

1 见本书第四部分第一章。

大神波塞冬，您使我们无比自豪——
强壮的马匹，年轻的马匹，深海的统治者。

他能掀起风暴，也能平息风暴：

他下令刮起狂风，
令海面波涛汹涌。

当他驾驶金色的马车在海面上飞驰时，一切巨浪都会变得平静，他平稳的车轮所到之处全然是一片宁静。

他常被称为“大地撼动者”，总是带着他的三叉戟出现，那是一支有三个尖刺的长矛，能随他的心意动摇并粉碎一切。

他和马匹和公牛都有联系，不过公牛也常常和别的神灵有关。

哈得斯（普路同）

他在奥林波斯众神中排名第三，由于在抽签时抽中了冥界，于是成了亡灵的统治者。他也被称为普路同，作为财富之神，掌管深藏于地下的金银财宝。罗马人和希腊人一样，也以“普路同”这个名字称呼他，但是罗马人也常常称他为“狄斯”，即拉丁文中财富的意思。他有一顶著名的帽子（一说是头盔），不管是谁，戴上它就能隐身。他很少出现在奥林波斯，也很少出现在人间，一直都生活在自己的黑暗王国里，也没人劝他出门。他不受欢迎，冷酷无情，但秉性公正；他不是一个邪恶的神，只是很吓人而已。

他的妻子是珀耳塞福涅（普洛塞庇娜），他从地上的世界将珀耳塞福涅抢走，让她做了冥界的王后。

他是亡灵之王，但不是死神本身。希腊人管死神叫塔纳托斯，罗马人称之为厄耳科斯。

帕拉斯·雅典娜（密涅瓦）

她是宙斯独自生出来的女儿。她没有母亲，是直接从宙斯脑袋里跳出来的，一出生就已经完全长成且全副武装。据《伊利亚特》描述，她早期的形象是一个暴躁残忍的战争女神，但她只庇护保家卫国、抵御外敌的战争。她是一位杰出的城邦守护神，是一切文明、手工艺和农业的保护者；她还发明了马鞍，第一个驯服了马匹，以为人类使用。

她是宙斯最喜爱的孩子。宙斯出于信任，将自己的神盾埃吉斯和最具杀伤力的武器雷电都交给了她。

最常用于描述她的词是“灰眸”，有时候也说成“明眸”。她是三位处女神之首，常被称为“帕特诺斯”（希腊语“少女”的意思），她的神庙叫作“帕特农神庙”[1]。在晚期的诗歌中，她代表智慧、理性和纯洁。

雅典是她庇护的城市，她创造了橄榄树，因此橄榄是代表她的树木，猫头鹰是代表她的鸟。

福玻斯·阿波罗

阿波罗是宙斯和勒托（拉托娜）的儿子，他出生在提洛岛，被

1 “帕特农”（Parthenon）由“帕特诺斯”（Parthenos）衍生而来。

称为“众神中最具希腊气质的一位”。希腊的诗歌称他身形优美，擅长音乐，当他弹起金色的七弦琴时，整个奥林波斯都会变得愉快；此外他手握银弓，是弓箭之神，同时也是第一个教人们医术的神。除去这些惹人喜爱的特质以外，他还是光明之神，在他内心没有丝毫的黑暗，因此他也是真相之神。他口中绝不会说出任何谎言。

啊，福玻斯，在你真相的宝座上，
在你所居住的世界中心，
你对人类说道：
依宙斯之令你们不可撒谎，
语言的真实不可蒙上阴影。
宙斯以他永恒的权力担保，
阿波罗有着高尚的品行，
他的言辞应当深信不疑。

得尔斐神庙位于帕纳索斯山脚下，那里是阿波罗传达神谕的所在，在神话中占有重要地位。卡斯塔利亚泉是一眼神圣的泉水，它连接着刻菲索斯河。那个地方被认为是世界的中心，因此有大量希腊及异国朝圣者前往此地。其他任何神庙都没有那样的盛况。焦急的朝圣者为寻求真相提出各种问题，得尔斐的女祭司在经历迷幻状态之后会传达答案。那种迷幻状态很可能是由岩层裂缝渗出的某种地下气体造成的，女祭司的座位是一个三脚凳，就安放在那道深深的裂缝上方。

因为出生在提洛岛，阿波罗被称为“提洛之神”；因为杀死了居住在帕纳索斯山洞里的巨蟒皮同，他又被称为“皮同之神”。那是一头可怕的怪兽，它与阿波罗之间的战斗十分激烈，但阿波罗拉弓射箭百发百中，获得了最终的胜利。他还有一个常见的别名是“吕基亚之神”，这个名字也被解释成其他意思，如“狼神”“光明神”。在《伊利亚特》中，他被称为“鼠神”，但究竟是因为他庇护了老鼠还是消灭了老鼠，那就不得而知了。一般而言，他被视为太阳神。他的名字福玻斯的意思是“光明的”或“闪耀的”。但准确来说，太阳神是提坦神许珀里翁之子赫利俄斯。

阿波罗在得尔斐是作为一种纯粹的善良力量出现的，是神和人之间的直接联系，他引导人们了解神的意志，告诉人们如何与神相处。他同时也具有净化的力量，即使是背负亲族血债的人也会得到净化。但是也有一些故事讲述了他冷酷残忍的一面。和其他所有的神一样，两种特性在他身上矛盾地存在：一边是残忍和原始，一边则是美好和诗意。在阿波罗身上，原始的特性只占一小部分。

代表他的树木是月桂树。代表他的神圣动物有好多种，其中最主要的是海豚和乌鸦。

阿耳忒弥斯（狄安娜）

有时候也被称为昆提亚，
因为她出生在提洛岛的昆托斯山。[1]

她是阿波罗的双胞胎姐妹，是宙斯和勒托的女儿，也是奥林波斯的三位处女神之一：

1 “昆提亚”（Cynthia）由“昆托斯”（Cynthus）衍生而来。

金色的阿佛洛狄忒在一切造物心中激起爱意，
唯独不能诱惑三位女神：纯洁的少女维斯塔，
只关心战争和工匠手艺的灰眸雅典娜，
还有热爱森林并在山中狩猎的阿耳忒弥斯。

她是一切野生动物的女神，是众神中的最佳猎手，这个称号很少授予女性。作为一个好猎手，她很注意保护动物幼崽，在很多地方都是“幼兽的保护者”。然而就如神话中常见的那样，她也有着矛盾的两面：在特洛伊战争中，她坚持不让希腊舰队起航，直到希腊人为她献祭了一个少女，她才为舰队放行。在其他很多故事里，她也表现得暴力且满怀仇恨。然而另一方面，人们认为那些死得迅速而无痛苦的女性是被阿耳忒弥斯的银箭杀死的。

福玻斯是太阳神，她则是月神，有时候她也被叫作福柏或塞勒涅（拉丁文称“卢娜”）。这两个名字其实原本都不属于阿耳忒弥斯。福柏是提坦神，是古神之一。塞勒涅亦是如此，她是月亮女神，但和阿波罗无关，她是赫利俄斯的妹妹。赫利俄斯作为太阳神，也常常和阿波罗混淆。

在晚期的诗歌中，阿耳忒弥斯的身份和赫卡忒重合，成了“具有三重形态的女神”：塞勒涅在天空中，阿耳忒弥斯在大地上，赫卡忒则在地下世界以及被黑暗笼罩的地上世界里。赫卡忒本是月之暗面的女神，掌管月亮被遮蔽时的黑暗夜晚。她与黑暗行为有关联，也是岔路的女神，而岔路口常被视为是施行邪恶魔法的诡秘之地，因此赫卡忒也是一位可怕的女神：

来自地狱的赫卡忒无比强大，
足以摧毁一切坚固之物。

听哪！听哪！她的猎犬狂吠，响彻全镇。

三条路交会处，可见她矗立的身影。

从在林中奔跑的美丽女猎手到黑暗的赫卡忒，实在是很奇怪的形象变化。毕竟她原本是以月光装点一切的女神，是纯洁的处女神：

一切善良高贵的灵魂

都能从她那里得到花果绿叶。

不洁者则绝无可能。

阿耳忒弥斯身上最为生动地体现出神灵在善恶之间动摇的不确定性，这是每一个神都有的特性。

柏树是代表她的树木，一切野生动物都是代表她的神圣动物，尤其是鹿。

阿佛洛狄忒（维纳斯）

她是爱与美的女神，能让所有神灵和凡人沉迷。她爱笑，有时是甜美的笑，有时对那些被自己设计欺骗的对象则报以嘲笑。谁都无法拒绝这位女神，她甚至可以偷走智者的才智。

在《伊利亚特》中，她是宙斯和狄俄涅的女儿，而在后期的诗歌中，她被描述成是从大海的泡沫中诞生的，她的名字则被释为“从泡沫中升起”——在希腊语中，“阿佛洛”就是泡沫的意思。她诞生在基西拉岛附近的海域，随后就被风吹到了塞浦路斯。因此这两个地方都是她的圣域，除了她自己的名字，她也常常被称为“基西拉女神”或“塞浦路斯女神”。

荷马颂诗称她为“美丽的金色女神”，并这样描述她：

西风吹拂着她，
漂过涛声隆隆的海面，
自细碎的泡沫中升起，
来到波涛环绕的塞浦路斯，她的岛屿。
四季女神戴着金色的花环，
欢欣喜悦地迎接她，
为她披上神灵的衣裳，
带她去见众神。
基西拉女神头戴紫罗兰花冠，
众神见了无不惊奇赞叹。

罗马人也以同样的方式描写她。只要她出现就是美的。在她的面前，狂风和乌云都会散去，花朵装点大地，海浪如同笑语，她行动时光彩流溢。没有了她，世界上任何地方都不再有欢乐和爱。诗人们最爱描绘这种形象的阿佛洛狄忒。

但是她也有另外一面。在描绘战争和英雄的《伊利亚特》中，她很自然成了一个平庸的角色。她在其中表现得很软弱，就连凡人都敢伤害她。在后期的诗歌中，她往往被描述得狡诈阴险，对凡人有着毁灭性的可怕力量。

在绝大多数的故事中，她都被描述成跛脚且丑陋的锻造之神赫淮斯托斯（伏尔甘）的妻子。

桃金娘是代表她的神树，鸽子是她的神鸟，有时候麻雀和天鹅也是。

赫耳墨斯（墨丘利）

赫耳墨斯的父亲是宙斯，母亲是阿特拉斯的女儿迈亚。由于某尊很著名的雕像的缘故，他的形象比其他神灵都更深入人心。他举止优雅，行动敏捷。他脚穿一双带翅的凉鞋，头戴一顶带翅的低冠帽，手拿一柄带翅的双蛇杖。他是宙斯的信使，能“迅捷地飞去执行命令”。

他是众神中最机敏狡黠的一个，事实上他是最厉害的窃贼，出生不到一天就已经开始了行窃的生涯：

这孩子生于破晓时分，
还没等到夜幕降临，
他已经偷走了阿波罗的畜群。

宙斯命令他将畜群归还原主，他却用乌龟壳制作了一把七弦琴送给阿波罗，以此获得了阿波罗的原谅。这个早期故事可能和赫耳墨斯的身份有关——他本是贸易和市场之神，是商人的保护者。

但和贸易之神的形象截然相反的是，赫耳墨斯也是庄严的死者向导，是带领亡灵去往他们最后居所的神使。

赫耳墨斯在神话故事中出场的次数比别的神都要多。

阿瑞斯（玛耳斯）

战神阿瑞斯是宙斯和赫拉的儿子，但是据荷马说，他们两个都很厌恶阿瑞斯。的确如此，作为一部战争史诗，《伊利亚特》里的阿瑞斯从头到尾都很不受欢迎。有时英雄们“欢庆阿瑞斯的战斗酣畅淋漓”，但是更多的时候他们都在逃避“那位残酷神灵的怒火”。荷马说他残忍嗜血，是“凡人必死”这个诅咒的体现，然而很奇怪的是，阿瑞斯也是个懦夫，当他受伤时，他疼得号叫不已，然后就逃走了。在战场上他有众多随从，随从一多，大概任何人都会拥有信心。随从中与他并肩同行的有他的姐妹纷争女神厄里斯，以及厄里斯的儿子“冲突”。战争女神厄倪俄（拉丁语为柏罗娜）也跟随着他，厄倪俄则有“恐惧”“战栗”和“恐慌”随行。他们所到之处血流成河，四处都是痛苦的呻吟。

罗马人喜爱玛耳斯胜过希腊人喜欢阿瑞斯。对罗马人而言，玛耳斯不是《伊利亚特》中那位爱抱怨的神灵，而是一个穿着闪亮盔甲、令人敬畏且所向披靡的神。以拉丁文写成的伟大英雄史诗《埃涅阿斯纪》中提到，战士们绝不会因逃离玛耳斯而感到开心，他们只会在“为了荣誉倒在玛耳斯的土地上”时高兴。他们“光荣赴死”，并且认为“死在战场上无比愉悦”。

阿瑞斯在神话中的事迹不太多。有一个故事讲到他是阿佛洛狄忒的情人，被阿佛洛狄忒的丈夫赫淮斯托斯捉奸在床，送到奥林波斯众神面前接受羞辱。总的来说，他仅仅是战争的象征而已。他不像赫耳墨斯或阿波罗那样拥有独立的人格。

他没有属于自己的城邦。希腊人只是含糊地说他来自东北部的色雷斯，那是粗野暴力之人的故乡。

与之相应，他的神鸟是兀鹫。狗很不幸地被选为他的神圣动物。

赫淮斯托斯（伏尔甘或穆尔基柏耳）

他是火神，有时被认为是宙斯和赫拉的儿子，有时又被认为只是赫拉的儿子，赫拉把他生出来，是为了报复宙斯生出了雅典娜。在完美无缺的众神之中，唯有赫淮斯托斯是丑陋的，而且还跛脚。在《伊利亚特》中有一处提到，他说他那无耻的母亲一见他出生时形容丑陋，便把他丢下了天庭。在别的故事中，他又说是宙斯把他扔出了奥林波斯，因为他想维护赫拉。第二种说法流传更广，因为弥尔顿写下了这样家喻户晓的诗句来描述穆尔基柏耳：

被愤怒的朱庇特
扔下水晶的城垛——
他从清晨落到正午，
又从正午落入暮色，
伴着夏季的日落。
如流星从天顶划过，
落在爱琴海的利姆诺斯岛上。

不过这些事应该是在很久以前发生的。在《荷马史诗》中，他没有任何被逐出奥林波斯的危险。他在奥林波斯备受尊敬，因为他是众神的工匠，是锻造大师，负责打造他们的盔甲和武器，而且还为他们建造居所、制作家具。在他的工作室里，有他用黄金制作的侍女，她们可以协助他工作。

后世的诗歌经常描述他的锻造室在某座火山之下，因此火山喷发也是他造成的。

在《伊利亚特》中，他的妻子是美惠三女神之一，赫西俄德称之为阿格莱亚；在《奥德赛》中，他的妻子则是阿佛洛狄忒。

赫淮斯托斯是个善良、爱好和平的神，无论在人间还是在天庭，他都很受欢迎。他和雅典娜一样，在城邦生活中起着重要作用。他们两位都是手工艺人、艺术家的守护神，同时也保护农业，支持文明发展。赫淮斯托斯还是铁匠的守护神，而雅典娜则是纺织工的守护神。当孩子正式获准参与城邦事务时，他们成年仪式上的神就是赫淮斯托斯。

赫斯提亚（维斯塔）

她是宙斯的姐姐，和雅典娜及阿耳忒弥斯一样，她也是一位处女神。她没有独立的人格，在神话中没有特别的戏份。她是炉灶女神，是家庭的象征，婴儿就是在炉灶边诞生，然后才融入家庭。每一餐开始和结束时，总有一份食物供奉给她：

赫斯提亚，在每个凡人、每个神灵的家中，
你至高无上；在盛宴开始与结束之时，
都将为你按时奉上甜蜜的美酒。
没有了你，神和人都无法设宴。

每座城市都有一个公共炉灶来供奉赫斯提亚，那个炉灶的火是绝对不能熄灭的。如果人们开拓了新的殖民地，殖民者会把原本那个城邦炉灶里的煤炭带去新殖民地，并在新城市的炉灶里点燃。

在罗马，赫斯提亚的炉火由六位处女祭司看守，她们被称为“维斯塔女祭司”。

奥林波斯的次要神灵

除了奥林波斯十二主神，天庭里还有很多别的神灵。其中比较重要的有爱神厄洛斯（在罗马被称为丘比特）。荷马对他一无所知，但赫西俄德认为他是——

不朽的众神里最美的一位。

在早期的故事中，他是个美丽而严肃的年轻人，会将各种恩赐送给人类。厄洛斯在希腊的这一形象并不是由诗人创造的，而是由哲学家柏拉图创造的："爱——厄洛斯——住在人类心中，但有些人心里没有他的位置，他不会住在冷酷的心中。他最骄傲的一点是，他从不出错，也不会允许自己出错，他绝不会采取暴力。所有人都是自愿地信奉他。被爱触碰的人不会行走在黑暗中。"

厄洛斯早期的形象不是阿佛洛狄忒的儿子，只是偶尔做做她的同伴。在后来的诗歌中，他才成了阿佛洛狄忒的儿子，而且是个调皮鬼，总爱惹是生非：

他心中满是邪恶，嘴上却油滑甜蜜。
切勿信他，这个无赖。他冷酷无情，只知玩乐。
他双手小巧，他的箭却能置人于死地。
那箭杆纤细，却能飞上天庭。
切勿接触他恶毒的礼物，它们都裹挟着烈焰。

他常以蒙眼的形象出现，因为爱总是盲目的。有三个神灵伴他左右：安忒洛斯，他是爱情不受待见的复仇者，有时还是爱情的阻挠者；以及渴慕之神希墨洛斯和婚礼之神许门。

赫柏是青春女神，是宙斯和赫拉的女儿。有时候她以众神的斟酒人的形象出现，有时候则是伽倪墨得负责斟酒。伽倪墨得是一位年轻俊美的特洛伊王子，被宙斯的鹰抓走，带去了奥林波斯。

关于赫柏的故事不多，仅有她与赫拉克勒斯结婚一段。

伊里斯是彩虹女神，也是众神的信使，她是《伊利亚特》中唯一的信使。赫耳墨斯在《奥德赛》中作为信使首次出场，不过他取代不了伊里斯的位置。众神喜欢召唤凡人，不是这个，就是那个。

在奥林波斯还有两组可爱的女神——缪斯和美惠女神。

美惠女神共有三人：阿格莱亚（灿烂）、欧佛洛绪涅（欢乐）、塔利亚（乐观）。她们是宙斯和提坦神俄刻阿诺斯之女欧律诺墨的女儿。荷马和赫西俄德都写过一个故事，提到阿格莱亚嫁给了赫淮斯托斯，除此之外，三位美惠女神总是同时行动，并不作为三个独立的神灵出场，仿佛美丽与德行的三重化身。当她们随着阿波罗的琴声翩翩跳舞时，众神都十分开心，受其眷顾的凡人也倍感幸福。她们"让生命绽放"。和另一组女神缪斯一样，她们也是"歌曲的女王"，宴会上若没有她们，唱歌便不能尽兴。

缪斯共有九人，她们是宙斯和记忆女神谟涅摩绪涅的女儿。起初，她们也像美惠女神一样，没有被区别开来。赫西俄德说："她们共用一个思想，她们心里只想着歌谣，她们的精神没有丝毫忧虑。缪斯所爱之人会非常开心，因为尽管人的灵魂中有着悲伤和愁绪，但当缪斯歌唱时，他会立即忘记一切阴暗的思想，再也想不起自己遭遇的困难。这是缪斯送给人类的神圣礼物。"

后来，每一位缪斯都有了自己分管的领域：克利俄掌管历史，乌拉尼亚掌管天文，墨尔波墨涅掌管悲剧，塔利亚掌管喜剧，忒耳普西科瑞掌管舞蹈，卡利俄珀掌管史诗，厄拉托掌管爱情诗，波吕许谟尼亚掌管一切献给神灵的颂歌，欧忒耳珀掌管抒情诗。

赫西俄德住在赫利孔山附近，那是缪斯的圣山之一。缪斯的另外几座圣山分别是：皮埃罗斯山（位于她们的诞生地皮埃里亚）、帕纳索斯山，当然啦，还有奥林波斯山。有一天，九位缪斯出现在他面前说："我们懂得如何将虚构的事情说得宛若真实，但是我们知道，只要我们愿意，就能讲述真实。"和美惠女神一样，她们是真相之神阿波罗的同伴。品达认为她们也拥有阿波罗那样的七弦琴，他写道："金色七弦琴伴随着舞者的脚步，听，它就像阿波罗的琴，像佩戴紫罗兰花环的缪斯的琴。"受她们眷顾的人比任何修士都要神圣。

由于宙斯的地位变得越来越高，他在奥林波斯也有了两位庄严的随从：一个是忒弥斯，她是正义女神，或者说她掌管诸神的公正和秩序；另一个是狄刻，她掌管人间的公正和秩序。但她们没有独立的性格。另外还有两个类似的神灵，她们是两种情绪的化身，超越了荷马和赫西俄德笔下其他所有的情绪：其一是涅墨西斯，可以解释为正当的愤怒；另一个是埃多斯，这个词含义比较复杂，但是在古希腊却很常用，它的意思是阻止人类犯错误的自尊心和羞耻心，同时也有一个顺风顺水的人应该关注贫困人群的意思——并不是要去同情那些人，而是要提醒他，他们之间本不该有这样的差距。

不过涅墨西斯和埃多斯不和众神住在一起。赫西俄德说，只有在人类彻底变坏的时候，涅墨西斯和埃多斯才会以白色的衣物遮住她们美丽的面庞，远离凡间，去和众神做伴。

偶尔也有一些凡人进入奥林波斯，一旦他们升入天庭，他们就从文学作品中消失了。这些人类的故事会在稍后讲到。

水中的神灵

波塞冬（涅普顿）是大海（地中海）和友善之海（欧克西涅海，即黑海）的主宰和统治者。地下的河流也归他管辖。

俄刻阿诺斯是一位提坦神，是俄刻阿诺斯河的主宰，这是一条环绕大地的巨大河流。他的妻子也是一位提坦神，名叫忒梯斯。这条大河里的仙女们叫作俄刻阿尼得，是他们的女儿；大地上所有河流的河神都是他们的儿子。

蓬托斯意为“深海”，他是大地之母的儿子，也是涅柔斯的父亲——作为海神，涅柔斯远比自己的父亲有名。

涅柔斯又被称为“海中老人”（此处的海同样是指地中海），赫西俄德说他是“一位值得信赖的温和的神灵，想法公正而友善，而且从不撒谎”。他的妻子是多利斯，是俄刻阿诺斯的女儿之一。他们有五十个可爱的女儿，都是海中仙女，依照父亲的名字，她们被称为涅瑞伊得，其中有一位名叫忒提斯的，后来成了阿基琉斯的母亲；另一位名叫安菲特里忒的，后来成了波塞冬的妻子。

特里同是大海中的小号手，他的号角是一只巨大的海螺壳。他是波塞冬和安菲特里忒的儿子。

普洛透斯有时候被描述成波塞冬的儿子，有时候则是他的助手。普洛透斯能够预言未来，还能随意改变自己的形态。

那伊阿得又称水泽仙女，她们住在溪流、泉水和喷泉中。

琉科忒亚和她的儿子帕莱蒙曾是凡人，后来成为海中的神灵；格劳科斯也是从人变成神的。不过这三个神灵都不太重要。

冥　界

死者的世界由奥林波斯十二主神之一的哈得斯（普路同）和他的王后珀耳塞福涅共同掌管。冥府也就根据其统治者的名字，被称为哈得斯。据《伊利亚特》描述，它位于大地之下一个隐秘的地方。在《奥德赛》中，想要去往冥府，就必须穿过俄刻阿诺斯河，越过世界的边缘。在后世的诗歌中，冥府有多个入口，比如从山洞穿过底层或者紧邻深深的湖水。

塔塔洛斯和厄瑞玻斯有时候被描述成冥界的两块区域，其中塔塔洛斯位置较深，是大地之子们的牢狱；厄瑞玻斯则是人死后即刻进入的区域。但是大部分时候，这两个地方没有什么区别，都是用来称呼冥界，塔塔洛斯用得更多一些。

在《荷马史诗》中，冥界是个幽暗模糊的地方，其中的居民都是影子状的。那里的一切都不是真实的。地下的那些影子或许可以称为鬼魂，它们的存在像是一种悲惨的梦境。后来的诗人们对冥界的描写越来越具体，他们说恶人在那里受到惩罚，好人则会得到奖励。古罗马诗人维吉尔将冥界写得比任何古希腊诗人都要详细，每种惩罚和每种奖赏都写得很分明。而且维吉尔也是唯一写明了地府详细地理特征的诗人。去往地府的路要经过“灾厄之河”阿刻戎河，它汇入“痛泣之河”科库托斯河。这条河上有一位年老的摆渡人卡戎，他负责将死者的灵魂送到河对岸，对岸就是塔塔洛斯（维吉尔偏爱这个名字）那冰冷的大门。死者在下葬时嘴唇上必须放好摆渡钱，这样卡戎才会载着死者的灵魂渡河。

看守冥府大门的是恶犬刻耳柏洛斯，它有三个脑袋和一条龙的尾巴，它允许所有的灵魂进入冥府，却不准任何人出来。死者进入冥府之后，会被带到三位判官面前——拉达曼提斯、米诺斯和埃阿科斯。三位判官审判之后，恶人会被送去遭受永恒的惩罚，好人会被送到极乐之地厄吕西翁。

除了阿刻戎河和科库托斯河以外，另外还有三条河将阴阳两界区分开来，它们分别是：佛勒革同河，即烈火之河；斯提克斯河，即不可打破的誓言之河，众神常指这条河发誓；忘却之河勒忒河。

在广袤的冥界某处坐落着普路同的宫殿，据说那座宫殿有无数的门，其中挤满了宾客，但宫殿的详情就无人描述过了。宫殿周围是开阔的荒地，惨白而冰冷，还有长满日影兰的草地，据说那些花也惨白怪异，形同鬼魅。我们完全不知道冥界是什么样子。诗人们都不愿意在那个晦暗隐秘的地方停留太久。

复仇女神厄里倪斯也被维吉尔安排在了地府，她们在那里惩罚恶人。希腊的诗人们认为她们会追踪凡间的罪人。她们冷酷无情，但也十分公正。赫拉克利特说："哪怕是太阳偏离了自己的轨道，主持正义的厄里倪斯也会惩罚他。"复仇女神通常三个一起出现，她们分别是：提西福涅、墨该拉、阿勒克托。

睡神和死神两兄弟也住在地府。梦灵们也在地下，他们上升到地面，来到人类之中。梦灵要穿过两道门，其中一道牛角门供真实的梦穿过，另一道象牙门供虚假的梦穿过。

凡间的次要神灵

大地被称为"万物之母"，但她并不是一个神灵。她一直都只是大地，并没有被人格化。谷物女神得墨忒耳（刻瑞斯）是克洛诺斯和瑞亚的女儿，酒神狄俄尼索斯又被称为巴克科斯，这两位大神在凡间的地位极为显赫，在希腊和罗马的神话中至关重要。他们的故事将在下文详述。其他生活在凡间的神灵相对而言不太重要。

首先是赫耳墨斯的儿子潘，荷马颂诗称颂他是个十分吵闹却很快乐的神；他身体的一部分是动物，有着山羊的角，腿也是山羊的蹄子。他是所有牧羊人的牧神，同时也是林中仙女跳舞时的好伙伴。不管是灌木、密林还是群山，一切野地都是他的家，但他最钟爱的还是阿卡迪亚，那是他的出生地。他是个出色的音乐家，他用芦笛可以奏出如同夜莺歌唱一般甜美的乐曲。他不是爱着这个仙女就是爱着那个仙女，可惜最终都会因为面貌丑陋而横遭拒绝。

旅人们在夜间的野外听到的一些骇人的声音可能也是潘弄出来的，因此很容易看出英语中“恐慌”一词的词源[1]。

西勒诺斯有时被认为是潘的儿子，有时则被说成是他的兄弟，是赫耳墨斯的另一个儿子。他是个快活的胖老头，经常喝得酩酊大醉，只能骑着驴子出行。他除了和潘有关系，和巴克科斯也有关系——当酒神还年轻的时候，西勒诺斯教导过他。从他常年的醉态可以得知，在当过巴克科斯的老师之后，西勒诺斯就成了酒神的忠实追随者。

除了这些凡间的神祇以外，希腊神话中还有一对非常有名也非常受欢迎的兄弟——卡斯托耳和波吕丢刻斯，很多传说都说他们有一半的时间住在凡间，一半的时间住在天上。

他们是勒达的儿子，通常被描述为水手们的守护神：

当风暴肆虐、大海怒号时，
他们是无助船只的救星。

他们也是战场上人们的庇护者。罗马人尤其崇拜他们，称他们是：

庇护所有多利安人的孪生兄弟。

但是他们两个的故事却有些矛盾。有时候只有波吕丢刻斯是神灵，而卡斯托耳是凡人，因为他兄弟爱他，所以才获得了某种形式的半神身份。

1　“恐慌”（panic）由“潘”（Pan）衍生而来。

勒达是斯巴达王廷达瑞俄斯的妻子，传说她和国王生下两个凡人孩子，分别是卡斯托耳和克吕泰谟涅斯特拉，后者成了阿伽门农的妻子。后来宙斯化身为天鹅与她见面，他们生下两个神灵孩子，即波吕丢刻斯和海伦，后者成了特洛伊战争的女主角。不过，卡斯托耳和波吕丢刻斯两兄弟通常被称为“宙斯之子”；事实上，在希腊语中，他们最广为人知的名称是“狄俄斯库洛斯”，意为“宙斯的男孩”。另外，他们也被称为“廷达瑞得斯”，意为“廷达瑞俄斯之子”。

他们一般都被描述成是活在特洛伊战争之前的人，和忒修斯、伊阿宋、阿塔兰忒同时代。他们参加过卡吕冬野猪狩猎行动，也曾出发寻找金羊毛；当忒修斯将海伦带出城的时候，也是卡斯托耳和波吕丢刻斯帮了她。不过他们在所有故事中扮演的都是次要角色，唯有在卡斯托耳死去的那一段里，波吕丢刻斯展现出了真切的手足之情。

他们兄弟二人后来去了两个养牛人的地盘，原因不明。这两个养牛人的名字分别是伊达斯和林叩斯。品达说，伊达斯因为对自己的牛莫名感到气愤，结果刺死了卡斯托耳。其他作家则说，这场纷争起源于当地国王琉基波斯的两个女儿。波吕丢刻斯刺死了林叩斯，宙斯则用雷电劈死了伊达斯。波吕丢刻斯对卡斯托耳的死悲痛万分，祈求自己也随之而去；宙斯出于怜悯，允许他的兄弟同他分享生命：

你们一半的时间住在地下，
一半的时间住在天庭金色的家中。

根据这个版本的故事，他们两个此后再也没有分开过。他们一天住在冥界，一天住在奥林波斯，永远都在一起。

稍晚的希腊作家琉善讲述了另一个版本，这个故事中，他们两人住在冥界和天庭，当波吕丢刻斯住在一处的时候，卡斯托耳就住在另一处，他们永远无法见面。在琉善的讽刺散文中，阿波罗问赫耳墨斯："为什么我们永远都无法同时见到波吕丢刻斯和卡斯托耳？"

"这个嘛，"赫耳墨斯回答，"因为他们彼此爱得太深，所以当命运决定他们中一个必须死，另一个必须永生时，他们决定共享永生。"

"这可不明智，赫耳墨斯。这个样子他们能一起做什么呢？我能预见未来，阿斯克勒庇俄斯可以治愈疾病，你则是个了不起的信使——但是这两人，他们就这样浪费他们的生命？"

"当然不是。他们为波塞冬做事。他们的工作就是救助遭遇危难的船只。"

"啊，你总算说到点子上了。我很高兴他们在做如此重要的工作。"

有两颗星星代表他们：双子座，也就是孪生兄弟的星座。

他们通常被描述为各骑一匹雪白的宝马，但荷马说，卡斯托耳的骑术比波吕丢刻斯高明。他是这样称呼两人的：

卡斯托耳是个出色的驯马师，
波吕丢刻斯则是个厉害的拳击手。

西勒尼是一种半人半马的生灵。他们不用四条腿走路，而是用两条腿走路，但是他们大都长着马蹄而不是人类的脚，有时候还长着马耳，而且每一个都长着马尾。但是没有关于他们的故事，他们的形象常常出现在古希腊花瓶上。

萨梯洛斯和潘类似，也是半人半羊，同样也住在山野之中。

和这两位丑陋的非人类神灵截然相反的是林中仙女，她们都是非常可爱的少女，比如山岳仙女俄瑞阿得，还有树木仙女德律阿得（有时也被称为哈玛德律阿得），她们一生都和自己所属的树息息相关。

风王埃俄罗斯也住在人间，埃俄利亚岛是他的故乡。准确来说，他只是诸位风神的代理，风神之中的总督。风神总共有四位：北风之神玻瑞阿斯，在拉丁语中又被称为阿奎罗；西风之神仄费洛斯，在拉丁语中被称为法沃纽斯；南风之神诺托斯，在拉丁语中被称为奥斯忒耳；东风之神在希腊语和拉丁语中的名字是一致的，名为欧洛斯。

还有一些非人非神的存在，他们住在大地上。其中较为知名的有：

肯陶洛斯。他们半人半马，大体上说算是一种野蛮生物，与其说是人，不如说是兽。不过，刻戎作为他们的一员，却以智慧和善良著称。

戈耳戈也住在凡间。她们共有三人，其中两个是永生不死的。她们是龙一般的生物，都长着翅膀，眼神能把人变成石头。大海与大地之子福耳库斯是她们的父亲。

格赖阿是戈耳戈的姐妹，她们是三个白发苍苍的女人，三人共用一只眼睛，她们住在极远的海岸上。

塞壬女妖住在海中的小岛上。她们的声音充满魔力，可以通过歌声引诱水手溺亡。谁也不知道她们长什么样子，因为看到过她们的人都再也没有回来过。

命运女神（希腊语称之为摩伊拉，拉丁语称之为帕耳卡）非常重要，不过其居所是在天上还是人间并不明确。赫西俄德说，人在出生时就被命运女神赐予了厄运和好运。命运女神共有三位，她们分别是：编织命运之线的克洛托，为凡人分配一生运势的拉刻西斯，以及用“憎恶的剪刀”剪断生命之线的阿特洛波斯。

罗马众神

本书早先提到的奥林波斯十二主神也改头换面，成了罗马神祇。希腊文化对罗马产生了很大的影响，因此罗马众神和希腊众神十分相似，可以认为是完全一样的。不过罗马众神基本上都有罗马名字，分别是朱庇特（宙斯）、朱诺（赫拉）、涅普顿（波塞冬）、维斯塔（赫斯提亚）、玛耳斯（阿瑞斯）、密涅瓦（雅典娜）、维纳斯（阿佛洛狄忒）、墨丘利（赫耳墨斯）、狄安娜（阿耳忒弥斯）、伏尔甘或穆尔基柏耳（赫淮斯托斯）、刻瑞斯（得墨忒耳）。

有两位神灵依然保留了希腊名字：阿波罗和普路同。普路同在希腊常被称作哈得斯，不过罗马人从来不这样叫他。酒神的名字是巴克科斯，从来不叫狄俄尼索斯，他还有个拉丁语名字，叫作利柏耳。

由于罗马人自己并没有人格化的神灵，因此借用希腊的神灵显然很方便。罗马人充满宗教感情，想象力却不太丰富。他们没能创造出属于自己的奥林波斯诸神，那一个个性格各异、栩栩如生的神灵。在引入希腊众神之前，他们的神灵面目模糊，充其量只是“天上的东西”。他们被称为“努门”，意思是“力量”或“精神”——或许可以称之为“精神力量”。

希腊文学传播到意大利之后，罗马人觉得不需要那些美丽而富有诗意的神。他们都是很讲求实际的人，不需要“紫色发辫的缪斯激发诗歌的灵感”，也不需要“柔情的阿波罗用金色的七弦琴弹奏甜美的乐章”，诸如此类的东西都不需要。他们需要实用的神，需要派得上用场的“力量”，比如说守护摇篮的神，还有管理儿童食品的神。从来没有人讲述过努门的故事，大体而言，他们甚至没有性别之分。然而，普普通通的日常生活却和他们紧密相连，并从他们那里得到尊严，这种情况在希腊诸神身上是不存在的，只有得墨忒耳和狄俄尼索斯是例外。

努门中最重要也最受尊敬的是拉耳和珀纳忒。每个罗马家庭都供奉着一个拉耳，这是一位祖先的精魂，此外还供奉着几个珀纳忒，他们是炉灶之神，也是粮仓的守护者。他们是家庭独有的神，只属于这个家庭，是家庭最重要的一部分，是整个家庭的守护者和保卫者。他们绝不会在神庙里被顶礼膜拜，只会在家宅中享受烟火，人们会为他们奉上每一顿的餐食。此外也有公共场所的拉耳和珀纳忒，他们如同守护家庭一样守护整个城市。

此外还有不少努门和家庭生活息息相关，比如捍卫边界的忒耳弥努斯、保佑多产的普里阿波斯、使牲畜健壮的帕勒斯、助力农夫和伐木工的西尔瓦努斯，不一而足。每一件重要的农事都得力于某种善良力量的守护，尽管这些力量从来没有固定的形貌。

萨图耳努斯原本是一位努门，他是一切播种者和种子的守护神，他的妻子俄普斯是收获的守护者。后来，萨图耳努斯被认为就是希腊的克洛诺斯，即朱庇特（罗马的宙斯）之父。于是他就成了一个人格化的神，有好几个关于他的故事。人们缅怀黄金时代，也就是他统治着意大利的时候，所以每年的冬天都会举行农神节。因为在农神节举办期间，黄金时代就又重现人间了。在节日期间不得发动战争，奴隶和主人同桌用餐，死刑推迟执行，人们互赠礼物。农神节提醒大家人人都是平等的，曾经所有人都是一样的。

雅努斯原本也是一位努门，他是“良好开端之神”，当然也能确保一切顺利收场。他部分地被人格化了。他在罗马最大的一座神庙是东西走向的，代表一天的开始和结束；神庙有两扇门，雅努斯的雕像位于两扇门之间；雕像有前后两张脸，一张年轻，一张年老。而那两扇门只在罗马和平时关闭。在罗马城最初的七百年中，雅努斯神庙的门关闭了三次，分别是贤王努马统治时期，公元前241年第一次布匿战争中迦太基人战败之后的时期，以及奥古斯都统治时期——弥尔顿曾这样描述最后这一段时期：

> 四海之内，
> 不闻金戈之声。

雅努斯所代表的月份，也就是一月[1]，理所当然地成了新年的开始。

法乌努斯是萨图耳努斯的孙子。他是个乡野之神，相当于罗马的潘神。他同时也是位先知，能在梦中对凡人说话。

法翁相当于罗马的萨梯洛斯。

奎里努斯是罗马城的创立者罗慕路斯的神格化。

玛涅斯是地狱里善良的亡魂，有时候也会被当作神灵来崇拜。

勒穆瑞斯或拉耳瓦则是邪恶的亡魂，人类对其极为恐惧。

卡墨娜最初是日常不可或缺的女神，她们照顾泉水和井水，治疗疾病，预言未来。但是随着希腊神灵传入罗马，卡墨娜成了和缪斯差不多的神灵，只负责艺术和科学，不怎么实用了。贤王努马的老师厄革里亚就被认为是卡墨娜之一。

1　“一月”（January）由“雅努斯”（Janus）衍生而来。

卢基娜有时候被认为是罗马的厄勒梯亚，也就是生育女神，但很多时候卢基娜这个名字只是朱诺和狄安娜的别称。

波摩娜和维耳图谟努斯最初也是努门，是守护果树和果园的力量。但是后来他们被人格化了，有一个故事讲的就是他们是如何坠入爱河的。

第二章

凡间的两位大神

绝大部分神灵对人类而言都没什么用，而且还经常帮倒忙：对凡间的少女而言，宙斯是危险的情人，而且他何时会使用可怕的雷电也完全不可预料；阿瑞斯总是挑起战争和散播瘟疫；赫拉向来善妒，根本不知公正为何物；雅典娜也常常挑起战争，她跟宙斯一样无所顾忌地挥舞着闪电长矛；阿佛洛狄忒的神力总是用来引诱或背叛。他们确实是光鲜亮丽的存在，他们的冒险故事确实扣人心弦，但是他们就算不是主动为害，至少也是反复无常且极不可靠的。总体而言，没有他们，人类会过得更好。

不过有两位大神有所不同，他们确实是人类的好伙伴：其一是得墨忒耳，罗马名叫刻瑞斯，她是谷物女神，也是克洛诺斯和瑞亚的女儿；另一位是狄俄尼索斯，又名巴克科斯，他是酒神。得墨忒耳比较古老，这自然有其道理。早在酒水被酿造之前，人类就开始种植谷物了。从人类在世间定居时起，就出现了农田。葡萄园是后来才出现的。因为酒的神圣力量来自谷物，自然而然，得墨忒耳被视为女神而非男神。当时男人的工作是狩猎和战斗，女人的工作是照顾农田，她们犁地、播种、收获，她们认为女神才能理解并帮助女性工作，而女性也最能理解女神。她被人们以谦卑的方式崇拜，保佑着农田多产，和接受血腥牺牲的男人们崇拜的神不一样。在得墨忒耳的田野上，谷物是神圣的，所谓“得墨忒耳的神圣谷粒”。打谷场也在她的庇护之下。这两处都有她的神庙，她随时都可能降临。“在神圣的打谷场上，她们扬谷，有着成熟麦穗般金黄头发的得墨忒耳，以阵风将稻谷和谷壳分开，堆积的谷壳变白了。”“请赐予我吧，”收割者祈祷着，“用巨大的簸谷机在得墨忒耳的祭坛旁扬起属于她的一堆堆谷物，她则手握麦穗和罂粟在一旁微笑。”

她最主要的节日自然是在收获时节。在古时候，这个节日应该是农夫们淳朴的感恩节，用新收获的谷物烤出的第一块面包，分割之后满怀敬意地吃下去，同时感激地向女神祈祷，因为是她带来了这生活中最好最实用的礼物。后来这个节日变成了神秘的崇拜仪式，具体内容鲜有人知。这个盛大的节日在九月举行，五年才举行一次，但每次会持续九天。这是非常神圣的日子，很多日常事务都暂停了。这九天之中要举行各种活动，大家唱歌跳舞，献上祭品，人人欣喜万分。这些常识很多作家都写到过。但是仪式真正重要的部分都是在神庙内部举行的，从来没有人描述过其中的情形。参与仪式的人都立下誓言不得泄密，他们确实非常守信，我们如今只知道零星的信息。

这座大神庙坐落在雅典附近的小镇厄琉息斯，这一系列的崇拜仪式被称为“厄琉息斯秘仪”。在整个古希腊世界，也包括罗马，厄琉息斯秘仪都是很受尊崇的。在基督降生前一个世纪，西塞罗写道："秘仪高于一切。它们充实着我们的人格，驯化着我们的习俗，让我们脱离蛮荒成为真正的文明人。它们不光展示了何为愉快的生活，还教会了我们如何怀抱更大的希望迎接死亡。"

尽管如此，即使这些秘仪是何等神圣崇高，它们依然保留着其起源的印记。目前知道的零散信息之一是，在一个十分庄严的时刻，崇拜者们会看到"一根在沉默中收获到的谷穗"。

某种程度上来说，谁也不知道酒神狄俄尼索斯是在什么时候、以何种方式出现在厄琉息斯，出现在得墨忒耳身边的。

> 铙钹敲响时，在得墨忒耳身边，
> 狄俄尼索斯端坐王座，头发飘逸。

他们会被放在一起崇拜也是很自然的，因为他们都是大地的物产之神，都出现在日常生活中，享用面包、畅饮美酒都是生活必需的。收获节也是狄俄尼索斯的节日，这正是葡萄成熟、开始酿酒的日子。

> 欢乐之神狄俄尼索斯，如纯洁的星辰，
> 在累累硕果间光芒四射。

但是有些时候他也不那么欢乐，得墨忒耳也不总是夏日时光的欢乐女神。他们知晓欢乐，也了解痛苦。从这个角度来说，他们的联系十分紧密，两者都是忍受着痛苦的神灵。别的神灵都不会长久忍受痛苦。"他们住在奥林波斯，那里从不会有风雨，亦不会有雪暴，众神永远快乐，终日享用仙馔蜜酒。当伟大的阿波罗弹起银色的七弦琴，众缪斯以甜美的声音与他唱和时，美惠女神与赫柏和阿佛洛狄忒翩翩起舞，众神也都欣喜万分，光辉照耀着他们。”然而在人间的两位神灵却理解何谓令人心碎的痛苦。

在收获农作物和葡萄的季节，谷物和硕果累累的藤蔓会有怎样的遭遇呢？当黑色的霜冻降临，田野中鲜活的绿色生命被杀死，此时又发生了什么呢？古代的人们正是这样问自己的，日夜交替，季节更变，斗转星移，这些无比神秘的变化在他们眼前反复上演，于是他们发明了最初的故事来解释这一切。在收获季节，得墨忒耳和狄俄尼索斯当然是欢乐的神灵，但是当冬季到来，他们就处境艰难了。他们伤心，于是大地也悲伤。古时候的人们不明白为什么会是这样，于是编出了故事来解释原委。

得墨忒耳（刻瑞斯）

这个故事只出现在早期诗歌中，最早是在荷马颂诗里，时间大约是公元前 8 世纪末至公元前 7 世纪初。原诗有很浓重的古希腊早期诗歌特征，文字十分质朴直白，充满对这个美丽世界的欣喜之情。

得墨忒耳有个独生女，名叫珀耳塞福涅（罗马名普洛塞庇娜），她是春天的女神。得墨忒耳失去了这个女儿，陷入巨大的悲痛，不再将自己的恩惠赐予大地，于是大地变成了冰冻的荒野。原本鲜花盛开的草地被冰冻起来，没有半点生机，因为珀耳塞福涅失踪了。

是黑暗地府的主宰、无数死者的国王带走了她，那时候珀耳塞福涅被一朵美丽的水仙花所吸引，远离了她的同伴们。哈得斯驾驶着他那辆由两匹黑色公马拉着的双轮战车出现在大地的裂隙中，他抓住珀耳塞福涅，把她拉到自己身边，带着那哭泣的少女回到了冥界。高山和大海之间都回荡着她的哭声，她母亲听见了，就像飞鸟一样迅速地掠过海洋和陆地，去寻找自己的女儿。但是谁也不肯告诉她事情的真相。“人和神都不肯说，连鸟都不肯报信。”得墨忒耳游荡了整整九天，她不吃任何东西，不沾一滴仙露。最终她找到太阳，太阳把事情经过告诉了她：珀耳塞福涅被带去了地府，到死人之中去了。

得墨忒耳更加悲伤了。她离开奥林波斯，住到了人间。她乔装打扮了，任何凡人都认不出她——实际上，凡人总是很难认出神灵。在她独自流浪期间，她来到厄琉息斯，坐在一口井旁边的路沿上。她看起来就像一个普通的老妇人，比如大家族里的保姆或者仓库看守之类的。四个可爱的姐妹到井边打水，看到了她，十分同情地问她在这里做什么。她说海盗想把她当奴隶卖掉，她刚逃出来，在这片陌生的土地上，她也不知道去哪里寻求帮助。女孩们就告诉她，这座城里每一户人家都欢迎她，她们几个尤其欢迎她，只不过要先去跟妈妈说一声。女神点头表示同意，女孩们在闪亮的瓦罐里装满水就赶紧回家了。她们的妈妈墨塔涅拉让她们赶紧去把那位陌生人请进来。女孩们回到井边的时候，发现那位光辉灿烂的女神还坐在那里，她戴着厚厚的面纱，黑色的长袍遮住她修长的腿。得墨忒耳跟着女孩们走，她跨过门槛来到大厅，家中的母亲正抱着年幼的儿子，此时圣光照亮了门口，墨塔涅拉内心充满了敬畏。

她请得墨忒耳坐下，亲自给她端上甜酒，但女神不肯喝。她要求喝加了薄荷的大麦汤，这是农夫们在收获季节喝的清凉饮料，

也是厄琉息斯的信徒们供奉的神圣饮料。恢复了精神之后，她接过那个孩子，把他抱在自己芳香的胸前，孩子的母亲也感到愉快。得墨忒耳就这样照顾着得摩丰，他是墨塔涅拉和贤明的刻琉斯所生的儿子。这个孩子长得如同一位年轻的神明，因为得墨忒耳每天白天用仙露喂养他，夜里把他放在烈火的中央炙烤。她想要让这孩子青春永驻。

但是孩子的母亲却莫名地不太放心，于是一天夜里，她注意看着，发现孩子被放在烈火当中，不禁吓得尖叫起来。女神生气了，她抓起那个男孩，把他扔到地上。她原本是要让他脱离衰老和死亡，现在却做不到了。然而他毕竟曾经受到得墨忒耳的悉心照顾，因此他一生都无比光荣。

随后女神显出本来的样子，散发出美丽的气度和宜人的香气。她周身放出光芒，将整座宅邸都照亮了。她对那些惶恐的女人说，她就是得墨忒耳。她们必须在小镇周边给她修建一座大神庙，方能重获她的欢心。

接着她就离开了，墨塔涅拉跌倒在地，一句话也说不出来，在场的所有人都被吓得不住地颤抖。次日早晨，她们将此事告诉了刻琉斯。刻琉斯召集众人，传达了女神的旨意。大家都主动前去为她修建神庙。神庙建好后，得墨忒耳来到此处，端坐其中——她远离奥林波斯众神，独自一人思念她的女儿。

那一年对凡间的人们来说真的非常艰难，非常残酷。地上什么都不长，种子不发芽，牛拖着犁头犁过田垄，也是徒劳无用。全人类都快要死于饥荒了。最终宙斯决定处理此事。他派出众神去劝说得墨忒耳。神灵一个一个地去找她，想劝她收回怒火，但是她根本不听。不见到她的女儿，她就决不肯让土地里长出任何东西。宙斯终于意识到必须让哈得斯让步。他派赫耳墨斯去冥界，请求哈得斯让他的新娘回到得墨忒耳身边。

赫耳墨斯看到他们二人并排坐着，珀耳塞福涅瑟缩不安，因为她想念自己的母亲。听到赫耳墨斯的话之后，她渐渐高兴起来，想要离开冥府。她丈夫知道自己必须服从宙斯的命令，于是让她离开自己，去往地上的世界。但是当珀耳塞福涅准备离开时，哈得斯请求她不要怨恨自己，也不要觉得难过，因为她嫁给了一位伟大的神灵做妻子。然后他请她吃了一颗石榴籽，因为他知道，如果珀耳塞福涅吃了石榴籽，就一定会回到他身边。

哈得斯准备好自己金色的马车，赫耳墨斯手握缰绳，驾着黑色的马匹来到得墨忒耳所在的神庙。她跑出来迎接自己的女儿，动作轻快得就像酒神的女祭司跑下山坡。珀耳塞福涅张开双臂紧紧抱住母亲。她们一整天都在谈论分别期间发生的事情，得墨忒耳听说石榴籽的事情之后又难过起来，她担心女儿还是不能留下来。

随后宙斯又派出一位使者，这是个大人物，因为此次前来的是他备受尊敬的母亲瑞亚本人，一位最古老的神灵。瑞亚飞速离开奥林波斯的高峰，来到寸草不生的大地上，她站在神庙门口对得墨忒耳说：

来吧，我的女儿，高瞻远瞩、声如雷霆的宙斯在呼唤你。
回到众神的殿堂之中，享受你应得的荣誉吧。
当每一年结束，寒冬过去时，
你会如愿有女儿陪伴，抚平忧愁。
黑暗王国只能留她三分之一的时间，
别的时候你都和她在一起，和愉快的众神一道。
别再生气。把生命和你的恩惠一起赐予人类吧。

得墨忒耳没有拒绝，但这番话安慰有限，因为她每年必须和珀耳塞福涅分别四个月，目送自己可爱的女儿去亡灵的世界。但是她很善良，人们一向把她称为“善良的女神”。她为即将到来的分别感到难过。她让田野再次长满果实，世界被繁花绿叶装点。她又去找那些为她修建神庙的厄琉息斯王室成员，并从中选择了特里普托勒摩斯作为自己在人间的代行者，让他教导人们如何耕种。她教特里普托勒摩斯、刻琉斯和其他人执行自己的神圣仪式，“任何人都不得讲述的秘仪，因深深的敬畏锁住了他们的舌头。见识过这些秘仪的人必定受到保佑，他的前途一定是光辉灿烂的”。

啊，得墨忒耳，芬芳的厄琉息斯女王，
你赐予大地丰饶的物产，
请将恩惠赐予我吧！
还有你，珀耳塞福涅，
少女中最美的一位，
我以歌唱讨你欢心。

在得墨忒耳和珀耳塞福涅两位女神的故事中，其基调都是悲伤的。得墨忒耳是丰收的女神，同时也是一直悲伤的神圣母亲，她每年都要目睹自己的女儿死去。珀耳塞福涅是春夏之际光彩照人的少女，她轻盈的脚步走在枯黄的山坡上，让山上鲜花盛开，变得焕然一新。正如萨福[1]所写：

1 萨福（Sappho，约前630至前612—约前570），古希腊抒情诗人。

我听见繁花似锦的春的脚步声……

那是珀耳塞福涅的脚步。但珀耳塞福涅也知道美丽有多短暂，果实、花朵、绿叶，土地上一切美丽的植物在寒冬降临时都会凋零逝去，就像她一样。当那位黑暗地府的主人把她带走后，她就不再是在鲜花盛开的草地上尽情玩耍的少女了。每年春天，她确实会离开死者的世界，但是她却还记得自己是从哪里来的，即使明媚美丽，她依然有些怪异可怕之处。她经常被称为“名字不可言说的少女”。

奥林波斯山上都是些“快乐的神灵”“永生的神灵”，他们远离凡人必死的命运。但是他们也在死亡降临时悲伤，此时凡人也要同情那位悲伤的女神和那位死去的女神。

狄俄尼索斯（巴克科斯）

这个故事和得墨忒耳的故事大相径庭。狄俄尼索斯是最后一位进入奥林波斯山的神明。荷马不承认有这样一个神。在公元前 8 世纪或公元前 9 世纪的早期文本中，除了赫西俄德有一些简略的描述以外，别处都找不到狄俄尼索斯的故事。在公元前 4 世纪，最后一首荷马颂诗里写到了关于他和一艘海盗船的情节；另外在公元前 5 世纪，欧里庇得斯的最后一部戏剧是以狄俄尼索斯与彭透斯的命运为主题的，在所有的希腊诗人里，他是思想最现代的一位。

忒拜是狄俄尼索斯的圣城，他在那里出生，宙斯和忒拜公主

塞墨勒是他的父母。他是唯一一个双亲不皆是神灵的神。

唯有在忒拜，凡人女子
方能生出不死的神灵。

在宙斯喜欢上的女人中，塞墨勒是最不幸的一个，她不幸的原因当然也是赫拉。宙斯疯狂地爱着她，对她说她提的一切要求他都会实现，他甚至以冥河斯提克斯的名义发誓，即使是他也不能违背这样的誓言。她对宙斯说，她希望能见到宙斯以天庭之王、雷电之主的身份现身。让她产生这个愿望的是赫拉。宙斯知道凡人看到他的真身后绝不可能活下来，但是他也没有办法。他以冥河发过誓的。如塞墨勒所要求的，他以真身出现了，而塞墨勒则在那灼热而骇人的闪光中死去。但是宙斯此时将她即将出生的孩子救了出来，并把那个孩子藏在身边，以此躲过了赫拉，最终等到了他应当出生的时间。然后，赫耳墨斯把他交给了倪萨的仙女们——倪萨是世间最美的山谷，但是从未有人见过，也从未有人知道它在哪里。有人说倪萨的仙女们就是许阿得姐妹，宙斯后来把她们带到天上变成了星宿，当她们靠近地平线时就会下雨。

所以酒神是在火焰中出生，又被雨水滋养，灼烧的热量让葡萄成熟，水则使植物生长。

长大后，狄俄尼索斯去各个陌生的地方旅行：

吕底亚黄金遍地，
弗里吉亚也十分富饶，
波斯的平原阳光普照，
巴克特里亚城墙高耸，

米底亚人的国度风暴肆虐，
阿拉伯半岛备受祝福。

他每到一处就教大家关于葡萄的知识和崇拜自己的秘仪，每个地方的人都接受了这位神灵，最终他来到了自己的国度。

一天，在希腊附近海域驶来一艘海盗船。他们看到一个俊美的青年站在海岬的沙滩上。他浓密的黑发披散下来，紫色的斗篷覆盖在他强壮的肩膀上。他看起来像个王子，他的父母一定付得起高额的赎金。海盗们欣喜若狂地冲上岸，抓住了他。到了船上，他们把他粗暴地捆起来，可是他们惊讶地发现，他们捆不住他，绳子根本绑不到一起，一碰到他的手或脚，绳子就四散分离了。他就微笑着坐在那里，用他乌黑的眼睛看着海盗们。

众人之中，只有舵手恍然大悟，他大喊着说这个青年可能是个神，必须马上释放他，否则他们就会遇到灾难。但是船长笑话他愚蠢，命令船员立刻升帆。风吹起来，船员们拉紧船帆，但是船一动也不动。接着一连串的怪事发生了：醇香的酒在甲板上流淌，船帆上长出一串串葡萄，一株深绿色的藤蔓植物像花环一样绕着桅杆生长，上面开着花，还挂着可爱的果实。海盗们都吓坏了，让舵手马上靠岸。但是已经来不及了，就在他们说话的时候，他们的俘虏变成了一头狮子，发出骇人的咆哮。海盗们纷纷跳海逃生，结果他们一跳下去就变成了海豚，唯有那个善良的舵手幸免于难。神对他网开一面。他阻止舵手跳海，让他鼓起勇气，因为他确实博得了神的好感——宙斯与塞墨勒之子狄俄尼索斯眷顾他。

他前往希腊的路上路过色雷斯，当地一位国王吕库耳戈斯坚决反对崇拜这位新的神，因此冒犯了他。狄俄尼索斯从他面前退下，甚至远远地逃到深海躲避。不过没多久他就回来了，制服了这位国王，还惩罚了他的恶行，虽然惩罚手段比较温和：

把他关在一个岩洞里，
直到那疯狂的怒火消退，
直到他学着去了解
自己先前嘲笑的那位神灵。

但是别的神灵可没这么温和。宙斯戳瞎了吕库耳戈斯，他之后很快就死了。冒犯了神灵的人都活不长。

狄俄尼索斯在游荡的过程中，遇到了克里特岛的公主阿里阿德涅。当时她完全与世隔绝，在救了雅典的王子忒修斯一命之后，她被忒修斯丢弃在了纳克索斯岛的海岸上。狄俄尼索斯对她很是同情，解救了她，最后还爱上了她。当她死去时，狄俄尼索斯取下当初送给她的王冠，并把这个王冠放在群星之间。

他也没忘记自己从未谋面的母亲。他非常思念她，后来竟深入地府去见她。当他找到塞墨勒的时候，甚至违抗死神的力量接近她，死神也却步了。狄俄尼索斯便把她带走了，但并不是回到人间生活。他带塞墨勒去了奥林波斯，众神接纳她成为神灵的一员，虽然她确实是凡人，但她也是神的母亲，因此可以和众神并列。

酒神可以是善良慷慨的，但也可以很残忍，能驱使人们去做出可怕的行为。他可以让人发疯。酒神的女祭司迈纳得（也叫巴克坎忒），就是发酒疯的女人。她们尖叫着在山岭森林中奔跑，同时疯狂地挥舞着挂有松果的手杖。任何东西都无法阻止她们。她们无论遇到什么野生动物，都会把它们撕碎，吃下带血的生肉。她们唱道：

唱歌又跳舞，
疯狂地奔跑，
啊，山上的生活多快活！
追猎野山羊，
最后逮到了，
啊，累倒在地多快活！
啊，血肉的味道是多么美好！

奥林波斯众神喜欢神庙和祭品收拾得整齐漂亮。那些被称为迈纳得的疯女人是没有神庙的。她们在野外祭拜，大都是在山林深处，仿佛她们还遵守着人类为众神修筑神庙之前的古老习俗。她们离开肮脏拥挤的城市，回到杳无人烟的山岭中，回到纯粹的自然深处。在那里，狄俄尼索斯会赐予她们水和食物：香草、浆果和野山羊的奶。在茂密的大树下，她们以柔软的草地为床，那里的松针已经累积了很多年。她们醒来会觉得心绪平静且精神饱满，会在清凉的小溪里沐浴。在野外祭拜十分美好而自由，而那种狂喜让世界充满野性之美。当然，血腥吓人的仪式还是存在的。

狄俄尼索斯崇拜主要就是围绕着这两个相去甚远的理念进行的——一个是自由和狂喜，另一个是野蛮和血腥。酒神能够把这二者都赐予崇拜者。在他一生中，有时候会保佑凡人，有时候也会毁了凡人。在据说是由他实施的恶行中，最恶劣的一次发生在忒拜，那是他母亲的故乡。

狄俄尼索斯来到忒拜，想建立起对自己的崇拜。如往常一样，他身边陪伴着一群手舞足蹈的女人，她们还唱着快乐的歌。她们穿着长袍，外面还披着一层鹿皮，挥舞着常青藤缠绕的手杖，仿佛快乐得发了疯，她们唱道：

啊，酒神的信徒，来吧，
啊，来吧！
歌唱狄俄尼索斯，
伴着铃鼓歌唱，
伴着那低沉的铃鼓声。
快乐地称颂他吧，
他会带来欢愉。
神圣，无比神圣，
音乐正在奏响。
向着山岭，山岭，
飞吧，酒神的信徒，
用你轻快的脚步。
继续啊，欢乐地奔跑吧。

忒拜的国王彭透斯是塞墨勒姐姐的儿子，可是他不知道，带领这群情绪激动、举止怪异的女人的，正是自己的表兄。他不知道塞墨勒死时宙斯救下了她的儿子。在他看来，这群手舞足蹈、放声欢歌、行为乖张的陌生人很惹人讨厌，必须立刻阻止。彭透斯命令卫兵抓住这些人并关起来，尤其要抓住那个领头的："那个喝酒喝得满脸通红的人，吕底亚来的骗子巫师。"但是他这么说的时候，忽然听见身后传来严肃的警告："你拒绝的那个人是个新的神灵。他是塞墨勒的孩子，是宙斯亲手救下来的。他和神圣的得墨忒耳一样，都是凡人中最伟大的神。"说话的人是盲眼的先知忒瑞西阿斯，他是忒拜的圣人，知晓别人都不明白的神的旨意。彭透斯回过头，正准备作答，却发现他也跟那群傻女人一样打扮：一头银发，戴着常青藤编织而成的花冠，老迈的肩膀上披着鹿皮，颤巍巍的手里拿着一柄奇形怪状的松木棍。彭透斯看着他这个样子，对他大加嘲笑，然后轻蔑地命令他走开。就这样，彭透斯给自己召来了毁灭，因为他不听神对他说的话。

狄俄尼索斯被一队士兵带到他面前。他们说他既没有打算逃跑，也没有抵抗，反而非常配合地让他们把自己抓来，士兵们都觉得惭愧了，对他说他们也是奉命行事，身不由己的。他们还说，那些被关进监狱的女人都逃进山里了——那些镣铐根本铐不住她们，门也根本关不上。他们说："这个人来到忒拜便发生了很多怪事——"

彭透斯现在完全被愤怒和轻蔑冲昏了头脑。他对狄俄尼索斯说话的态度很粗暴，狄俄尼索斯则非常温和地作答，希望能唤醒他的本性，让他看清自己神灵的面孔。他警告彭透斯说，自己是不可能被关进监狱的，"因为神会让我自由"。

"神？"彭透斯嘲笑地问。

"是的，"狄俄尼索斯回答，"他在这里，看着我受苦。"

"却不在我能看得见的地方。"彭透斯回答。

"他和我同在，"狄俄尼索斯回答，"你看不见他是因为你不纯洁。"

彭透斯愤怒地命令士兵把他绑起来送进牢房，狄俄尼索斯去了，并说："你对我做的恶行就是对众神做的恶行。"

但是监狱关不住狄俄尼索斯。他又走出来，到彭透斯面前，想要说服他接受那些展示在他眼前的神迹，并让他作为一位新的神灵在这里接受崇拜。但彭透斯对他不断辱骂威胁，狄俄尼索斯只能丢下他任他灭亡。这是可能出现的最坏结果了。

彭透斯又去追捕狄俄尼索斯的追随者，这些少女从监狱里逃出来，都跑进了山里。很多忒拜的女性也加入其中，甚至包括彭透斯的母亲和姐妹。狄俄尼索斯在那里显露出了最可怕的一面：他让所有人都发了疯。那些女人认为彭透斯是一头山狮之类的野兽，于是冲上去杀死了他，他的母亲冲在最前面。在被围攻的时候，彭透斯终于明白了，他和神灵对抗，肯定要付出生命的代价。她们把他的四肢扯断，此时神终于让她们恢复了理智，他的母亲看到了自己的所作所为。那些少女看着她痛苦的样子，全都清醒了，不再唱歌跳舞，也不再疯狂地挥舞她们的手杖，她们对彼此说：

诸神以神秘莫测的方式降临人间。
许多早已放弃的事，诸神助其实现；
许多曾经期冀的事，却往往落空。
诸神将我们引上了一条从未踏足的道路。
事情就是这样发生了。

很多关于狄俄尼索斯的故事都提到，他给人的第一印象是矛盾的。一方面，他是个欢乐之神：

面色红润的巴克科斯，
用黄金束着他的头发；
一群迈纳得相伴左右，
手中火炬吐着欢快的火苗。

另一方面，他又是个冷酷之神，野蛮而暴力：

他面带冷笑，
追捕猎物，
并借信徒之手，
将其诱捕、处死。

但是事实上，由于他是酒神，会有这两种印象也是理所当然的。酒既有好处，也有坏处。它既能温暖鼓舞人心，也能让人酩酊大醉。大家都不可能对喝酒产生的丑陋后果视而不见，只说其中的好处。狄俄尼索斯作为酒神，自然就有类似的能力，他有时候能让人犯下可怕且残暴的罪行。没有人能抗拒他，而且没有人会为彭透斯的命运讨个公道。然而古希腊人告诉彼此：当人发酒疯的时候，确实会发生那种事情。但这一事实也没能让他们忘记另一个事实，那就是酒确实是“快乐之源”，能让人心情轻松，无忧无虑，愉快取乐：

狄俄尼索斯的美酒
可以解忧消愁，
让人心旷神怡，
带我们去往前所未有的天地；
让穷人变得富有，让富人变得宽厚。
用葡萄制成的佳酿，如利剑所向披靡。

狄俄尼索斯之所以各种时候表现不同，是因为酒有好坏两面性，酒神也一样。他既能造福凡人，也能毁灭凡人。

在好的一方面，他不光可以让人快乐，他的酒杯还可以——

赐予生命，治愈疾病。

在他的影响下，人会勇气大增，怯弱全无——至少短时间内是可以的。他抬举自己的崇拜者，让他们觉得自己能做到以往力所不及的事情。当然，这些快乐、自由、自信的感觉最后都会消退，他们会变得清醒或者烂醉，然而在那种感觉尚未消失的时候，他们就像是被一种更加强大的力量附身了一样。因此人们觉得狄俄尼索斯和别的神灵不同。他不光是在凡人身体之外，同时也是在体内。他可以让人类变成类似于他的存在。喝酒能带来片刻的强大感，这是传递给凡人的一个信号：他们比自己想象的更强，“他们自身就能成神”。

这个想法跟通过喝酒来崇拜神灵，或通过喝酒变得愉快无忧之类的观点截然不同。有些狄俄尼索斯的追随者滴酒不沾。他本来是让人类在醉酒时得到片刻解放的神，后来提升为通过鼓励让人类获得自由的神，目前尚不知道这一重大转变是何时发生的，但是转变之后一个重要的结果就是：从此以后，狄俄尼索斯成了希腊众神中最重要的一位。

厄琉息斯秘仪主要是崇拜得墨忒耳，这些仪式非常重要。如西塞罗所说，它们在数百年的时间里帮助人们“开心地活着，怀抱希望地死去”。但是这些仪式的影响未能持续，很可能是因为任何人都不得公开传播、书写厄琉息斯秘仪的内容所致。如今这些秘仪只剩一些模糊的回忆。狄俄尼索斯的情况和厄琉息斯秘仪截然不同。他的节日上要做的事情完全是公开的，酒神节的影响一直持续至今。古希腊的任何节日都无法和他的节日相提并论。酒神节在春天举行，正是葡萄藤开始生长的季节，节日持续五天。这五天是非常和平愉快的日子。一切日常事务都暂停。谁都不会被关进监狱，就算囚犯都会被暂时释放出来欢度佳节。但是人们聚集起来崇拜酒神的地方并不是在野外，也没有吓人的野蛮行为和嗜血的宴会；甚至不是在神庙里举行，也没有规定的祭品和祭司主持的仪式。崇拜酒神的地方是在剧院，仪式则是表演戏剧。希腊最伟大的诗歌，也是世界范围内最伟大的诗歌，是写给狄俄尼索斯的。创作戏剧的诗人、表演戏剧的演员和歌手都被视为是酒神的仆人。演出是神圣的，观众和作家及演员一样，也参与着崇拜仪式。据信狄俄尼索斯也会出现，他的祭司在表演过程中有重要位置。

于是乎，显而易见的是，拥有神圣灵感的酒神可以将他的精神灌注到人的身上，让人写出精彩的作品，完成精彩的表演，这一观点比早期对酒神的看法要重要得多。早期悲剧中最精彩的作品除了莎士比亚以外几乎无人能及，那些作品都是在狄俄尼索斯的剧场里诞生的。喜剧也是在这些地方产生的，但悲剧数量更多，这是有原因的。

这位奇异的神灵、愉快的宴饮者、残忍的猎手、崇高的启迪者，同时也是痛苦的承受者。他和得墨忒耳一样遭受着痛苦，但不是像她一样为别人感到痛苦，而是为自身而痛苦。他是葡萄藤，藤蔓除了悬挂果实以外毫无用处，每条枝子都会被剪掉，只剩光秃秃的树桩，整个冬天，残留的树桩看起来仿佛死了，那老树瘤仿佛再也不能长出新叶。如珀耳塞福涅一样，狄俄尼索斯每年冬天都会死去。和她不同的是，狄俄尼索斯的死法非常痛苦：他被撕成了碎片，在某些故事里是被提坦众神撕碎的，有些故事说是赫拉下令把他撕碎的。他总会再次复活，总是死而复生。人们在剧院庆祝的就是他愉快的复活，但是他所经历的暴行以及人们在他的影响之下所犯下的恶行联系太过紧密，以至于无法被忘记。他不光是位受难的神，也是悲剧之神。众神之中仅此一位。

他还有另外一面。他确保着死亡不会终结一切。他的崇拜者相信他的死而复生意味着身体死亡后灵魂永存。这种信仰也是厄琉息斯秘仪的一部分。最初这种信仰是以珀耳塞福涅为中心的，她每年春天也会复活。但是作为冥界的王后，即使是在活人的世界里，她也依然保持了一些怪异可怕的地方：她怎么可以一直带着死去的暗示复活呢？复活应该战胜死亡才对啊。狄俄尼索斯正相反，他永远不会忆及冥界的力量。珀耳塞福涅在冥界的故事有很多，而狄俄尼索斯只有一个——他救了自己的母亲。他的拯救行为代表着比死亡更强大的生命力。因此他才是不死信仰的核心，而非珀耳塞福涅。

在公元 80 年左右，一位伟大的希腊作家普鲁塔克在远离家乡时接到一个消息，他的小女儿去世了——据他所说，那孩子性格非常温柔。他在给妻子的信中写道："亲爱的，关于此事你也听说过，灵魂离开身体后就会消失，再也感觉不到任何东西。我知道你不信这种事，因为对那些纯洁又虔诚的人，巴克科斯会赐予他们奇迹，我们这个教派的信众都知道。我们的灵魂是永生不朽的，这是不容置疑的事实。我们要想象他们（死者）是去了更好的地方，过上了更快乐的生活。所以我们也要好好地打理我们的生活，同时内心要更加纯洁、明智、坚定。"

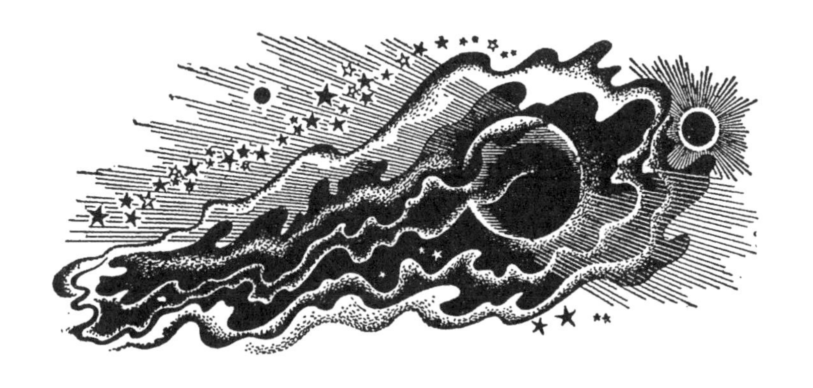

第三章

创世和造人

公元前 5 世纪的埃斯库罗斯讲述过普罗米修斯受罚的故事，除此之外，本章的主要内容均来自赫西俄德，他生活的时代比埃斯库罗斯至少早三百年。他在起源神话方面颇有权威。克洛诺斯的故事内容简朴，潘多拉的故事文字纯真，这两种风格皆出自他的手笔。

首先是混沌，巨大无边的深渊，
愤怒如海，黑暗、广阔、狂野。

这些文字是弥尔顿写的，它们准确地表现了古希腊人对世界起源的不解。很久以前，在昏暗的过去，众神出现了，那是很久很久以前，一片深沉的黑暗中，只有无形的“混沌”弥漫其中。

最后，谁也不知道是基于什么原因，两个孩子在这无形的虚空中诞生了。“黑夜”是“混沌”的孩子，厄瑞玻斯也是“混沌”之子，那是个深不可测、死气沉沉的地方。整个宇宙别无他物，全是一片黑暗、空洞、寂静、无边。

这时候发生了一个奇迹中的奇迹。在这片广阔到骇人的虚空中，忽然神秘地出现了世间最好的东西。伟大的剧作家、喜剧诗人阿里斯托芬对此描述如下：

……黑翼的夜神
在厄瑞玻斯黑暗且深邃的胸怀中
孵下一个风生的卵，随着季节更替，
期待已久的爱神诞生了，带着闪耀的金色双翼。

在死亡和黑暗中，爱神诞生了。随着爱神的诞生，秩序和美丽也驱散了盲目的混乱。爱神创造了“光明”及其伴侣——明亮的“白昼”。

接着大地就出现了，当然同样没有人去解释大地为何会出现。事情就是这样发生了。随着爱与光明的到来，大地的出现似乎是理所应当的。赫西俄德是古希腊第一个想要解释世界起源的诗人，他写道：

美丽的大地升起，
她胸怀宽广，是万物坚实的基础。
美丽的大地首先托着繁星点点的天空，
天与地等同，
天空四面八方覆盖着大地，

那里是永生的神灵的家园。

在这些关于过去的思考中，地域和人类是没有区别的。大地是一片坚实的土地，但也是有着些许人格的。天空是一片高高在上的蓝色穹顶，但也会表现出一些人类的行为。对于讲述这些故事的人来说，整个宇宙都是有生命的，这种生命和他们这些叙述者是一样的。他们是独立的人，所以他们把一切带有生命特征、一切动态的东西全部人格化了：冬天和夏天的大地、斗转星移的天空、波涛汹涌的海洋，等等。然而这只是隐晦的人格化：某种模糊又广阔的东西，因其感情而带来变化，所以是活的。

但是当早期的故事讲述者谈到爱与光明时，他们就开始为人类登场做铺垫了，他们对事物进行了更精确的人格化。他们为自然力量赋予特定形态。他们认为自然力量是人类的先驱，因此他们对这部分的定义远比对大地和天空来得清晰。他们让这些角色完全按照人类行为行事，比如说行走和进食，大地和天空绝不会有此类行为。这两类是被区分开来的。如果说大地和天空也是活的，那也是以另一种独特的方式活着。

第一批具有生命外观的生物是大地母亲与天空父亲（盖亚和乌拉诺斯）的孩子们。他们都是怪物。古希腊人和我们一样，都认为古时候天地间生活着巨大的奇异生物。不过他们认为那些不是巨蜥或猛犸，而是一种似人非人的存在，有着惊人的强大力量，能制造出地震、飓风和火山喷发。在关于这些生物的故事中，他们似乎并不是真正活着的，而是从属于一个没有生命的世界，那里只有不可阻挡的力量制造出巨大规模的运动，或是托起山脉，或是掘出海洋。古希腊人显然有这样的感受，因为在他们的故事里，巨怪虽然是活着的，却不像人类所知道的任何生命形式。

其中有三个尤其巨大强壮，他们每个有一百只手和五十个头。另外三个的名字叫作库克罗普斯（意为“独眼巨人”），因为他们只在额头正中长着一只大如车轮的眼睛。这些高大的独眼巨人站起来就像高耸的山崖，有着毁灭性的力量。后来提坦神出现了。提坦神有很多位，他们彼此力量相当，体形相似。但他们不只具有破坏性，其中有几位甚至是相当仁慈的。在人类被创造出来后，甚至有一位提坦神挽救了人类，让人类免于灭亡。

那些可怕的怪物是大地母亲的孩子，是世界还年轻的时候从大地的深渊中诞生的，这样的想法很自然。但是奇怪的是，他们也是天空的孩子。古希腊人认为他们证明天空是个不称职的父亲。那几个长着一百只手和五十个头的东西虽然是他的亲生骨肉，却依然招致了他的厌恶，他们一出生，就被关进了大地深处一个秘密的地方。他只对库克罗普斯和众位提坦手下留情；眼见别的孩子遭到这般虐待，大地母亲感到十分愤怒，遂向他们求援。只有一个胆子大的站了出来，他便是提坦神克洛诺斯。他伏击了自己的父亲，并致其重伤。从乌拉诺斯的血泊中诞生了第四种怪物——巨人族。复仇女神厄里倪斯也从这血泊中出现，她们的职责是追踪并惩罚罪人。她们被描述为“黑暗行者”，外形恐怖，有着不停蠕动的蛇发，眼睛里流着血泪。别的怪物最终都被从大地上驱逐了，厄里倪斯却留了下来。只要世间还存在着罪孽，她们就不会消失。

从那时起，克洛诺斯（罗马人称之为萨图耳努斯）成了宇宙的统治者，度过了长得不可胜数的岁月，瑞亚（拉丁语名俄普斯）是他的妻子兼姐妹。最终，他们的一个儿子推翻了他的统治，那就是天空和大地未来的统治者宙斯（拉丁语名朱庇特）。他推翻克洛诺斯的理由很充分，因为克洛诺斯知道，他的某一个孩子注定会篡夺他的王位，他决定与命运抗争，便在每个孩子一出生时就把他们吞噬。当瑞亚生下她的第六个孩子宙斯时，她悄悄地把孩子送到了克里特岛，然后把一块裹在襁褓中的石头交给丈夫。克洛诺斯误认为这是婴儿，就一口吞了下去。后来宙斯长大了，他借着大地祖母的帮助，强迫克洛诺斯把石头和之前吞下的五个孩子一起吐了出来。这块石头被安放在得尔斐神庙，不知过了多少个时代，有个著名的旅行家帕乌萨尼亚斯声称自己在公元180年还亲眼见过："一块不大的石头，得尔斐的祭司每天都要用油脂涂抹。"

接下来宙斯与克洛诺斯之间的战争非常惨烈，克洛诺斯有提坦众神相助，宙斯则有自己的兄弟姐妹帮忙——这场战争几乎毁灭了整个宇宙。

恐怖的巨响搅动了无边的大海，
整个大地发出震耳欲聋的叫喊，
广阔的天空在颤抖中悲鸣。
永生的神祇冲锋前进，
动摇了奥林波斯的根基，
深黑的塔塔洛斯也震动不停。

提坦众神战败，一方面是因为宙斯将百手巨怪从牢狱里放了出来，巨怪们用势不可挡的武器——雷霆、闪电、地震——帮他战斗。此外提坦神伊阿珀托斯的一个儿子也帮助了宙斯，那就是普罗米修斯，他非常明智地站在了宙斯这一边。

宙斯严惩了落败的对手，他们被——

用坚固的锁链绑在广阔的大地之下，

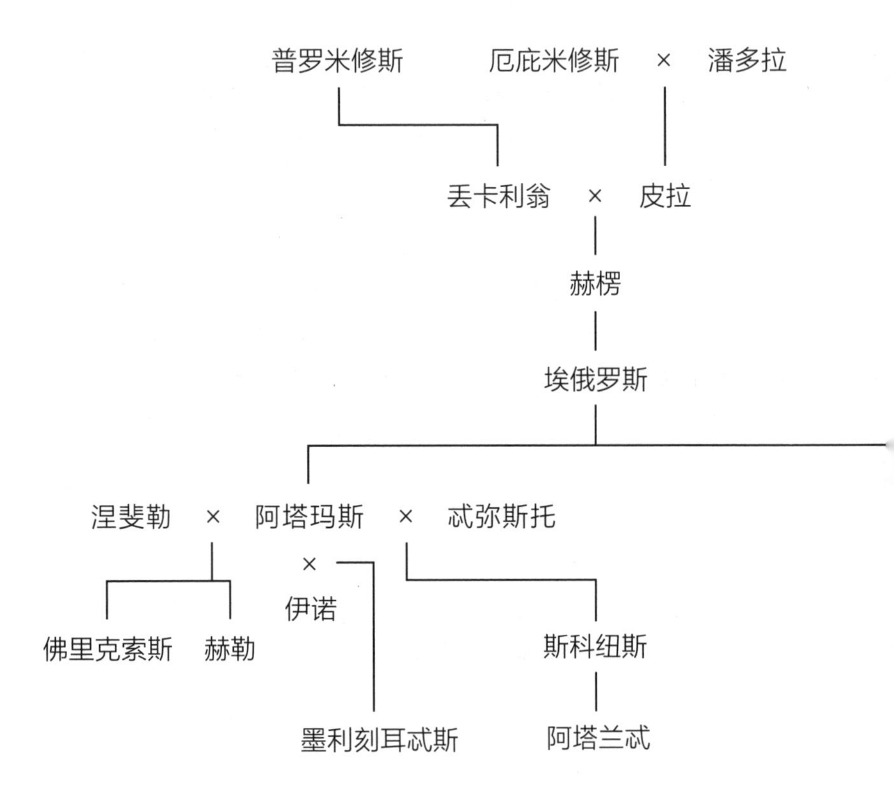

普罗米修斯
厄庇米修斯
×
潘多拉
丢卡利翁
×
皮拉
赫楞
埃俄罗斯
涅斐勒
×
阿塔玛斯
×
忒弥斯托
×
伊诺
佛里克索斯
赫勒
斯科纽斯
墨利刻耳忒斯
阿塔兰忒

普罗米修斯的族谱

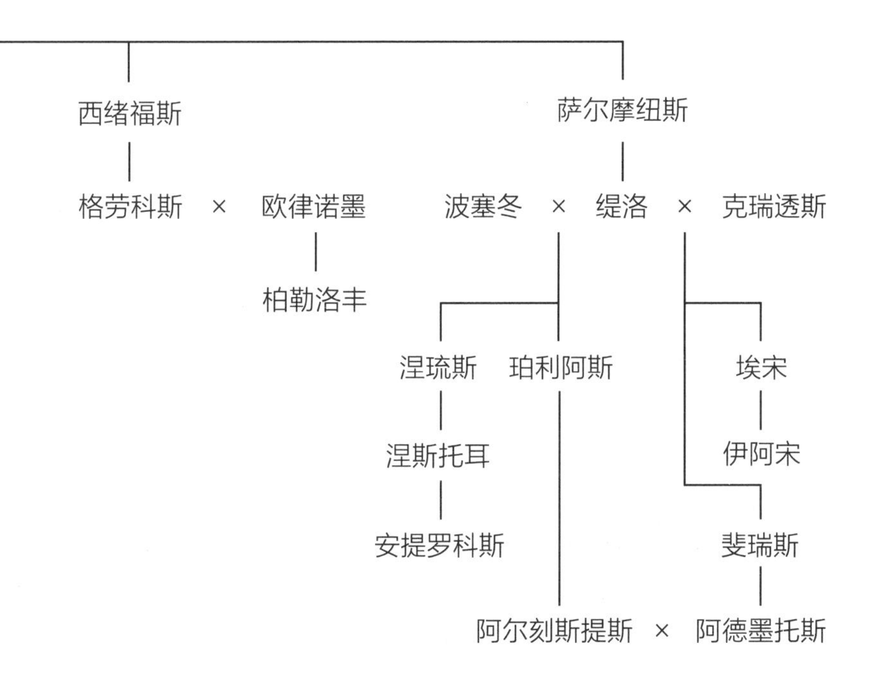
西绪福斯
萨尔摩纽斯
格劳科斯
×
欧律诺墨
波塞冬
×
缇洛
×
克瑞透斯
柏勒洛丰
涅琉斯
珀利阿斯
埃宋
涅斯托耳
伊阿宋
安提罗科斯
斐瑞斯
阿尔刻斯提斯
×
阿德墨托斯

深入大地的距离如同天地之遥，
甚至远至塔塔洛斯。
铜砧从天而降需要九天九夜，
到第十天才能落到地面；
然后它又继续降落九天九夜，
才能到达固若金汤的塔塔洛斯。

普罗米修斯的兄长阿特拉斯遭受了更加不幸的命运，他被罚——

永生永世背负
世界残酷的重压
以及整个天穹。
在他肩上则扛着
分开天地的巨柱，
这担子并不轻松。

背负着这样的重任，他永远站在被云雾和黑暗包裹的小屋前面，那里是“白昼”和“黑夜”交接换班的地方。“白昼”和“黑夜”绝不会同时进入房子，总是一个出发前往人间，另一个才在屋子里等待自己出场的时候。其中一个有着照亮一切的光芒，另一个与死神的兄弟睡神携手同行。

虽然提坦被打败了，被彻底镇压了，但宙斯依然没有取得完全的胜利。大地生出了最后一个后代，也是最可怕的一个，他比此前的一切怪物都可怕。那个东西名叫提丰：

一头熊熊燃烧的百首巨怪，

起身反抗所有的神灵。
他骇人的下颌发出死亡的哨音，
眼中冒出闪耀的火光。

但宙斯现在控制了雷霆和闪电。这两样成了他的武器，其他任何人也用不了。他以雷电痛击提丰：

闪电不知疲倦，
雷霆带着火焰的气息。
烈火焚烧着他的心脏，
他的力量化为灰烬。
他精疲力竭地伏倒在
埃特纳火山旁，山口不时迸出
鲜红灼热的河流，用尖利的牙齿
吞噬了西西里平原
和平原上可爱的果园。
那是提丰炽热的怒火，
他呼出的火焰四处投射。

此后还有一次企图推翻宙斯的事件：巨人们反叛了。此时众神已经非常强大，而且还有宙斯之子——了不起的赫拉克勒斯相助。巨人们被打败，并被关进了塔塔洛斯，天庭的伟大力量彻底战胜了大地上的野蛮势力。此后，宙斯和他的兄弟姐妹统治着一切，成了宇宙万物毫无争议的主宰。

到目前为止还没有人类，不过世界已经没有怪物了，这为人类的到来做好了准备。这个地方可以让人类舒适安全地生活，不必担心提坦或巨人突然冒出来。据信大地是一个圆盘，被古希腊人所谓的“大海”（我们现在称之为地中海）和我们所谓的黑海均分成两部分。（古希腊人最初把黑海叫作阿克西涅，意为“不友善之海”；后来也许是大家跟它变得熟悉了，就把它改称为欧克西涅，意为“友善之海”。有人认为，古希腊人给它起这样亲切的名字，是为了让它表现得更加友好。）一条巨大的河流环绕着大地，名为俄刻阿诺斯河，河面上永远不会有狂风暴雨。在俄刻阿诺斯河的对岸住着神秘的部族，很少有人知道怎么去他们那里。西米里人就住在那里，不过谁也不知道他们在东南西北的哪一方。而且那是个云雾笼罩的地方，白昼的阳光永远照不进来，在西米里人的地盘上看到的太阳永远模糊不清，在它爬过繁星点点的夜空到达黎明时看不清，在它行过天空靠近大地的傍晚时分也看不清。无尽的夜色笼罩着这群阴郁的人。

但是在俄刻阿诺斯河对岸，另有一个国度，那里的人们全都十分富有。在北风尽头的极北之处，还有一片极乐之地，那里住着许珀耳玻瑞亚人。只有少数外邦人——几位伟大的英雄去过那里。无论乘船还是徒步，都不太可能见到许珀耳玻瑞亚人的神奇国度。然而缪斯们的住处离许珀耳玻瑞亚人不远，因为那是她们的必经之路——每一处有少女欢快舞蹈的地方，每一处有七弦琴清亮琴声的地方，每一处有笛声的地方。许珀耳玻瑞亚人用金色的月桂树枝束起头发，愉快地宴饮。这个神圣的民族没有丝毫生老病死之苦。在南方极远之处则是埃塞俄比亚人的国度，我们对其唯一的了解，便是众神十分喜爱这个民族，甚至会在他们举办宴会时和他们同席而坐。

此外，在俄刻阿诺斯河的河岸上，还有一处受到庇护的亡者的国度。在那里，永远不会有冬天，不会下雪，不会有狂风，也不会降雨，西风从河上轻柔干爽地吹过，让人的灵魂焕然一新。这里的亡者都是至死也不曾做过一件错事的纯洁之人。

他们得到恩惠，再也不必为生计操劳；
不必再用强健的双手
侍弄土地或海水；
不必再辛苦争取食物，却永远吃不饱。
有了神的恩赐后，
他们的生活再也没有泪水。
轻柔的海风在宝岛四周吹拂，
树上开出熠熠闪光的黄金花朵，
海面上亦是一片粼粼金波。

现在一切已经准备就绪，只等人类登场了。就连好人坏人死后要去的地方也安排好了。是时候创造人类了。可创造人类的故事不止一个。有人说众神把这项任务派给了普罗米修斯和他的兄弟厄庇米修斯。普罗米修斯虽然是提坦神之一，却在战争中站在了宙斯一方。普罗米修斯是个很睿智的神，因为他名字的意思是“先见之明”，所以他比其他任何神灵都要聪明；而厄庇米修斯却是个心不在焉的神，他名字的意思是“事后之思”，他总是凭一时冲动行事，事后又经常改变主意。在创造人类这件事上他也是这么做的。在造人之前，他把所有的宝贵天赋都送给动物了，比如力量、速度、勇气、狡猾、毛皮、羽毛、翅膀、躯壳之类的——结果就没什么好东西留给人类了，没有可以保护身体的外壳，也没什么特质让他们可以和野兽竞争。为时已晚，厄庇米修斯很是懊悔，于是他赶紧去找兄弟求助。普罗米修斯就接手了创造人类的任务，他想出一个办法让人类占据上风。他把人类外表做得比野兽高贵一些，形似众神，然后他去了天庭，来到太阳处，点燃火炬，将火种带到人间——对人类来说，有火的庇护比拥有毛皮、羽毛、力量、速度都要好。

现在，人类虽然脆弱又短命，
却拥有了燃烧的火焰，
于是学会了诸多技能。

另一个故事则说，是众神亲手创造了人类。首先，他们造出了一个黄金的种族。这些人尽管寿命有限，却像众神一样快乐地生活着，无忧无虑，不必操劳，没有痛苦。农田里自然就会长出丰硕的果实。他们十分富足，人数众多，为众神所爱。当他们死亡时，他们会变成纯洁善良的精灵，保护人类。

在这个版本的造人故事中，众神似乎在用不同的金属做实验，而且很奇怪的是，他们似乎按照材料从好到坏的顺序进行着实验。用黄金做完实验之后，他们又用了白银。这第二个白银的种族比起第一批人类要差很多。他们智力低下，总是不停地互相伤害。他们同样消亡了，但是和黄金的种族不同的是，他们的灵魂也跟着消失了。接下来的一个种族是黄铜的。他们是非常糟糕的一群人，非常强壮，热衷于战争和暴力，结果自己把自己给毁灭了。这倒是一件对各方面都有好处的事情，因为黄铜的种族之后出现了一个非常完美的种族，他们是神灵般的英雄，他们光荣地参与战斗，踏上伟大的征程，后世的人们不断地歌颂他们的事迹。最终他们去了极乐的岛屿，生活在永远的幸福之中。

接下来第五个种族出现在大地上：黑铁的种族。他们生活在艰难的时期，秉性也很顽劣，只能终日不停地劳作而且满怀悲伤。他们一代又一代地繁衍，却越变越糟糕，子孙总比父辈更差。总有一天他们会坏到无可救药，然后理所当然地开始崇拜力量，并缅怀已经消失的一切美德。最终，当任何人都不再对恶行感到义愤填膺，也不再在苦难面前心怀愧疚时，宙斯也会毁灭他们。但即使是那种状况也还是可以挽回的，只要民众站出来推翻压迫他们的统治者就可以了。

这两个关于人类起源的故事——五个时代的故事、普罗米修斯和厄庇米修斯的故事——虽然大相径庭，但有一点是一致的，那就是很长一段时间以来，包括整个黄金时代，世界上都只有男人，没有女人。由于普罗米修斯太关心人类了，宙斯愤怒之余造出了女人。普罗米修斯不光为人类偷来了火种，还做出了精心的安排，让人类拿到动物祭品中最肥美的部分，众神只能拿到边角料。当时他宰了一头很大的牛，把上好的肉用牛皮裹起来，又堆了些内脏上去作为伪装。在这堆肉旁边，他又把所有的骨头摆成一堆，外面盖着油光光的脂肪仔细装饰了一番，确保宙斯会选择这堆骨头。宙斯选了白花花的油脂，结果发现里面是精心伪装的骨头，不禁勃然大怒。但这是他自己的选择，所以宙斯只能接受。从那时起，只有油脂和骨头会放上祭坛燃烧，献祭给众神。人类把上好的肉留给了自己。

但是凡人与众神之父不能忍受这样的待遇。他发誓要报复，首先要报复人类，然后要报复人类的朋友。他为人类准备了一个很邪恶的东西，这东西看上去美丽可爱，外表有如一个羞怯的少女。众神给了她很多礼物，有银色的衣服、刺绣的面纱（真是奇珍异宝），还有鲜花做成的花环和黄金制成的头冠——那头冠映得她无比美貌。由于他们赠给她这么多东西，这个女性被命名为“潘多拉”，意思是“大家的礼物”。这个美丽的祸害完成了之后，宙斯带她出去，众神与凡人看到她时，都十分惊叹。从潘多拉开始，世界上就有了女人，她们对男性来说是邪恶的，天性就是要作恶。

另一个关于潘多拉的故事则说，一切不幸的源头并不是她邪恶的本性，而是她的好奇心。众神送给她一个盒子，里面装满了各种有害的东西，他们让她千万不要打开。然后众神就把她送去了厄庇米修斯那里。厄庇米修斯高兴地迎接了她，而普罗米修斯却警告说千万不要接受任何宙斯的礼物。他接受了潘多拉，但是后来，当那个危险物品和那个女人进了他家之后，他才明白普罗米修斯的意见有多明智。因为潘多拉就像所有的女人一样，有着旺盛的好奇心。她很想知道那个盒子里究竟装了什么。有一天，她打开了盒盖——从里头飞出了为人类准备的无数种疫病、悲伤和灾厄。潘多拉惊恐地关上盒盖，但是为时已晚。只不过盒子里面还剩下一样好东西——希望。那是盒子里无数灾祸中唯一的一个好东西，直到今日它也是人类在不幸中唯一的安慰。于是凡人明白了，不可以占宙斯的便宜，也不可以欺骗他。睿智又善良的普罗米修斯也明白了这个道理。

宙斯通过创造女人惩罚人类之后，他就准备处理罪魁祸首了。这位众神的新领袖其实欠普罗米修斯很大的人情，因为是普罗米修斯帮他打败了提坦众神，然而他忘了这份人情。宙斯有自己的仆人——“力量”和“残暴”，他们抓住普罗米修斯，把他带到高加索山上绑了起来：

在高山顶峰，巨石之上，

用牢固的锁链，任何人都无法破坏。

他们对他说：

这份无法忍受的礼物将永远折磨你。
能解放你的人还没出生。
这是你喜爱人类得到的恶果。
你身为神灵，竟然要触怒大神，
给人类他们不配得到的光荣。
所以你就永远守着这无趣的岩石——
不能休息，不能睡眠，不能缓解。
你说话就是呻吟，你唯一的说辞就是悲叹。

这种折磨不只是为了惩罚普罗米修斯，也是为了迫使他向奥林波斯的主神吐露一个秘密。宙斯明白，命运会带走一切，他注定会有一个儿子，日后将推翻自己的王位，并将众神从天庭中驱逐出去，但只有普罗米修斯知道谁会是那个男孩的母亲。当普罗米修斯被痛苦地绑在岩石上的时候，宙斯派信使赫耳墨斯前来打探这个秘密。普罗米修斯对他说：

去说服汹涌的海浪让其沉静吧，
那比说服我还容易些。

赫耳墨斯警告他，如果他还这样执迷不悟地沉默下去，就会遭受更严厉的惩罚：

一位不速之客——被鲜血染红的雄鹰
将会到来，飞赴你血肉身躯的宴席。
它会整天将你的身体撕成碎片，
疯狂地啄食你发黑的肝脏。

但是任何事情都不能使普罗米修斯动摇，威胁与折磨都无济于事。他身体虽然被禁锢，精神却是自由的。他拒绝向残酷的暴君屈服。他知道自己尽职尽责地侍奉了宙斯，而他帮助人类、同情人类也实属正义。他所受的痛苦完全是不公正的，不管付出何种代价，他也不会向暴力低头。他对赫耳墨斯说：

任何力量都不能使我开口。
让宙斯投下他燃烧的闪电吧，
还有那覆盖一切的暴雪，
别忘了加上雷霆和地震，
让这个世界乱作一团吧。
但什么都不能改变我的意志。

赫耳墨斯喊道：

唉，疯子才会这么胡言乱语！

他丢下普罗米修斯受刑。数个世代之后，我们知道他被释放了，但是为什么被释放、如何被释放的却不得而知。有一个奇怪的故事提到，半人马刻戎本来是永生的，却愿意为普罗米修斯而死，有人允许他这样做。当赫耳墨斯催促普罗米修斯把那个秘密说出来时，他说到了这件事，但是说的方式很奇怪，仿佛是指某种惊人的牺牲：

这痛苦看不到尽头，
除非是一位神灵自愿替你承受，
他代替你，接受你的痛苦，
下放到炽阳都化为黑暗之处，
那死亡的深渊。

但是刻戎愿意这样做，宙斯也同意他替代普罗米修斯。我们还得知，赫拉克勒斯杀掉了那只鹰，解除了普罗米修斯的束缚，宙斯也同意他这样做。但宙斯为什么改变了主意，普罗米修斯获释后是否泄露了秘密，我们就不知道了。但有一件事是确定的：不管这两位神灵为什么和解，都不会是因为普罗米修斯让步了。他的名字流芳百世，从古希腊传到现代，他是反抗不公、对抗权威的伟大叛逆者。

另外还有一个关于人类起源的故事。在五个时代的故事中，人类是黑铁种族的后代。在普罗米修斯的故事中，没有明确说明他挽救的人类是黑铁种族还是青铜种族。不管在哪个故事中，火都是很重要的。在第三个故事里，人类是由一个石头种族演变而来的。这个故事始于一场大洪水。

凡间所有的人都变得很坏，以至于宙斯最后决定毁灭全人类。他决定——

让狂风暴雨席卷无尽的土地，
让凡人彻底灭亡。

他发动了大洪水，还叫自己的兄弟海神来帮忙，两位合力从天上倾泻下大雨，地上的河流立即暴涨。就这样，他们让大地陷入一片汪洋：

滔天的洪水吞没了黑暗的大地。

连最高的山巅也没入水中。唯有高耸的帕纳索斯山还露出水面，而这山巅之处的一点点陆地即为人类摆脱毁灭命运的唯一途径。大雨下了九天九夜之后，一个看起来像是巨大木箱的东西漂向帕纳索斯山顶，箱子里面是两个安然无恙的人类，一男一女，分别是丢卡利翁和皮拉——丢卡利翁是普罗米修斯的儿子，皮拉则是普罗米修斯的侄女、厄庇米修斯和潘多拉的女儿。作为全宇宙最具智慧的神灵，普罗米修斯完全能够保护自己的家族。他知道洪水会到来，于是让自己的儿子造了个箱子，里面装满补给品，还带上了自己的妻子。

幸好宙斯对此并不计较，因为这两个人十分虔诚，素来敬神。等那个木箱靠岸后，他们出来，看见到处都没有了生命的迹象，只有荒野和洪水。宙斯可怜他们，就让洪水退去。海水和河水如同退潮一般渐渐后退，大地又变干了。皮拉和丢卡利翁从帕纳索斯山顶下来，他们成了这个死寂的世界里仅剩的生命。他们找到一座神庙，里面虽然满是泥泞、遍布青苔，但是还算基本完整，他们在那座神庙里感谢众神让自己幸存下来，同时也祈祷能摆脱这种可怕的孤独处境。他们听见一个声音说："遮住你们的头，把你们母亲的骨头扔到身后。"他们听到这个指示，不禁万分惶恐。皮拉说："我们不敢做这种事。"丢卡利翁承认她说得没错，但是他努力思考这番话背后的含义，终于恍然大悟。他对妻子说：“大地是万事万物的母亲，她的骨头就是这些石头。我们把这些石头丢到身后不是做错事。”于是他们就这样做了，石头一落地就变成了人形。这些人被称为石人，他们是坚毅强韧的人类，众神希望他们能让洪水退去后的荒凉大地重新繁荣起来，他们也确实做到了。

第四章
早期的英雄

普罗米修斯和伊俄

这个故事主要取材于两位诗人——古希腊的埃斯库罗斯和古罗马的奥维德，这两人相隔四百五十年，专长和性格也截然不同。关于普罗米修斯和伊俄的故事，他们两人是最可靠的来源。两人所讲的故事也各有特点：埃斯库罗斯的作品严肃直接，奥维德的作品轻快有趣。奥维德的特点是描写情人之间的谎言，比如绪任克斯的故事。

普罗米修斯把火交给人类后，被绑在高加索山顶的岩石上。没过多久，来了个奇怪的访客——那是个仓皇逃窜的生物，艰难地爬上峭壁，来到普罗米修斯面前。她看起来像一头小母牛，但是说起话来却像个悲惨至极的少女。她一见到普罗米修斯便停了下来，大声说：

我看见了这个——
一个风吹雨打的躯体，
被绑在岩石上。
你做错了什么？
你正在接受惩罚？
我在哪里？
跟一个可怜的流浪者说说话吧。
够了——我尽一切努力——
到处流浪——流浪不止。
然而没有任何地方
能让我脱离苦海。
和你说话的是个女孩，
但我头上却长着角。

普罗米修斯认出了她。他知道她的经历，于是叫出了她的名字：

我知道你，姑娘，你是伊纳科斯的女儿伊俄。
你让那位神灵的内心充满炽烈的爱情，
赫拉因此而讨厌你。
是她害你踏上无止境的流亡之路。

伊俄的好奇心胜过了愤怒，她好奇地站定。在这个奇怪、孤独的地方，她的名字竟被这个奇怪的人说了出来！于是她问道：

你是谁？你这个受苦的人，
竟对另一个受苦的人说出了真相。

普罗米修斯回答：

你见到的是为凡人带来火种的普罗米修斯。

伊俄知道他，也知道他的事迹：

你——就是那个拯救了全人类的神灵？
你，就是那个勇敢而坚忍的普罗米修斯？

他们开始聊天。普罗米修斯告诉伊俄宙斯是如何对待他的，伊俄则告诉他，是宙斯害她从一个快乐的公主变成了一头母牛：

一头动物，饥饿的牲畜，
愤怒地奔跑，不时蹒跚跌倒。
多么可耻……

宙斯那善妒的妻子赫拉是造成伊俄不幸的直接原因，但说到底却是宙斯引起的。他爱上了伊俄，然后——

给我的闺房送去了
永远的夜晚，
还用甜言蜜语说服我：
“可爱、天真的女孩啊，
为什么到现在你还是处女？
欲望的箭矢射中了宙斯，
你让他欲火难耐。
和你在一起，他才能抓住爱情。”
每夜我都会做这样的梦。

但宙斯对赫拉妒意的畏惧远远超过了他对伊俄的爱意。作为一切神灵和凡人之父，他的行为委实显得太愚蠢了，他想把伊俄和自己藏起来，于是就用一片很厚很大的乌云把大地遮起来，看起来就像是突降的黑暗驱走了白昼一样。赫拉心里很清楚，事出反常必有妖，她立刻就怀疑到自己的丈夫。她在天庭到处都找不到宙斯，于是迅速来到人间，命令乌云散去。宙斯的速度也很快。赫拉看到他的时候，他正站在一头无比可爱的白色小母牛旁边——当然，那就是伊俄。宙斯发誓说自己从未见过这小牛，她完全是刚刚才突然出现在地上的。奥维德说，这说明情人撒的谎不会惹怒神灵。但是撒谎往往不顶用，赫拉对宙斯这番话完全不信。她说，这头小母牛实在太美了，能否送给她作为礼物。宙斯自然是不情愿，但是他知道只要拒绝事情就会败露。他还能想出别的借口吗？一头非常美丽的小牛……他纵有百般不舍，也只能把伊俄交给了自己的妻子，赫拉明白该怎样让她远离自己的丈夫。

她把伊俄交给了阿耳戈斯，这样最能让她满意，因为阿耳戈斯有一百只眼睛。这种守卫就算睡觉时也有好些眼睛是睁开的，能随时保持警惕，就连宙斯也无计可施。他只能眼巴巴地看着伊俄受苦，变成野兽被赶出家园，却不敢去帮她。最后他去找到自己的儿子——众神的使者赫耳墨斯，让他想办法杀了阿耳戈斯。没有哪个神比赫耳墨斯更聪明了。他从天庭来到地上之后，就把一切表明他神灵身份的东西都藏起来，装作普通乡下人的样子接近阿耳戈斯，还用芦笛吹起动听的音乐。阿耳戈斯喜欢这音乐，就让他靠近些，还说："你可以坐在我旁边这块石头上，这里很阴凉，最适合牧羊人。"赫耳墨斯的计划非常周密，不过目前还没有任何事情发生。他吹奏芦笛，和阿耳戈斯天南海北地聊天，单调乏味，让人昏昏入睡；阿耳戈斯的一百只眼睛有些已经睁不开了，但有些还很清醒。最后，他讲完一个故事之后，终于成功了——这个故事和潘神有关。潘爱上了一个名叫绪任克斯的仙女，对方却想躲开他。就在潘即将抓住她的时候，她的仙女姐妹们把她变成了一丛芦苇。潘说："但你依然是我的。"他将那丛芦苇做成了芦笛：

一支牧羊人的笛子，
用蜂蜡和芦苇制成。

这个小故事听起来其实不算无聊，很多故事都这样，但阿耳戈斯却觉得无聊极了。他所有的眼睛都闭上了。赫耳墨斯自然立刻就杀了他。但是赫拉取下了阿耳戈斯的眼睛，把它们放在了孔雀的尾巴上，那是她最喜欢的鸟。

看起来伊俄似乎是自由了，但其实不然。赫拉立刻又去折磨她。她派出一只牛虻去叮她，让她简直要发疯。伊俄对普罗米修斯说：

它沿海滩一路驱赶我。
我不能停下来喝水进食，
它甚至不让我睡觉。

普罗米修斯想安慰她，但是他只能说出有关她未来的事情。她眼前还是无止境的流浪和危机四伏的土地。她最初疯狂跑过的那片海叫作“伊奥尼亚”，就是以她的名字命名的。[1]博斯普鲁斯海峡这个地名的意思则是“母牛滩”，是为了纪念她从这里走过而被命名的。但是真正让她感到宽慰的还是在很久以后，她来到尼罗河之后，宙斯终于把她变回了人形。她生下了宙斯的儿子厄帕福斯，从此以后过着快乐尊贵的生活。

要知道，你的后代中将会诞生
一位英勇无畏的弓箭高手，
他会让我恢复自由。

伊俄的那位后代就是赫拉克勒斯，最伟大的英雄之一，甚至众神也比不上他，正是他让普罗米修斯重获自由。

欧罗巴

这个故事充满幻想，编排精美，调子明快，和古典作品中文艺复兴的主题很相似。它直接取材于公元前3世纪亚历山大派诗人摩斯科斯的作品，也是迄今为止写得最好的一篇。

1　“伊奥尼亚”（Ionian）由“伊俄”（Io）衍生而来。

伊俄并不是唯一一个因被宙斯爱上而在地理上留名的女性。还有一人，她的名字更广为人知，那就是西顿王的女儿欧罗巴。可怜的伊俄在这方面付出了巨大的代价，和她相比，欧罗巴显得无比幸运。除了骑着公牛渡海时有些担惊受怕以外，她基本上没有受任何苦。故事没说赫拉当时在哪里，但是显然她放松警惕，她丈夫就为所欲为了。

某个春天的早晨，宙斯从天庭俯瞰大地，忽然发现一幅绝美的景象。欧罗巴这天醒得很早，和伊俄一样，她也被梦境所困扰，不过这一次的梦并不是因为神爱上了她，而是因为她梦见两块形似女人的大陆在抢夺她：亚细亚说她生下了欧罗巴，所以她是亚细亚的人；另一个还没有名字，却说宙斯会把这个少女交给自己。

这个怪梦是黎明时分出现的，凡人在这个时间做的梦往往成真，欧罗巴醒来后决定不要再睡觉了。她叫来自己的同伴，那些女孩都和她同年出生，而且个个出身高贵，她们陪着欧罗巴一起来到海边鲜花盛开的草地上。这是她们最喜欢的地方，在这里既能跳舞，也可以在河口沐浴，还能采集花枝。

这一次她们都带着篮子，因为她们知道此时正是鲜花盛开的季节。欧罗巴提着一个金色的篮子，上面雕刻着精美的图案。奇怪的是，那图案描述的正是伊俄的故事：伊俄变成母牛四处流浪，阿耳戈斯死去，宙斯用他的神手轻轻一碰，她又变回人类。她的花篮完全可以被视为一件了不起的作品，堪比奥林波斯最厉害的工匠赫淮斯托斯的手艺。

这个花篮非常美丽，装进篮里的鲜花也同样美丽：有香气四溢的水仙花、风信子、紫罗兰和黄色的番红花，还有光彩四射、猩红华美的野玫瑰。女孩们开心地摘花，在草地上到处游玩。这些少女个个都美若天仙，即使如此，欧罗巴在其中也显得格外光彩照人，就如同爱神远比美惠三女神美丽一样。也正是这位爱神引起了接下来的事情。当宙斯正在天庭里观看这一幕时，这唯一一位能控制宙斯的女神带着自己的儿子——淘气的丘比特来了，她将自己的一支箭射进宙斯心里，宙斯瞬间就疯狂地爱上了欧罗巴。尽管赫拉不在，他还是小心行事，便变成一头牛出现在欧罗巴面前。那可不是在牛棚或者牧场上常见的牛，而是一头比世界上任何牛都好看的公牛，有着闪亮的栗色毛皮，前额有一个银环，牛角如同新月。而且他看起来非常温顺可爱，女孩们全都不怕，反而围上来看他，闻他身上散发着的来自天庭的芳香，那气味比任何花香都甜美。欧罗巴走上前轻轻摸了摸他，他发出音乐般的低鸣，任何笛子都奏不出如此美妙的音乐。

然后他卧倒在欧罗巴脚边，似乎是在向她展示自己宽阔的脊背。她喊别的女孩也过来，一起爬到牛背上去：

显然他想把我们驮在背上，
他看起来是如此温柔可亲。
不像是一头牛，倒像一个真诚的好人，
只是不会说话而已。

欧罗巴笑着骑到他背上，但是其他人虽然跑得快，却来不及了。牛跳起来，全速奔跑，穿过海岸，然后冲进海里，浮在了水面上。他渡海的时候，波浪变得平静，从深海中升起各种奇异的海神，列队伴行——海中仙女涅瑞伊得骑着海豚，特里同吹响号角，就连宙斯的兄弟、威力无穷的海洋之主波塞冬也现身了。

目睹了这些千奇百怪的生物，再加上周围的海水汹涌澎湃，欧罗巴被吓得着实不轻，她一只手紧紧抓住牛的大角，另一只手提起自己紫色的衣袍，以免被水打湿，只见那海风——

把深深的衣褶吹得鼓胀，
仿佛是船上张满的船帆，
就这样轻轻地吹送着她。

欧罗巴心想，普通的牛不可能这样，他肯定是个神。于是她恭敬地跟他说话，请他怜悯自己，不要把她独自丢在这个地方。他回答了她，说她猜得对，让她无需害怕。他是宙斯，是众神之主，他所做的一切都是出于爱。他要把她带去克里特岛，那是他自己的岛屿，他出生的时候，他母亲曾把他藏在那里躲过了克洛诺斯，在那里，她会给他生下——

辉煌的孩子们，他们挥舞权杖，
统治世间万民。

当然了，一切都如宙斯所言。克里特岛出现在眼前，他们登陆，奥林波斯的看门人四季女神安排了她的婚礼。她的儿子们都很有名，不仅是在生前有名，在死后同样有名——其中两人，即米诺斯和拉达曼提斯，因为在人间处事公道，在冥界被提拔做了判官。但是还数她自己名气最大。

独眼巨人波吕斐摩斯

这个故事的第一部分出现在《奥德赛》中，第二部分的内容只有公元前3世纪的亚历山大派诗人忒俄克里托斯写过，第三部分的内容除了公元前2世纪的讽刺诗人琉善以外没人写得出来。这个故事的开头和结尾至少间隔了一千年。荷马的叙事能力和活力、忒俄克里托斯的想象力，以及琉善的绝妙讽刺，分别以不同的程度展示了古希腊文学的发展历程。

那些最先被造出来的骇人怪物，比如百手巨怪、巨人之类的，一旦被打败，就被永远地逐出了大地，独眼巨人库克罗普斯却不在此列。因为宙斯喜爱他们，所以允许他们回到大地上。他们是了不起的工匠，正是他们铸造了宙斯的雷电。起初只有三个独眼巨人，后来就越来越多。宙斯指定了一片富饶的土地作为他们的国度，那里有葡萄园和农田，不必耕种就能结出丰硕的果实。他们有大群的绵羊和山羊，生活得优哉游哉。但是他们暴躁野蛮的性格还是没有丝毫改变，他们没有法律，也没有法庭，每个人都随心所欲。这个地方对陌生人来说很不友好。

在普罗米修斯受罚之后很久，他所帮助的人类后代建立起了文明，学会了建造远航的船只，一位希腊的贵族乘船来到这片危险的土地。他的名字叫奥德修斯（拉丁语名尤利西斯），当时正值特洛伊陷落，他在返乡的路上。即使是在和特洛伊人作战最危险的时刻，他也不像现在这样接近死亡。

在距离登陆地点不远的地方有个山洞，洞口正对大海，洞内十分宽敞。洞里似乎已经有人居住了，因为洞口有一道很结实的栅栏。奥德修斯带领十二个手下去探洞。他们需要食物，因此带着一个装满醇香好酒的山羊皮口袋，打算和住在此地的人交换。栅栏上的门没有关，他们就进入了洞穴。洞里空无一人，但是显然住在此地的人十分富有。两边的围栏里挤满了小绵羊和小山羊。而且还有摆满了奶酪的架子和装满了奶的桶。这群疲惫的旅人高兴极了，他们一边大吃大喝，一边等着山洞的主人。

山洞的主人终于回来了，他面貌丑陋，身形巨大，足有一座山崖那么高。他赶着羊群进了洞，然后用一块巨大的石板堵住洞口。他四下看了看，看到了那些陌生人，于是用雷鸣般的声音吼道："你们是谁，竟然擅自进入波吕斐摩斯的住所？是商人还是来偷东西的海盗？"他们看到这情景，听到这声音，一个个吓得要死，还好奥德修斯斩钉截铁地迅速作答："我们是从特洛伊返回的战士，路上船坏了。受弱者的保护神宙斯的庇护，我们恳请您出手相助。"但是波吕斐摩斯咆哮着说他才不管什么宙斯，他比任何神灵都要大，不畏惧他们中的任何一个。说完，他伸出强壮的胳膊，两手各抓起一个人，把他们的头在地上砸烂。他把这两人吃个精光，然后心满意足地在洞里躺下睡着了。他不怕有人攻击他，因为除了他没人能搬开门口的大石板；就算那些人鼓起勇气、攒足力量趁他睡觉时杀了他，他们也会永远被关在这个石洞里。

在那个漫长恐怖的夜晚，奥德修斯目睹了如此恐怖的事情，要是他不赶紧想办法逃脱的话，他们所有人都会被吃掉。到了次日黎明，羊群聚集在山洞入口，吵醒了独眼巨人，而奥德修斯没想出任何办法。他眼睁睁地看着另外两个同伴死去，波吕斐摩斯把他们当作早餐吃掉了。巨人把羊群赶出去之后，又用巨石堵住门口，他做得轻松极了，仿佛人类顺手打开并盖上箭袋的盖子一样。奥德修斯一整天都被困在山洞里，不停地思考对策。他手下已经有四个人悲惨地死去了。难道他们都会是这般恐怖的下场吗？最终他心里有了主意。围栏旁边有一根很大的圆木，粗得好像一艘十二桨帆船的桅杆。他砍下一大截，然后和手下一起把它削尖，并且把尖头在火里来回翻滚，烧得十分坚硬。他们做完之后，把木桩藏起来，这时候独眼巨人就回来了。他像昨天一样吃完了恐怖的一餐。这时候，奥德修斯倒了一杯他一直随身带着的酒，请独眼巨人喝下。巨人高兴地一饮而尽，还要继续喝。奥德修斯就这样不停地给他倒酒，最后他醉倒睡着了。奥德修斯和他的手下把那根大木桩从隐蔽处拿出来，把它的尖头在火里重新烤热，烧得都快点燃了。上天的神力给他们注入了冲天的勇气，他们把那根削尖了的红热的木桩刺进了巨人的眼睛里。随着一声恐怖的号叫，巨人跳起来，猛地把木桩拔出来。他就这样跌跌撞撞地在洞里乱窜，寻找伤害自己的人，但是他已经瞎了，奥德修斯一行人可以躲开他了。

最后他推开入口处的石头，抱着胳膊坐在那里，思考要如何抓住那些人类，不让他们跑掉。但是奥德修斯已经想好了对策。他让每个人都去选三只毛很厚的公羊，用柔韧的粗皮带把它们绑到一起，然后等待天亮，那时候羊群该出去吃草了。到了黎明时分，这些牲畜聚在一起出去，波吕斐摩斯依次摸那些羊，确保没有人骑在羊背上。但是他没有去摸羊肚子，其实那些三只一组的羊中间那一只的肚子下面就藏着人，他们紧紧抓着羊毛。逃离了这个恐怖的地方之后，他们就松开手，赶紧返回船上，迅速扬帆逃走了。但是奥德修斯太生气了，他不肯就这样灰溜溜地逃走。他隔着海面，对洞口那个瞎眼的巨人大声喊道："波吕斐摩斯，你一点都不强，连吃几个弱小的人类都办不到！你那样对待你家里的客人，总算得到应有的惩罚了。"

这番话让波吕斐摩斯大受刺激。他跳起来，搬起一大块山崖，朝那艘船扔过去。巨石以毫厘之差擦过船首，随之而来的巨浪把船推向岸边。船员们竭尽全力划桨，勉强把船划回海上。奥德修斯见他们终于安全了，又嘲笑地喊道："波吕斐摩斯，是破城者奥德修斯刺瞎了你的眼睛！如果有人问起，记得这么说哦！"此时他们已经离岸很远了，独眼巨人做什么也无济于事了，只能瞎着眼睛坐在岸上。

很多年来，这是唯一一个关于波吕斐摩斯的故事。数百年后，他依然是那个恐怖的怪物，巨大无比，外形古怪，眼睛也瞎了。但他最终还是改变了——随着时间的流逝，任何丑陋邪恶的东西终会有所改变，变得温和一些。也许有些作者觉得这个被奥德修斯丢下的生物太过绝望又痛苦，值得同情。无论如何，接下来一个有关波吕斐摩斯的故事以一种很讨人喜欢的态度来描写他，他一点也不可怕，而是一个可怜又轻信的怪物，一个很滑稽的怪物，而且很清楚自己丑陋、野蛮、令人厌恶。他疯狂地爱上了美丽而又刻薄的海中仙女伽拉忒亚，所以倍加苦恼。此时他住在西西里岛，而且不知为何又恢复了视力，可能是借助了他父亲的神迹吧——在这个故事中，他的父亲是海神波塞冬。这个深陷爱河的巨人知道伽拉忒亚永远不可能接受他，所以十分绝望。每当他痛苦得硬起心肠，想忘了伽拉忒亚的时候，他就质问自己："你有产奶的母羊了，为什么还要追求不理睬你的人呢？"但这时候那个仙女就会偷偷靠近他，用一阵苹果雨砸向他的羊群，然后她的声音就会在他耳边响起，说他是个恋爱中的蠢货。可是他一站起来，伽拉忒亚就消失了，要是想追赶，仙女就会嘲笑他迟钝笨拙。他只能再次痛苦又无助地坐在沙滩上，但是现在他已经不会再愤怒地杀人了，只是唱着悲伤的情歌，希望能打动那位仙女。

在更晚的一个故事里，伽拉忒亚确实变得亲切了。波吕斐摩斯曾在歌曲中将她描述为优雅精致、皮肤白皙的少女，不过她变得亲切却不是因为爱上了这个丑陋的独眼怪物（在这个故事里他也取回了自己的眼睛），而是因为伽拉忒亚忽然考虑到他是颇受海神宠爱的儿子，不应该受到轻视。于是她把这件事告诉了自己的姐妹多利斯，多利斯自己倒是很想勾搭那位独眼巨人，于是很轻蔑地对伽拉忒亚说："大家都在说你有个很好的情人——那个西西里岛的牧羊人。"

伽拉忒亚：行行好，别装了。他可是波塞冬的儿子！

多利斯：据我所知，是宙斯的儿子吧。有一件事可以肯定——他太丑了，而且举止粗鲁。

伽拉忒亚：我跟你说吧，多利斯，其实他挺有男子气概的。当然了，他确实只有一只眼睛，可是他看得和两只眼睛的人一样清楚。

多利斯：听起来你这是恋爱了呀。

伽拉忒亚：我？爱上了波吕斐摩斯？不，我没有——但是我知道你为什么这么说。你心里明白他从没注意过你——他眼里只有我。

多利斯：一个只有一只眼睛的牧羊人，你觉得他很英俊？真是值得夸耀啊。不管怎么说，你也不用为他做饭吧。据我所知，他只需要吃路过的旅人就够了。

但是波吕斐摩斯从未赢得伽拉忒亚的欢心。她喜欢上了一个名叫阿基斯的年轻王子，波吕斐摩斯妒火冲心，就把阿基斯杀死了。但是阿基斯变成了河神，所以这个故事就有了个好结局。但是我们不知道波吕斐摩斯后来是否喜欢上了伽拉忒亚以外的人，也不知道有没有其他少女爱上了波吕斐摩斯。

花卉神话：那基索斯、许阿金托斯、阿多尼斯

第一个故事讲述了水仙花的起源，出自公元前7或8世纪的一首早期的荷马颂诗，这也是它唯一的出处。第二个故事则出自奥维德的作品。这两位诗人之间有很大的区别，除了六七百年的时间差异外，还有古希腊和古罗马的根本性区别。那首颂歌写得十分简朴客观，毫无矫揉造作之词，诗人只是想着要描述的主题。而奥维德则总是为读者考虑，他很会讲故事。鬼魂试图在冥河中看到自己的影子，这一情节描述得十分细腻，很有奥维德特色，而这点和古希腊作家截然不同。欧里庇得斯对许阿金托斯节日的描写最为精彩，阿波罗多洛斯和奥维德也都讲过这个故事。在本书中，每每出现十分生动的描写，那多半都是奥维德的手笔。阿波罗多洛斯绝不会有那样细腻的笔调。阿多尼斯的故事出自公元前3世纪的两位诗人——忒俄克里托斯和彼翁的作品。这个故事具有典型的亚历山大派诗风：柔和，纤细，品位高雅。

古希腊有着非常可爱的野花。它们在任何地方都很美，但是希腊并不是一个土壤丰沛、肥沃的国家，在那里没有广阔的草原、富饶的田野，花朵不如自家栽培的那样鲜活。希腊多岩，山地也以石头为主，在这种地方盛开的野花就格外令人惊喜：

满心欢喜，
眼花缭乱。

荒山上布满灿烂的色彩，在每一条岩石裂缝和褶皱里都是花朵。和这愉快、华丽的美景相反的是，周围严峻庄严的景物也格外引人注意。在别的地方，野花很难引起注意——但在希腊却不会被忽略。

这点在古代和现代都没有变化。在古代，当希腊神话刚刚成型的时候，人们认为鲜花盛开的希腊春天美丽又明快。那些距我们数千年之遥而且完完全全陌生的人，像我们一样，被这美丽的奇迹感动，每一朵花都是如此美丽，如同彩虹的帐幔一样覆盖着山坡。古希腊第一个讲故事的人就讲到了关于花的故事，关于这些花是如何被创造出来的，以及它们为何如此美丽。

把百花和众神联系起来也是很自然的了。天庭和凡间的一切事物都和神力有着神秘的联系，与美丽的事物联系尤其紧密。一朵十分美丽的花往往是由一位神灵出于他自己的某种目的创造出来的。水仙花就是如此——古希腊所说的水仙花并不是我们现在的这种，而是一种十分美丽的银紫双色的花朵。宙斯创造出这种花朵是为了帮助自己的哥哥，那位冥界的主宰，因为当时哈得斯爱上了得墨忒耳的女儿珀耳塞福涅，正想要劫走她。珀耳塞福涅和自己的同伴一起在恩纳溪谷柔软的草坪上采集花朵，那里有玫瑰、番红花、可爱的紫罗兰、鸢尾花以及风信子。她忽然看到一朵很新奇的花，比她此前见过的所有花都要美丽，那朵花带着奇妙的光辉，无论凡人还是神灵都会觉得它是奇迹之花。上百个花朵从根部生长出来，散发出甜美的香味。看到这些花儿，广阔的天空、辽阔的大地以及腥咸的海浪都笑了起来。

那些女孩子当中只有珀耳塞福涅一人瞥见了水仙花。其他人都在草地的另一边。她悄悄走上前，虽然因独自行动而害怕，却又很想把它装进花篮里，宙斯正好料到她会这么想。她伸长了手臂去摘那朵花，但是还没碰到花朵，大地就裂开口子，两匹乌黑的骏马拉着一辆双轮马车跳了出来，驾车的那位气度非凡、容貌俊美，却又阴沉可怕。他紧紧抓住珀耳塞福涅。随后她就从春光明媚的大地消失了，被冥王带到了死者的国度。

这不是唯一一个关于水仙花的故事。还有另一个故事，同样神奇，内容却截然不同。故事的主人公是个美丽的少年，名叫那基索斯。他实在是太美了，所有的女孩看到他都会动心，可是他却不喜欢她们任何人。哪怕是最可爱的女孩竭尽全力想要引起他注意，他也无动于衷。女孩子就算伤心欲绝，对他来说也无所谓。就连最美的仙女厄科的悲惨遭遇也没能打动他。厄科深受森林与野兽的女神阿耳忒弥斯的喜爱，但却得罪了那位更加强大的女神赫拉。赫拉跟往常一样，正忙于调查宙斯的行踪。她怀疑宙斯喜欢上了某位仙女，于是前去调查清楚。不过赫拉很快就被厄科轻快的谈吐吸引了。她听得正高兴，别的仙女便都悄悄走开了，而赫拉也没能查清楚宙斯究竟去哪里寻欢作乐了。她一向偏狭，此时就怪罪了厄科。这位仙女受到赫拉的惩罚，变成了一个郁郁不乐的少女。赫拉命令她永远不能再说话，除非是重复别人对她说的话。赫拉说：“你将永远重复别人的最后半句话，但不能再主动开口说话。”

这是非常严重的惩罚，但最糟糕的是，厄科就像其他那些为爱所苦的女孩子一样，爱上了那基索斯。她只能跟着他，却不能和他说话。那基索斯从不正眼看任何女孩子，这又如何能引起他的注意呢？然而，有一天，她的机会似乎来了。那基索斯呼唤自己的同伴："有人吗？嘿！"厄科兴冲冲地答道："嘿——嘿。"她藏在树里，那基索斯看不见，于是他喊道："出来！"厄科就等着她这么说，于是开心地回答："来！"她说着就张开双臂，从树丛里走了出来。但是他却气呼呼地走开了，还说："不行。我宁可死，也不让你控制我。"厄科只能卑微地乞求道："让你控制我。"可是那基索斯已经走了。她满脸通红，只能羞愧地躲在偏僻的山洞里，任谁安慰都不听。但是她住在那样的地方，别人都说她日益憔悴，一心只想拿回自己的声音。

那基索斯依然我行我素，对爱情不屑一顾。最终，被他伤害过的少女之一向众神祈祷，并得到了回应。她祈祷说："希望这个不会爱别人的人爱上他自己。"代表正义和愤怒的复仇女神涅墨西斯实现了她的愿望。当那基索斯在池塘边弯下腰准备喝水的时候，他看到了自己的倒影，于是爱上了那个影子。他叫起来："我现在总算知道我给别人带来的痛苦了，我现在深深地爱上了我自己——可是我要如何才能接触到水中那美丽的倒影呢？但我又离不开它。只有死亡才能让我自由。"这番话也成了现实。他永久地倚靠在池塘边，凝视着水中的倒影，日益憔悴。厄科就在旁边，可是她什么也做不了，只是在他临死前对自己的倒影说"永别了——永别了"的时候，她重复了这句话，作为对他的诀别。

据说当他的灵魂度过冥河，在亡灵的世界徘徊时，仍然靠在船边，凝望自己在水中最后的倒影。

那些被他讥笑过的仙女都很善良，她们想找到他的尸体安葬，可是却没能如愿。在他倒地的地方，开出了一朵从未有过的美丽花朵，她们就用那基索斯的名字命名了这种花。

另外一种因美少年死去而诞生的花朵是风信子，不过这里的风信子不是我们日常说的那种，而是一种百合花形状的、深紫色（一说是浓郁的猩红色）的花朵。那位少年也死得非常悲惨，此后每年都会——

在宁静的夜里通宵庆祝
许阿金托斯的节日。
在与阿波罗的竞赛中，
他死于非命。
他们比赛掷铁饼，
神以极快的速度扔出铁饼，
越过目标朝远处飞去。

那铁饼砸中了许阿金托斯的前额，留下了一道可怕的伤口。他原本是阿波罗最喜欢的同伴。他们比赛掷铁饼，看谁扔得远，不是为了分出高下，只是游戏而已。血从许阿金托斯的头上涌出，他面色苍白地倒在地上，阿波罗见状惊恐万分。他也变得和那少年一样脸色惨白，他扶起许阿金托斯，想堵住他的伤口，可是为时已晚。当阿波罗把他抱起来的时候，他的头就像折断了茎秆的花朵一样朝后仰。他死了，阿波罗跪在一旁为他哭泣，他还这么年轻，这么美丽。是阿波罗杀了他，尽管是无心之失，他哭道："为什么不能把我的生命给你，或者和你一起死？"就在他说话的时候，那些沾满血迹的草再次变绿，然后绽放出美丽的花朵，这种花就以许阿金托斯的名字命名，并且广为人知。阿波罗亲自在花瓣上写下文字——有人说他写的是许阿金托斯名字的首字母，也有人说是两个希腊字母，意为"哀哉"。不管写的是什么，都表达了这位神灵的悲痛之情。

另外还有个故事说，造成许阿金托斯之死的是西风神仄费洛斯，而不是阿波罗。仄费洛斯也深爱那位美丽的少年，他看到许阿金托斯偏爱阿波罗，出于嫉妒和愤怒，就让风推动铁饼，砸死了许阿金托斯。

俊美的少年在青春年少时死去，变为春天的花朵，这样的故事往往都有着黑暗的背景。它们暗示了在遥远的古代人们所犯下的罪行。早在古希腊的一切故事出现之前，早在一切诗歌开始流传之前，甚至是在说书人和诗人出现之前，也许发生过这样的事情：比如某个村子的土地歉收，谷物长势不好，人们就会杀掉一个村民，将他（她）的血液洒在贫瘠的大地上。当时还没有辉煌的奥林波斯众神厌恶人牲这种观念。人类只是模模糊糊地觉得他们的生活完全依赖播种和收获，他们和土地之间肯定有着某种深刻的联系；他们的血液既然受着谷物的滋养，必要时肯定也能反过来滋养谷物。如果美丽的少年被杀，不久后地上长出了水仙花和风信子，人们将这些花想象成他们，是他们变化形态之后复活了，这不是很自然的事情吗？人们互相说起这样的事情，美好的奇迹缓和了残酷的死亡。随着岁月流逝，人们不再相信鲜血能让土地丰产，故事中残酷的成分逐渐减弱，以致最后被遗忘了。谁都不记得过去那些残酷的事情了。他们只会说，许阿金托斯不是被自己的族人为了食物而杀死的，而是死于一次令人心碎的意外。

在所有死后以鲜花形态重生的故事里，最著名的就是阿多尼斯的故事。每一年，希腊的女孩们都会哀悼他，当他的花朵——血红的银莲花盛开时，她们又会欢庆。阿佛洛狄忒爱他，这位爱情女神可以用她的箭穿透神灵和凡人的心，而她自己也不可避免地体会到了这种锥心之痛。

她在阿多尼斯出生时看到了他，于是爱恋不已，并认定阿多尼斯一定是她的。她抱着他去找珀耳塞福涅，请冥后帮忙照看孩子，但是珀耳塞福涅也爱上了阿多尼斯，不肯还给阿佛洛狄忒，就算阿佛洛狄忒亲赴冥界想将他夺回，她也不肯归还。两位女神都不肯放手，最后只好让宙斯亲自调解。宙斯决定她们每人照顾阿多尼斯半年——每年秋冬时期，他和冥后在一起，春夏时期则和爱与美的女神在一起。

他和阿佛洛狄忒在一起的时候，女神只想着宠爱他。他喜欢追逐，她经常撇下她那辆天鹅拉的车子，不再轻松地从天空飞过，只是打扮得像猎人一样，跟着阿多尼斯穿过森林。在某个不幸的日子，阿佛洛狄忒正好没有和他在一起，他就独自去追野猪。他带着自己的猎犬，把野猪逼到了角落，然后投出长矛，但是野猪只受了轻伤。阿多尼斯来不及躲避，受伤的野猪就疯狂地冲向他，用长长的獠牙顶了他。阿佛洛狄忒乘着天鹅车在空中飞行时听见了情人的呻吟，于是飞到他身旁。

他缓缓地咽了气，暗红的血液从他雪白的身体里流出，他的眼睛也变得暗淡无神。阿佛洛狄忒亲吻了他，但是阿多尼斯已经没有知觉了，他已经死了。他的伤口很深，而阿佛洛狄忒心里的伤口更加惨痛。尽管知道阿多尼斯已经听不见了，她依然对他说：

“你死了，我深爱的人啊，
我的欲念就像梦一样消散了，
我也将从美的束缚中解脱。
但我身为女神，必须活着，
不能随你而去。

最后再吻我一次，一个长吻，
直到我用双唇摄入你的灵魂，
饮下你所有的爱。”

群山都在呼喊，橡树也在回应：
悲叹吧，为阿多尼斯悲叹。他死了。
厄科大声答道：悲叹吧，为阿多尼斯悲叹。
所有的爱神为他哭泣，所有的缪斯亦然。

但是在深黑的地府，阿多尼斯听不见这些声音了；在被他的鲜血沾染的土地上开出了猩红的花朵，他也看不见了。

第二部分

爱情与冒险的故事

第一章

丘比特和普绪刻

只有公元2世纪的拉丁语作家阿普列乌斯讲过这个故事，所以众神用的都是拉丁语名字。这个故事写得很美，颇有奥维德的风格。作家从故事中获得乐趣，但他本人并不相信其中的内容。

从前有个国王，他有三个女儿，她们都是非常可爱的少女，其中最小的那位名叫普绪刻，更是比她的姐姐美丽百倍——当两位姐姐和她在一起的时候，俨然两位凡人陪伴着女神。她的美貌远近闻名，到处都有人出于好奇和仰慕，不远万里前来一睹她的风采，对她表达崇拜之意，仿佛她是一位真正的女神。他们甚至说连维纳斯也比不上这个凡人。越来越多的人聚集起来崇拜她的美貌，以至于都没有人再想起维纳斯了。她的神庙无人照顾，祭

坛上只剩灰烬，受她庇护的城镇都荒芜而败落了。一切曾经属于维纳斯的荣誉，现在都属于这个注定一死的女孩了。

显然女神不能忍受这样的待遇。每次她一遇到麻烦就去找自己的儿子，那位长着双翼的年轻神灵名叫丘比特，也被称为爱神，无论是在天庭还是在人间，他射出的箭都无人能够抵挡。维纳斯把最近的困境告诉了他，他像往常一样准备去执行她的命令。维纳斯说："用你的力量让那个不知轻重的女子疯狂爱上世间最邪恶丑陋的生物。"要不是维纳斯提前给他看了普绪刻的模样，他肯定就照办了。当时维纳斯又嫉妒又愤怒，完全没想到普绪刻的美貌甚至能吸引爱神。当丘比特看到普绪刻的时候，仿佛是被自己的箭射中了内心。他没有告诉母亲，因为他一个字都说不出来了，维纳斯则满怀信心，等着他给普绪刻带去灭顶之灾。

可是事情的发展却不如她所愿。普绪刻没有爱上邪恶的丑八怪，她没爱上任何人。更奇怪的是，也没有人爱她。男人们只是来看她几眼，啧啧称赞并崇拜一番，这样就满足了——然后就和别的人结婚去了。她的两个姐姐虽然容貌远不如她，却分别嫁给了两位国王，婚姻幸福美满。最美丽的普绪刻却一人独坐，兀自悲伤，受人崇拜，却没有爱。似乎任何人都不想得到她。

她的父母当然感到很苦恼。她的父亲去了阿波罗的神谕之处，想要求问如何才能给女儿找到一个好丈夫。神灵给出了回答，但答案却很可怕。原来，丘比特把整件事情告诉了他，希望得到他的帮助。根据阿波罗的说法，普绪刻必须身穿重孝，独自坐在怪石嶙峋的山顶，而她的丈夫将会出现在那里。对方是一条长着翅膀的巨蛇，比众神还要强大，他会迎娶普绪刻。

普绪刻的父亲带回这条神谕之后，大家的悲惨心情可想而知。他们让那女孩穿上丧服，仿佛她已经死了一样，然后带她去了山顶，大家的心情比送她去坟墓还要悲伤。但普绪刻却很勇敢，她对众人说："你们早该为我哭泣了。这份美貌让我受到神灵的嫉妒。现在我知道了结局，倒是高兴了。"大家怀着绝望的痛苦前行，然后把这个无助的美少女留在那里，独自迎接她的末日。他们回宫之后，整天闭门不出，为她哀悼。

普绪刻坐在高高的山顶，在黑暗中等待未知的可怕结局。她正在哭泣和发抖的时候，一丝微风穿过寂静吹向她，那是西风之神仄费洛斯轻柔的呼吸，是最温和甜美的风。她被风托起来，从岩石的山上飘下来，最后躺在一片柔软得如同床褥的草地上，四周弥漫着花香。这个地方非常平静，她感觉自己安全了，就渐渐睡去。醒来的时候，她躺在一条明亮的河边，河岸上有一座坚固又美丽的大宅，仿佛是为神灵修建的一般，有着黄金的柱子和白银的墙壁，地板上还铺着宝石。宅子里没有任何声音，这个地方似乎荒废了。普绪刻一步步走近，完全被这座豪华的建筑震住了。她在门口正犹豫不决，忽然听到一个声音，但是周围没有人，只能清楚地听见说话声。那声音告诉她，她勇敢地进去就好了，去洗个澡放松一下。然后桌上就出现了美食。那声音说："我们是您的仆人，随时为您效劳。"

沐浴非常舒适，食物也非常美味，她很享受。在吃饭时，周围还有轻快的音乐，仿佛是有一个唱诗班在竖琴的伴奏下合唱，但是她只闻声音却不见人影。那一整天，除了奇怪的声音以外，她没有看到任何人，但是她无端地觉得，到了晚上她的丈夫就会出现。事情的确如此。她感到他就在自己身旁，听见他在自己耳边轻声细语，便不再害怕了。她虽然看不见那个人，却知道对方肯定不是怪物，模样也不吓人，而是她等待已久的情人和丈夫。

虽然她不满足于这种不上不下的关系，但她还是很幸福，日子也过得很快。但是有一天晚上，她那温柔的隐形丈夫严肃地对她说，危险将伴随着她的两位姐姐出现。“她们去了你失踪的那座山上为你哭泣，”他说，“但是你绝不能让她们看到你，不然你会让我伤心欲绝，也会给你自己带来灭顶之灾。”她答应他一定把自己藏好，可是到了第二天，她想起她的两个姐姐，想到自己无法安慰她们，只能整日以泪洗面。她的丈夫来了也不起作用，他的爱抚也不能阻止她流泪。她的愿望实在太过强烈了，丈夫只能悲伤地让步。“就按你的想法去做吧，”他说，“但你这是在自取灭亡。”他严肃地警告普绪刻，千万不要听信别人的说法，不要试图看到他，否则他们就会永远分别。普绪刻大声说自己绝不会那样做，她宁愿死一百次也不愿和他分开。“但是请给我这一次机会，”她说，“我想见到姐姐们。”他无可奈何地答应了。

次日早晨，那两位姐姐被仄费洛斯带到了山下。普绪刻既开心又激动，她早已等候多时。她们三姐妹已经很久没有聊天了，此次见面，大家相拥而泣，喜悦之情难以言表。当她们进入那座宫殿时，两个姐姐见到了那些难以匹敌的财富，她们坐下来享用美食，听着动人的音乐，两位姐姐渐渐感到嫉妒，她们急切地想知道这一切财富的主人，也就是妹妹的丈夫究竟是谁。但是普绪刻恪守诺言，她说自己的丈夫是个年轻人，现在出去打猎了。然后她又送给两位姐姐很多金银珠宝，让仄费洛斯把她们带回山上。她们倒是愿意离开，只不过妒火中烧。她们自己的一切财富和好运与普绪刻相比都不值一提，她们嫉妒又愤怒，最终决定要毁了普绪刻。

当天晚上，普绪刻的丈夫再次警告她，叫她千万不要再让两位姐姐来了，然而普绪刻不听。她说，自己既然看不见他，难道还不能看看其他人吗？就连自己的亲姐姐也不能见吗？他只能让步。没过多久，那两个邪恶的女人带着精心策划的阴谋又来了。

她们问起普绪刻的丈夫长什么样子，普绪刻的回答结结巴巴而且前后矛盾，于是她们确信她从未见过那个人，根本不知道对方是什么人。但是她们没说出来，她们反而责怪她不肯把自己的困境告诉亲姐姐。她们说，她们已经知道了事实，普绪刻的丈夫不是人类，而是阿波罗神谕中所说的恐怖巨蛇。他现在虽然和善，但是将来说不定在某天夜里就会吃了她。

普绪刻惊呆了，恐怖取代了她心中的爱意。她一直奇怪他为什么不能让别人看见，其中肯定有很恐怖的原因。她真的了解他吗？如果他并不可怕，那么不让她看到自己的模样实在有些残忍。普绪刻觉得痛苦，迟疑之余，她结结巴巴地对两个姐姐说，她们说得有道理，因为她只在黑夜中才和他在一起。"肯定有什么地方不对，"她啜泣着说，"他从不肯在白天现身。"然后她请两个姐姐给自己出主意。

她们早就想好了要提什么建议。那天晚上，她必须准备好一把尖刀和一只提灯放在床边。等她丈夫睡着后，她必须下床点亮提灯，拿上刀。当灯光照亮那个恐怖的生物时，她一定要硬起心肠迅速用刀刺死他。她们还说："我们就在旁边，他一死，我们就带你离开。"

她们说完就离开了，留下普绪刻一人不知所措。她爱他，他是她亲爱的丈夫。不，他是一条恐怖的巨蛇，所以她恨他。她要杀了他——她不会杀了他。她必须那样做——但是她当然不情愿。那一整天，她内心各种想法激战。到了晚上，她不再挣扎了。她做出了决定：她一定要目睹他的真容。

等到他睡熟之后，她鼓起勇气点亮了提灯，蹑手蹑脚地来到床边，举起提灯，看床上躺着的到底是谁。啊，轻松和喜悦顿时充满了她的内心。灯光照出的不是怪物，而是最可爱最美丽的一个人，他的容貌仿佛让提灯都变得更加明亮了。她不禁惭愧起来，因为自己竟如此愚蠢且不守信。普绪刻跪下来，那把刀从她颤抖的手中跌落，险些刺进她自己的胸口。而那双颤抖的手虽然救了她一命，却也暴露了她，因为她俯身看着他，被那美貌完全迷住了，内心无比喜悦，结果几滴热油落在他肩上。他惊醒了，一看到灯光，他就知道普绪刻失信了，于是一言不发地离开了她。

她冲进夜色中追赶，可是他已经不见了踪影，但是她却听见了他的声音。他说明了自己的身份，并悲伤地和她道别。“没有了信任，爱情也将荡然无存。”他说着就飞走了。“爱神！”普绪刻心想，“他是我的丈夫，而我，我却如此可鄙，竟不能信任他。他是永远离开我了吗？”接着她又鼓起勇气对自己说：“无论如何，我用尽余生都要去找他。就算他不爱我了，至少我还能让他知道我有多爱他。”于是她就出发了。她不知道该去哪里，只知道自己永远不能放弃。

与此同时，丘比特去了他母亲的房间疗伤，但是维纳斯听完这个故事之后，得知丘比特选择的人居然是普绪刻，便气愤地丢下他，让他自己难过去，丘比特让她对那个女孩越发感到嫉妒了。维纳斯去找她，决心让普绪刻知道惹怒女神会落得个什么下场。

可怜的普绪刻绝望地四处流浪，想让众神帮助自己。她不停地向神灵热切祈祷，但是众神谁都不愿意和维纳斯为敌。最终她明白了，无论在天庭还是在凡间，都不要指望有人来帮她了，绝望之中她下定了决心——直接去找维纳斯，她决定卑微地乞求她，当她的仆人，好平息她的怒火。她心想：“万一他就在他妈妈家呢，谁说得准呢。”于是她直接去找女神了，而维纳斯也在到处找她。

她来到维纳斯面前时，女神大笑起来，并讽刺地问她，是不是来找新丈夫的，因为她曾经的那位丈夫被她烫伤后几乎丢了性命，

因此她与他之间已经没有任何关系了。她又说："不过说实话，你太土了，太不招人喜欢了，除非是通过勤勉艰苦的努力，不然绝对没有人爱你。我就大发善心，好好训练你一下吧。"说完她给了她很多细小的种子，有小麦粒、罂粟籽、小米等等，种子混在一起，堆了一大堆。"到天黑之前把所有种子都分开，"她说，"这是为了你好。"说完她就走了。

普绪刻一个人坐在那里，看着那堆谷物。她依然觉得很惊诧，因为这个任务太苛刻了，根本就不可能完成，动手做了也没用。但是在这悲惨的时刻，不被任何凡人和神灵同情的普绪刻却博得了蚂蚁的同情，这些大地上最小的生物跑得很快。它们呼朋引伴："快来，帮帮这个可怜的少女吧，大家一起加油。"蚂蚁们一群一群地赶来，它们努力干活，把种子一颗颗分开，到最后，原本混在一起的一大堆种子被整整齐齐地按不同种类分开了。维纳斯回来的时候看到任务居然完成了，不禁非常生气。"你的任务可还没完。"她说。然后她给了普绪刻一块面包皮，让她睡在地上，而她自己则躺在柔软芳香的卧榻上。如果能让这女孩一边做苦工一边饿得半死，她那令人憎恶的美貌自然也就会消失。在此之前，维纳斯都要确保她的儿子安全地待在他自己的房间里，他仍在那里养伤。事情发展到这一步，维纳斯感到很满意。

次日早晨，她又给普绪刻安排了另一项任务，这次的任务很危险。她说："到河边茂密的灌木丛里去，那里有长着金毛的绵羊。去给我弄些金色的羊毛来。"疲惫的普绪刻来到轻快流淌的河边，她突然很想跳进河里，结束所有的痛苦和绝望。当她靠近河水时，忽然听见脚边传来一个细小的声音，她低头一看，原来是一根绿色的芦苇在说话。芦苇告诉她，千万不可投河自尽，事情没那么糟糕。那些绵羊虽然很凶，但是如果等到傍晚时分它们离开灌木从到河边休息的时候，普绪刻就可以到树丛里去，在尖尖的荆棘上收集到不少金黄的羊毛。

温柔而和蔼的芦苇说完这番话后，普绪刻就按它说的做了，确实拿到了很多金黄的羊毛，回去交给了那位狠心的女主人。维纳斯收下羊毛，露出恶毒的微笑。“有人帮你了，”她尖刻地说，“你自己绝对做不到。但是我再给你一次机会证明你的决心吧，你必须独自完成。你有没有看到从山那边流下来的黑水？那是恐怖的冥河斯提克斯的源头。你必须把这个瓶里装满黑水。”来到瀑布边之后，普绪刻发现这是最艰难的一个任务。由于山崖上的岩石非常陡峭湿滑，下落的水流也十分湍急，只有长着翅膀的生物才能到达瀑布旁。读到此处，读者们可能已经猜到了（说不定普绪刻自己心里也猜到了），虽然每一次任务都几乎是不可能完成的，但是总会出现一个好办法帮她克服困难。这一次来帮她的是一只鹰，它张开巨大的翅膀来到她身边，用喙叼起她的瓶子，去装满了黑水之后回到她身边。

但维纳斯还没收手。不得不说她确实有些愚笨。此前发生的所有这些事情，唯一的后果便是让她一心想着再做尝试。她给了普绪刻一个盒子，让她带去冥府装一点普洛塞庇娜的美丽回来。普绪刻只需要告诉普洛塞庇娜是维纳斯需要这份美丽，为了照顾心碎的儿子，她已经累坏了。普绪刻顺从地去寻找通往冥府的门。途中她路过了一座塔，在塔里找到了一份行程指南。那份指南详细地指出了去往普洛塞庇娜宫殿的办法：首先要穿过地上的一个大洞，下行来到冥河旁；到了河边，她必须给冥河的摆渡人卡戎一点钱作为船资；下船后的路就可以直通冥府了；三头犬刻耳柏洛斯看守着冥府大门，只要给它一块蛋糕，它就会友好地让她通过。

去冥府的路程和塔里的指南说的一模一样。普洛塞庇娜很乐意帮一下维纳斯，普绪刻十分勇敢地带着那个盒子回到了地上，回程比去程快得多。

她的下一次任务是由她自找的，源于她的好奇和虚荣。她觉得自己一定要看看盒子里装的美丽究竟是什么，也许可以自己偷偷用一点。和维纳斯一样，她心里很清楚，经历了这么多，自己的美貌只减不增，而且她总觉得说不定随时都可能遇到丘比特。要是能为了丘比特变得美丽一点就好了！她抵挡不住这种诱惑，就打开了盒子。令她极度失望的是，盒子里什么都没有，看起来空空如也。就在此时，一种极度疲倦的感觉袭来，她陷入了昏睡。

就在此时，爱神本人走上前来。丘比特的伤已经痊愈，他十分想念普绪刻。把爱囚禁起来是很难的。维纳斯虽然锁上了门，但屋里还有窗户。丘比特所能做的就是四处飞行，寻找自己的妻子。她就躺在宫殿外，丘比特立刻找到了她。他立刻将睡眠从她眼中抹去，放回盒子里，然后用他的箭轻轻刺醒了她，又稍微斥责了一下她的好奇心。他叫普绪刻把那个盒子拿给他母亲，然后保证此后都不会有事了。

普绪刻开心地赶去完成任务，而爱神则飞去奥林波斯。他要确保维纳斯不会再找他们麻烦，于是他亲自去找朱庇特。众神和凡人之父立刻答应了丘比特的要求，他说："虽然你曾经给我造成了巨大的伤害——严重损害了我的名誉和尊严，我不得不变成公牛、天鹅等动物……但是我无法拒绝你。"

他召集起所有的神灵，其中也包括维纳斯，并当众宣布，丘比特和普绪刻正式结为夫妇，他还提议赐予新娘永生。墨丘利将普绪刻带到众神的宫殿，朱庇特亲自赐予她仙馔蜜酒，让她获得永生。这下情况就截然不同了。维纳斯不能拒绝让一位女神成为自己的儿媳，他们的结合再般配不过。她同时也想到，如果普绪刻生活在天庭相夫教子，也就不会左右凡人的头脑，从而影响到人类对她自己的崇拜了。

于是故事有了完美的结局。“爱情”和“灵魂”（“普绪刻”就是这个意思）寻寻觅觅，历经各种磨难，终于找到了彼此，走到了一起，并将永不分离。

第二章

八则爱情逸事

皮拉摩斯和提斯柏

这个故事只见于奥维德的作品中，其中充满了奥维德的鲜明特点：情节完整，有一些夸张的独白，顺便还有一点关于爱的论述。

深红色的桑葚在很久以前原本是雪白的。它的颜色发生变化的原因离奇又可悲——是由一对年轻情侣之死造成的。

皮拉摩斯和提斯柏分别是整个东方最俊美的少年和最可爱的少女，他们住在塞米拉米斯女王的城市巴比伦，两家只有一墙之隔。两人从小青梅竹马，渐渐爱上了彼此。他们打算结婚，却遭到了双方父母的反对。然而爱是不能被禁止的。越是想盖住火焰，它就烧得越炙热。爱总能找到出口。两颗灼热的心是不可能分开的。

那堵墙上有一道连通两家的缝隙，之前一直没人发现，但是没有什么东西能躲过相爱的人的眼睛。这两个年轻人发现了那道缝隙，就透过它说起甜蜜的悄悄话，提斯柏在一边，皮拉摩斯在另一边。那堵原本分隔他们的可恶墙壁，现在成了让他们彼此接近的渠道。“要不是因为你，我们本可以触碰和亲吻，”他们说，“不过至少我们还可以说话。你提供了一条通路，让情话进入情人的耳朵。我们并非不知感恩……”他们就这样聊着天，到晚上他们必须分开的时候，就亲吻墙壁，只是嘴唇无法碰到彼此。

每天早晨，当黎明赶走星辰的时候，阳光晒干了草叶上的白霜，他们就悄悄来到墙上的缝隙边，站在那里诉说充满爱的话语，有时也感叹命运艰难，但是他们一直是轻声细语的。最终他们受不了这种分隔了。他们决定每天晚上偷偷溜出城，到开阔的野地里，这样就能自由地在一起了。他们决定在一个大家都知道的地方见面，也就是尼诺斯之墓，那个地方在一棵大树下，树上结满了雪白的桑葚，旁边有一池清凉的泉水在汩汩地冒泡。他们觉得这个计划好极了，在他们看来，白天似乎长得不会结束。

最终太阳沉入海中，夜幕降临。在黑暗中，提斯柏溜出来悄悄前往尼诺斯之墓。皮拉摩斯却没去，但提斯柏依然等着他，她的爱让她坚持等着。然而，突然之间，她借着月光看见了一头母狮。这头凶猛的野兽刚刚饱餐一顿，下巴上还沾着血，正准备去喝点泉水。趁母狮还离得很远，提斯柏赶紧逃跑，可是她跑的时候斗篷掉了。母狮在返回巢穴的路上撞见了这件斗篷，便用嘴叼起来撕碎了，随后消失在树林里。提斯柏跑掉之后过了几分钟，皮拉摩斯就来了。他看到眼前那沾满鲜血的斗篷和尘土中母狮的脚印，很自然地得出了结论。他对自己的判断毫不怀疑——提斯柏死了。

他竟然让自己心爱的人，让那位柔弱的少女，独自处在如此危险的境地，他自己却没有先来一步保护她。“是我害死了你。”他说着，从被践踏过的尘土中捡起被撕碎的斗篷，反反复复地亲吻着，捧着它来到桑树下。“现在，你也喝我的血吧。”说完，他拔出剑来，刺入自己身体的一侧。血喷涌而出，把那些桑葚染得深红。

提斯柏虽然怕狮子，但是更怕失信于自己的爱人。于是她冒险回到约定的那棵结着亮闪闪的白色桑葚的桑树下。她怎么也找不到那棵树了。她是看见了一棵树，但是树枝上却没有一点白色的东西。她看着那棵树，树下有什么东西动了动。她颤抖着后退。但是过了片刻，她透过阴影看清楚了那个东西。那是皮拉摩斯，他满身是血，奄奄一息。提斯柏赶紧飞奔过去抱住他，亲吻他冰冷的嘴唇，请求他看着自己，跟她说说话。“是我啊，我是你的提斯柏，你的最爱。”她喊道。听见她的名字，皮拉摩斯艰难地睁开眼睛看了她一眼。然后他们就此死别。

提斯柏看到剑从他手中落下，旁边还有她那件被撕碎的斗篷。她什么都明白了。“你杀死了自己，”她说，“也杀死了你对我的爱。我也可以勇敢起来。我也可以爱。只有死亡可以将我们分开。可是它现在也做不到了。”她将那把剑刺进了自己的心脏，剑上还沾着皮拉摩斯的鲜血，还没有干。

事情进展到最后，众神都感到悲伤，两人的父母也悲恸不已。那深红色的桑葚就是在永远纪念这对真挚的恋人，他们的骨灰被装在了同一个瓮里，死亡确实不能把他们分开了。

俄耳甫斯和欧律狄刻

俄耳甫斯和“阿尔戈号”众英雄的故事只在公元前3世

纪的希腊诗人罗得岛的阿波罗尼俄斯的笔下出现过。故事的其余部分，讲得最好的当数维吉尔和奥维德这两位罗马诗人，两人的风格很相似。因此这一段故事用了众神的拉丁语名字。维吉尔受阿波罗尼俄斯的影响很大。事实上，这三位诗人中，任何一个人都可以单独写出这个完整的故事。

最早的音乐家就是众神。雅典娜并不精通音律，但是她发明了笛子，只是一直不吹罢了。赫耳墨斯发明了七弦琴，然后送给了阿波罗，阿波罗用它奏出了如此动听的音乐，以至于奥林波斯众神听得忘掉了一切。赫耳墨斯还发明了牧笛，并用它吹出了迷人的音乐。潘造出了芦笛，笛声甜美得如同春日里夜莺的啁啾。众位缪斯没有特定的乐器，但是她们优美的嗓音无人能及。

之后一些凡人的技艺也变得十分精湛，几乎可以与神灵媲美了。其中最出色的一位当属俄耳甫斯。不过他母亲不是凡人，他是一位缪斯和一位色雷斯贵族的儿子。他母亲赐予他音乐的天赋，他在色雷斯长大，音乐的天赋也得到发展。色雷斯人是古希腊乐感最好的民族，但是俄耳甫斯不管是在当地还是别处都找不到对手，唯有神灵比他更胜一筹。当他弹琴唱歌的时候，从音乐中爆发出无穷的力量，世上还没有什么人或物可以抵抗：

在色雷斯的深山密林中，
俄耳甫斯弹着悦耳的七弦琴，
成为树木和林中野兽的首领。

一切有生命和没有生命的东西都跟随着他。他能移动山上的石头，也能改变河水的流向。

很少有故事讲述他在悲剧的婚姻之前经历了什么，因为他的婚姻之不幸甚至比他的音乐更广为人知。不过我们知道他曾参加过那次著名的冒险，而且是团队中非常重要的成员。他和伊阿宋等人一道乘“阿尔戈号”出发，当众位英雄觉得疲倦，或者无力划桨的时候，他就会弹奏七弦琴，让大家再次燃起热情，船桨也伴随着音乐有力地击打海水。要是发生争执，他就弹奏柔和的曲子，平复大家焦躁的心情，让他们冷静下来，忘记愤怒。他还把众英雄从塞壬手中救了下来。当时他们听见从海上远远传来夺人心魄的甜美歌声，那声音驱散了他们脑海中的一切想法，所有人都只想听到更多歌声，于是他们掉转船头，朝着塞壬的方向驶去。俄耳甫斯拿起自己的七弦琴，奏出清亮有力的音乐，琴声盖过了塞壬那甜美但危险的歌声。船又回到正常航线，风推着它迅速离开这个危险的地方。如果俄耳甫斯不在“阿尔戈号”上，众英雄大概会把自己的尸骸留在塞壬的岛上了。

我们不知道他是在什么地方认识了他深爱的欧律狄刻，也不知道他是如何追求这位少女的，但是很显然任何少女都无法抵挡他歌声的魅力。他们结婚了，但是快乐的生活却很短暂。婚礼后，新娘和伴娘一起在草地上走着，一条蛇忽然咬了欧律狄刻，她死了。俄耳甫斯悲痛欲绝。他无法忍受这伤痛，于是决定去往冥界，将欧律狄刻从死者中带回来。他对自己说：

用我的歌声，
取悦得墨忒耳的女儿，
取悦亡灵的统治者，
用我的旋律打动他们的心，

然后把她从冥府带回来。

他为心爱之人所做的事情胜过其他任何人。他踏上了去往冥界的可怕旅途。他奏响自己的七弦琴，所有的亡灵都安静下来。刻耳柏洛斯也放松了警惕，伊克西翁的轮子也停了下来，西绪福斯坐在自己的石头上一动不动，坦塔罗斯忘记了干渴，就连复仇女神那骇人的面孔也首次沾满泪水。冥府的主人和他的王后一起上前倾听。俄耳甫斯唱道：

统治这寂静黑暗世界的神啊，
女人生下的孩子终会来到你们面前，
一切美好之物最终都归你们所有，
你们总能收回放出去的债款。
我们只是在凡间停留片刻，
随后就是你们永远的臣民。
但我要找一个人，她来得太早了，
如同花还未开，就被摘下。
我想接受这份失落，但实在难以承受。
爱神过于强大。冥王啊，你知道，
如果人们传唱的那个古老传说属实，
当初花朵见证了普洛塞庇娜横遭劫掠，
那就请为美丽的欧律狄刻重新编织
生命的经纬，它们被过早地从织机上抽离。
你瞧，我所要求的只是小事一桩，
不求你给予，只是把她借给我。
等她寿命完结，她就永远是你的了。

听了这充满魔力的歌声，任何人都不会拒绝。他——

> 让铁一般的泪水从冥王脸上滚落，
> 让整个冥府成全了他爱的心愿。

于是他们叫来欧律狄刻，让她跟俄耳甫斯走，但是有个条件：在他们抵达人间之前，俄耳甫斯绝对不能回头看跟在他后面的欧律狄刻。于是他们两人穿过冥府的大门，沿着小路穿过黑暗，不停地往上走。他知道欧律狄刻肯定跟在自己身后，但是他非常渴望回头看一眼确定一下。他们已经快要离开冥府了，黑暗已经变成了灰色，他开心地走进日光里，然后转过身。他走得太快了，欧律狄刻仍在地下。他在微光里看见了她，于是想伸手拉住她，可是她瞬间就消失了。欧律狄刻跌落到了黑暗中。俄耳甫斯只听见微弱的一声“永别了”。

他绝望地追过去，想随她返回地下，但这是不允许的。神灵不允许他在活着的时候两次进入冥界。他只能无比绝望地独自返回人间。此后他不再和人类接触，一个人在色雷斯的荒野游荡，除了七弦琴以外没有别的慰藉。他一直弹琴，岩石、河流、树木都快乐地聆听着，这些是他仅有的同伴。然后，到最后，他却与一群迈纳得不期而遇。她们就如同残杀彭透斯的那帮迈纳得一样癫狂。她们杀死了这位温和的音乐家，撕开了他的四肢，把他的头扔进了湍急的赫布罗斯河。河水载着他的头漂到河口，一直漂到莱斯沃斯岛的海滩上。缪斯们发现它时，它并没有因为在海中漂泊而变形，于是她们把它埋在了岛上的圣地里。她们又把他的四肢收集起来，埋在奥林波斯山下的一处坟墓里，直至今天，那里夜莺的叫声也比别处更加婉转动听。

刻宇克斯和阿尔库俄涅

奥维德是这个故事的最佳出处。对风暴的夸张描述是典型的罗马风格。睡眠场景和一切美妙的细节显示出奥维德的叙事能力。当然，众神都采用了拉丁语名字。

刻宇克斯是色萨利的一个王，他是路西法的儿子，路西法是携光者，是开启白昼的晨星。父亲的全部明亮光彩都显现在刻宇克斯的脸上。他的妻子阿尔库俄涅出身也十分高贵，她是风王埃俄罗斯的女儿。他们相亲相爱，难舍难分。然而这一天还是来了：刻宇克斯决定离开阿尔库俄涅出海远航。此前发生了很多困扰他的事情，于是他决定前去求问神谕——遇到麻烦的人都会以此寻求庇护。阿尔库俄涅得知他的计划之后，悲伤又惧怕，简直不能自已。她泪流满面，泣不成声地对刻宇克斯说，她比一般人更加清楚海风的威力。童年时代在她父亲的宫殿里，她见识过那一场场风雨激荡的聚会，目睹过海风们召来的乌云和赤红的闪电。她还说："不知有多少次，我看见船只的残骸被抛上沙滩。唉，不要去啊。如果我说服不了你，至少就带我一起去吧。只要我们在一起，我什么苦都能忍受。"

刻宇克斯深受感动，因为他同样爱她至深，不过他去意已决。他感到自己必须去寻求神谕，便不再听她描述一路上即将遭遇的危险。阿尔库俄涅让步了，让他一个人出发。当她向刻宇克斯告别时，她心情十分沉重，仿佛预见了将要发生的事情。她在海滩上守着，一直目送船只从视野中彻底消失。

就在当天晚上，海上刮起了剧烈的风暴。各路狂风聚在一起，形成了猛烈的飓风，海浪像山一样高。大雨倾盆而下，整个天空仿佛都落入了海中，而海就仿佛要跃入天穹一样。人们被困在颤抖破碎的船上，都吓得发了疯，但唯有刻宇克斯还很冷静，他为阿尔库俄涅的安全处境感到欣慰。船最终沉没了，被大海吞没之际，他依然念着阿尔库俄涅的名字。

阿尔库俄涅度日如年。她给自己找了很多事情做，给刻宇克斯织了一件长袍，准备迎接他回家；给自己也织了一件长袍，这样刻宇克斯回家时能看到她美丽的样子。每一天她都要向神灵祷告多次，希望刻宇克斯平安归来。她祈求最多的是朱诺，见她为一个死去很久的人不停祷告，这位女神深受感动。朱诺召来自己的信使彩虹女神，命令她去睡神索谟努斯的居所，让睡神通过梦境把真相告诉阿尔库俄涅。

睡神的居所位于西米里人的黑暗国度附近，在一个永无日照的深谷中，那里光线昏暗，一切都笼罩在阴影中。这里没有公鸡的啼鸣，也没有看门狗的吠叫来打破寂静，树枝不会随微风沙沙作响，更不会有喧嚣的人声来搅乱安宁。唯一的声音来自忘却之河勒忒河的涓涓水流，那细碎的水声催人入睡。在睡神的家门口盛开着罂粟花以及其他让人瞌睡的药草。睡神躺在填满羽毛的柔软黑色卧榻上。彩虹女神披着她七彩的斗篷进来，她在天空中留下一弯彩虹，阴暗的室内也被她的斗篷照亮了。即使如此，她也很难让睡神睁开眼睛，明白他应该承担的任务。等她确信睡神已经醒来，她此行的任务已经完成，彩虹女神就迅速离开了，因为她害怕自己会永远在此沉睡。

老睡神叫来自己的儿子摩耳甫斯，他能熟练地变化成任何人形，就由他去执行朱诺的命令。摩耳甫斯展开寂静的翅膀，飞过黑暗，来到阿尔库俄涅的床边。他变成溺水的刻宇克斯的模样，赤裸着身体，全身不断滴水，俯身在她的卧榻旁说："可怜的妻子啊，你的丈夫回来了。你还认得我吗？我是不是因为死亡而改变了模样？我死了，阿尔库俄涅。当我被大海吞没时，还念着你的名字。我已经无望生还了。把你的眼泪留给我吧，不要让我去了阴森的地下，却无人为我哭泣。"阿尔库俄涅在睡梦中悲叹，伸出手来想拉住他。她大声喊道："等等我。我和你一起去。"结果她从哭声中惊醒。醒来后，她确信丈夫已经死了，刚才所见的不是梦，而是他本人。她对自己说："我看见他了，就在那个地方。他看起来真凄惨。他死了，很快我也会死。他的尸体在海浪中颠簸，我又如何还能待在这里呢？我不会离开你的，我亲爱的丈夫，我不会再活下去了。"

天一亮她就去了海滩，来到目送他离开的海岬。她看着大海，远处有什么东西在水中漂浮。潮水涌上来，把那个东西推向岸边，阿尔库俄涅最终看清了那是一具尸体。她怜悯而又恐惧地看着，看那尸体越漂越近，几乎已经靠岸了，就在她旁边了。是他，是刻宇克斯，是她的丈夫。她跑过去跳进水里，哭道："亲爱的丈夫！"接着奇迹发生了，她没有沉下去，反而越过波浪飞了起来。她长出了翅膀，身上长满了羽毛。她变成了一只鸟。众神十分仁慈，他们同样也将刻宇克斯变成了鸟。当她飞过去的时候，尸体不见了，刻宇克斯变成了同样的鸟和她团聚。但是他们的爱情却没有丝毫的改变。他们总是在一起，在波涛之间翻飞翱翔。

每一年都会有连续七天风平浪静的日子，海面上没有一丝海风掠过。这时候阿尔库俄涅就会在海上筑起漂浮的巢穴，并蹲在上面孵卵；雏鸟破壳后，魔咒才会解除。但是每年冬天，这些风平浪静的日子都会重来，这几天也因她而得名，被称作"阿尔库俄涅时期”，更常见的名称则是“翠鸟时期”[1]——

此时海浪被施了魔法，
鸟儿平静地筑巢孵卵。

皮格马利翁和伽拉忒亚

这个故事只有奥维德写过，因此此处的爱情女神是指维纳斯。这个故事完美地体现了奥维德是如何改编神话的，这点在前言中也提到过。

塞浦路斯有一位很有天赋的年轻雕塑家名叫皮格马利翁，他十分厌恶女人。

大自然赋予女人很多缺陷，
他对此厌恶得无以复加。

他因此决定永远不结婚。他告诉自己，有艺术就足够了。不过他投入全部精力制作的却是一尊女性雕像。要么是因为他虽然厌恶女性，并轻而易举地将其逐出了他的生活，却无法将她们逐出他的脑海；要么是因为他一心一意想要塑造一个完美的女人，借此告诉男人们他们忍受了多少女性的缺陷。

1 据说阿尔库俄涅和刻宇克斯变成的鸟是翠鸟（halcyon），该词由“阿尔库俄涅”（Alcyone）衍生而来。

抱着这个目的，他尽心竭力地创作这尊雕像，最终制作出了一件无比精美的艺术品。但皮格马利翁还是不满足。他继续工作，在他技艺娴熟的手中，雕像一天比一天更加美丽。任何活着的女人或任何既有的雕像都不能与之匹敌。当这尊雕像变得完美无缺时，一种奇怪的命运降临到雕塑家头上：他不可自拔地爱上了自己的作品。这里必须解释一下：那尊雕像看起来一点也不像雕像，谁都不会认为它是象牙或石头，一定是温暖的血肉之躯，只是暂时停住不动而已。这个傲慢的年轻人就是这样一位天才，他取得了最高的艺术成就——让艺术隐身的艺术。

从那时起，他曾经嗤之以鼻的两性关系对他展开了报复。任何一个人类少女的恋人，哪怕再绝望，也不及皮格马利翁这般痛苦。他亲吻那两片诱人的嘴唇——它们却不会回吻他。他抚摸她的双手，她的脸——它们毫无反应。他拥抱她——她依然冰冷且无动于衷。有一段时间，他就像小孩子玩玩具一样，给她穿上昂贵的衣袍，想用各种精致华美的色彩打动她，想象她开心的样子。他还送给她少女们会喜欢的礼物，比如小鸟、鲜花、法厄同的姐妹的泪水所凝结而成的琥珀，然后想象她会激动地感谢他。皮格马利翁晚上也把她放在床上，像小姑娘对待娃娃一样给她盖上柔软温暖的被子。但是他不是小孩，他不能一直装下去。最后他放弃了。他爱上了一个没有生命的东西，他是个不可救药的可怜虫。

这份独特的热情没有逃过爱情女神维纳斯的眼睛。维纳斯对稀罕的东西很感兴趣，她没有遇到过这种新奇的恋情，她决定帮助这个深陷情网却又特立独行的年轻人。

在塞浦路斯，维纳斯的节日自然是要特别庆祝的，当女神从泡沫中诞生时，就是这座岛屿接纳了她。人们为她献上许多犄角镀金的雪白小母牛；她祭坛上的香料散发出美妙的气味，传遍了整

座岛屿；她的神庙里总是人头攒动；每一个失恋的人都会带着祭品前来祈祷，希望恋人能回心转意。皮格马利翁当然也在其中。他只敢请求女神让自己找到一个和雕像一样的女性，但是维纳斯知道他真正想要什么。她让火焰在皮格马利翁面前的祭坛里跳起来三次，在空中闪耀，表示她接受了他的祈祷。

皮格马利翁觉得这是个好兆头，便回家去找他的爱人了。他亲手创造了这个爱人，并全心全意地爱着她。她就站在基座上，美得摄人心魄。他拥抱了她，然后惊讶地后退。是他想多了，还是雕像确实变得温暖了呢？他又亲吻了她，那是个缠绵的长吻，他感到那嘴唇也变得柔软了。他又摸了摸她的手臂和肩膀，都不再是硬邦邦的感觉了，仿佛是蜡在阳光下融化一般。他握着她的手腕，感到血液在其中流动。他心想，这是女神维纳斯所施的奇迹。他怀着无比的感激和喜悦拥抱了心上人，并且看见她脸颊泛红地对自己微笑。

维纳斯亲临他们面前，祝福了他们的婚姻，此后发生了什么我们就不得而知了。我们只知道皮格马利翁把这位少女称为伽拉忒亚，维纳斯最喜欢的城市帕福斯[1]是以他们的儿子命名的。

鲍基斯和菲勒蒙

只有奥维德写过这个故事。他对细节描写的喜爱，以及他巧妙地运用细节描写，让童话故事变得栩栩如生的手法，都在这个故事中展现得淋漓尽致。众神在这个故事里都用的拉丁语名字。

1　位于塞浦路斯西南部，是一座海滨城市。

从前在弗里吉亚山区的乡村里有两棵树，远近的农夫都说那两棵树是个了不起的奇迹。他们这样说并不奇怪，因为它们一棵是橡树，另一棵是椴树，却是从同一根树干上长出来的。这两棵树诞生的经过，恰好证明了众神无边的神力，也证明了他们会以这样的方式嘉奖谦卑而虔诚之人。

有时候，当朱庇特吃腻了奥林波斯的珍馐佳肴，喝腻了天庭里的琼浆玉液，听腻了阿波罗的琴声，看腻了美惠女神的舞蹈，他就会下到人间，装扮成凡人的模样，去尝试各种冒险。他最喜欢和墨丘利结伴旅行，因为墨丘利是众神中最有趣、最精明，也是最足智多谋的一位。有一次，朱庇特决定去看看弗里吉亚的人们有多热情好客。朱庇特当然很在意人们是否热情好客，因为所有的客人，所有在异乡寻求庇护的人都受他保佑。

于是，这两位神灵都扮作远行的穷人，四处流浪，他们敲开小屋或大宅的门，讨要食物并请求借宿。谁都不肯接待他们，每一次他们都被粗鲁地赶走，门就在他们身后砰然关上。他们找了好几百户人家，每一次都是同样的结果。最后他们来到一座十分寒酸的小茅屋前，这家人似乎比此前所有人家都穷，屋顶都是用芦苇做的。但是在他们敲门之后，房门居然大开，一个轻快的声音请他们进屋。入口处十分低矮，他们不得不弯腰穿过，但进去之后，却发现室内干净整洁。一对和善的老夫妇非常友好地接待了他们，并且四处张罗着让他们舒心。

那位老翁把凳子摆在炉火边，请他们坐下休息，伸展一下四肢，老妇人则给他们拿来柔软的毯子。她告诉两位客人，她的名字叫鲍基斯，她的丈夫名叫菲勒蒙。他们婚后就一直住在这个小屋里，过着其乐融融的生活。“我们很穷，”她说，“但只要你坦然面对，贫穷也不那么可怕，有一颗知足的心就好了。”她一边说话，一边忙着招待他们。她朝黑色的炉灶里扇风，把炉灰下的炭重新扇着了，火又愉快地燃烧起来。接着她在炉子上挂了一个装满水的小锅，水开后，她丈夫拿着从花园里采摘的新鲜卷心菜回来。菜下进锅里，再加一点挂在房梁上的猪肉。食物在锅里炖着，鲍基斯就用她年迈颤抖的双手支起桌子。桌子的一条腿太短了，她就用一个破盘子垫起来。她在桌上摆了橄榄、小萝卜还有在灰里烘的几个蛋。这时候培根炖卷心菜也做好了，老头子把两张摇摇晃晃的卧榻推到桌边，请客人坐下来用餐。

他还拿出两个榉木杯和一个用来搅拌食材的陶钵，钵里装着醋一样口味的酒，里面还兑了很多水。能以此来为晚餐助兴，菲勒蒙显然很自豪也很快乐，他一直盯着两位客人的酒杯，一旦喝空就给他们满上。客人被招待得很周到，两位老人也非常满意和兴奋，很久以后才注意到一个奇怪的现象：装酒的陶钵一直是满的。不管倒出了多少杯酒，钵里的酒水一点也没有减少，和钵缘持平。他们发现了这个怪事，不禁感到害怕，对视了一番，然后低下头默默祈祷。他们浑身哆嗦着，用颤抖的声音请求客人原谅他们寒酸的餐食。老头说：“我们还有一只鹅，本应该供奉给你们二位的。如果你们愿意等等的话，鹅很快就能上桌。”可是他们根本抓不住那只鹅。他们累得筋疲力尽也没能抓住，朱庇特和墨丘利兴致勃勃地看着他们。

当鲍基斯和菲勒蒙气喘吁吁地准备放弃的时候，两位神灵觉得是时候有所表示了。他们和蔼地说：“你们招待了神灵，应该得到奖励。这个地方很坏，他们蔑视贫穷的陌生人，理应得到惩罚，但你们不一样。”他们带两位老人离开了茅屋，让他们环顾四周。老人们惊讶地发现周围全是水。整个村庄都消失了，他们周围是一片大湖。虽然邻居们对他们很不友好，但此时他们还是哭了起来。可是突然又一个奇迹出现了，让他们收起了眼泪：他们眼睁睁地看到自己居住多年的低矮茅屋变成了一座富丽堂皇的神殿，有着雪白的大理石柱和金色的屋顶。

朱庇特开口道："善良的人们，不管你们想要什么，愿望都会实现。"两位老人低声商谈了一番，菲勒蒙说："让我们成为你们的祭司，为你们守护这座神殿吧——还有啊，因为我们在一起生活了这么久，千万不要让我们中哪一个独自生活。请让我们一起死去。"

两位神灵对他们非常满意，满足了他们的愿望。他们守着这座豪华的神殿生活了很久，故事没说他们是否想念曾经那舒适的小屋和温暖的炉火。但是有一天，他们站在金碧辉煌的神殿前，聊起以前的生活，那些日子确实艰难，却也非常幸福。现在他们都已经老态龙钟了。就在他们回忆过往时，忽然发现对方身上长出了叶子，接着又长出了树皮。他们只来得及说一句："再见了，老伴。"话音未落，他们就变成了树，但两棵树依然没有分离：一棵是椴树，另一棵是橡树，从同一根树干上长出来。

人们不远万里赶来瞻仰这个奇迹。树枝上总是挂着花环，是为了纪念这对虔敬而忠诚的夫妇。

恩底弥翁

这个故事来自公元前3世纪的诗人忒俄克里托斯。他以典型的古希腊风格讲述了这个故事，行文简朴而克制。

这位年轻人十分有名却又十分短命。有些诗人说他是一位国王，有些说他是一位猎人，大部分人都说他是个牧羊人。所有人

一致同意，他是一位绝美的少年，正是这美貌造就了他独一无二的命运：

牧羊人恩底弥翁
正看护着羊群，
而她，月神塞勒涅，
看见了他，爱上了他，决定寻找他。
她从天庭降临，
来到拉特摩斯山的空地上，
亲吻他，躺在他身旁。
他的命运受神眷顾。
他从此永眠，
不再辗转反侧，
这位牧羊人恩底弥翁。

他再也没有醒过来看到身旁那银白的身影。所有关于他的故事都说他一睡不醒，虽然永生，却没有意识。他带着那份奇迹般的美貌在山中沉睡，一动不动，如同死了一般不省人事，但却是温暖鲜活的，月神每天夜里都会去见他，亲吻他。据说这沉睡的魔法是月神的杰作。她让恩底弥翁陷入永眠，这样就能时刻找到他，随心所欲地爱抚他。但是又有故事说，月神的这份热情让她自己也倍感痛苦，常常叹息不止。

达佛涅

只有奥维德写过这个故事。也只有罗马人才写得出这样一个故事。一个希腊诗人绝不会想象森林中的宁芙穿着精美的衣服，梳着雅致的发型。

神话故事中有一群厌恶爱情和婚姻的年轻女猎手，达佛涅是其中之一。据说她是阿波罗的初恋。她想逃离阿波罗，这不足为奇。一个接一个不幸被神灵所爱的少女不得不秘密杀死自己的孩子，否则就会献出自己的生命。最好的结局是被流放，然而很多女性认为流放比死亡还要可怕。普罗米修斯被囚禁在高加索山的山崖上时，海中仙女曾去见他，她们对他说出了最寻常的事实：

愿你永永远远不会看到
我与神灵同眠。
愿天庭里的众神
永远不要靠近我。
天神们心知肚明，
这样的爱逃不过他们的眼睛，
希望我永远不会有此遭遇。
与身而为神的情人对抗不是争斗，
只会陷入绝望。

达佛涅必定对此十分赞成。但她也不想要任何凡人做她的情人。她的父亲是河神珀纽斯，由于达佛涅拒绝了所有英俊且般配的青年的追求，珀纽斯很着急。他温和地斥责达佛涅，悲叹道：“我永远抱不了外孙了吗？”达佛涅就搂着他的脖子安慰他说：“亲爱的父亲啊，就让我效仿狄安娜吧。”珀纽斯就让步了，达佛涅则自由无忧地跑进森林里。

最终阿波罗还是看到了她，这一切就结束了。她正在打猎，穿着及膝的短裙，露出手臂，披散着头发。即便如此，她也美得让人心颤。阿波罗心想："她若是穿上漂亮的衣服，头发梳得整整齐齐，又会是什么样子呢？"这个想法让他内心那吞噬一切的火焰变得越发炽烈，他开始追求达佛涅。达佛涅逃走了，她很善于奔跑，就连阿波罗一时半会儿也很难抓住她，不过他还是很快就跟上她了。当他奔跑时，他不停地呼喊着，又是请求又是劝说："不要害怕，别跑了，看看我是谁，我不是粗鲁的野蛮人，也不是放羊的。我是得尔斐的主人，我爱你。"

但达佛涅更加害怕了，她继续逃跑。如果阿波罗一直穷追不舍，她就无路可逃了，但是她决定坚持到最后。最终，该来的还是来了，她感觉到阿波罗就在自己脖子附近呼吸，但是她眼前的树木分开，她看见了父亲的河，于是尖叫道："父亲，救救我！救救我！"说话间，她感到一阵被牵引似的麻木感，她的脚仿佛被固定在地上，整个人都迅速被固定了。她被树皮包住，接着长出了叶子。她变成了一棵月桂树。

阿波罗慌乱又悲伤地看着她渐渐变形。"唉，最美的少女啊，我就这样失去了你，"他悲叹道，"但至少你会成为我的树。我的胜利者将在头上佩戴你的枝叶。我的每一次胜利都有你的身影。在所有的故事和歌谣中，阿波罗和他的月桂树都永不分离。"

那美丽的月桂树轻轻摇晃着闪亮的枝叶，似乎是在愉快地点头同意。

阿尔甫斯和阿瑞图萨

只有奥维德完整地讲述过这个故事。他对这个故事的描写没有特别值得一提的地方。文末的诗歌借用了亚历山大派诗人摩斯科斯的作品。

奥提伽岛是西西里最大城市叙拉古的一部分，岛上有一眼神圣的泉水名叫阿瑞图萨。但是阿瑞图萨曾经并不是泉水，也不是水泽仙女，而是一位年轻美丽的女猎手，她是阿耳忒弥斯的侍从之一。和她的女主人一样，阿瑞图萨不想和男人们扯上关系，她喜欢狩猎，喜欢在森林里自由自在地生活。

有一天，追逐了一番猎物之后，她觉得又累又热，于是来到一条清澈的河边，河岸上的银柳投下浓浓的树荫。没有什么地方比这里更适合沐浴了。阿瑞图萨脱下衣服，走进清凉的河水中。她在这平静的水中悠闲地游泳，忽然她觉得有什么东西在河水深处搅动。她害怕起来，赶紧上岸。就在这时，她听见一个声音说道："美丽的少女，你为何如此慌张？"阿瑞图萨头也不回地逃离河岸，朝森林跑去，因为内心极度恐慌，跑起来速度飞快。一个强壮的人在拼命追她，只是可能跑得不及她快。那个陌生人让她停下，说自己是那条河的河神阿尔甫斯，因为爱她所以才追上来。但阿瑞图萨不想理他，她一心只想着逃跑。他们跑了很久，可结果谁都猜得到，阿尔甫斯能比她跑得更久。阿瑞图萨最后累坏了，只能求助于自己的女神。她得到了回应——阿耳忒弥斯把她变成了一眼泉水，并劈开地面，在海里形成一条连接希腊和西西里的水下通道。阿瑞图萨跳下去，然后在奥提伽岛出现，在阿耳忒弥斯的这座神圣岛屿上涌出水泡。

但据说即便如此，她也没能逃离阿尔甫斯。故事里说，这位神灵又变成了河水，跟着阿瑞图萨进入海中那条隧道，他们的水在泉眼中混合。据说常有希腊的花朵从泉水里出现，如果把一个木杯扔进希腊的阿尔甫斯河，它会出现在西西里的阿瑞图萨泉。

阿尔甫斯随着他的河水，在深海之中一路前进，
来到阿瑞图萨身边，用鲜花嫩叶作为聘礼。
爱神这个调皮鬼，教人做出奇怪的举动，
他施展魔咒，竟让河流也潜入水中。

第三章

寻找金羊毛

这是一首长诗的标题，这首诗在古典时代非常流行，它的作者是公元前3世纪的诗人罗得岛的阿波罗尼俄斯。他讲述了整个寻找金羊毛的故事，不过没有讲到伊阿宋和珀利阿斯的故事，这部分我引用了品达的作品。这也是品达最有名的颂歌，写于公元前5世纪上半叶。阿波罗尼俄斯的长诗只写到英雄们返回希腊。我加上了伊阿宋和美狄亚的故事，这个故事来自公元前5世纪的悲剧诗人欧里庇得斯，他以这个主题写出了自己最有名的一部作品。

这三位作者风格迥异。任何散文体的重述都不能再现品达的文风，也许只能说明他拥有生动翔实地处理细节的能力。读过《埃涅阿斯纪》的人在读阿波罗尼俄斯时可能会想起维吉尔。欧里庇得斯的美狄亚、阿波罗尼俄斯的女主角和维吉尔笔下的狄多这三者之间的区别，其实也是衡量古希腊悲剧的标准。

欧洲第一位踏上遥远旅途的英雄就是“寻找金羊毛”这一远征行动的首领。他生活的时代比古希腊最著名的冒险家、大英雄奥德修斯的时代更早。那时候没有路，江河湖海就算是高速路了。旅行者需要面对的风险不仅来自水中，陆地上也危机四伏。夜里不能行船，水手们航行时在任何地方都可能遇到怪物或者魔法师，而魔法师是比风暴和船难更加致命的存在。想要旅行就必须有很大的勇气，离开希腊更要勇敢。

要说哪个故事更能显示这份勇气，那必定是一众英雄乘着“阿尔戈号”前去寻找金羊毛的故事了。也许有人会怀疑，是否真的有类似的旅程，水手们居然要面对众多如此离奇的危险。要知道，这些人都是声名响亮的英雄，其中一些甚至是古希腊最有名的英雄，他们的冒险必须与名声相称才行。

金羊毛的故事起因是一位名叫阿塔玛斯的希腊国王，他厌倦了自己的妻子，于是抛弃了她，和另一位名为伊诺的公主结婚。他的前妻涅斐勒很担心自己的两个孩子，尤其担心儿子佛里克索斯。她担心伊诺会杀了这个男孩，好让自己的儿子继承王位。她的担心是对的。第二个妻子出身高贵，父亲是忒拜的贤王卡德摩斯，母亲和三位姨母都是无可指摘的贵妇，但伊诺本人却决意杀死那个男孩，并制订了一个周密的计划。她收集起所有的种子，赶在人们播种前把它们都烤熟，这一年自然是颗粒无收。于是国王派人去求问神谕，想知道在这场灾祸中自己该做些什么。伊诺提前说服了信使——更有可能是收买了信使——信使说，神谕表明必须用小王子献祭，否则庄稼不可能生长。

民众害怕饥荒，国王迫于压力，只能用儿子去献祭。晚期的古希腊人和我们现代人一样，认为此类人祭是很可怕的，故事中出现这种情节时，通常都会对其略做改变，让故事显得没那么可怕。这个故事也是如此，当男孩被带到祭坛上时，一头长着金色毛皮的神奇公羊背起他和他姐姐飞上了天。这头羊是赫耳墨斯应他们母亲的祈祷派来的。

当他们穿过分隔亚洲和欧洲的海峡时，姐姐赫勒跌进水里淹死了，于是那座海峡就以她命名，被称为“赫勒斯滂托斯”[1]，意为“赫勒之海”。男孩则安全到达陆地，来到了不友善之海（即黑海，当时这片海还没有变得友善）岸边的国家科尔基斯。科尔基斯人虽然野蛮，却对佛里克索斯很友好，他们的国王埃厄忒斯还让佛里克索斯和自己的一个女儿结了婚。为了表示感谢，佛里克索斯把救了自己的那头公羊献祭给了宙斯，这很奇怪，不过他确实这样做了；他还把珍贵的金羊毛送给了埃厄忒斯王。

佛里克索斯有个叔叔，本是希腊某地正统的国王[2]，却被自己的侄子珀利阿斯篡夺了王位。真正的国王有个小儿子，名叫伊阿宋，他是正统的王位继承人。伊阿宋被秘密送到一个安全的地方，长大后勇敢地回来了，要从邪恶的表亲手中夺回王位。

篡位者珀利阿斯曾得到一道神谕，说他会被亲属杀死，而且要他提防只穿了一只凉鞋的人。后来果然来了这样一个人。他一只脚光着，但除此以外都很整齐——他四肢匀称，衣服十分合身，肩上还围着一块遮雨用的豹皮。他浓密的金发未加修剪，闪亮而

1　古希腊人对今达达尼尔海峡的称谓。达达尼尔海峡位于小亚细亚半岛与巴尔干半岛之间，东连马尔马拉海，西通爱琴海。

2　这位国王名叫埃宋，此地名为伊俄尔科斯。佛里克索斯和埃宋是堂兄弟，埃宋和珀利阿斯则是同母异父的兄弟（母亲都是缇洛），原文有误。

起伏地披在身后。他直接进了城，无所畏惧地来到市场上，这里已经里三层外三层地挤满了人。

谁也不认识他，但是所有人都很好奇，他们纷纷质疑："这是阿波罗吗？要不就是阿佛洛狄忒的丈夫？肯定不是波塞冬的儿子，那几个勇士都死了。"珀利阿斯一听闻消息就火速赶来，他看到那单只凉鞋就害怕了。但是他忍住畏惧的心情，问那位陌生人："你出身何处？请不要说些令人讨厌又亵渎神明的谎话，我恳求你。"对方温和地回答："我回到故乡，拿回属于我家族的古老荣誉，这片土地原本是宙斯赐予我父亲的，现在却被篡夺了王权。我是你的表亲，大家都称我伊阿宋。你我二人应该以正义的法令来规范自己——不要拔出青铜的剑与矛。你已经获得的财富全部归你，羊群、黄褐色的牛群还有土地都是你的，但是君王的节杖和宝座要让给我，这样就不会引发丑恶的权力之争。"

珀利阿斯很客气地回答道："就这样吧。但是首先必须完成一件事。死去的佛里克索斯要我们带回金羊毛，这样就能把他的灵魂带回故乡。神谕是这样说的。我已经垂垂老矣，而你却风华正茂，所以就由你去完成这个任务吧。宙斯在上，我发誓事成之后一定把国家和王权都还给你。"他嘴上这样说，内心却坚信任何寻求金羊毛的人都不可能活着回来。

伊阿宋想到这趟冒险不禁很开心。他同意了，然后让各地的人都知道他将组织一趟远航。希腊的年轻人得知这次挑战都非常高兴，所有出身最高贵、最有本事的人都来了。其中有最伟大的英雄赫拉克勒斯、最了不起的音乐家俄耳甫斯，有卡斯托耳和波吕丢刻斯兄弟、阿基琉斯的父亲珀琉斯，以及其他很多人。赫拉也在帮助伊阿宋，是她让这些人产生了不甘落后的想法，他们都不愿留在母亲身边过安稳的日子，宁愿冒着生命危险，也要和同伴共饮那绝世的勇猛灵药。他们乘着大船“阿尔戈号”出发了。伊阿宋手持金杯，将祭祀的美酒洒进海中，并祈求以闪电为矛的宙斯保佑他们一帆风顺。

前方危险重重，他们中有些人为那绝世的灵药献出了生命。首先他们来到利姆诺斯岛，这个奇怪的岛上只有女人生活。她们起义杀掉了所有的男人，只有老国王一人得以幸免。他的女儿许普西皮勒是岛上女人的头领，她放过了自己的父亲，让他乘着一个浅浅的箱子在海上漂流，最终箱子漂到了安全的地方。不过这群暴力的女人对“阿尔戈号”上的英雄们却很友好，她们赠送了很多礼物，有食物，有好酒，还有衣物，然后“阿尔戈号”再次起航。

离开利姆诺斯岛之后不久，赫拉克勒斯就离队了。当时船上有个名叫许拉斯的少年，他是赫拉克勒斯的侍从，两人十分亲密。许拉斯用大水罐去泉中取水，结果却淹死了，因为有一位水泽仙女看到他粉嫩美丽的样子想要亲吻他。她伸出双臂搂住许拉斯的脖子，把他拖进水中，从此再也不见他的踪影。赫拉克勒斯疯狂地到处寻找他，大声呼喊他的名字，然后渐渐走入海上弥漫的雾气深处。他忘了舰队和“阿尔戈号”上的同伴，一心只记得许拉斯。他没有再回来，最终“阿尔戈号”只好丢下他出发了。

接下来他们遇到了哈耳庇厄，那种会飞的恐怖怪物有钩子般的喙和爪子，总是散发着恶臭，任何生物闻到都会觉得恶心。“阿尔戈号”众英雄停船过夜的那个地方住着一个孤独又可怜的老人，真相的宣示者阿波罗曾赐予他预言的天赋。他的预言准确无误，于是惹恼了宙斯，因为宙斯总喜欢把自己的行动隐匿起来，而且认识赫拉的人都知道这么做是很明智的。于是他让那个老人承受了严酷的惩罚。每次他要进食的时候，被称为“宙斯的猎犬”的哈耳庇厄就俯冲下来糟蹋他的食物，只留下一堆谁都不愿接近的污秽，根本不可能食用。那个老人名叫菲纽斯，“阿尔戈号”的英雄们见到他的时候，他形同一个死气沉沉的梦影，虚弱地抖动，只能用枯瘦的双脚在地面爬行，全靠一层皮包裹着才不至于让他的骨头散架。他高兴地迎接了诸位英雄，并恳求他们帮忙。因为借助预言的天赋，他知道只有两个人能帮他除掉哈耳庇厄，这两个人就在“阿尔戈号”上，他们是伟大的北风之神玻瑞阿斯的儿子。船上所有人同情地听完他的遭遇，玻瑞阿斯的两个儿子爽快地答应帮助他。

其他人为他准备了食物，玻瑞阿斯的儿子拔剑坐在他旁边。他还没来得及吃上一口，那可恨的怪物就从天而降，顷刻间吞食了所有食物，随即飞走，只留下一股难闻的臭气。但北风的两个儿子行动也如风一样迅速，他们追上哈耳庇厄，用剑砍了上去。要不是众神的信使——彩虹女神伊里斯出现并制止他们的话，他们肯定会把哈耳庇厄砍成碎片。伊里斯说，他们不得杀死宙斯的猎犬，但是她以斯提克斯河的河水发誓，哈耳庇厄再也不会去骚扰菲纽斯。以斯提克斯河发出的誓言是不可打破的，于是他们回去安慰老人，那天晚上，老人愉快地和众位英雄坐在一起整夜宴饮。

他也给出了一些忠告，说了“阿尔戈号”将来会遇到的危险，尤其提到了名为“叙谟普勒伽斯”（也就是“撞岩”）的两块巨岩，它们不断滚动着互相撞击，周围的海水也被搅得巨浪滔天。菲纽斯说，想要从撞岩之间穿过，首先要放一只鸽子试探。要是鸽子能安全通过，他们也能趁机迅速通过；要是鸽子被压死了，他们也只能打道回府，放弃寻找金羊毛的计划。

次日早晨，他们带上鸽子出发，很快就看到了两块滚动着的巨岩。看起来石头之间似乎无路可走，但他们还是放出了鸽子，观察接下来的情况。当两块巨岩撞到一起的时候，鸽子只是尾巴尖

上的羽毛被夹住了，它挣脱了。众位英雄尽可能快地跟在它身后。巨岩再次分开，桨手们竭尽全力，最终船只顺利通过。就在他们通过的瞬间，巨岩又一次合拢，还撞掉了一些碎石。他们以毫厘之差躲过了灭顶之灾。但是就在他们通过之后，那两块巨岩就固定在一起不动了，再也不会伤害过往的水手了。

此后不远就是亚马逊女战士的国度——她们竟是热爱和平的仙女哈耳摩尼亚的女儿，这也算是怪事一桩了。她们的父亲则是可怕的战神阿瑞斯，她们更像父亲而不像母亲。众位英雄当然很愿意停船和她们一战，那必将是一场血腥的战斗，因为亚马逊女战士都是强大的对手。但风向对他们有利，"阿尔戈号"飞快地经过了。他们快速行进时瞥见了高加索山，普罗米修斯就在上方高高的山崖上，他们听见了巨鹰扑翅的声音，它正冲向自己血腥的盛宴。但是他们没有停下来，最后在当天傍晚，他们就到了金羊毛所在的国家科尔基斯。

一整夜他们都面对着未知的东西，察觉到除了自己的勇气以外没有任何东西帮得上忙。但是在奥林波斯，众神正开会商议如何帮助他们。赫拉见他们身处险境，不由得十分焦虑，她去向阿佛洛狄忒寻求帮助。爱神见她来访很是惊讶，因为赫拉向来与她不和。但是奥林波斯的天后还是向她求助，阿佛洛狄忒敬畏她，于是答应尽量帮忙。她们计划让阿佛洛狄忒的儿子丘比特出手，让科尔基斯王的女儿爱上伊阿宋。对伊阿宋而言，这是个完美的计划。那位少女名叫美狄亚，她掌握着强大的魔法，要是她能运用自己的魔法帮助"阿尔戈号"的英雄们，那么众人一定都能得救。于是阿佛洛狄忒找到丘比特，说只要按她的吩咐去做，就给他一个好玩的东西——一个由亮闪闪的黄金和深蓝色的珐琅制成的球。丘比特很高兴，抓起弓箭就冲下了奥林波斯，飞过广阔的天空，来到了科尔基斯。

与此同时，英雄们正出发前往王都，准备向国王讨要金羊毛。一路上他们都很安全，因为赫拉将他们裹在厚厚的雾中，他们神不知鬼不觉地来到了王宫。到了大门口，雾消散了，卫兵们立刻注意到了这群年轻威武的不速之客，于是礼貌地让他们进去，并向国王禀报。

国王立刻出来接见了他们。他的仆人也迅速准备，生火烧水让他们沐浴，并奉上了食物。在一片忙碌的场景中，美狄亚公主也悄悄出来看客人们是什么模样。当她看见伊阿宋的时候，丘比特迅速拉弓，将箭射进了那位少女的心里。那支箭如同火焰一般燃烧，她的灵魂融化在甜蜜的痛苦中，她的脸颊一阵红一阵白。她惊慌而又困窘地回到自己的房间。

当英雄们沐浴结束，又享用美酒佳肴之后，埃厄忒斯王才问他们是什么人，为何到这里来。要等客人受到款待后才能提问，否则会被认为很不礼貌。伊阿宋回答，他们都是出身高贵的人，都是神祇的子孙，从希腊一路远航而来，希望埃厄忒斯王能将金羊毛还给他们；只要能得到金羊毛，他们愿意为他做任何事情，甚至可以帮他打败敌人。

埃厄忒斯王听罢勃然大怒。他不喜欢外邦人，更不喜欢希腊人，他希望这些人远离自己的国家。他自忖道："要不是这些人在我桌上吃饭，我一定杀了他们。"他默默思考自己该怎么做，很快想出一个计划。

他对伊阿宋说，自己对诸位英雄毫无恶意，只要他们能证明自己，金羊毛就归他们。他说："我想做的事情只有一件，那就是检验你们的勇气。"他要求英雄们给他的两头公牛套上轭，这两头牛有着青铜的蹄子，呼出的气息全是火焰。他们必须用这两头牛去犁地，然后把龙牙像稻种一样撒在田垄里，这样就能种出全副武装的士兵。然后，当这些士兵发起攻击的时候，必须把他们击倒——这是一种很可怕的收割方式。“我之前都是独自完成的。”他说，“我不能把金羊毛交给不及我勇敢的人。”伊阿宋默默地坐着。这个考验似乎无法完成，是人力所不及的。最后他回答：“这个考验虽然艰巨，但是我会接受，即使失败身死也在所不惜。”说完他站起来，带着同伴回到船上过夜，美狄亚的心思也随他而去。他夜里虽然离开宫殿，美狄亚却仿佛仍能看见他俊美优雅的模样，听见他说出的豪言壮语。因为担心伊阿宋，她内心煎熬不已。她猜到了父亲的打算。

回到船上后，英雄们商量了一番，大家轮流劝阻伊阿宋，希望帮他接受挑战，但是伊阿宋坚决不肯放弃。他们正说话间，国王的一个孙子来了，伊阿宋曾救过他的命。他告诉在场的各位，美狄亚会魔法。她几乎无所不能，甚至能操控月亮和星辰。如果她能帮助众位英雄，伊阿宋必定能制服公牛，打败龙牙兵。看来美狄亚就是唯一的希望了，他们就催王子回去说服美狄亚，其实大家不知道爱神已经替他们说服了。

美狄亚坐在自己的房间里，她心想，自己这么关注陌生人，甚至妄想帮他一起对付自己的父亲，真是丢了一辈子的脸。“真不如死了呢。”她说着，拿起一个小盒子，盒子里装着剧毒的草药。但是她握着盒子坐在那儿的时候，心里却想起世间各种愉快的事情，阳光似乎都显得更灿烂了。她放下小盒子，下定决心要用自己的魔力去帮助自己爱的人。她有一种魔法药膏，只要搽在身上，人就能安全度过一整天，任何东西都伤不到他。制作药膏的植物是从普罗米修斯滴在地上的血里长出来的。她把药膏藏在衣襟里，然后去找自己的侄子，也就是当年伊阿宋救过的那个王子。他们见面之后，侄子就恳求美狄亚帮助伊阿宋一行，而美狄亚早就决定这么做了。她立刻同意，并派自己的侄子回船转告伊阿宋，立刻和她在指定地点见面。伊阿宋收到消息后立刻出发，赫拉将他笼罩在灿烂的光华中，任何人看见都会赞叹不已。美狄亚见到他时，仿佛连心脏都要随他离去了，她眼中弥漫起浓雾，连走路的力气都没有了。他们两人见面后相对无言，就像无风时两棵挺拔的松树。只有风刮起来，松树才会沙沙地交谈；他们俩也一样，恋爱的微风吹拂着，他们注定要互诉衷肠。

伊阿宋先开口了，他请求美狄亚善待自己。他说自己不由自主地怀有希望，因为她太美丽了，必定是个温柔可爱的人。美狄亚不知道说什么才好，她想把自己的感受全部说出来，于是默默地从胸口掏出那盒药膏，递给了伊阿宋。只要他开口，她甚至愿意把自己的灵魂都交给他。两人都紧紧地盯着地面，又不时地偷瞄对方一眼，满怀爱意地微笑起来。

最终美狄亚开口了，她教伊阿宋使用药膏的咒语，如果在武器上涂抹药膏，武器也可以像他本人一样一整天都无懈可击。如果有很多龙牙兵冲上来攻击他，他只需往他们中间扔一块石头，就能让他们自相残杀，最终全部灭亡。“我必须回宫了。”她说，“但是等你安全回家之后，不要忘了美狄亚，我也会永远记住你。”伊阿宋激动地回答：“无论白天还是夜里，我都不会忘记你。如果你能去希腊，一定会受到崇拜的，因为你帮了我们，除了死亡，什么都不能把我们分开。”

他们就此告别了，美狄亚觉得自己背叛了父亲，在宫殿中哭泣。伊阿宋回到船上，派了两个人去取龙牙，同时他试了一下药膏，他一碰到那药膏，就感觉到一股无法阻挡的强大力量进入体内，别的英雄都很高兴。他们到了田野里之后，埃厄忒斯王和科尔基斯众人已经在等着了，公牛喷着火焰从牛圈里冲出来，众人十分恐惧。但是伊阿宋在这两头怪兽面前毫不退缩，如同海浪中坚固的岩石一样。他制服了第一头，很快又让第二头牛跪在地上，把轭套在它们的脖子上，所有人都赞叹他技艺超群。他驾着这两头牛走进地里，犁出深深的沟垄，并把龙牙撒进去。他耕完地之后，龙牙就开始生长，接着张牙舞爪的龙牙兵就冲上来攻击他。伊阿宋牢记美狄亚的话，将一块大石头扔到那群龙牙兵中间，于是那些士兵开始用长矛互相刺杀，田垄里血流成河。就这样，伊阿宋顺利地完成了任务，埃厄忒斯王很不甘心。

他回到宫殿，继续策划对付众位英雄的阴谋，发誓绝不把金羊毛交给他们。但是赫拉在暗中相助。她让美狄亚为爱疯狂且痛苦，最终决定和伊阿宋私奔。当天晚上，她偷跑出门，沿着黑暗的小路跑到"阿尔戈号"旁，众位英雄正欢庆自己运气绝佳，丝毫没想到会有坏事降临。美狄亚跪在他们面前，请求他们带上自己离开。她说，必须马上拿到金羊毛，然后迅速离开，否则就会被杀死。一条可怕的巨蛇守护着金羊毛，但是她能让它放松警惕，不伤害他们。她说话时充满了痛苦，但伊阿宋听了很高兴，将她轻轻扶起，抱在怀里，并承诺回到希腊后一定娶她为妻。接着他带美狄亚上船，让她引路，来到那个悬挂着金羊毛的神圣树林里。那条守护金羊毛的巨蛇很可怕，但美狄亚毫无惧色地走上前，唱起一首甜美的魔法歌谣，它就睡着了。伊阿宋轻快地从树上拿起那金色的宝贝，然后迅速离开，赶在黎明时分回到了船上。最身强力壮的人都去划桨，大家用尽全力沿河而下，进入海中。

直到此时，埃厄忒斯王才知道到底发生了什么，他派自己的儿子，也就是美狄亚的弟弟阿普绪耳托斯前去追赶。阿普绪耳托斯带着一支大军，"阿尔戈号"的众位英雄似乎在劫难逃了，但美狄亚再次救了他们，但这次的行为很可怕：她让自己的弟弟送了命。有人说，她传了个话给阿普绪耳托斯，说她很想回家，要是弟弟愿意当晚在某地和她见面，她就把金羊毛拿给他。阿普绪耳托斯毫不怀疑地去了，伊阿宋当场刺死了他，美狄亚吓得连连退缩，弟弟暗红的血染红了她银色的长袍。既然头领已死，他的军队就崩溃四散，“阿尔戈号”的英雄们顺利地逃到了海上。

也有人说阿普绪耳托斯和美狄亚一起乘着“阿尔戈号”离开了，但并未对他的动机做出任何解释。埃厄忒斯王亲自去追赶他们。就在他的船快要追上他们时，美狄亚击倒了她的弟弟，并把他的四肢依次砍掉，扔进了海里。埃厄忒斯王停船捡起尸块，“阿尔戈号”得救了。

直到此时，“阿尔戈号”英雄们的冒险就快要结束了。接下来他们面临的挑战是从光滑陡峭的斯库拉岩礁和卡律布狄斯旋涡之间驶过，那片海域始终急流汹涌、巨浪滔天。但是赫拉却让海中仙女引导“阿尔戈号”，确保他们安全无虞。

接着他们到了克里特岛——要不是美狄亚劝阻，他们本来就在这里登陆了。她告诉众人，这岛上住着塔罗斯，身为青铜种族的最后一人，他全身都由青铜做成，唯有一只脚踝容易受伤。就在美狄亚说话的时候，塔罗斯出现了，他看起来就非常可怕，还威胁说他们要是敢靠近，就用石头砸烂他们的船。众人便不再划桨，美狄亚跪地祈祷哈得斯的猎犬来杀掉塔罗斯。那恐怖的力量听到了她的祈祷。就在青铜人举起一块尖头巨石准备扔向“阿尔戈号”时，他刮破了自己的脚踝，血喷涌而出，他很快就倒地而死了。英雄们得以上岸休整，为接下来的旅途做准备。

队伍一到希腊就解散了，每个英雄都返回各自的家乡，伊阿宋和美狄亚一起把金羊毛交给珀利阿斯。但是他们发现这里发生了可怕的事情。珀利阿斯逼迫伊阿宋的父亲自杀，而他母亲则悲痛而死。伊阿宋决心要惩罚这个恶人，于是向美狄亚求助——她从未令他失望过。她想出了一个残忍的诡计去对付珀利阿斯。她对珀利阿斯的女儿们说，她知道返老还童的秘密，为了证明自己的话，她当着珀利阿斯女儿们的面杀掉了一头年老的公羊，砍成碎片之后放进一锅沸水里。然后她念出咒语，片刻后水中冒出一只小羊羔，撒着欢儿跑了。公主们都信了。于是美狄亚朝珀利阿斯吹出了一股催眠的强风，然后叫他的女儿把他砍成碎片。她们虽然很想让自己的父亲变年轻，但要强迫自己动手并不容易，不过最终她们还是照办了，并把尸块丢进水里。她们等着美狄亚念咒让父亲复活并返老还童。但是美狄亚已经不见了——她已经离开了王宫，离开了这座城市。她们恐惧地意识到，自己亲手杀死了父亲。伊阿宋大仇得报。

也有一个故事说，美狄亚让伊阿宋的父亲复活了，并且变得年轻了，她将永葆青春的秘密告诉了伊阿宋。她所做的一切，不管是好是坏，都是为了伊阿宋，可到头来，她得到的回报却是伊阿宋的背叛。

珀利阿斯死后，他们来到了科林斯。他们有了两个儿子，一切看起来都很美满；美狄亚即便流亡在外，并因此而忍受着孤独，她也感到称心如意。她太爱伊阿宋了，所以失去家庭、失去国家对她来说都不算什么了。此时伊阿宋暴露出了秉性，他虽然是个聪明的英雄，却极为卑鄙——他和科林斯国王的女儿订婚了。这桩婚事确实好极了，但他只顾及自己的野心，把爱情和恩情全然抛诸脑后。得知自己遭到了丈夫的背叛，美狄亚起初感到震惊，继而陷入了巨大的痛苦，她放出话来，令科林斯国王开始担心，生怕她伤害自己的女儿——他一定是个特别容易轻信他人的人，居然没有事先往这方面想——他传令给美狄亚，让她带上自己的两个孩子立刻离开科林斯。这个命令真的让她生不如死。一个女人带着两个无助的孩子被流放，她既不能自保，也保护不了孩子。

她坐在那里，思考自己该做什么，想起自己走错的每一步路和眼前的不幸——这样的生活她实在无法忍受，不如一死了之。有时候她想起自己的父亲和故乡，不禁泪流满面。有时候她又想到，任何东西都洗不掉弟弟留下的血迹，也洗不掉珀利阿斯的血迹。她渐渐意识到，是那种近乎疯狂的激情让自己堕入了这可恶又可悲的境地。她正这么坐着想着，伊阿宋来了。她看着他没说话。他就在她身边，却仿佛相隔万里，只有她独自承受着狂怒的爱意和悲惨的人生。而伊阿宋却丝毫没有要冷静的意思。他冷漠地对美狄亚说，他一直都知道她骨子里是多么任性——要不是她一时愚蠢说了关于新娘的坏话，也许还能舒舒服服地住在科林斯。然而，他还是尽了自己最大的努力。美狄亚本该被处死，全靠他伊阿宋的努力，她才只是被流放了而已。他竭尽全力说服了科林斯国王，只不过他自己不承担丝毫责任。他现在还来见美狄亚，只是因为不想忽视自己的朋友，他希望美狄亚出发时，能带上足够的黄金和生活必需品。

这真是太过分了。美狄亚怒不可遏。“你居然来了？”她说——

世上这么多人，却偏偏来看我？
你来了也好。
要是能指明你卑劣的秉性，
我也能卸下心头的重担。
我救过你，希腊的每一个人都知道。
公牛、龙牙兵以及守护金羊毛的巨蛇

都是我打败的。是我让你获得了胜利。
全靠我的庇护你才得救。
我抛弃了父亲和家园，
来到了一个陌生的国度。
我打败了你的敌人，
让珀利阿斯死无葬身之地。
现在你却要抛弃我。
我要去哪里呢？回我父亲家里？
去投奔珀利阿斯的女儿？为了你，
我和这些人都成了敌人。
我和他们本无任何瓜葛。
啊，我曾经指望你
是个忠诚的丈夫，是个可敬的人。
结果我却横遭流放，神啊，神啊。
谁都帮不了我。我孤苦无依。

伊阿宋却回答，救他的人不是美狄亚，而是阿佛洛狄忒，因为是那位女神让她爱上他的。何况是他把美狄亚带到了文明国家希腊，她欠他一个大人情。再说，他昭告天下，说美狄亚帮助了“阿尔戈号”的英雄们，算是对她很好了，人们都因此而称颂她。她稍微有点常识的话，就该为此次婚姻感到高兴，这样的联姻对她和两个孩子都有好处。被流放完全是美狄亚自找的。

美狄亚或许一无所有了，但她依然足智多谋。她没再多说，只是拒绝了伊阿宋提供的黄金。她什么都不要，不需要他的帮助。伊阿宋愤然离去。“你那顽固不化的傲慢，”他说——

把所有好心人都赶走了。
你会为此而追悔莫及的。

从那一刻起，美狄亚开始策划复仇，她知道该怎么做。

唯有死亡，唯有死亡，才能裁定人生的冲突，
终结短暂的生命。

她决定杀死伊阿宋的新娘，然后——然后？她一时也想不出接下来要做什么。“总之她得先死。”美狄亚说。

她从箱子里拿出一件极其美丽的袍子，给袍子染上剧毒，然后把它放进一个盒子里，让自己的儿子去送给那位新娘。美狄亚说，他们必须请求她立刻穿上袍子，表示接受这份礼物。公主礼貌地接待了两个孩子，同意穿上袍子。她刚一穿上，一阵可怕的火焰就吞没了她。她倒地身亡，尸体都被溶解了。

美狄亚得知计划得逞，立刻想到另一件更可怕的事情。她的孩子将无人保护了，他们在任何地方都受不到庇护，只能沦为奴隶。“我不能让他们活着被陌生人虐待，”她心想——

又死在比我更加冷血的人手中。
不，我既然给了他们生命，也理应给予他们死亡。
啊，此刻不要退缩，不要想着他们还年轻，
不要想着他们多么可爱，尤其是刚出生的时候——
不要再想了——我要暂时忘记他们是我的儿子，
只此短短的一刻——然后留下永远的悲伤。

伊阿宋得知美狄亚对新娘的所作所为之后非常愤怒，决定杀掉她。此时两个孩子已经死了，美狄亚站在屋顶上，乘上由龙拉着的战车。它们拉着她腾空而去，直到消失不见，只留下伊阿宋不住地咒骂她，对于所发生的一切，他毫无自责之意。

第四章

四则伟大的冒险故事

法厄同

这是奥维德写得最好的一个故事，语言生动形象，细节描写不只起到了修饰的效果，更充分地渲染了故事氛围。

太阳神的宫殿是个光辉灿烂的地方，殿内殿外的一切都闪闪发光：璀璨夺目的黄金、熠熠生辉的象牙和晶莹剔透的宝石。那里永远都是正午，绝不会被晦暗的阴影冲淡光明。黑暗和夜晚永远不会在那里出现。鲜有凡人能长时间忍受这一成不变的强烈光亮，但也鲜有凡人造访过这座宫殿。

但是有一天，一个年轻人敢于进入太阳神的宫殿，他母亲是个凡人。途中他不得不时时停下来，闭上眼睛免得太晕。他来这里是因为一桩紧急事务，必须赶紧完成，所以他坚持前进到了太阳神的宫殿，穿过那光亮的大门，进入了正殿，太阳神就坐在宫殿正中，周围环绕着令人目眩的华美光芒。那年轻人不得不停下来，他实在受不了这光芒。

什么都逃不过太阳神的眼睛。他一下就发现了那位青年，于是和蔼地看着他。“你为什么来这里？”他问道。年轻人大胆地回答：“我来是为了搞清楚你是不是我的父亲。我母亲说你是，但是我在学校说我的父亲是太阳神，别的孩子都笑话我。他们不相信。我告诉母亲之后，她说最好来亲自问你。”太阳神笑着摘下他如火焰般明亮的王冠，这样那位青年就能毫不费力地看清他了。“过来吧，法厄同，”他说，“你就是我的儿子。克吕墨涅说的是实话。你不会怀疑我的话吧？但我会给你一个证明。你可以问我要任何东西，我都会给你。我以斯提克斯河起誓，且让那河水见证神灵的誓言。”

很显然法厄同常常看到太阳神驾车从天上飞过，他曾经半是敬畏半是激动地对自己说：“那天上的是我的父亲。”乘上那辆战车，驾着飞马在炫目的道路中疾驰，把光芒洒向世界，他很想知道那会是怎样一种感觉。现在既然他父亲这么说了，他这个疯狂的梦想就可以实现了。于是他毫不犹豫地大声说：“我想坐上你的马车，父亲。这是我唯一希望的事情。只要一天就好，让我驾着你的车出行吧。”

太阳神意识到自己说错话了。他怎么能立下誓言，让这个鲁莽的年轻人随便许愿呢？“亲爱的孩子，”他说，“这件事我必须拒绝。我知道我不能拒绝，因为我以斯提克斯河发过誓。如果你坚持的话，我也只能让步，但是我相信你是不会如此执拗的。听我给你解释那马车究竟是什么。你是克吕墨涅的儿子，也是我的儿子。但你是个凡人，凡人不可能驾驶我的马车。众神也不希望我这样做。众神之王肯定不同意。想想那条路，它从海中陡然升起，就连马都很难爬上去，即便时值清晨，它们正精神抖擞。天穹的顶端真是高到了极点，连我都不敢往下看。最惨的是下降的时候，路程特别险峻，海神在下面迎接我，他都奇怪我为什么不会摔断脖子。要驾驭那几匹马也非常艰难。它们性子很烈，升上天空之后更是无法驾驭，甚至要从我手中挣脱。你能拿它们怎么办？

“你可曾想象在天上有各种奇景异象，有众神的城市和各种美丽的东西？没有这回事。你只会遭遇各种掠食的猛兽，你眼中所见全是这些怪兽。公牛、狮子、天蝎、巨蟹，它们全都想吃了你。听我的话。看看你周围，看看世间的各种财富吧。你喜欢什么，尽管随心挑选，我都给你。如果你只是想证明你是我的儿子，那么你已经做到了，除了你的父亲，还有谁会为你如此担忧呢？”

但男孩听不进这番睿智的话。他眼前是一片光辉灿烂的景象。他仿佛看到自己站在那辉煌的马车里，双手掌控着就连朱庇特也无法驾驭的烈马。他根本没去想父亲所提到的危险情况。他一点也不害怕，对自己的力量没有丝毫怀疑。最终太阳神不再试图说服他。他看出来了，那是不可能的。再说也没时间了，他马上就该出发了。东边的大门已经变成了紫色，黎明女神打开了她充满玫瑰色光芒的宫殿。星星离开了天空，就连徘徊不去的晨星也变暗了。

他们必须抓紧时间，一切都准备好了。奥林波斯的守门人——四季女神正站在门口，等着敞开大门。天马被套上缰绳，与战车连接起来了。法厄同自豪而欣喜地上了车，出发了。他做出了选择，不管后果如何都无法改变了。他非常兴奋地迅速冲上天空，速度之快，连东风都被远远地甩在身后。马匹飞奔着从海边稍低的云层上跑过，仿佛穿过海边的薄雾，随后上升，越来越高，升上晴朗的空中，直达天穹。在这激动人心的时刻，法厄同觉得自己就是天空的主宰。但是突然间情况发生了变化。马车开始剧烈地前后晃动，速度越来越快，他控制不住了。现在驾车的不是他，而是马。车上的重量减轻了，握住缰绳的手软弱无力，它们由此得知，它们真正的主人不在车上。现在它们自己做主，没有人能指挥它们了。它们离开了道路，随心所欲地横冲直撞，几乎撞上天蝎，毁了马车；又猛地一个急停，险些撞上巨蟹。到此时，那位可怜的驾车人已经吓得半死了，他一松手，缰绳掉了。

这是个信号，说明接下来会是更加疯狂不受拘束的奔跑。马匹呼啸着冲上天顶，接着笔直地朝下冲，把整个世界都点着了。最先着火的是最高的山峰——伊达山、缪斯的居所赫利孔山、帕纳索斯山以及直冲云霄的奥林波斯山。火焰从山坡上冲下，低处的山谷和阴暗的林地也着火了，到处都是熊熊大火。泉水化为蒸汽，河流几近干涸。据说尼罗河就是在当时逃走的，他把自己的头藏了起来，到现在也还藏着。

车上的法厄同几乎坐不稳，他被厚厚的浓烟和热浪包裹着，如同置身于灼热的火炉里。他现在一心只想结束这场令人恐惧的煎熬，就算死了也好。大地母亲也受不了了，她发出巨大的尖叫，连众神都听见了。他们从奥林波斯山上往下看，发现必须赶快采取行动才能拯救世界。朱庇特握住雷电，朝那个鲁莽而懊悔的驾车人扔过去。法厄同死了，战车被击碎了，发狂的天马冲进了海里。

满身是火的法厄同从车上掉下来，从空中一路摔到了地上。凡人肉眼不可见的神秘之河——厄里达诺斯河接住了他，并扑灭了火焰，让他的身体冷却下来。水中仙女们见他死得如此壮烈，死时又如此年轻，出于怜悯，便安葬了他，并在墓碑上刻下了这样的话：

驾驭太阳战车的法厄同长眠于此。
虽然一败涂地，但他曾一往无前。

他的姐妹们——也是太阳神赫利俄斯的女儿——被称为赫利阿得，她们来到他的墓前为他哀悼。她们就在那里变成了白杨树，伫立在厄里达诺斯河岸边：

她们永远都在岸边悲伤地哭泣，
每一颗闪亮的泪珠落入河里，
都是一滴晶莹透亮的琥珀。

珀伽索斯和柏勒洛丰

这个故事里的两段插曲都引自早期诗人。生活在公元前8世纪或公元前9世纪的赫西俄德写到了基迈拉，而安忒亚的爱情和柏勒洛丰的不幸结局是在《伊利亚特》里讲到的。其他的部分最早都是品达写的，他也是公元前5世纪上半叶的诗人中写得最好的一位。

从前，当科林斯还叫厄费瑞的时候，当时的国王是西绪福斯的儿子格劳科斯。西绪福斯因为泄露了宙斯的秘密，被困在冥界，永无止境地将一块石头推上坡。格劳科斯也冒犯了天庭。他曾是个了

不起的驯马师，但是却用人肉饲养马匹，让它们在战场上残暴厮杀。后来他从战车上被甩下来，被自己的马匹撕成碎片吃掉了。

在这座城市里，有一位英俊又勇敢的年轻人名叫柏勒洛丰，通常大家都认为他是格劳科斯的儿子。但有传闻说柏勒洛丰有个更为强大的父亲，正是海洋的统治者波塞冬，柏勒洛丰那超凡的灵魂和强壮的肉体似乎也证明了这一点。另外他的母亲欧律诺墨虽然是个凡人，但却是由雅典娜亲自教育的，她的聪明才智堪比众神。从各方面看来，柏勒洛丰都更像神灵而非凡人。伟大的冒险在呼唤他这样的人，任何危险也不能阻止他。但是他最著名的事迹跟英雄气概无关，甚至都不需要他去努力。事实上，那件事证明了——

凡人立下誓言却不能完成的，
就不能指望高高在上的神灵，
借神力轻松送到他手边。

在这个世界上，柏勒洛丰最想要的东西就是珀伽索斯，那是一匹无与伦比的马，当初珀耳修斯杀死戈耳戈的时候，从她的血中诞生出了这匹马。[1]它是——

一匹有翼的天马，永不疲倦，
如狂风一般从空中掠过。

它创造出各种奇迹。缪斯们居住的赫利孔山上，诗人们钟爱的泉

1 见本书第三部分第一章。

水希波克瑞涅，就是它落地时从马蹄踩到的地方冒出来的。谁能抓住并驯服这样一个生物呢？柏勒洛丰一直渴望得到珀伽索斯，却不能如愿。

他将这个遥不可及的愿望告诉了厄费瑞（即科林斯）城中睿智的先知波吕伊多斯，波吕伊多斯建议他去雅典娜的神庙里睡一晚。神灵经常会在睡梦中和凡人讲话。于是柏勒洛丰就去了神庙，躺在祭坛旁沉沉地睡去，他似乎看到女神站在自己面前，她手里还拿着某种金色的东西。女神对柏勒洛丰说："睡着了？快起来。这个东西可以帮你抓住你中意的那匹马。"柏勒洛丰跳起来。周围没有女神的身影，但是有个神奇的东西放在他面前，那是一条金子做的缰绳，之前从未有人见过这样的缰绳。有了这个宝物，他心头终于又燃起了希望，他赶紧出发去寻找珀伽索斯。在科林斯那眼著名的珀瑞涅泉水旁，他找到了正在喝水的珀伽索斯，于是慢慢靠近。马儿平静地看着他，既不惊讶也不害怕，被套上缰绳的时候也非常驯服。雅典娜的魔法起效果了。柏勒洛丰成了这匹天马的主人。

他穿着全套的青铜盔甲跳到马背上，让它跑起来，马儿似乎和柏勒洛丰本人一样乐在其中。现在他成了天空的主人，想去哪里就去哪里，所有人都嫉妒他。但事实上，珀伽索斯并不仅仅是一匹让人开心的马，它还会在必要的时候给予帮助，而柏勒洛丰日后还面临着严峻的考验。

柏勒洛丰杀死了自己的兄弟，具体过程不明，我们只知道纯属意外。然后他去往阿尔戈斯，阿尔戈斯王普洛透斯为他净化罪孽。他的考验和英雄壮举都是从这里开始的。普洛透斯的妻子安忒亚爱上了柏勒洛丰，但柏勒洛丰却拒绝了她，不肯和她有任何瓜葛，安忒亚气愤无比，去跟自己的丈夫说那位客人对自己无礼，必须将他处死才行。普洛透斯勃然大怒，但还是没有处死柏勒洛丰。因柏勒洛丰在他的餐桌上吃饭，他不能对客人采取暴力。但是他有自己的计划，同样能确保杀掉柏勒洛丰。他要求这个年轻人给亚细亚的吕基亚之王送一封信，柏勒洛丰当即答应了。他有珀伽索斯，再长的旅途也不在话下。吕基亚王以古老的礼仪热情地接待了他，款待了他九天，然后吕基亚王要求看看那封信。普洛透斯在信中要求他杀死送信的这个年轻人。

他不愿这样做，理由和普洛透斯一样：宙斯绝不会放过那些违背了主宾礼仪的人。不过把这位年轻人和他那匹飞马送去冒险倒没问题。于是他要求柏勒洛丰出发去杀死基迈拉，这趟冒险注定是有去无回的。基迈拉是不可战胜的。她异常可怕，长着狮子的头，尾巴是毒蛇，中间的身体则是山羊——

那可怕的怪物，体形巨大，行动迅速，
呼出的气体是不可熄灭的火焰。

但柏勒洛丰骑着珀伽索斯，根本就不必靠近那头喷火的怪兽。他从怪兽上空呼啸而过，用箭射死了她，自己根本用不着冒险。

他回去见了普洛透斯，普洛透斯不得不再想其他办法除掉他。他让柏勒洛丰再次出去冒险，对付强大的战士索吕米人，而柏勒洛丰战胜了他们；随后他又去征讨亚马逊女战士，当然也胜利了。最终普洛透斯被他的勇气和好运折服，成了他的朋友，并把自己的女儿嫁给了他。

他这样快乐地生活了一段时间，后来却惹怒了众神。他充满野心，而且又已经获得了这样的成就，于是就有了“对人类而言过于伟大的想法”，也就是不被众神允许的想法。他想驾着珀伽索斯

飞向奥林波斯。他坚信自己能在神祇中占据一席之地。他的马很聪明，不肯飞起来，还把骑手甩了下去。后来柏勒洛丰被众神厌弃，他精神错乱，避开人烟独自流浪，直至死亡。

珀伽索斯住在奥林波斯的天马马厩里，宙斯的马匹都生活在那里。在这些天马中，它是最出类拔萃的，诗人们描述了不同寻常的情景来证明珀伽索斯的优秀之处——当宙斯想掷出雷电时，就会让珀伽索斯把闪电和响雷驮到他面前。

俄托斯和厄菲阿尔忒斯

这个故事在《奥德赛》和《埃涅阿斯纪》中都有提及，但只有阿波罗多洛斯完整地讲述过。他很可能是在公元1世纪或2世纪写下了这个故事。他文风沉闷，但这个故事相比他的其他作品又要生动一些。

这对孪生兄弟是巨人，但他们长得不像旧时的那些怪物。他们腰身挺拔，面庞高贵。荷马是这样描述他们的：

是大地哺育的生命中最高大的，
而且十分英俊，只比俄里翁略逊一筹。

维吉尔主要写到他们疯狂的野心。他是这样写的：

身形巨大的双胞胎，挥舞双手想摧毁天庭，
想把朱庇特从神国中驱走。

有人说他们是伊菲墨狄亚之子，也有人说他们是卡纳刻之子。不管他们的母亲是谁，他们的父亲肯定是波塞冬，只不过他们通常被称为“阿罗阿达”，意为“阿罗欧斯之子”，阿罗欧斯是他们生母的丈夫。

当他们还小的时候，就想证明自己比神灵更强。他们用青铜锁链锁住了阿瑞斯，把他囚禁起来不让他说话。奥林波斯众神不愿用武力解救阿瑞斯，却派狡猾的赫耳墨斯去帮忙。赫耳墨斯趁着夜色潜入，将阿瑞斯救了出来。那两个年轻气盛的巨人还想造次，他们扬言要像旧时代的巨怪一样把珀利翁山叠在奥萨山上，然后用这两座山去比一比天庭的高度。这种行为超出了众神的底线，宙斯拿起雷电准备投向他们。但是波塞冬上前请求宙斯放过他们，保证亲自管住那两人。宙斯同意了，波塞冬也恪守诺言。巨人双胞胎不再挑衅天庭，波塞冬对自己的行为十分满意，然而他的两个儿子却开始策划一些他们更感兴趣的事情。

俄托斯认为要是能掠走赫拉一定是绝妙的冒险，厄菲阿尔忒斯则深爱阿耳忒弥斯，至少他认为自己是爱的。但其实这对双胞胎只关心彼此，他们完全忠于彼此。他们抽签决定先去绑架谁，结果是厄菲阿尔忒斯运气比较好。他们在山岭丛林里到处寻找阿耳忒弥斯，最终在沙滩上看见了她，她正往海中走去。她知道他们二人的邪恶计划，也知道该如何惩罚他们。那对双胞胎追赶着她，阿耳忒弥斯则径直朝海中走去。波塞冬所有的儿子都有同样的能力：他们可以在水面上如履平地般地行走，因此他们两人追赶起阿耳忒弥斯来毫不费力。她引领这两人来到了丛林茂密的纳克索斯岛，眼看他们就要抓住她的时候，她却消失了。他们只看到一头非常美丽的乳白色雌鹿跑进森林里。他们一看这情景，立即忘了女神，转而去追逐那头美丽的动物了。在密林深处他们跟丢了雌鹿，于是他俩分头行动，以便搜寻猎物。他们在同一时刻看到那头雌鹿竖着耳朵站在林间空地里，却没有看到自己的兄弟站在雌鹿身后的丛林里。他们掷出长枪，雌鹿消失了。武器飞过空荡荡的草地，冲进森林，击中了目标。两位年轻的猎人都被对方的长矛刺中，两具高大的身躯倒在地上，他们都杀死了自己所爱的人，也被至爱所杀。

这就是阿耳忒弥斯的复仇。

代达罗斯

奥维德和阿波罗多洛斯都讲过这个故事。阿波罗多洛斯生活的时代比奥维德晚一百多年，他是个缺乏想象力的作者，与奥维德相差甚远。但是这段故事我选择了阿波罗多洛斯的版本，因为奥维德的版本情感泛滥、大惊小怪，恰好暴露了他的缺点。

代达罗斯是个建筑师，他修建了克里特岛上的迷宫，用来囚禁半人半牛的怪物米诺陶洛斯。他还把走出迷宫的方法告诉了阿里阿德涅，阿里阿德涅又告诉了忒修斯。[1]米诺斯王得知希腊人逃走之后，坚信一定是代达罗斯帮助了他们。于是他把代达罗斯及其子伊卡洛斯关进了那座迷宫，这恰好证明了迷宫的构造极为精巧，在缺乏线索的情况下，即使是建造者本人也找不到出口。但

1　见本书第三部分第二章。

是这位伟大的发明家并没有不知所措，他对自己的儿子说：

水路和陆路确实是走不通了，
但天空还是畅通无阻的。

他制造了两对翅膀，父子二人将其戴在身上。起飞之前，代达罗斯警告伊卡洛斯，经过大海时一定要保持低空飞行；如果飞得太高，太阳会晒化胶水，翅膀就会散架。然而就如故事通常所讲的那样，年轻人总是不听教诲。他们两人毫不费力地飞过克里特岛，这种全新的神奇力量冲昏了少年的头脑。他呼啸着越飞越高，无视父亲苦口婆心的劝诫。然后他掉了下来。他的翅膀散架了。他掉进海里，海水吞没了他。那位痛苦的父亲则安全地飞到了西西里岛，当地的国王友善地接纳了他。

得知代达罗斯逃脱，米诺斯非常愤怒，决定要追捕他。他制订了一个狡猾的计划。他大张旗鼓地宣扬说，谁能将一根细线穿过一只结构复杂的海螺，谁就能得到丰厚的奖赏。代达罗斯对西西里王说自己知道该怎么办。他在海螺的末端打了一个小孔，在蚂蚁身上绑了一根线，让蚂蚁爬进洞里，然后封住那个洞。蚂蚁最终从另一端爬了出来，线自然也就穿过海螺内扭曲的通道跟着出来了。米诺斯说："只有代达罗斯能想出这个办法。"于是他跑到西西里岛要人。然而西西里王拒绝他的要求，最终米诺斯在此次冲突中身亡。

第三部分

特洛伊战争前的伟大英雄

第一章

珀耳修斯

这个故事类似于童话，赫耳墨斯和雅典娜在其中扮演了《灰姑娘》中神仙教母的角色，魔法口袋和帽子则是童话中随处可见的法宝。这是唯一一个让魔法占据了重要地位的神话，古希腊人似乎很喜欢它，很多诗人都写过这个题材。生活在公元前6世纪的著名抒情诗人凯阿岛的西摩尼得斯[1]写过这个故事，其中达那厄被关在木箱里的章节是这首名诗中最著名的篇章。奥维德和阿波罗多洛斯都完整地讲述过这个故事。阿波罗多洛斯生活的时代比奥维德晚一百年左右，他的版本更胜一筹。他的情节简单直接，奥维德的故事则太过冗长——比如说花一百行去描写怎样杀海蛇。我在此选择了阿波罗多洛斯的版本，同时补充了一些西摩尼得斯版本中的细节，文中小段的引用则来自其他诗人，尤其是赫西俄德和品达。

1 凯阿岛的西摩尼得斯（Simonides of Ceos，约前556—约前468），古希腊抒情诗人。

珀耳修斯和赫拉克勒斯的族谱

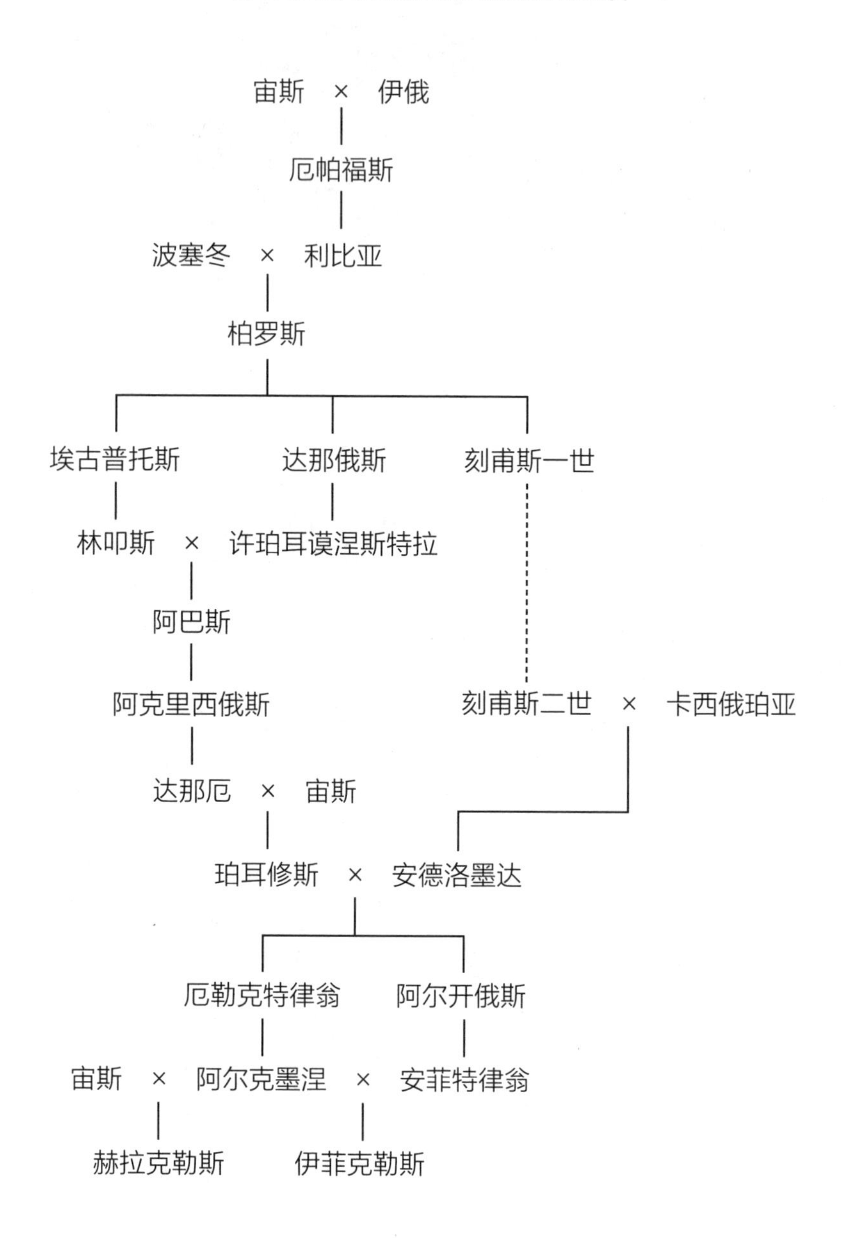

阿尔戈斯王阿克里西俄斯有一个独生女达那厄。她是阿尔戈斯最美的女子，但是国王没有儿子，因此她再美也没什么用。阿克里西俄斯去得尔斐求问神谕，想知道自己是否会有子嗣。女祭司告诉他不会有的，而且还说了一个更坏的消息：他的女儿将生下一个儿子，而这个儿子会杀死他。

对国王而言，要避免这种命运，唯一的办法就是立刻处死达那厄——要亲自督办，容不得半点差池。但阿克里西俄斯下不了手。虽然他没什么父爱，却畏惧神灵。谋杀血亲的人都会被施以严厉的惩罚。阿克里西俄斯不敢杀死自己的女儿。于是他命人造了一座青铜的地下房屋，只在屋顶上留出用于通风透光的小窗。他把达那厄囚禁在屋里：

> 于是美丽的达那厄忍受着痛苦，
> 美丽的阳光如今成了青铜的墙壁，
> 那密室如同一座坟墓，
> 她成了囚犯。然而，
> 宙斯会化身为金雨来到她身边。

她整天待在那个牢房里无事可做，除了头顶的浮云外没有任何可看的东西，直到一桩神秘的事件发生：一阵金色的细雨从天而降，充满了她的房间。故事里并没有说明她是如何得知这不速之雨是宙斯幻化而成的，但是达那厄很清楚，她生下的正是宙斯的儿子。

孩子出生后，她瞒着自己的父亲过了一段时间，但是随着时间流逝，在如此狭小的青铜屋子里很难藏得住秘密了，终于有一天，这个名叫珀耳修斯的男孩被自己的外祖父发现了。“你的孩子！”阿克里西俄斯怒吼道，“他父亲是谁？”达那厄骄傲地回答：“是宙斯。”阿克里西俄斯不信。只有一件事情是他深信不疑的：这个小孩对他来说是个巨大的威胁。他不敢杀这个孩子，原因和他不敢杀达那厄一样，他怕自己成了杀人凶手，宙斯和复仇女神会来惩罚他。不过虽然他不能直接杀了这对母子，却可以让他们陷入一种必死无疑的境地。他命人造了一个巨大的箱子，把母子二人放进去，然后把箱子带到海边，丢进了水中。

达那厄和儿子坐在这艘奇怪的船里。白昼渐渐结束，她孤苦伶仃地在海上漂泊：

风和浪涌进这个雕花的木箱里，
她内心充满恐惧，眼含泪水，
伸手轻轻搂住珀耳修斯，说：
“儿啊，我一个人兀自痛苦着，
而你，我的小宝贝，却睡得正甜，
在这个镶着铜边的盒子里，
在这个凄惨的家中酣眠。这暗黑的夜色，
这贴着你柔软的鬈发掠过的波浪，
这尖啸的风声，你都没有留意，
你那可爱的小脸裹在红色的斗篷里。”

她一整夜都在颠簸的箱子里，听着随时都像是要淹没他们的水声。黎明也没有带来丝毫快慰，因为她根本看不见那曙光。周围有很多高出海面的岛屿，她什么都看不见。她只知道此时似乎有一股海浪载着他们轻快地前进，随后又后退，把他们放在了某个平稳坚实的地方。他们靠岸了，安全地离开了大海，但是他们还在箱子里，没办法出去。

多亏了命运的眷顾——或许是宙斯的眷顾，他至今也没为自己的儿子和情人做点什么——一个好人发现了他们，那人名叫狄克提斯，是个渔夫。他看到了那个大箱子，打开后把里面命运多舛的两个人带回了家，他的妻子也跟他一样善良。他们两人无儿无女，于是倾力照顾达那厄和珀耳修斯，视若己出。他们这样生活了很多年，达那厄觉得儿子过着平凡的捕鱼人生活就很好，不会受到伤害。但最终还是有大麻烦找上门来。那个小岛的统治者波吕得克忒斯是狄克提斯的兄弟，但是他粗鲁残忍。起初很长一段时间他都没注意到那对母子，但是最终达那厄还是引起了他的注意。即使珀耳修斯此时已经长大成人，她的风采依然不减当年，波吕得克忒斯爱上了她。他想得到她，却不想要她的儿子，于是开始想办法除掉珀耳修斯。

在一座岛上生活着一些名为戈耳戈的恐怖怪物，她们有置人于死地的能力，并因此而远近闻名。波吕得克忒斯显然和珀耳修斯谈起过她们，很有可能还透露过他的想法：在这个世界上，他最想要的就是戈耳戈的头颅。这个办法肯定可以害死珀耳修斯。波吕得克忒斯宣称他要结婚了，并且叫来朋友们一起庆祝，当然也邀请了珀耳修斯。按照风俗，每个客人都带了礼物送给新娘，只有珀耳修斯空手而来。他没有拿得出手的东西。他年轻气盛，受不了这份气，于是当场起身，如国王所希望的那样，当众宣布他会送来无与伦比的礼物。他这就出发去杀死美杜莎，并把她的头拿回来作为礼物。此事正中国王的下怀，任何头脑清醒的人都不会做出这样的承诺。美杜莎就是戈耳戈之一：

戈耳戈三姊妹，个个生有翅膀，

长着满头的蛇发，让凡人闻之色变。

任何人只要看了她们一眼，

就别想再呼吸一口生命的气息。

因为看到她们的人就会立即变成石头。看样子珀耳修斯是被愤怒和自尊冲昏了头脑，才会胡乱夸下海口。任何人都不可能以一己之力杀死美杜莎。

但是珀耳修斯却并没有因为无知而丧命。有两位伟大的神灵在保佑他。他一离开波吕得克忒斯的宫殿就乘船出发，甚至不敢告诉母亲自己要去干什么。他航向希腊，去打听戈耳戈究竟在哪里。他来到得尔斐，但是女祭司们只肯透露有那么一个地方，人们不吃得墨忒耳金色的谷物，只吃橡子，他应该去那里。于是他去了长满橡树的多多那，那里的橡树能够讲述宙斯的意志，住在那里的塞洛伊人用橡子做面包。可是塞洛伊人也没能告诉珀耳修斯更多消息，他们不知道戈耳戈住在哪里，只说有众神在保佑他。

所有故事都没说赫耳墨斯和雅典娜是何时来帮他的，也没说是如何帮他的，不过在神灵相助之前他肯定非常绝望。不过他还是四处寻找，最终遇到了一个很美丽的陌生人。很多诗歌里都描述了这个陌生人的模样：他是个年轻人，脸上带着青春年少时最可爱的模样，但和别的年轻人不同，他拿着一根黄金手杖，手杖末端有一对翅膀；他的帽子上也有一对翅膀，凉鞋上也有一对翅膀。珀耳修斯见到他，心中必定充满了希望，因为他知道此人正是赫耳墨斯，是负责指引并施以善意的神。

这个俊美的神灵告诉他，在与美杜莎战斗之前，他必须找到适当的工具，而他所需的东西在北方的仙女处。要找到仙女的居所，他们必须先找到灰女，只有灰女知道如何找到北方的仙女。灰女住在微光笼罩的幽暗之地，见不到一丝阳光，夜里也没有月光。在那片灰暗的土地上住着三个女人，她们周身灰色，而且个个老态龙钟。她们是非常古怪的生物，最奇怪的就是她们三人共用一只眼睛，每个人轮流把眼睛安在额头上用一会儿，然后递给下一个人。

赫耳墨斯说完这些之后就开始行动。他亲自带领珀耳修斯去找灰女。找到之后珀耳修斯必须首先躲起来，等她们中的一人把眼睛从头顶上取下来的时候再出来，趁她们三个都看不见的时候，他就去拿走那只眼睛，逼她们说出北方仙女的所在之后才把眼睛还给她们。

赫耳墨斯又说，他会送给珀耳修斯一把用来斩杀美杜莎的宝剑——不管美杜莎的鳞片有多坚硬，这把剑砍上去也不会弯折。这无疑是一件非常好的礼物，但是拿剑的人还没进入攻击范围就被变成石头了，这把剑又有什么用呢？此时另一位神灵也前来相助。帕拉斯·雅典娜来到珀耳修斯身边，取下自己胸前那面锃亮的青铜盾牌，交到了他手里。“当你去进攻戈耳戈的时候，就看着它。”雅典娜说，“它就像镜子一样，你既能从中看到美杜莎的身影，又能避开她致命的目光。”

现在珀耳修斯真的有理由满怀希望了。去往幽暗之地的路途十分漫长，要越过俄刻阿诺斯河，到达西米里人居住的黑暗国度的边境，不过有赫耳墨斯当向导，他可以顺利通行。最终他们找到了灰女，在昏暗的光线中，她们看起来像灰色的鸟，因为她们有着天鹅的外形；但她们却有着人类的头，翅膀底下还长着胳膊和手。珀耳修斯按照赫耳墨斯说的去做，他躲起来，看到其中一人取下额头上的眼睛后才出去，然后抢在她把眼睛递给姐妹之前夺走了那只眼睛。过了片刻，她们才意识到眼睛没了，之前都以为是别的姐妹拿走了眼睛。珀耳修斯说是他拿走了眼睛，只要她们说出北方仙女的所在，他就把眼睛还回去。灰女立刻为他指明了方向，为了拿回眼睛，她们什么都可以干。珀耳修斯便把眼睛还给她们，按照灰女说的路线出发了。他必须去许珀耳玻瑞亚人的土地，不过他自己还不知道。那里是一片乐土，位于北风的背面，据说“无论走水路还是陆路，人们都找不到通往许珀耳玻瑞亚人聚居地的神奇道路”。但珀耳修斯有赫耳墨斯相伴，那神奇的道路自然就出现在他脚下了。他到达了目的地，见到了那些快乐的居民，他们整天都在狂欢宴饮。他们热情地款待珀耳修斯，邀请他参加宴会，随着笛声和琴声翩翩起舞的少女们还停下来为他拿来了他想要的礼物。一共有三件礼物：一双带翅的凉鞋，一个能就着所装东西的尺寸而任意改变大小的魔法皮包，还有最重要的一件礼物，那就是一顶能让佩戴者隐身的帽子。有了这些宝物，再加上雅典娜的神盾和赫耳墨斯的宝剑，珀耳修斯就准备好可以去斩杀戈耳戈了。赫耳墨斯知道戈耳戈住在哪里。离开了那片乐土之后，他们俩飞越俄刻阿诺斯河，又穿过大海，来到了那恐怖的三姐妹居住的岛屿。

珀耳修斯运气很好，他找到戈耳戈的时候，她们都在睡觉。锃亮的盾牌像镜子一样清楚地照出她们的模样，这些怪物有着巨大的翅膀，身上覆盖着金色的鳞片，头发则是无数条不断扭动的蛇。雅典娜和赫耳墨斯都在他身边。他们告诉珀耳修斯哪个是美杜莎，这一点很重要，因为只有美杜莎能被杀死，另外两个是不死的。珀耳修斯穿着带翅的凉鞋飞到她们上方，不过他只敢从盾牌里看。然后他瞄准美杜莎的喉咙砍下去，并由雅典娜引导着他的手。只一下，他就砍断了美杜莎的脖子，他依然不敢正眼看她，而是紧紧盯着盾牌，然后飞下来捡起她的头，扔进皮袋里，皮袋便自动收缩，把它包在里面。他现在什么都不用怕了。但是另外两个戈耳戈醒了，看到妹妹被残忍杀害，她们想要追上凶手。但珀耳修斯不必担心，他戴着那顶隐形帽，戈耳戈根本看不见他：

秀发如瀑的达那厄之子珀耳修斯
穿着有翼的凉鞋，在大海上方
疾驰而去，迅捷有如思想。
他将怪物的头颅
装在银光闪闪的皮袋里，
那着实是一件宝物。
迈亚之子赫耳墨斯，
那位宙斯的信使，
一直陪在他的身旁。

返回途中，他来到埃塞俄比亚，并降落下来。这时赫耳墨斯已经离开他了。珀耳修斯发现一个可爱的少女即将被恐怖的海蛇吃掉——赫拉克勒斯后来也遇到过这种事情。那位少女的名字叫作安德洛墨达，她的母亲是个虚荣又愚蠢的女人：

那位灿若星辰的埃塞俄比亚王后
夸耀自己的美貌胜过海中仙女，
于是惹怒了她们。

她吹嘘自己比海神涅柔斯的女儿们更加美丽。在当时，如果自称在某些方面胜过神灵，无疑会招致可怕的命运，然而人类却总是

这样做。神灵素来对傲慢之举深恶痛绝，但这一次，他们没有将惩罚降临到安德洛墨达的母亲卡西俄珀亚王后的头上，却降到了女儿的头上。有好些埃塞俄比亚人都被海蛇吞食了，神谕称，只要用安德洛墨达献祭，民众就不会受苦，大家便强迫安德洛墨达的父亲刻甫斯同意。珀耳修斯到达埃塞俄比亚的时候，那位少女被绑在海边的礁石上，正等着怪兽出现。珀耳修斯对她一见钟情。他在她旁边等待，大蛇刚出现，他就砍掉了那畜生的头，就像斩杀戈耳戈一样。怪兽没了头，就沉入水中。珀耳修斯带着安德洛墨达回到她父母身边，请求他们把女儿嫁给他，他们欣然应允。

他带着安德洛墨达返回岛上，去见自己的母亲，但是他曾经居住的房子里却空无一人。渔夫狄克提斯的妻子早就死了，达那厄和曾经像父亲一样照顾珀耳修斯的狄克提斯也逃走了——他们是为了躲开波吕得克忒斯，由于达那厄拒绝和他结婚，波吕得克忒斯非常生气。有人告诉珀耳修斯他们躲在神庙里。他还得知，国王要在宫殿里举办宴会，所有他中意的人都会去。珀耳修斯立即发现这是个好机会。他去了宫殿，走进大厅。他站在入口处，胸前佩着雅典娜那面闪亮的圆盾，身子的一侧挂着银色的皮袋，吸引了在场所有人的目光。不等他们将视线移开，珀耳修斯就举起了戈耳戈的头，于是那位残忍的国王以及所有谄媚的仆人都瞬间变成了石头。那一排石像就坐在那里，全都凝固在了他们第一眼看见珀耳修斯时的那副神态里。

岛上的人得知他们终于摆脱了暴君的统治，接下来要找到达那厄和狄克提斯就不再是什么难事了。他让狄克提斯当上了小岛的国王，他母亲则决定他们应该随安德洛墨达一起回希腊，与阿克里西俄斯讲和——自从他把母子二人装进箱子里之后，过了这么多年，也许他已经心软了，愿意接纳自己的女儿和外孙了。但是当他们到了阿尔戈斯之后，却发现阿克里西俄斯被驱逐出城了，谁都不知道他去了哪里。抵达阿尔戈斯不久，珀耳修斯得知北方的拉里萨的国王正在举办一场盛大的竞技会，于是他前往参赛。在掷铁饼比赛中，轮到他的时候，他投出的沉重的铁饼，却绕着弯儿落进了观众席。阿克里西俄斯正在当地拜访国王，铁饼恰好砸中了观众席上的他。这一击是致命的，他当场就死了。

阿波罗的神谕再次得到了应验。珀耳修斯难免有些伤心，不过他至少知道这位外祖父曾想方设法要杀了他们母子俩。他一死，他们担惊受怕的日子也结束了。珀耳修斯和安德洛墨达从此快乐地生活在一起。他们的儿子厄勒克特律翁后来成了赫拉克勒斯的祖父。

美杜莎的头颅被献给了雅典娜，她把它装饰在宙斯的神盾埃吉斯上——这面盾牌交由她保管。

第二章
忒修斯

这位英雄深受雅典人喜爱，作家们也很青睐他。生活在奥古斯都时代的奥维德详细讲述了他的生平，生活在公元1世纪或2世纪的阿波罗多洛斯亦然，公元1世纪末的普鲁塔克也写过。在欧里庇得斯的三部戏剧中他都是主角，索福克勒斯也有一部作品以他为主角。所有作家和诗人都有意无意地提到他。我总体上采用了阿波罗多洛斯的故事，但是又增加了一些欧里庇得斯的内容，主要关于阿德拉斯托斯的控诉、赫拉克勒斯的发疯，以及希波吕托斯的命运；从索福克勒斯处借鉴了忒修斯是如何亲切对待俄狄浦斯的；从普鲁塔克处借鉴了忒修斯离世的情形，阿波罗多洛斯对此仅一笔带过。

这位伟大的雅典英雄是忒修斯。他参与了很多伟大的冒险，完成了很多英雄壮举，因此有这样一句雅典谚语广为流传："忒修斯无处不在。"

他是雅典王埃勾斯之子。但是他的少年时代是在母亲家中度过的，那是位于希腊南部的一个城市。孩子尚未出生，埃勾斯就返回雅典了，不过在走之前，他将一把剑和一双鞋埋在一个浅坑里，上面压了块大石头。他把这件事告诉了他的妻子，并且说等到孩子——如果是男孩的话——长大成人，身体强壮到能够推开那块石头，拿到坑里的东西，就让他去雅典父子相认。那孩子确实是男孩，他长得比谁都强壮，后来他母亲带他去了那块石头所在之处，他不费吹灰之力就推开了。她告诉忒修斯，现在他可以去见父亲了，他的外祖父已经为他准备好了一艘船。但是忒修斯拒绝走水路，因为那旅途过于顺遂。他想要尽快成为大英雄，轻松安全的路线显然不适合英雄。他时刻牢记着希腊最伟大的英雄赫拉克勒斯，决心自己也要建立伟业。这也是很自然的，因为他们是表亲。

他坚定地拒绝了母亲和外祖父送给他的船，说坐船的话就太卑鄙了，等于轻松地逃避了危险，于是他走陆路去雅典。陆路相当漫长，而且险象环生，因为途中时不时有强盗阻挠。不过他轻而易举地杀光了这些暴徒，这使得在他之后的旅人不会再遇上此番危险。他对于公平的见解简单而实用：以牙还牙。比如说斯刻戎这个人，他让俘虏跪下给他洗脚，然后把他们踢进海里，于是忒修斯把他也扔下了悬崖。西尼斯杀人的时候，是将两棵松树压弯到地上，把人绑在上面，然后让松树弹开，他也是这个死法。普洛克儒斯忒斯把受害者绑在铁床上，强行令其与床等长——如果他们比床短，就把身体拉长；如果他们比床长，就把身体砍短——最后他自己也躺在了那张铁床上。不过故事没说他到底是被拉长了还是砍短了，但是反正也只有两种选择，普洛克儒斯忒斯最终也是死路一条。

可以想象希腊人是如何赞美这位消灭了强盗并为旅行者排除路障的年轻人。他到达雅典的时候，已经是个有名的英雄了，并且被邀请去参加国王的宴会，国王此时还不知道忒修斯是自己的儿子。事实上他害怕这位年轻人太受欢迎，人们会拥立他为王，所以才邀请他赴宴，准备趁机给他投毒。这主意不是他想出来的，而是美狄亚想出来的，美狄亚是寻找金羊毛故事中的女主角，她通过自己的巫术知道了忒修斯其人。她驾着有翼的战车离开科林斯之后逃到了雅典，如今她对埃勾斯有着巨大的影响力，她不希望国王的儿子影响到自己的地位。但是当她把装毒药的杯子递给埃勾斯时，渴望快点与父亲相见的忒修斯拿出了剑。国王立即认出了那把剑，随即把杯子扔到地上。美狄亚又像过去一样逃走了，这一次她安全抵达了亚洲。

埃勾斯当即向全国宣布忒修斯是自己的儿子和王位继承人。新的继承人出现不久，就有一个机会让他赢得所有雅典人的好感。

在他到达雅典之前数年，这座城邦遭遇了巨大的不幸。克里特的伟大统治者米诺斯的独生子安德洛革俄斯在拜访雅典王的时候丢了性命。埃勾斯没有尽到主人的责任，他派自己的客人去冒险——让他去杀死一头危险的公牛。然而那年轻的客人反而被公牛杀死了。米诺斯便大举入侵雅典，俘虏了很多雅典人，还说必须每九年就送给他七对青年男女，否则他就要把雅典夷为平地。当那些年轻人到达克里特岛之后，就会被米诺陶洛斯吃掉。

米诺陶洛斯是个半人半牛的怪物，是米诺斯的妻子帕西法厄和一头美丽的公牛的后代。波塞冬把那头牛送给米诺斯，让他将牛献祭给自己，但是米诺斯不想杀死那头牛，就私自留下了。为了惩罚他，波塞冬就让帕西法厄疯狂地爱上了那头牛。

米诺陶洛斯出生后，米诺斯没有杀他，而是让当时伟大的建筑师、发明家代达罗斯建造一座绝无可能从中逃脱的迷宫来囚禁他。代达罗斯造出了那座闻名世界的迷宫。一旦进入，人就会迷失在无穷无尽的蜿蜒小径里，永远找不到出口。作为贡品的雅典年轻人就是被带到这座迷宫里献祭给米诺陶洛斯的。他们根本无路可逃。不管他们往哪个方向跑，都会径直遇上那头怪物；如果他们原地不动，米诺陶洛斯也会突然在迷宫里现身。忒修斯到达雅典时，正好有十四个青年男女要被送走，几天后他们就会面临那样的命运。这正是建功立业的好时机。

忒修斯立刻自告奋勇要成为贡品之一。此举善良又高尚，所有人都深深爱戴他，不过大家不知道他是打算杀了米诺陶洛斯。但是他将此计划告诉了他的父亲，并保证说自己必定成功，届时他会乘着挂白帆的船回来——平时运送牺牲者的船都是挂的黑帆，只要埃勾斯看到白帆，就知道自己的儿子安然无恙。

那些作为贡品的年轻人到达克里特岛之后，他们在当地居民面前排成一列，步行前往迷宫。米诺斯的女儿阿里阿德涅也在围观人群中，忒修斯从她面前经过时，她立刻爱上了他。她派人去找来代达罗斯，要求他说出逃出迷宫的路线，接着又派人去找来忒修斯，告诉他说如果他保证带她去雅典并娶她为妻，她就提供逃出迷宫的办法。不出所料，忒修斯毫不犹豫就答应了，于是阿里阿德涅把代达罗斯的办法告诉了他：他必须带一团线，一头系在迷宫入口处，一边走一边放线。忒修斯照办了，不管他走哪条路都可以沿线返回，于是他大胆地走进迷宫深处寻找米诺陶洛斯。他找到那头怪物的时候，见对方正在睡觉，便冲上去把他击倒在地。手无寸铁的忒修斯，就这样赤手空拳地把那怪物打死了：

如同一棵橡树倒在山坡上，
压垮了它下面的一切，
忒修斯就是如此。
他取了那怪物的性命，令其倒地而亡。
只有头还在慢慢摇晃，那双角已经没用了。

忒修斯从这场可怕的搏斗中脱身，线团还在原地放着。他把线团攥在手里，回去的路一目了然。其他人跟在他身后，阿里阿德涅也在其中，一行人就这样逃到了船上，渡海返回雅典。

途中他们经过纳克索斯岛，在这里发生的故事有不同的版本。其中一个故事说忒修斯在此地抛弃了阿里阿德涅。趁阿里阿德涅睡觉的时候他起航走了，但是狄俄尼索斯发现了她并安慰了她。另一个版本的故事对忒修斯比较友好。阿里阿德涅严重晕船，于是忒修斯送她上岸治疗，自己则回到船上完成一些必要的工作。突然一阵狂风吹来，把他吹到海上，他漂泊了很长一段时间。等他回去的时候，阿里阿德涅已经死了，他悲痛万分。

两种说法一致的是，他们行到希腊附近时，忒修斯忘了换上白色的帆。也许是因为胜利的喜悦冲昏了他的头脑，也许是因为他正全心哀悼阿里阿德涅。总之他父亲埃勾斯一连数日都在雅典卫城上翘首期盼，看到的正是黑色的帆。他看到的是儿子的死讯，于是从岩石嶙峋的高崖上跳下去坠海而死。从此以后，埃勾斯坠入的那片海就以他的名字命名，被称为“爱琴海”[1]。

于是忒修斯成了雅典王，这位王既智慧又公正。他对民众宣

1 “爱琴海”（Aegean）由“埃勾斯”（Aegeus）衍生而来。

称自己不愿统治他们，希望建立一个人民的政府，在这里所有人都是平等的。他放弃自己的王权，建立起共和国，修建了议事大厅，这样所有市民都可以去投票。他只给自己保留了最高统帅的职位。就这样，雅典成了地球上最幸福最富饶的城邦，是真正的民主家园，世界上唯一一个人民自治的地方。当七雄攻忒拜的战争[1]结束后，获胜的忒拜人不允许对手埋葬战死者，于是战败的一方向忒修斯和雅典人求助，因为他们相信这样一位领导人和他领导下的自由的人民不会罔顾无助的死者。他们的请求得到了回应。忒修斯率军进攻忒拜并大获全胜，迫使忒拜人允许对手举行葬礼。忒修斯虽然获胜，却没有对忒拜人采取以牙还牙的措施。他表现出完美的风度，禁止自己的军队劫掠城市。他没有破坏忒拜，只是来埋葬死去的阿尔戈斯人，葬礼之后他就率军回到了雅典。

在很多故事中他都表现出了类似的品质。年迈的俄狄浦斯被众人抛弃，唯有忒修斯收留了他。[2]他临死前，忒修斯也一直陪伴着他，安慰着他。在他死后，忒修斯将他两个无依无靠的女儿安全送回家乡。当赫拉克勒斯[3]发疯杀死自己的妻儿，而后恢复了神志决定自杀时，只有忒修斯一人支持着他。赫拉克勒斯别的朋友都纷纷离去，唯恐被犯下这等大罪的人牵连，忒修斯却帮助他，让他鼓起勇气，对他说自杀是懦夫的行为，并且带他去了雅典。

忒修斯既要料理国事，又要以骑士精神来帮助绝望之人和遭遇不公的人，可这一切依然阻止不了他对冒险的热爱，那是一种纯粹的为冒险而冒险。他去了亚马逊女战士的国度，有人说他是和赫拉克勒斯一起去的，也有人说他是独自去的；他带走了其中一

1 见本书第五部分第二章。

2 见本书第五部分第二章。

3 见本书第三部分第三章。

人，有人说叫安提俄珀，也有人说叫希波吕塔。可以确定的是，她和忒修斯生下的儿子名叫希波吕托斯，孩子出生后，亚马逊女战士来救她，并入侵了雅典城外围的阿提卡地区，甚至试图攻入城内。她们最终被击败了，在忒修斯在世期间，再也没有任何敌人入侵过阿提卡。

他的冒险经历远不止这些。他也是搭乘“阿尔戈号”去寻找金羊毛的英雄之一。他参与了卡吕冬野猪狩猎行动，当时卡吕冬王召集起全希腊最高贵的战士，来帮他杀死那头在他领地内到处肆虐的可怕野兽。在狩猎过程中，忒修斯救了一位鲁莽的友人，这人名叫珀里图斯，此前忒修斯已经救过他很多次命了。珀里图斯跟忒修斯一样热衷于冒险，可惜却不如忒修斯成功，所以他老是麻烦缠身。忒修斯倾力帮助他，让他从麻烦中脱身。他们两人之间的友情源自珀里图斯的一次鲁莽行动。他突然觉得要亲自见识一下忒修斯是否如传闻所言是个了不起的大英雄，于是他去阿提卡偷了几头忒修斯的牛。他听说忒修斯在追他，不但没有迅速逃跑，反而跑回去见他，他这么做当然是为了和忒修斯当场一决高下。两人见面后，珀里图斯还是一样冲动，抑制不住对对方的崇敬之情，突然将一切都忘到了九霄云外。他向忒修斯伸出手，大声说：“随你怎样处置我。你来决断。”忒修斯被这热情的举动逗乐了，他回答：“我只希望你我能成为朋友，成为携手并进的兄弟。”于是他们庄严发誓，结为朋友。

珀里图斯其实是拉庇忒斯人的国王，他结婚的时候，忒修斯当然受邀参加，他在婚礼上发挥了巨大的作用。那可能是有史以来最不幸的一场婚礼了。新娘和肯陶洛斯族有亲戚关系，所以这些身体是马、胸口以上是人的生物也来到了婚礼现场。他们在宴会上喝醉了，到处去抓女人。忒修斯跳起来保护新娘，把想要抢走她的半人马打退了。接下来发生了惨烈的战斗，拉庇忒斯人最终获胜，将肯陶洛斯族赶出了他们的国家，忒修斯全程协助。

但是在他们的最后一次冒险中，就连忒修斯也救不了自己的朋友。珀里图斯还是一如既往地鲁莽，那场恐怖婚礼迎娶的新娘去世后，他决定再娶新妻，他想娶宇宙中被守护得最森严的女子，珀耳塞福涅当然就是不二人选。忒修斯当然同意帮他，然而，多半是受了这个惊天大冒险的鼓动，他宣布自己先要劫走年幼的海伦，也就是未来特洛伊战争的女主角[1]，等她长大后就娶她为妻。此举虽然没有掳走珀耳塞福涅那么危险，但也充满了挑战，足以满足忒修斯的野心。海伦有两个兄长，分别是卡斯托耳和波吕丢刻斯，他们二人比任何凡人英雄都要厉害。忒修斯成功地绑架了年幼的海伦，具体过程无人知晓，但是她的两个兄长一路追到她所在的城镇，把她抢了回来。幸而他们没有发现忒修斯，当时他正和珀里图斯去往冥界。

故事没有描述他们旅途的细节，也没说他们是如何到达的，只提到冥王哈得斯知道他们的意图，就想出一个新奇的法子来打击他们给自己取乐。他没有杀死他们，毕竟他们此时已经在死者的国度了，他友好地邀请他们来见自己。他们坐在哈得斯为他们指定的座位上，坐下之后就无法站起来了。那个座位叫作“遗忘之椅”。坐上去的人会忘记一切，头脑变得一片空白，一动也不能动。珀里图斯永远坐在了那里，忒修斯则被自己的表亲救出去了。当赫拉克勒斯来到冥界的时候，他将忒修斯从那把椅子上拉起来，带回了人世。他也想救珀里图斯，但是没能成功。冥界之王知道是他策划抢夺珀耳塞福涅，所以不肯放他走。

1　见本书第四部分第一章和第二章。

晚些时候，忒修斯娶了阿里阿德涅的妹妹淮德拉为妻，结果为他本人、淮德拉以及亚马逊女战士为他生下的儿子希波吕托斯带来了厄运。希波吕托斯尚且年幼的时候，忒修斯把他送到南方，让他在自己度过童年的那座城里长大。那孩子成年后一表人才，不光是个运动健将，还是个狩猎高手，他瞧不起那些穷奢极欲的人，更瞧不起那些软弱愚蠢到坠入爱河的人。他鄙视阿佛洛狄忒，只崇拜纯洁美丽的女猎手阿耳忒弥斯。当忒修斯带着淮德拉回到故乡时，情况就是这样。父子俩立刻亲热起来。他们相依相伴，非常快乐。希波吕托斯却完全无视自己的继母淮德拉，他压根儿注意不到任何女人。但是淮德拉的反应截然不同，她疯狂而痛苦地爱上了希波吕托斯，而且对这份爱感到非常羞愧，却又完全无法自持。阿佛洛狄忒是这场不祥事件的幕后主使。她很生希波吕托斯的气，决心尽全力惩罚他。

淮德拉苦闷而绝望，见无人对她施以援手，决定一死了之，不让任何人知道其中隐情。忒修斯此时正好远离家乡，但是淮德拉有个完全忠于她的老保姆，这位保姆从来不会把淮德拉往坏的方面想，她发现了真相，了解了淮德拉隐秘的激情、绝望的情绪以及她自杀的决心。她一心只想救自己的女主人，于是直接去找希波吕托斯。

“她爱你爱得快要死了。”她说，“让她活下去吧。用你的爱来回报她的爱吧。”

希波吕托斯厌恶地躲开她。女人的爱意让他觉得恶心，但是罪恶感又让他觉得难过而恐惧。他冲进院子里，保姆追着他，不断恳求他。淮德拉就坐在那里，可他压根儿就没看见她。他转而把自己的愤怒发泄在老保姆身上。

“你这个可恶的老妖婆，”他说，“你想让我背叛我父亲。听到你那番话，我就觉得自己被玷污了。女人啊，邪恶的女人——每个女人都很邪恶。从今往后，我父亲如果不在屋里，我也绝不进入这屋里。”

说罢，他愤然离开。保姆转过身来，看着淮德拉。她站起来，脸上的神情叫保姆看了害怕。

“我会帮你帮到底。”保姆结结巴巴地说。

“嘘，”淮德拉说，“我的事情我自己解决。”说完她走进屋里，保姆战战兢兢地跟在她后面。

几分钟后，传来了男人们的声音，原来他们是在欢迎这屋子的主人归来，随后忒修斯便走进了院子里。哭泣的女眷们在院子里等他。她们说淮德拉死了，她是自杀的。她们刚刚发现她时已经晚了，但是她手里还攥着一封写给丈夫的信。

“最亲爱的，最可爱的人哪，”忒修斯说，“你写了什么最后的愿望呢？这就是你的信——永远不能再对我微笑的你。”

他打开信读了一遍，随后又读了一遍，然后把所有仆人都叫进院子里。

“这封信在大声疾呼，”他说，“每个词语都在呼喊——它们仿佛有舌头。你们都知道我儿子对我妻子施以暴力。啊，波塞冬啊，神啊，听听我对他的诅咒吧，请让这诅咒成为现实。”

随之而来的是一片寂静，直到被一阵急促的脚步声打破。希波吕托斯进了屋。

“怎么了？”他大声说，“她是怎么死的？父亲，请亲口告诉我。不要在我面前隐藏你的悲伤。”

“真该有一种尺子来丈量感情，”忒修斯说，“还需要某种方法来弄清楚谁可以信任，谁不值得信任。诸位，请看看我的儿子，淮德拉以死证实他是个卑劣小人。他对我的妻子施以暴力。淮德拉的遗书胜过他所说的千言万语。走吧，你被流放了。赶紧离开，流浪至死吧。”

“父亲，”希波吕托斯回答，“我不善言辞，也没有人证明我无辜。唯一的证人已经死了。我只能对宙斯发誓，我从未碰过你的妻子，从未有过这样的想法，更没有让她产生过这种想法。如果我是有罪的，就让我惨死吧。”

“她用死亡证明自己所言不虚。”忒修斯说，“走吧。你被放逐了。”

希波吕托斯走了，但是他没有流浪很久，死亡就在不远处等着他。就在他永远离开了自己的家，沿海边前进时，他父亲的诅咒实现了。一头怪物从海中冒出来，惊到了他的马，他拼尽全力也没能控制住。马儿四处乱跑，战车因此而散架，他受到了致命的伤害。

忒修斯也没能幸免。阿耳忒弥斯出现在他面前，告诉了他真相：

我不会给你带来丝毫帮助，给你的唯有痛苦；
我来是为了告诉你，你的儿子作风正派。
你的妻子是有罪的，她爱他爱到发疯，
不过她克制住了自己的情感，最后死了。
但是她所写的东西却是谎言。

忒修斯听完，被这可怕的事实惊呆了，此时一息尚存的希波吕托斯被抬了进来。

他喘着气说：“我是无辜的，阿耳忒弥斯，是你吗？我的女神，你的猎人要死了。”

“你是我最喜爱的，任何人也不能取代你的位置。”阿耳忒弥斯对他说。

希波吕托斯的目光从光彩四射的女神转向心碎的忒修斯。

“父亲，亲爱的父亲，”他说，“这不是你的错。”

“我能替你死去就好了。”忒修斯喊道。

女神那平静甜美的声音打断了他们二人的痛苦。“抱住你的儿子，忒修斯。”她说，“杀死他的人不是你，是阿佛洛狄忒。你要知道，他永远不会被遗忘。人们会通过歌谣和故事记住他。”

她说完就消失了，希波吕托斯也消失了。他踏上了通往冥界的路。

忒修斯死得也很悲惨。当时他正在他的朋友吕科墨得斯王的宫廷里做客——数年后年幼的阿基琉斯将假扮成女孩藏身其中。有一种说法认为，忒修斯之所以去了那里，是因为雅典人驱逐了他。无论如何，是这位国王——他的朋友和主人杀了他，具体原因我们不得而知。

即便雅典人驱逐了他，在他死后不久，他们就开始大力歌颂他，向他致以任何凡人都未曾享有的殊荣。他们为他建造了一座巨大的墓地，以纪念这位终其一生都在保护弱者的英雄，并将那里辟作一处永久的庇护所，为奴隶、穷人和走投无路之人遮风避雨。

第三章

赫拉克勒斯

奥维德写过赫拉克勒斯的生平，不过写得很简单，和他平时那种细致入微的风格截然不同。他向来不喜欢细写英雄冒险，他最喜欢的还是伤感故事。乍看之下，他跳过赫拉克勒斯杀死家小这段情节似乎有些奇怪，但其实这段故事早有大师写过，那便是公元前5世纪的诗人欧里庇得斯。奥维德之所以不详写赫拉克勒斯的故事，或许是因为欧里庇得斯珠玉在前。所有古希腊悲剧作家写过的神话，奥维德都极少复述。他也跳过了赫拉克勒斯最著名的那些事迹，比如拯救阿尔刻斯提斯性命的故事，这个故事也是欧里庇得斯另外几部戏剧的主题。与欧里庇得斯同时代的索福克勒斯描写过赫拉克勒斯之死。公元前5世纪的品达和公元前3世纪的忒俄克里托斯都描写过他幼年时战胜毒蛇的故事。我的叙述主要基于上述两位悲剧诗人以及忒俄克里托斯的作品，没有选择品达，是因为他是最难译的诗人之一，即便意译也不可为。其余情节则基于公元 1 世纪或 2 世纪的散文作家阿波罗多洛斯的作品，他是除了奥维德以外唯一一个完整讲述过赫拉克勒斯生平的作家。仅就此例而言，在行文方面，我喜欢他胜过奥维德，因为他的作品细节更为丰富。

古希腊最伟大的英雄就是赫拉克勒斯。他和另外那位雅典的英雄忒修斯截然不同。在雅典以外，他是全希腊最受崇敬的英雄。雅典人和希腊其他地方的人不一样，他们所崇敬的英雄也就不太一样。忒修斯当然是一切勇士中最勇敢的那一位，但是和别的英雄不同，他不仅英勇无畏，而且富有同情心，不但身强体壮，同时也睿智贤明。雅典人崇拜这样的英雄也是很自然的，因为他们比希腊其他地方更重视思想和理智。忒修斯体现了他们全部的理想。而赫拉克勒斯则代表了希腊其他地方所重视的形象，体现了古希腊人普遍崇拜敬重的特质。除了勇猛无畏这一品性是共通的以外，两位英雄迥然不同。

赫拉克勒斯是世界上最强壮的人，如此强壮的身体给了他超乎常人的自信。他坚信自己堪比众神——这是有根据的。众神需要他的力量来战胜巨人。全靠赫拉克勒斯的帮助，奥林波斯众神才能最终战胜那些粗鲁的大地之子。所以他也被视为神灵。有一次，得尔斐的女祭司未能回答他提出的问题，他便夺走女祭司坐着的那个三脚凳，说要亲自聆听神谕。阿波罗当然不能容忍这种行为，但是赫拉克勒斯正想和他打一架，所以宙斯不得不出面干涉。不过他们的争执很快得到平息。赫拉克勒斯秉性平和，他不想和阿波罗争吵，他只想要个神谕来解答自己的疑问。只要阿波罗给出神谕，事情就解决了。而阿波罗见此人如此大胆，不由得佩服他的勇气，于是就让女祭司传达了神谕。

终其一生，赫拉克勒斯都非常自信，他坚信自己能打败天下所有对手，事实也的确如此。他每一次战斗的结局都是早已注定的。唯有超自然的力量才能打败他。赫拉竭尽全力对付他，但任何生活在空中、水中、陆地上的生物都无法战胜他，最终他是被魔法杀死的。

在他的事迹中，智慧起到的作用不大，很多时候甚至明显缺乏智慧。有一次他觉得太热了，就朝太阳射出一箭，威胁说要射死它。又有一次，他所坐的船被波浪掀翻了，他就对水流说，如果它们不平静下来就要教训它们。理性思考不是他的强项，感性却是。他的感情来得快且难以控制，当初在失去了年轻的侍从许拉斯之后，他过于悲痛绝望，竟离开了“阿尔戈号”，把寻找金羊毛一事和同船的伙伴全部抛到了脑后。一个无比强壮的人竟然有这样深厚的感情，这种反差确实让人喜爱，但是这种深情也造成了巨大的伤害。他会勃然大怒，伤及无辜甚至害人性命。等到怒气消散，他又会表现出深深的懊悔，并且谦卑地表示愿意接受任何惩罚，甚至损伤自己也在所不惜。如果不是他自愿，任何人都不可能惩罚他——但也从没有任何人受过像他那么多的惩罚。他一生中大部分时间都在为一桩又一桩过失行为赎罪，即使最严苛的要求他也做到了。有时候就算别人原谅了他，他也会惩罚自己。

让他像忒修斯那样去治理国家是荒唐的，他控制好自己就已经很不容易了。他和那位雅典的大英雄不一样，他想不出任何宏大的计划，也提不出什么新奇的理念。他的想法仅限于如何杀死威胁到他的怪物。但话说回来，他的伟大毋庸置疑。但是他的伟大之处并不在于他拥有压倒性的力量——诚然，他力量强大也是事实——他之所以伟大，是因为犯错后能知悔改，愿意不惜一切代价赎罪，他的灵魂确实是伟大的。如果他在理智方面也能强大一些，至少要强到能指引他理性行动，那么他必定是个完美的英雄。

他出生在忒拜，很长一段时间都被当作伟大的将领安菲特律翁的儿子。早年间他被称为阿尔刻得斯，意为“阿尔开俄斯的后代”，阿尔开俄斯是安菲特律翁的父亲。实际上他是宙斯的儿子，宙斯趁安菲特律翁在外作战时变作他的形象，接近他的妻子阿尔克墨涅。随后阿尔克墨涅生下两个孩子，赫拉克勒斯是宙斯的儿子，伊菲克勒斯则是安菲特律翁的儿子。两个男孩的血统不同，不到一岁时巨大的危险降临，他们采取的行动也各不相同。赫拉和往常一样，感到愤怒且嫉妒，决定杀死赫拉克勒斯。

一天晚上，阿尔克墨涅给孩子们洗完澡喂完奶，然后把他们放进摇篮里，一边安抚他们一边说：“睡吧，小宝贝，你们是我心中的至爱。快乐地睡吧，然后快乐地醒来。”她晃动摇篮，片刻后孩子们就睡着了。在伸手不见五指的午夜，万籁俱寂，两条大蛇爬进了儿童房。屋里有一丝光亮，两条蛇在摇篮边立起来，摇头晃脑地吞吐着信子。孩子们醒了，伊菲克勒斯尖叫起来，想从床上爬出去，赫拉克勒斯则坐起来掐住了毒蛇的脖子。毒蛇翻滚扭动，缠上赫拉克勒斯的身体，但是他紧紧抓着蛇。母亲听见了伊菲克勒斯的尖叫，叫上丈夫冲进儿童房，赫拉克勒斯正坐在床上笑，两手各拎着一条死蛇。他开心地把蛇递给安菲特律翁。两条蛇都死了。这下所有人都知道那孩子注定要建立伟业。忒拜的盲眼先知忒瑞西阿斯对阿尔克墨涅说：“我保证，所有希腊女人黄昏时分会一边纺制羊毛线一边歌唱你的儿子，以及生养他的你。他会成为全人类的英雄。”

他接受了严格的教育，但是硬教给他不愿意学的东西却很危险。对希腊男孩来说，学习音乐至关重要，可他似乎不太喜欢音乐，要么就是不太喜欢自己的音乐老师。他对老师生气，用鲁特琴砸烂了老师的头。这是他第一次对别人造成致命伤害。他从没想过要杀死那位可怜的音乐家，他只是一时冲动就动了手，没过脑子，甚至不知道自己力气有多大。他很后悔，非常后悔，但是后来却还是一次又一次重蹈覆辙。学习剑术、摔跤、驾车等技术的时候，他就热心得多，这些学科的老师也都活得好好的。他十八岁的时候，已经长得身强体壮，甚至独自一人杀死了一头生活在基泰戎山林里的巨狮，那狮子名叫忒斯庇埃猛狮。此后他一直穿着狮皮做成的斗篷，狮子的头就成了兜帽，戴在他头上。

他的下一项功绩是打败了米尼厄斯人，这些人一直压榨忒拜人，要他们纳贡。市民们心存感激，让墨伽拉公主嫁给他作为报答。他对公主十分忠诚，也疼爱孩子，然而此次婚姻造成了他人生中最悲惨的回忆，也给他带来了空前绝后的考验和危险。墨伽拉生下三个儿子后，他忽然疯了。赫拉从来都不会原谅出轨行为，是她让赫拉克勒斯变疯的。于是他杀死了所有的孩子，连试图保护小儿子的墨伽拉也没放过。随即他就恢复了理智，发现自己站在鲜血淋漓的厅堂里，周围是妻儿的尸体。他不知道发生了什么，也不知道他们是如何死去的。不过有那么一瞬间，他感觉到所有的尸体仿佛都在说话。他茫然若失地站在原地，其他人则从远处惊恐万状地看着他，见他恢复了理智，安菲特律翁才走上前。他没有隐瞒真相。赫拉克勒斯应该知道这场惨剧是如何发生的，安菲特律翁照实说了。赫拉克勒斯听完后说："我谋杀了自己最爱的人。"

"是的，"安菲特律翁颤抖着回答，"但你刚才神志不清。"

赫拉克勒斯没去找借口。

"我要以命相抵吗？"他说，"我会为他们的死负责。"

他打算冲出去自杀，绝望中他想以自己的性命作为补偿。此时一个奇迹发生了——这只能称为奇迹——唤回了赫拉克勒斯，将他从疯狂的暴行中唤醒，让他恢复理智，悲痛地接受了现实。那不是神灵降下的奇迹，这个奇迹来自凡人的友情。他的朋友忒修斯站在他面前，伸手握住了他沾满鲜血的双手。根据古希腊人的风俗，这就意味着忒修斯也分担了赫拉克勒斯的罪行，也变得有罪了。

"不要怕，"他对赫拉克勒斯说，"我愿意和你分担一切，请不要拒绝。我分担了你的罪行，对我来说这并非恶行。听我说，拥有伟大灵魂的人可以毫不退缩地承受上天的打击。"

赫拉克勒斯说："你知道我干了什么吗？"

"我知道，"赫拉克勒斯回答，"我知道你的悲痛充满了天地之间。"

"所以我必须死。"赫拉克勒斯说。

"英雄不会说这种话。"忒修斯说。

"但除了死我还能干什么呢？"赫拉克勒斯说，"活下去？我是有罪之人，别人会说：'看，那个人杀了他的妻儿！'任何地方都是我的牢狱，人们的流言堪比毒蝎！"

"即使如此，也要忍受，要坚强。"忒修斯回答，"你可以跟我去雅典，住在我家里，分享我的东西，帮助你就是我和所有雅典人的光荣。"

一阵长长的沉默之后，赫拉克勒斯缓慢沉重地说道："那就这样吧。我会坚强地活着，等待死亡的到来。"

他们两个去了雅典，但赫拉克勒斯没有在那里待很久。忒修斯善于思考，他不认为一个人在神志不清时杀了人就真的是个杀人犯，也不认为帮助了这样的人自己也有罪。雅典人欢迎了这位不幸的英雄。但是赫拉克勒斯却不认同这种想法。他怎么都想不通整件事，他只会凭直觉感受。他杀了自己的家人，所以他有罪，而且他的罪行也污染了别人。受人厌恶、遭人白眼才是他该有的下场。他去得尔斐求问神谕，女祭司对那件事的看法和他一样。女祭司说，他必须净化自己的罪行，只有极其严苛的苦修才能做到这一点。她让赫拉克勒斯去找他的堂舅——迈锡尼之王欧律斯透斯（某些故事中说他是梯林斯之王），完成欧律斯透斯交给他的一切任务。他主动去了，准备好了做任何事情来涤清自己的罪孽。女祭司显然知道欧律斯透斯是什么样的人，也知道他肯定会彻底地“清洗”赫拉克勒斯。

欧律斯透斯一点也不笨，他脑子活络得很，当世间最强壮的那个人出现在他面前，谦卑地表示愿意当他的奴隶时，他想出了一连串艰巨的任务，其危险和困难程度堪称登峰造极。不过必须说一句，他这是受了赫拉的帮助和怂恿。由于赫拉克勒斯是宙斯之子，在他的一生中，赫拉从未原谅他。欧律斯透斯给出的那些任务被称为“赫拉克勒斯的苦役”，总共有十二件，每一件都是不可完成的任务。

第一件苦役是杀死奈迈阿的狮子，那是一头刀枪不入的野兽。赫拉克勒斯最终是徒手把它给掐死的。然后他背着这头死狮子回到了迈锡尼。从那以后，小心谨慎的欧律斯透斯再也不允许他进城。他只隔得远远地发布命令。

第二件苦役是去勒拿湖杀死一头名叫许德拉的水怪，那怪兽住在沼泽里，长了九个脑袋。这个任务更难完成，因为其中一个头是永生的，另外八个头也同样不好对付，只要赫拉克勒斯砍掉其中一个，就会有两个新的长出来。不过他有侄子伊俄拉俄斯帮忙。伊俄拉俄斯拿来一个燃烧的火把，赫拉克勒斯每砍掉一个头，就用火把把那怪兽的脖子烤焦，这样就长不出新的头了。当所有的头都被砍掉之后，他把那个永生的头深埋在巨大的岩石底下。

第三件苦役是活捉一头长着金色犄角的雄鹿，它是阿耳忒弥斯的神兽，生活在刻律尼提亚的森林里。要猎杀一头雄鹿倒是简单，活捉就比较麻烦了，他花了整整一年才捕猎成功。

第四件苦役是捕捉一头在埃里曼索斯山筑巢的野猪。他追着那头野兽到处奔跑，最终野猪累坏了，他便把它赶到深深的雪堆里，设陷阱抓住了它。

第五件苦役是在一天之内清扫奥革阿斯的牛棚。奥革阿斯有数千头牛，它们的牛棚已经好几年没有清扫过了。赫拉克勒斯扭转了两条河的流向，让它们从牛棚中流过，汹涌的河水很快就把污秽冲洗干净了。

第六件苦役是驱逐斯廷法罗斯的鸟群，它们数量众多，给斯廷法罗斯地区带来了巨大的危害。在雅典娜的帮助下，赫拉克勒斯将鸟群从树丛中驱赶出来，趁它们飞行的时候全部射死。

第七件苦役是去克里特岛捕捉波塞冬送给米诺斯的那头美丽公牛。赫拉克勒斯制服了公牛，把它带上船，交给了欧律斯透斯。

第八件苦役是去色雷斯抓住狄俄墨得斯王那些吃人的母马。赫拉克勒斯首先杀了狄俄墨得斯，然后驱赶着那些马匹，安然无恙地回来了。

第九件苦役是拿到亚马逊女王希波吕塔的腰带。赫拉克勒斯到达亚马逊人的领地之后，希波吕塔热情地接待了她，还说她很愿意把自己的腰带送给他。但是赫拉又来从中作梗了。她让亚马逊人觉得赫拉克勒斯是想劫走她们的女王，于是她们冲上他的船。赫拉克勒斯想当然地认为希波吕塔是这次袭击的幕后主使，便不假思索地当场杀死了她，丝毫没顾及她先前对自己是多么热情。

他打退了其他女战士，然后拿着腰带走了。

第十件苦役是擒回革律翁的牛。革律翁是一个有着三个身体的怪物，生活在西部的厄律提亚岛上。在去往厄律提亚岛的路上，赫拉克勒斯来到地中海的尽头，竖起两块巨大的岩石以纪念此次旅行，那两块巨岩被称为“赫拉克勒斯之柱”（分别位于现在的直布罗陀和休达）。然后他抓住了牛，回到了迈锡尼。

第十一件苦役是最困难的，是从赫斯珀里得仙女们手中摘取金苹果，他不知道那座苹果园在哪里。扛着整个天穹的提坦神阿特拉斯是赫斯珀里得仙女们的父亲，于是赫拉克勒斯请求他去帮忙摘苹果。他还表示愿意在阿特拉斯离开期间代为扛起天穹。既然有机会摆脱这样沉重的负担，阿特拉斯就爽快地同意了。随后他带着苹果返回，但是却没有交给赫拉克勒斯。他让赫拉克勒斯继续扛着天穹，他会亲自把苹果交到欧律斯透斯手里。这一次赫拉克勒斯只能智取了，他所有的力气都用来扛天穹了。他成功了，不过可能不是因为他有多聪明，而是由于阿特拉斯比较笨。赫拉克勒斯同意了他的建议，不过要求阿特拉斯暂时扛一会儿天空，因为他想在肩膀上垫些东西减轻压力。阿特拉斯照办了，赫拉克勒斯便捡起苹果走了。

第十二件苦役最为艰巨。他必须下到冥界，也就是在这次任务中，他把忒修斯从“遗忘之椅”上救了起来。他的任务是去抓刻耳柏洛斯，把地狱三头犬抓到人间来。普路同同意了，前提条件是他不能使用任何武器，只能赤手空拳地对付刻耳柏洛斯。不过赫拉克勒斯最终还是制服了那头怪兽。他把它高高举起，将它一路带到人间，最后带回了迈锡尼。欧律斯透斯头脑还算清醒，不想把它留住，就让赫拉克勒斯把它送回去了。这就是最后一件苦役。

所有任务就此完成，杀害妻儿的罪孽全部赎清，他似乎可以

在平静与安宁中度过余生了。但事实却并非如此。他从未享受过平静与安宁。他完成了一件难度不亚于绝大多数苦役的壮举，那便是战胜安泰俄斯。安泰俄斯是个巨人，擅长摔跤，他总是逼迫陌生人跟他比赛摔跤，如果他获胜，就要杀死对手。他用受害者的头骨为神庙建造屋顶。只要他接触到地面，他就是无敌的。要是把他摔到地上，他重新起身的时候，会因为与地面接触而获得更多的力量。赫拉克勒斯把他高高举起，在半空中掐死了他。

一个又一个的故事在讲述他的冒险经历。他与河神阿刻卢斯搏斗，因为阿刻卢斯爱上了赫拉克勒斯想要迎娶的女孩。和那个时代的所有人一样，阿刻卢斯不想和赫拉克勒斯搏斗，他想讲道理。但是跟赫拉克勒斯是讲不通道理的，讲道理只会让他更加愤怒。他说："比起动嘴，我更善于动手。你说得对，但是我能打赢你。"阿刻卢斯变成公牛全力冲过去，但赫拉克勒斯很善于对付公牛。他战胜了阿刻卢斯，折断了一只牛角。于是引发这场搏斗的年轻公主得阿尼拉就成了赫拉克勒斯的妻子。

他去过很多地方旅行，留下了很多伟大的事迹。在特洛伊的时候，他救了一位少女，那位少女当时正处于跟安德洛墨达一样的困境之中，她在沙滩上等着被海怪吃掉，只有这样才能安抚那头怪兽。她是拉俄墨冬王的女儿。宙斯命令阿波罗和波塞冬帮忙建造特洛伊的城墙，但是拉俄墨冬欺骗了阿波罗和波塞冬，没有支付报酬。于是阿波罗降下了瘟疫，波塞冬派出了海蛇。赫拉克勒斯同意救下那个少女，不过拉俄墨冬必须把自己的马送给他，那些马是宙斯送给拉俄墨冬祖父的天马。拉俄墨冬同意了，但是当赫拉克勒斯杀死怪物之后，国王却拒绝支付报酬。于是赫拉克勒斯冲进城里杀了国王，将那位少女送给曾经帮助过自己的朋友——萨拉米斯的忒拉蒙。

赫拉克勒斯去找阿特拉斯询问金苹果的时候，路过了高加索山，解放了普罗米修斯，并杀了折磨他的那只鹰。

在这些辉煌的事迹中，也有一些不光彩的事情。在一场宴会开始前，一个少年给他倒水洗手，他一不小心挥动手臂，竟把他给打死了。这完全是场意外，少年的父亲也原谅了赫拉克勒斯，但赫拉克勒斯不肯原谅自己，于是他再次自我流放。还有一次更严重的罪行是他杀了一位好友，因为这位青年的父亲欧律托斯王冒犯了他，所以他要报仇。宙斯亲自惩罚了这次卑劣的行为，他让赫拉克勒斯去吕底亚给那里的女王翁法勒当奴隶，有人说他当了一年奴隶，有人说是三年。女王拿他取乐，有时候让他穿上女人的衣服做女红，去织布或者纺线。赫拉克勒斯耐心地接受了这一切，但是他深知自己受到羞辱，并且很不理智地把此事归咎于欧律托斯，他发誓等自己自由之后要尽全力报复他。

所有关于他的故事都充满个性，不过将他的个性描绘得最为鲜明的，要数他在完成十二件苦役之一——抓捕狄俄墨得斯的食人母马的途中一次做客的经历。他计划在他的朋友——色萨利国王阿德墨托斯家中留宿一夜，但当他来到此地时，阿德墨托斯的整个宫廷都沉浸在悲伤中。阿德墨托斯刚刚痛失爱妻，死因可谓离奇，而赫拉克勒斯对此并不知情。

她的死要追溯到很久以前，当时阿波罗的儿子阿斯克勒庇俄斯被宙斯所杀，于是阿波罗愤而杀死了宙斯的工匠库克罗普斯。阿波罗因此受到惩罚，他必须在人间为阿德墨托斯当一年奴隶——这个主人可能是他自己选的，也可能是宙斯选的。在当奴隶期间，阿波罗和阿德墨托斯一家成了朋友，和国王及王后阿尔刻斯提斯尤其亲密。后来出现了一个机会，阿波罗得以充分展示他们的友情有多深厚。他得知命运三女神所纺织的阿德墨托斯的命运之线就要被剪断了，于是要求她们再延长一段时间。如果有人替阿德墨托斯死去，他就可以活下来。他把这个消息告诉阿德墨托斯，阿德墨托斯立刻去给自己找替身。他首先满怀信心地去找了自己的父母，他们年事已高，而且非常爱他，他们之中肯定会有一人愿意代替他去死者的世界。但是阿德墨托斯惊讶地发现他们都不愿意。他们说："即使对老人来说，神赐予的日光也一样甜美。我们不要求你替我们死，你也不要想让我们替你死。"他愤怒地说："你们明明都站在死亡的门口了，居然还怕死！"两位老人依然不为所动。

他还不肯放弃。他又去找自己的朋友，一个个地请求他们代替自己去死。他理所当然地认为自己的生命特别有价值，总有人不惜牺牲自己也要让他活下去。但是大家无一例外全都拒绝了他。他绝望地回到家，总算找到了一个替身。他的妻子阿尔刻斯提斯愿意为他而死。读到这里大家都该知道了，他肯定不会拒绝。他为妻子感到难过，更为自己失去贤妻而感到悲伤。她临死时，阿德墨托斯站在她旁边哭泣。她死后，阿德墨托斯不胜悲恸，决定给阿尔刻斯提斯举行最为隆重的葬礼。

就在此时，赫拉克勒斯来了，他打算在北上找到狄俄墨得斯之前，在朋友的家里休整放松一下。阿德墨托斯招待他的方式很简朴，比其他故事里所写的豪华待客之道差得远，不像款待客人应有的排场。

阿德墨托斯得知赫拉克勒斯远道而来，马上出门迎接，除了身穿丧服以外，一点也看不出来他是在服丧。他俨然是开心地欢迎着友人。赫拉克勒斯问是谁死了，阿德墨托斯回答说是家中的一个女性，今日正要下葬，不过死者并不是他的亲属。赫拉克勒斯当即表示自己不愿在这种时候打搅阿德墨托斯，但是阿德墨托斯坚决不肯让他去别处。他对赫拉克勒斯说："我绝不会让你到别人家过夜。”然后他让仆人把客人带去较远的房间留宿，把食物也送过去，这样就听不到哀悼的声音了。谁也不许把最近发生的事情告诉客人。

赫拉克勒斯独自用餐，他明白阿德墨托斯出于礼节要去参加葬礼，这一事实并没有影响到他自娱自乐。留在这边侍奉他的仆人忙着给他不断上菜斟酒。赫拉克勒斯非常开心，喝得酩酊大醉，有说不完的话。他放开嗓子唱起了歌，有些歌词很不像话，在葬礼期间，他的这些表现显得非常粗俗无礼。仆人们看不惯，赫拉克勒斯就骂他们太严肃了。难道他们就不能偶尔笑一下，好好配合他吗？他们阴沉的脸色让赫拉克勒斯胃口全无。他喊道：“过来跟我一起喝酒，多喝点。”

其中一人小心翼翼地回答说，现在不适合饮酒作乐。

“为什么不行？”赫拉克勒斯高喊，“就因为一个不相干的女人死了？”

“不相干的女人——”那个仆人结结巴巴地说。

“阿德墨托斯可是这样说的。”赫拉克勒斯生气地说，“你该不是想说他撒谎了吧？”

“不是，”仆人回答，“只是——他太客气了。请尽情享受。葬礼只是我们家中的事情。”

他又去斟酒，但赫拉克勒斯抓住了他——任何人都挣脱不了。

“有些事情不太对劲，”他对战战兢兢的仆人说，“到底怎么了？”

“您也亲眼看见了，我们都在哀悼。”另一个仆人回答。

“为什么？到底是为什么？”赫拉克勒斯喊道，“难道是主人骗了我？谁去世了？”

仆人低声回答：“是我们的王后阿尔刻斯提斯。”

赫拉克勒斯沉默良久，放下酒杯。

“我早该想到。”他说，“我看见他在哭。他眼睛都红了。但他却坚决地说是个不相关的人。他还是迎接了我。啊，他真是个好朋友，是个好东道主。而我——我居然在这举行葬礼的家中喝醉了，还很开心。他真该告诉我。”

然后他又像往常一样自责起来。他太傻了，他的朋友正悲痛不已，他居然喝得醉醺醺的。当然他又像往常一样开始思考如何弥补。他能做些什么呢？为了朋友，他能够做任何事情。他心里非常清楚，但是他该如何帮助自己的朋友呢？他忽然有了主意。“就是这样，”他对自己说，“就是这个办法。我把阿尔刻斯提斯从冥界带回来就好了。就这么办。不然还有什么办法呢？我这就去找死神这个老家伙，他肯定就在阿尔刻斯提斯的坟墓附近，我跟他比赛摔跤就行了。我要用胳膊夹住他，让他把阿尔刻斯提斯还给我。如果他不在坟墓旁，我就去冥界追他。我的朋友对我这么好，我要报答他。”想出了这种好办法，他不禁非常高兴，想到马上就可以来一场酣畅的摔跤比赛，他就更开心了。

当阿德墨托斯返回自己空荡荡的房间时，赫拉克勒斯正在那里等他，而且旁边还有一位女性。“看哪，阿德墨托斯，”他说，“你认识她吗？”阿德墨托斯惊呼道：“是鬼魂啊！是骗术吗？是众神在嘲笑我吗？”赫拉克勒斯回答：“这是你的妻子。我打败了死神，让他把阿尔刻斯提斯还回来了。”

再没有别的故事更能充分地表现出希腊人所认同的赫拉克勒斯了：他个性率真，略显笨拙；即使主人家有人去世，他也忍不住会一醉方休；但是他会立刻悔改，不惜一切代价补偿自己的过失；他非常自信，即使死神也不是他的对手。这就是赫拉克勒斯的形象。不过要是故事里写到赫拉克勒斯一怒之下杀了一个面色阴沉、惹他生气的仆人，这个形象就更加精确了，但是诗人欧里庇得斯省略了一切和阿尔刻斯提斯死而复生无直接关系的剧情。如果故事中还有其他人死去，即使能真实地表现赫拉克勒斯的性格，也会干扰他想要表达的主题。

在翁法勒手下为奴期间，他就立誓要报仇雪恨，等他自由之后，他立刻就去找欧律托斯王，他当初就是因为杀了欧律托斯的儿子才被宙斯惩罚的。他召集了一支军队，攻破了欧律托斯的城池，最终杀了他。然而欧律托斯也大仇得报，这场战争间接导致了赫拉克勒斯的死亡。

在他还没有完全毁灭这座城市的时候，他把一群被俘的少女送回自己家，送给他忠实的妻子得阿尼拉，此时她正等着赫拉克勒斯从吕底亚的翁法勒身边归来。那群被俘的少女中有一个尤其美丽，她名叫伊俄勒，是欧律托斯的女儿。押送俘虏的人对得阿尼拉说，赫拉克勒斯疯狂地爱着伊俄勒公主。得阿尼拉得知这个消息之后，表现得不像大家预计的那么震惊，因为她深信自己有很强的爱情灵药，这个灵药她保存了很多年，正是为了应对这种情况，在她的家里绝不会有哪个女人比她更受宠爱。在她刚结婚的时候，赫拉克勒斯带她回家，他们到了一条河边，那里的摆渡人是一位名叫涅索斯的半人马，他把旅行者驮过河。当他把得阿尼拉驮在背上走到河中间的时候，他开始对她动手动脚。她惊呼救命，赫拉克勒斯等他刚到对岸，便射杀了他。涅索斯死前让得阿尼拉取一些他的血，要是将来赫拉克勒斯喜欢上别的女人，这些血就可以作为爱情灵药使用。得阿尼拉听说伊俄勒的事情之后，觉得是时候用这份灵药了，于是她把涅索斯的血涂在一件非常华美的袍子上，让信使送给赫拉克勒斯。

那位英雄把它穿在了身上，但这件袍子其实和美狄亚送给伊阿宋的未婚妻那件具有同样的作用。一阵剧烈的痛苦攫住赫拉克勒斯，他仿佛被大火灼烧着。他剧痛难耐，便转向得阿尼拉的信使，一把抓住这个无辜的人，把他扔进海里。他还可以继续伤害无辜，他本人似乎无法死去。身上的痛苦丝毫没能阻碍他。杀死了科林斯公主的魔法无法杀死赫拉克勒斯。他饱受折磨，但却一直活着，其他人把他送回了家。得阿尼拉听说自己的礼物让丈夫痛不欲生，早就寻了短见。最终赫拉克勒斯也自杀了。因为死神不能战胜他，他只能自己寻死。他命令其他人在俄忒山上建起巨大的火葬堆，然后让人把他抬上山。等他最终到了那里的时候，他知道自己会死，但是他很高兴。“我就要休息了。”他说，“一切都结束了。”人们把他放到火葬堆上，他顺势躺了下来，就像出席宴会的人躺在卧榻上一般。

他叫来年轻的侍从菲罗克忒忒斯，让他拿火把点火，并把自己的弓和箭送给了他——在特洛伊战争中，这两件武器将借这个青年的手继续威名远扬。火焰蹿上来，赫拉克勒斯就从凡间消失了。他被带去了天庭，在那里，他与赫拉讲和，并娶了赫拉的女儿赫柏为妻：

他终于告别了苦役，可以休息了。
他得到了最高的奖赏——
在这极乐之地永享安宁。

但是很难想象赫拉克勒斯会心满意足地享受和平与安宁，也很难想象他能让其他蒙福的神灵一直平静地生活下去。

第四章

阿塔兰忒

只有奥维德和阿波罗多洛斯这两位后期的作者完整地讲述了她的故事，不过这个故事本身很古老。其中一首诗据说是赫西俄德写的，写到了赛跑和金苹果的情节，不过实际成文时间比较晚，可能是公元前7世纪早期的作品；《伊利亚特》描述了狩猎卡吕冬野猪的情景。我的叙述主要基于阿波罗多洛斯的故事，这个故事大约创作于公元1世纪或2世纪。奥维德的故事只是偶有精彩之笔，他对于阿塔兰忒在众位猎人之中的情景描写得很美，我引用了这部分，但是他在描写野猪的时候一如既往地夸张，甚至近乎滑稽了。阿波罗多洛斯的描写不那么生动，但也绝不夸大其词。

有人认为有两位女英雄都叫这个名字。这是因为有两个人据说都是阿塔兰忒的父亲，一个名叫伊阿索斯，另一个名叫斯科纽斯，不过在古老的故事里，次要角色经常叫不同的名字。如果曾有过两个阿塔兰忒，那么两人都想登上“阿尔戈号”，都参与了卡吕冬野猪狩猎行动，都嫁给了一个赛跑时赢了自己的人，最终都变成了母狮，这看上去着实不可思议。既然两人的故事讲的都是差不多的内容，那么理应将其视为同一个人。设想有这样两位生活在同时代的少女，她们都和勇敢无畏的英雄一样热爱冒险，无论射箭、跑步、摔跤，都完胜她们所处的两大英雄时代之一的一众男性——即使是在神话故事中，这未免也太离奇了吧？

无论阿塔兰忒的父亲叫什么名字，总之他看到新生儿是女孩的时候，肯定异常失望。他觉得这孩子不值得抚养，于是把她扔到山脚的荒野里，任她冻死饿死。但故事里经常写到这样的情节——动物比人类善良。一头母熊照顾她，让她吃饱，给她保暖，婴儿渐渐长成了一个勇敢活跃的女孩。几个善良的猎人发现了她，让她和他们一起生活。最终她在猎人生涯中表现得比他们都要出色。曾经有两个半人马，他们比任何凡人都要敏捷强壮，他们看见阿塔兰忒孤身一人，就去追她。她没有逃跑，跑是不可能的。她站在原地，搭弓射箭。接着她又射出第二支箭。两个半人马都受到致命伤害倒在地上。

然后就是著名的卡吕冬野猪狩猎行动。那是一头凶猛的野兽，是阿耳忒弥斯派到卡吕冬地区去的，她想惩罚那里的国王俄纽斯，因为俄纽斯在收获时节将第一批水果献祭给众神的时候，单单忘了阿耳忒弥斯。那头野兽在卡吕冬肆虐，伤害牛群，尝试猎杀它的人都被它杀了。最后俄纽斯召集全希腊最勇敢的人，由年轻的英雄组成一支精英队伍，其中很多人后来都参加了“阿尔戈号”的远航。这其中当然也有“阿卡迪亚森林的骄傲”阿塔兰忒。有一段文字是这样描写她走进那群男子之中的情形的：“一个闪亮的搭扣扣在脖子上，固定住她的长袍，她的头发简单梳起来绾成发髻。象牙色的箭袋挂在她左肩上，弓握在她手中。这便是她的装扮。而她的面孔作为男孩来说太女性化了，作为少女又太男性化了。”那群猎人中，有一个人觉得她比他见过的任何女孩都要美丽迷人。那是俄纽斯的儿子墨勒阿格洛斯，他对阿塔兰忒一见钟情。但是我们可以肯定，阿塔兰忒对他就像对待普通友人一样，绝对没有把他视为一个恋爱对象。她不喜欢男性，仅仅是把他们当作狩猎同伴，并且她决定永不结婚。

有些英雄讨厌她，他们觉得和女人一起打猎很丢脸，但是墨勒阿格洛斯坚持要阿塔兰忒参加狩猎，大家最终都同意了。事实证明这个决定很正确，因为当他们包围了野猪的时候，那头野兽猛地冲向他们，其他人还没来得及跑来帮忙，就已经有两个人死了；同样糟糕的是，一支标枪偏离了目标，另一个人被刺穿倒地。猎手们在流血，武器在四处乱飞，在这一片混乱的情况下，阿塔兰忒依然保持清醒，射伤了那头野猪。她是第一个射中野猪的人。墨勒阿格洛斯冲向那头受伤的野兽，刺穿了它的心脏。准确来说是他杀死了野猪，但是狩猎的荣誉属于阿塔兰忒，墨勒阿格洛斯坚持要把野猪皮送给阿塔兰忒。

但奇怪的是，此事反而导致了他的死亡。当墨勒阿格洛斯出生一周的时候，命运三女神出现在他母亲阿尔忒亚面前，往她卧室的火炉里扔了一根原木。然后她们开始一如既往地纺线，转动梭子，扭转命运的丝线。她们唱道：

新生的孩子，我们送你一件礼物：

你会一直活到这块木头烧成灰烬。

阿尔忒亚从火炉中抓起那块木头，将火拍灭，然后把它锁进箱子里。她的两个兄弟也加入了狩猎野猪的队伍，他们得知战利品归一个女孩所有，不禁怒火中烧，觉得自己被严重冒犯了——很显然其他人也是这么认为的，不过他们俩身为墨勒阿格洛斯的舅舅，不必跟他客气。他们声称阿塔兰忒不该得到野猪皮，还跟墨勒阿格洛斯说，他跟其他人一样，没有权利将野猪皮送给任何人。于是，墨勒阿格洛斯趁其不备，杀了他们二人。

消息传到了阿尔忒亚耳中。她亲爱的兄弟被他的儿子杀死了，只因他儿子为了一个丫头犯了傻，这不要脸的丫头竟和男人一起外出狩猎。她被愤怒冲昏了头脑，于是迅速找到箱子，将那块木头拿出来丢进火炉里。木头燃烧起来，墨勒阿格洛斯也奄奄一息了；当它彻底燃尽的时候，墨勒阿格洛斯的灵魂也耗尽了，从他的身体里消失了。据说阿尔忒亚对自己的所作所为惊恐万分，于是自缢身亡。就这样，卡吕冬野猪狩猎行动以悲剧收场。

然而，对阿塔兰忒来说，她的冒险才刚刚开始。有人说她参加了“阿尔戈号”的远征，也有人说伊阿宋劝她不要去。她在“阿尔戈号”的故事中从未出场，然而她肯定不是个胆怯的人，在面对危机的时候绝不会退缩，所以很大可能性是她没有去。她下一次出场是在“阿尔戈号”返航后，美狄亚谎称可以让人返老还童，借机杀了伊阿宋的叔叔珀利阿斯。在为纪念他而举办的葬礼竞技会上，阿塔兰忒也出场参赛了，在摔跤比赛中，她战胜了未来会成为阿基琉斯之父的年轻人——大英雄珀琉斯。

这件事之后，她才了解到了自己的身世，就回去跟亲生父母一起生活了。她的父亲显然接受了阿塔兰忒，毕竟这个女儿虽说无法替代儿子，但也几乎没差多少了。因为她擅长打猎、射箭、摔跤，所以有好些人都想和她结婚，这很奇怪，但事实就是如此，她确实有很多追求者。她说只要有人能在赛跑时胜过她，就可以娶她为妻——这是个可以轻松婉拒大家的好办法，因为她心里很清楚，还没有人能跑得比她快。她度过了一段愉快的时光。很多健步如飞的青年都来和她比赛，结果都没跑过她。

不过最终有个人不光跑得快，脑子也转得快。他知道自己跑得没有阿塔兰忒快，不过他有办法。阿佛洛狄忒帮助了他，因为她总想要征服那些嫌弃爱情的年轻女孩。这个机灵的年轻人要么叫墨拉尼翁，要么叫希波墨涅斯，他有三个神奇的苹果，由纯金打造而成，和赫斯珀里得仙女们的花园里生长的金苹果一模一样。任何人见到它们都想据为己有。

阿塔兰忒在赛道上摆好姿势，准备起跑。她脱下长袍后比平时穿着外衣要美上一百倍。她严肃地看向四周，所有目睹她美貌的人都惊呆了，尤其是那个正打算和她一决高下的年轻人。他保持冷静，紧紧握着金苹果。他们出发了，阿塔兰忒像一支离弦之箭一样冲出去，长发在白皙的肩膀后面飘舞，雪白的肌肤上泛起了玫瑰色的光彩。见她超过了自己，年轻人就将一个金苹果扔到她面前。她停下脚步，捡起那个可爱的苹果，就这么一小会儿的工夫，年轻人抓住机会迎头赶上了她。又过了一会儿，他又丢出第二个苹果，这一次他丢得稍微歪了一点，阿塔兰忒必须拐个弯才能捡到，他又趁机跑到前面去了。但是她几乎是一瞬间就追了上去，离终点线越来越近了。接着第三个金苹果又从她面前滚过，滚到赛道旁边的草丛里去了。她看到了青草中发出的金光，忍不住又去捡了。就在她捡起苹果的工夫，她的追求者上气不接下气地冲过了终点线。阿塔兰忒归他了。她在森林里独自一人自由自

在的日子结束了，她在竞技场上享受胜利的日子也结束了。

他们二人后来一起被变成了狮子，因为他们冒犯了宙斯，也可能是冒犯了阿佛洛狄忒。但是阿塔兰忒生了个男孩，名叫帕忒诺派俄斯，他成了攻打忒拜的七位勇士之一。

第四部分

特洛伊战争中的英雄

第一章

特洛伊战争

这个故事当然是完全取材于荷马的作品。在《伊利亚特》的开头，希腊人已经到达特洛伊，此时阿波罗降下瘟疫惩罚希腊人。此时没有提到献祭伊菲革涅亚，对于帕里斯的裁决也仅有模糊的描述。我笔下的伊菲革涅亚的故事来自公元前5世纪悲剧诗人埃斯库罗斯的《阿伽门农》，帕里斯的裁决则取自与之同时代的欧里庇得斯的《特洛伊妇女》；本书还添加了一些细节，比如散文作家阿波罗多洛斯所写的俄诺涅的故事，创作年代很有可能是公元1世纪或2世纪。阿波罗多洛斯的作品通常比较乏味，但是在描写《伊利亚特》的前置剧情时，他似乎也被这个伟大的主题所感染，俄诺涅的故事比他的其他作品生动不少。

耶稣降生一千年以前，在地中海东岸有一座当时世界上首屈一指的强大而富饶的城市。那座城市名叫特洛伊，时至今日也没有哪个城市像它一样负有盛名。特洛伊之所以出名，是源于一场战争，这场战争被《伊利亚特》这首世间最伟大的诗歌传唱着，起因则是三位善妒的女神之间的一场纷争。

序　曲
帕里斯的裁决

心怀恶意的纷争女神厄里斯在奥林波斯不受欢迎，众神举办宴会的时候总是不邀请她。她怀恨在心，决定制造事端——事实证明她真的闹出了一番大事。珀琉斯王和海中仙女忒提斯的婚礼非常隆重，所有的神灵都受邀参加，唯有厄里斯除外，于是她在婚礼现场丢下一个金苹果，上面写着“献给最美的”。显然，所有女神都想得到这个苹果，但是最终的竞争者只有三位：阿佛洛狄忒、赫拉以及雅典娜。她们请求宙斯来做出裁定，但宙斯很聪明，他拒绝参与此事。他让三位女神去特洛伊附近的伊达山，年轻的王子帕里斯（又名亚历山大）就在那座山上替他父亲放羊。宙斯对她们说，帕里斯最擅长鉴别美丑。他虽然是一位出身高贵的王子，但是却在牧羊，因为他的生父特洛伊之王普里阿摩斯曾得到一个警告，说王子有朝一日会毁了他的国家，于是他就把帕里斯送走了。此时此刻，帕里斯正和一个名叫俄诺涅的可爱仙女生活在一起。

可以想象，当三位伟大的女神在帕里斯面前显露身形的时候，他肯定异常惊讶。但是这几位光芒四射的女神没有让他仔细端详，然后评出在他眼中最美的一位是谁，而是各自提出不同的报酬，让他选择他认为最丰厚的一份。但无论如何都很难决定。人类最

渴望的东西都摆在他眼前。赫拉承诺让他成为欧洲与亚洲的王者；雅典娜保证他可以率领特洛伊人战胜希腊人，将希腊变为一片废墟；阿佛洛狄忒则答应给他全世界最美的女人。帕里斯生性胆小懦弱，后来的事件也证明了这一点，他选择了最后一样报酬。他把金苹果给了阿佛洛狄忒。

这就是帕里斯的裁决，这个故事非常著名，和特洛伊战争的真正起因一样有名。

特洛伊战争

世间最美的女子是海伦，她是宙斯和勒达的女儿，也是卡斯托耳和波吕丢刻斯的妹妹。据说希腊的每一位王子都想娶她为妻。那些追求者聚集到她家中求婚，但追求者数量众多，个个家世显赫，就连她母亲的丈夫，她那威名远扬的养父廷达瑞俄斯王都无从选择，他怕选了其中一人就会得罪其他人。于是他要求所有人庄严发誓，无论是谁成了海伦的丈夫，一旦他因这场婚姻受人迫害，所有人都必须保护他。于是每个人都发了誓，如果谁想抢走海伦，就会受到最严厉的惩罚，毕竟每个人都觉得自己有可能娶海伦为妻。随后廷达瑞俄斯选择了阿伽门农的弟弟墨涅拉俄斯，并立他为斯巴达之王。

这件事和帕里斯将金苹果送给阿佛洛狄忒有关。爱与美的女神很清楚世界上最美的女人在哪里。尽管那位年轻的牧羊人从未想过要抛弃俄诺涅，却还是在阿佛洛狄忒的带领下去了斯巴达，墨涅拉俄斯和海伦礼貌地迎接了他。主宾之间的礼仪是很严格的。双方都要互帮互助，绝不能彼此伤害。然而帕里斯违背了这神圣的礼仪。墨涅拉俄斯放心地让帕里斯住在家里，他自己去了克里

特洛伊的海伦的族谱

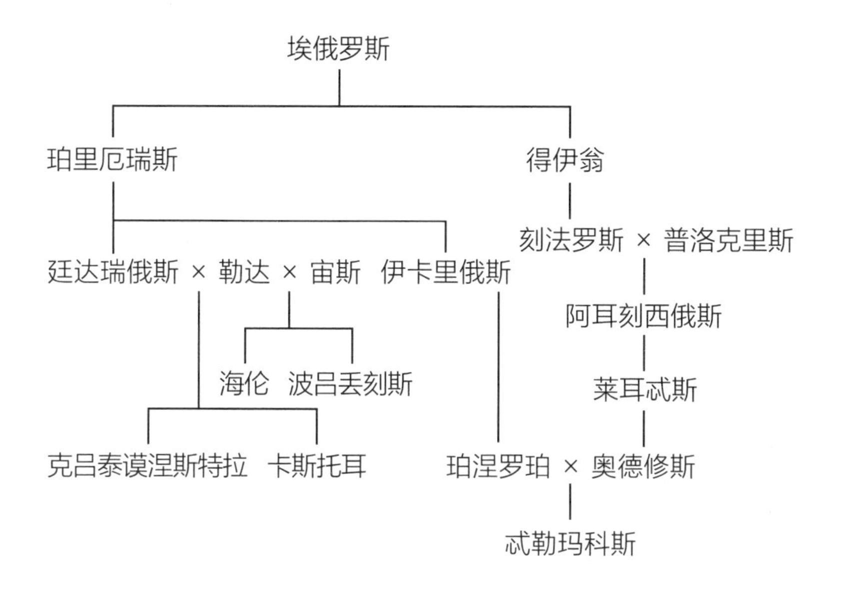

阿基琉斯的族谱

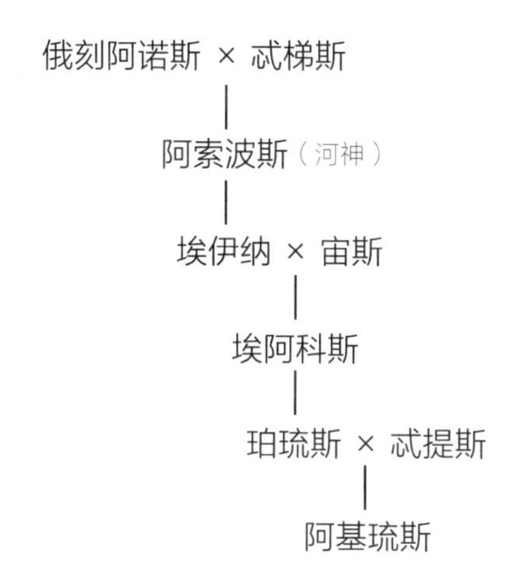

特岛。然后：

前来做客的帕里斯
进入了朋友的内宅，
掳走了一位女性，
冒犯了款待他的人。

墨涅拉俄斯回家后发现海伦不见了，便召集全希腊的人来帮忙。首领们纷纷响应，因为他们当初都发了誓。大家都迫不及待地想参加这趟伟大的冒险，想渡海去将伟大的特洛伊碾成齑粉。但是有两位级别最高的将领没有响应他的号召：一位是伊萨基岛之王奥德修斯，另一位是珀琉斯和海中仙女忒提斯之子阿基琉斯。奥德修斯是希腊最聪明最理性的人，他不想离开家园，不想丢下自己的家人远渡重洋，只为了某个不忠诚的女人而大动干戈。于是他假装发疯，希腊联军的使者来到伊萨基岛的时候，他正在耕田，可他往田里撒下的却不是种子，而是食盐。但是那位使者也很狡猾，他抱起奥德修斯的幼子，放在犁头的必经之地。奥德修斯立刻把犁头转向一边，这说明他神志还是很清醒的。于是他只能很不情愿地加入了军队。

阿基琉斯被他母亲藏了起来。海中仙女忒提斯知道，如果阿基琉斯去了特洛伊，他必定会死在那里。于是她把阿基琉斯送到了吕科墨得斯的宫廷，吕科墨得斯当初背叛忒修斯并杀了他。阿基琉斯穿着女装，混在众位宫女之中。众位首领派奥德修斯去寻找阿基琉斯。奥德修斯装扮成一个小贩，来到阿基琉斯据说藏身其中的宫殿里，他的货物中满是女性喜爱的东西，其中也混入了一些武器。女孩们纷纷去看那些小玩意儿，阿基琉斯则摆弄刀剑。

奥德修斯便认出了他，并且轻易地说服了他，让他脱去伪装，不顾母亲的劝告，随他一起加入了希腊联军。

就这样，大军集齐了。数千艘船只载着希腊人从各地出发。他们在奥利斯港集合，这个地方狂风不止、巨浪滔天，只要北风不停，他们的船队就不可能起航。北风不停地吹着，一天又一天就这么过去了。

大家忧心忡忡，
不敢拔锚扬帆。
时间一拖再拖。
只觉度日如年。

一时间军心涣散。最终预言家卡尔卡斯宣布神对他说话了：阿耳忒弥斯在生气。深受她喜爱的一只野兔连同其幼崽一起被希腊人杀死了，想要平息现在的狂风，安全地行至特洛伊，就只能向她献祭一个贵族少女——希腊联军的统帅阿伽门农的长女伊菲革涅亚。这消息让众人觉得惊悚，少女的父亲更是觉得难以承受：

若我必须杀死我的女儿，
摧毁我家中的欢乐，
那么父亲的这双手
将染上暗红色的血迹，
鲜血从女孩身上汩汩流出，
她被残杀于祭坛前。

但最终他让步了。他必须保住自己在军中的威信，征服特洛伊、受万人景仰的野心占了上风：

他大胆地动手了，
为了战争杀死了自己的孩子。

他派人去家中接来女儿，并在信中告诉妻子，要让伊菲革涅亚和阿基琉斯结婚——当时阿基琉斯已经崭露头角，是希腊将领中最厉害的一个。但当她来参加自己的婚礼时，却被带到祭坛前杀害了：

她哭喊不已，叫着“父亲、父亲”，
少女的生命正值花季，
野蛮的战士却不为所动，
他们已经被战争冲昏了头脑。

她死后，北风就平息下来，希腊的船只在平静的海面上行驶，但是他们这次恶毒的行为总有一天会给他们带来恶毒的报应。

西摩厄斯河位于特洛伊，希腊人到达河口的时候，第一个上岸的人是普洛忒西拉俄斯。这是非常勇敢的行为，因为神谕说过，第一个登陆特洛伊的人必死无疑。因此，当他被特洛伊人的长矛刺死的时候，希腊人以对待圣人或神灵的礼遇把他赞颂为英雄。众神派赫耳墨斯让他暂时复活，去看望自己悲痛不已的妻子拉俄达弥亚。她不愿再次失去他，当普洛忒西拉俄斯返回冥界时，她也随之而去——她自杀了。

载满战士的数千艘船只组成的军队固然强大，但是特洛伊的城墙也很坚固。国王普里阿摩斯和王后赫卡柏有很多勇敢的儿子，

特洛伊王室族谱

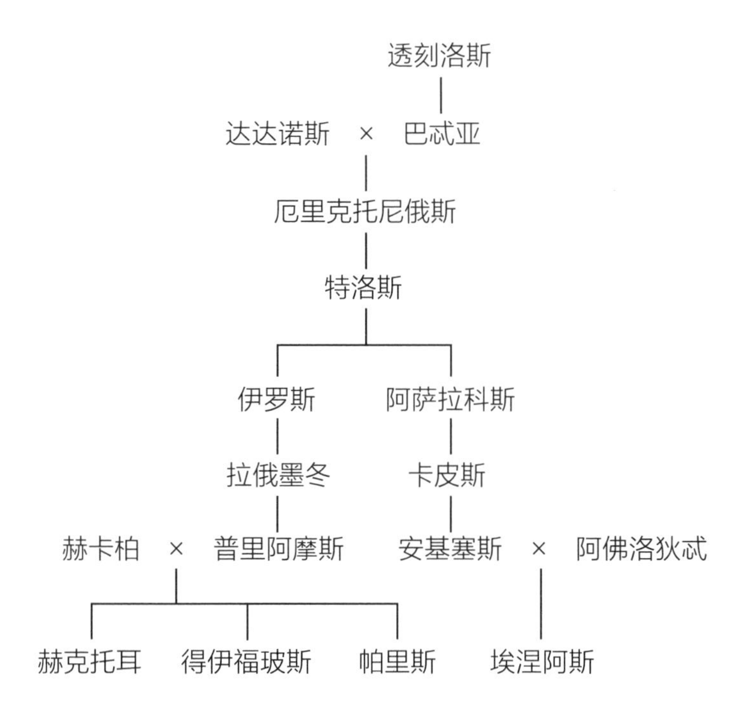

透刻洛斯
达达诺斯
×
巴忒亚
厄里克托尼俄斯
特洛斯
伊罗斯
阿萨拉科斯
拉俄墨冬
卡皮斯
赫卡柏
×
普里阿摩斯
安基塞斯
×
阿佛洛狄忒
赫克托耳
得伊福玻斯
帕里斯
埃涅阿斯

他们率领军队坚守城墙，其中最出色的一个是赫克托耳，世界上再也没有比他更高尚更勇敢的人了，希腊人中只有阿基琉斯一人能与他匹敌。他们两人都知道自己会死在特洛伊陷落之前。阿基琉斯的母亲曾对他说："你的生命很短暂。你现在应该无忧无虑地活着，因为你活不了很久，我的孩子，甚至比所有凡人都要短暂，真是可怜。"没有哪个神灵对赫克托耳说类似的话，但是他心里却明白。他对妻子安德洛玛刻说："我内心深处非常清楚，总有一天神圣的特洛伊会陷落，普里阿摩斯和他的臣民会失败。"这两位英雄都背负着必死的命运战斗。

整整九年战争都没有分出胜负，有时候这边占优势，有时候那边占优势。但是谁都没能获得决定性的胜利。后来两位希腊将领之间发生了争执，阿基琉斯和阿伽门农不和，这让特洛伊人暂时占了上风。此次不和的原因又是女人。阿波罗的祭司有个女儿叫克律塞伊斯，她被希腊人俘虏，送给了阿伽门农。她父亲请求希腊人放了她，但是阿伽门农不同意。于是那位祭司向福玻斯·阿波罗祈祷，伟大的神灵听到了他的声音，便驾起太阳战车，朝着希腊联军射下燃烧的利箭。人们纷纷生病死去，火葬堆的火光终日不断。

最终阿基琉斯召集众位首领，对他们说，他们不能一边对抗瘟疫，一边征战特洛伊，他们要么去让阿波罗欢心，要么就启程返航。随后预言家卡尔卡斯站起来说他知道此次阿波罗为何发怒，但是如果阿基琉斯不能确保他安全，他就什么都不会说。阿基琉斯回答："即使你指责阿伽门农本人，我也会保证你的安全。"所有人都知道这是什么意思，他们知道阿伽门农是如何对待那位祭司的。卡尔卡斯说，必须把克律塞伊斯还给她父亲，所有将领都支持他的意见，阿伽门农虽然震怒，却也只能同意。他对阿基琉斯说：“她是我的战利品，却不得不还回去，必须有另一个人来代替她。”

就这样，克律塞伊斯回到父亲身边，阿伽门农派了两个手下去阿基琉斯的营帐里，打算将他的战利品——少女布里塞伊斯带走。这两个手下很不情愿地来到那位大英雄的营帐外，一句话也说不出来。但是阿基琉斯知道他们也是奉命行事，于是没有为难他们，就让他们带走了那个女孩。但是他当着神灵和众人的面发誓，阿伽门农必须为此付出沉重的代价。

那天晚上，阿基琉斯的母亲——银足的海中仙女忒提斯来到他身边。她也非常生气。她对阿基琉斯说，不要再管希腊人的事情了，说完她就去了天庭，请求宙斯让特洛伊人获胜。宙斯很犹豫。这场战争现在闹到了奥林波斯——众神也开始互相争斗了。阿佛洛狄忒当然站在帕里斯一边。赫拉、雅典娜当然是反对帕里斯的。战争之神阿瑞斯跟阿佛洛狄忒是一伙的，而海神波塞冬则偏向希腊人，因为他们是海洋民族，是了不起的航海家。阿波罗偏爱赫克托耳，所以他帮助特洛伊人，他妹妹阿耳忒弥斯也一样。宙斯很青睐特洛伊人，但是总体来说，他希望战争以平局收场，因为他若是公开反对赫拉，赫拉会非常生气。但是他又不能拒绝忒提斯。他曾和赫拉关系恶化，赫拉又一次怀疑他行为不端。他最终不得不告诉她，要是她还一直喋喋不休，他就再也不会碰她一下了。于是赫拉再也不说话了，但是她脑子却没闲着，一心盘算着绕过宙斯，让希腊人取胜。

宙斯的计划很简单。他知道，没有阿基琉斯，希腊人是无法战胜特洛伊人的，于是他就托梦给阿伽门农，谎称希腊联军只要进攻就能取胜。当阿基琉斯还在帐中休息时，希腊人却发起了猛攻，这是目前为止最激烈的战斗。老国王普里阿摩斯和其他长者聚集在特洛伊城墙上，他们精于战略，于是坐在那里观战。所有痛苦和死亡的根源——海伦来到了他们身边，他们看着她，却没有丝毫责备之意。“男人就该为她而战，”他们对彼此说，“她的容貌如同永生的精灵。”海伦和他们同在城墙上，告诉他们各个希腊英雄的名字，接着他们惊讶地发现战斗停止了。双方军队撤回各自阵营，帕里斯和墨涅拉俄斯在两军之间的空地上对峙。显然双方达成了协议，让两位当事人单独决斗。

帕里斯首先出击，但是墨涅拉俄斯用盾牌挡住了他的长矛，然后投出自己的矛。长矛刺穿了帕里斯的战袍，不过没伤到他。墨涅拉俄斯拔出剑，他现在只剩这个武器了，但是他在拔剑的时候，剑居然掉到地上断了。虽然没了武器，他依然非常勇敢，扑向帕里斯，抓住他头盔的羽冠，把他摔倒在地。要不是阿佛洛狄忒来帮忙，帕里斯肯定就被他扬扬得意地拖回希腊联军阵中了。但阿佛洛狄忒让那头盔的带子断了，于是墨涅拉俄斯只拿到了头盔。帕里斯除了扔了一下长矛以外什么也没做，阿佛洛狄忒把他裹在一团雾中带回了特洛伊。

墨涅拉俄斯愤怒地冲进特洛伊人的阵地寻找帕里斯，特洛伊人也讨厌帕里斯，谁都不想帮他，可是他却凭空消失了，谁都不知他去了哪里。于是阿伽门农对双方军队宣布，墨涅拉俄斯是胜利者，特洛伊人必须把海伦还给他。这个判断很公正，要不是雅典娜在赫拉的撺掇下加以干涉，特洛伊人就照办了。赫拉心意已决，特洛伊一日不毁灭，这场战争就一日不能结束。于是雅典娜冲到战场上，说服了愚蠢的特洛伊人潘达洛斯，让他破坏停战协议，朝墨涅拉俄斯射了一箭。那一箭射伤了墨涅拉俄斯，虽然只是轻伤，但希腊人对这种背信弃义的行为却极为愤怒，于是再次和特洛伊人开战。作为残忍的战神的朋友，“恐怖”“毁灭”和“冲突”的狂怒没有丝毫缓和，纷纷煽动人类自相残杀。一时间，大地上血流成河，杀人者胜利的呼喊和被杀者痛苦的呻吟不绝于耳。

在希腊人这边，因为阿基琉斯不在，两个最英勇的人是埃阿斯和狄俄墨得斯。他们奋勇杀敌，很多特洛伊人都倒在他们面前飞扬的尘土里。就连埃涅阿斯王子这位特洛伊人中仅次于赫克托耳的英雄也差点死在狄俄墨得斯手中。埃涅阿斯不光是王室血脉，他的母亲是女神阿佛洛狄忒；当狄俄墨得斯刺伤他时，阿佛洛狄忒来到战场上救了他。她用柔软的手臂抱起埃涅阿斯，然而狄俄墨得斯知道她是个胆小的神灵，不是雅典娜那种掌管战争的神灵，便冲上去刺伤了她的手。她尖叫一声，抛下埃涅阿斯，带着伤哭着回到了奥林波斯。宙斯见往常爱笑的女神哭起来，就让她远离战场，提醒她不要去参与战争，管好爱情之事就好了。埃涅阿斯虽然被自己的母亲丢下了，却逃过一死。阿波罗用一团云雾将他包起来，把他带到特洛伊的圣地珀耳迦摩斯，阿耳忒弥斯在那里治好了他的伤口。

狄俄墨得斯继续斯杀，特洛伊人伤亡惨重，最终他和赫克托耳面对面站到了一起。令他惊恐的是，他同时也看到了阿瑞斯。那沾满鲜血的残忍战神在协助赫克托耳战斗。狄俄墨得斯见状，吓得浑身发抖，喝令希腊将士赶紧撤退，但是动作要慢，并且要面向特洛伊人。赫拉大怒。她策马回到奥林波斯，问宙斯能否让她将那个人类的祸害阿瑞斯逐出战场。阿瑞斯虽是他们的儿子，但宙斯也和赫拉一样不喜欢他，便同意了赫拉的要求。她迅速下凡来到狄俄墨得斯身边，催促他向可怕的战神发起攻击，无需畏缩不前。听到这个消息，狄俄墨得斯无比欢喜。他冲向阿瑞斯，并掷出手中的长矛。雅典娜让长矛命中目标，直刺阿瑞斯的身体。战神高声怒吼，声音比战场上的喧哗大千万倍，那骇人的声响让特洛伊人和希腊人都瑟瑟发抖。

阿瑞斯内心欺软怕硬，无法忍受被凡人这样对待，于是飞上奥林波斯向宙斯抱怨，说雅典娜对她使用了暴力。但是宙斯坚决地看着他说，他和他母亲一样让人受不了，让他赶紧别闹了。阿瑞斯走了之后，特洛伊人不得不撤退。赫克托耳有一个聪慧的兄弟，能辨别出神的意志，在这紧要关头，他催促赫克托耳全速返回城里，让他们的母亲，也就是王后，将自己最美丽的袍子奉献给雅典娜，并祈求她对特洛伊人慈悲一点。赫克托耳觉得他的建议很有道理，便迅速回城赶往宫殿，他母亲立刻按他说的办。她找出一件极其贵重、如星辰般闪耀的袍子，把它放在女神脚下，开始祈祷："雅典娜女神，请放过这座城市，放过特洛伊战士的妻子和年幼的孩子。"然而雅典娜无视了这次祈祷。

赫克托耳返回战场前，抽空去看望了他亲爱的妻子安德洛玛刻和儿子阿斯提亚纳克斯，也许这是他们最后一次见面了。他在城墙上见到妻儿，安德洛玛刻正在看两军交战，她听说特洛伊人撤退时不禁惊恐万分。她身旁的侍女抱着他们的儿子。赫克托耳没说话，只是沉默地看着他们，安德洛玛刻哭着握住他的手说："我亲爱的夫君，你不光是我的丈夫，更是我的父母和兄弟，和我们待在这里吧。不要让我成为寡妇，不要让你的儿子成为孤儿。"但赫克托耳委婉拒绝了。他说他不能当一个懦夫。他必须在最前线战斗。安德洛玛刻也明白，他深知要是自己战死，她必定会非常痛苦。这是最困扰他的一点，比别的事情都要让他烦恼。他转身准备离开，不过他首先朝自己的儿子张开了双臂。他的头盔和摇晃的羽冠把孩子吓到了，那孩子不禁后退。赫克托耳笑起来，摘掉了闪亮的头盔，然后抱起孩子逗他，同时祈祷："宙斯啊，多年后，当我的儿子从战场上返回的时候，希望人们这样评价他：'他比他父亲要伟大得多。’”

然后他把孩子交给妻子，安德洛玛刻接过孩子，带着眼泪笑起来。赫克托耳怜悯她，轻轻地抚摸着她说道：“亲爱的，不要这么难过。命中注定的事情必然会发生，任何人都不能杀死我。”说完他从妻子手中拿起头盔，安德洛玛刻则伤心地啜泣着，一步三回头地回自己房间去了。

赫克托耳又一次出现在战场上，热情地投入战斗，局面一度对他有利。宙斯此时想起自己答应过忒提斯，要替阿基琉斯出口气。他命令所有神灵都待在奥林波斯，他自己则去凡间帮助特洛伊人。希腊人落了下风。他们最厉害的大英雄不在。阿基琉斯正在自己的帐篷里自怨自艾，而特洛伊这边的大英雄则表现得无比英明神勇。赫克托耳势如破竹。特洛伊人通常称他为“驯马者”，他驾驶战车冲向希腊人的阵营，马和主人都同样振奋。他耀眼的头盔仿佛无处不在，英勇的战士在他无敌的青铜长矛前一一倒下。傍晚时分，战斗结束，特洛伊人几乎把希腊人赶回船上了。

当天晚上，特洛伊人大肆庆祝，希腊人这边却士气低落。阿伽门农本人想要结束战争返回希腊。众位首领中就数涅斯托耳最年长了，他甚至比精明的奥德修斯还要睿智，他大胆地对阿伽门农坦言，如果没有惹怒阿基琉斯，希腊人也不会失败。“想办法与他和解吧，”他说，“不要灰溜溜地逃回家园。”所有人都赞成涅斯托耳的意见，阿伽门农承认自己过去的行为很不理智。他会把布里塞伊斯送回去，还会赠送很多贵重的礼物，并请奥德修斯给阿基琉斯送去。

另外两个首领被选中陪奥德修斯一起前去，他们发现阿基琉斯正和他天底下最好的朋友帕特洛克罗斯在一起。阿基琉斯很有礼貌地欢迎了他们，并为他们准备了食物和饮品。他们说明来意，呈上所有贵重的礼物，希望阿基琉斯态度能够缓和，并希望他能同情处境艰难的同胞。然而阿基琉斯坚定地拒绝了他们。他说，即使全埃及的财宝也不能收买他。他会返航回家，并建议奥德修斯等人也回去。

但是当奥德修斯把这个回复带回去之后，所有人都拒绝了这个建议。次日，他们带着被逼到绝境的勇气上了战场。这天他们再次落败，只能退到沙滩上，死守着靠岸的船只奋战。不过他们还是有神灵相助。赫拉有她的计划。她见宙斯坐在伊达山上看着特洛伊人获胜，觉得非常厌恶。不过她有办法利用他。她必须摆出一副楚楚动人的模样去找宙斯，以至于宙斯都无法拒绝她。当宙斯把她抱在怀里的时候，她趁机把深深的睡意倾倒在他身上，这样他就会忘了特洛伊人。赫拉就这么办了。她回到自己的房间，想尽一切办法把自己打扮得美丽出众。最后她还借了阿佛洛狄忒的腰带，那腰带可以让人充满魅力，她戴着这个法宝出现在宙斯面前。宙斯一见到她就立刻为之倾倒，转眼就忘了答应过忒提斯的事情。

战斗立刻变得对希腊人有利。埃阿斯把赫克托耳摔翻在地，但是他还没来得及出手将其打伤，埃涅阿斯就把赫克托耳从地上扶起来带走了。赫克托耳不在，希腊人就一口气把特洛伊人从他们的船边赶走了，要不是宙斯及时清醒过来，特洛伊在那天就已经毁灭了。他跳起来，看到特洛伊人在撤退，赫克托耳躺在地上喘气。见到这种状况，他不禁对赫拉勃然大怒。他说这都是赫拉干的好事，她用了奸诈狡猾的办法。他想着稍后可能要教训她一顿。遇到这种事情，赫拉知道自己无计可施了。她赶紧说自己和特洛伊人战败没有丝毫关系，还说都是波塞冬干的——海神确实不顾宙斯的命令在帮助希腊人，但那也是因为赫拉恳求他帮忙。不过宙斯听了这个借口还是很满意的，毕竟他不用动手对付赫拉了。他让赫拉回奥林波斯，然后叫来彩虹女神伊里斯，让她传达自己的命令——波塞冬必须退出战场。海神服从了命令，战事又变得对希腊人不利了。

阿波罗把昏迷的赫克托耳救回来，给他注入无比强大的力量。在这一人一神面前，希腊人像被山狮追逐的羊群一样仓皇逃窜，慌乱奔向船队。他们在船队前面修筑起来的壁垒也分崩离析，那情景就好像孩子们在沙滩上堆的沙堡在游戏中崩塌一样。特洛伊人已经近在眼前，几乎可以放火烧希腊人的船了。希腊人陷入了绝望，只想英勇地战死。

阿基琉斯最亲爱的友人帕特洛克罗斯见此情景，觉得十分惶恐。即使与阿基琉斯关系亲密，他也渴望上战场。他对阿基琉斯说："你尽可以一边生气一边看着你的同胞送死，我却不能。把你的盔甲给我。如果别人把我认成是你，特洛伊人也许就能暂时停手，疲惫的希腊军队也能喘口气了。你和我还精神十足，我们可以赶走敌人。但如果你还生气，那至少把盔甲借给我。"就在他说这番话的时候，一艘希腊人的船烧了起来。"他们就要切断撤退路线了。"阿基琉斯说，"去吧，穿上我的盔甲，带上我的手下，守住船只。我不能去。我是遭遇不公的人。如果战斗逼近我的船只，我会战斗，但我不会为冒犯我的人而战。"

于是帕特洛克罗斯穿上那身足以令特洛伊人魂飞魄散的豪华盔甲，率领阿基琉斯麾下的密耳弥冬人出发了。这支新队伍冲上前去，特洛伊人的阵线动摇了，他们以为是阿基琉斯来了。帕特洛克罗斯一时间确实表现得和阿基琉斯本人一样所向披靡。但是最后他遇到了赫克托耳，于是他的命运也到了尽头，就像野猪想和狮子对峙一样无可更改了。赫克托耳给了他致命一击，他的灵魂立刻进入了冥府。随后赫克托耳剥下他的盔甲，给自己换上。他仿佛是夺取了阿基琉斯的力量一样，希腊人谁都不敢站在他面前。

夜幕降临，战斗结束。阿基琉斯坐在自己的帐篷旁边，等着帕特洛克罗斯归来。但是他只看见老涅斯托耳的儿子安提罗科斯飞也似的朝他跑来，一边跑一边流着热泪，嘴里喊道："大事不好！帕特洛克罗斯阵亡了，赫克托耳夺走了他的盔甲。"阿基琉斯悲痛万分，他简直痛不欲生，这让周围的人都担心不已。在大海深处的洞穴里，他母亲得知儿子难过，便到陆地上来安慰他。阿基琉斯对母亲说："如果不让赫克托耳一命换一命，我也不活了。"忒提斯哭着请他不要忘了自己的宿命——赫克托耳死后他也会死。阿基琉斯回答："即使如此我也要去，我没有在朋友迫切需要我的时候帮助他。我要杀了那个害死我挚友的人。然后我会恭候死亡到来。"

忒提斯没再劝他。"那就请等到天亮，"她说，"你还没有盔甲，不能上战场。我会给你一套神造的盔甲，由赫淮斯托斯亲自打造。"

忒提斯带来的武器非常完美，不愧是火神打造的，凡间绝无这样的东西。密耳弥冬人敬畏地看着这些东西，阿基琉斯目光炯炯，十分高兴，他立刻穿上了。然后他离开蛰居多日的帐篷，奔赴希腊人聚集之处，见到了处境凄惨的同胞们——有身负重伤的狄俄墨得斯，以及奥德修斯、阿伽门农和其他很多人。他觉得十分惭愧，对他们说自己此前太愚蠢了，居然为了一个女孩忘记了其他更重要的事情。但这一切都结束了，他现在要身先士卒。大家马上重整旗鼓，准备再次投入战斗。首领们高兴地鼓掌，但是奥德修斯提出，大家必须首先吃些东西喝点酒，因为饿着肚子没法打仗。"我们的同胞血洒战场，你却一心想着吃喝。"阿基琉斯斥责道，“不给同胞们报仇，我吃不下也喝不了任何东西。”然后他又对自己说：“我的挚友啊，因为思念你，我无心饮食。”

其他人填饱肚子的时候，他就独自出击。所有的神灵都知道，这是两位英雄之间的最后一次战斗。他们也知道此次战斗的最终结果。天父宙斯举起金色的天平，一边放上赫克托耳的命运，另一边放上阿基琉斯的命运。赫克托耳那边沉了下去，这意味着他会死去。

然而，在很长一段时间内，这一仗打得难解难分。赫克托耳手下的特洛伊人在故乡的城墙前英勇奋战。特洛伊的大河被神灵称为克珊托斯，被凡人称为斯卡曼德洛斯，它也加入了战斗，当阿基琉斯涉水时，它掀起波浪想淹没他。但一切都是徒劳，他一路冲杀，势不可挡，到处搜寻赫克托耳的踪迹。此时众神也和凡人一样在激烈地争斗，眼见众神彼此为敌，宙斯独自坐在奥林波斯开心地大笑。雅典娜把阿瑞斯打倒在地；赫拉把阿耳忒弥斯的弓从她肩上夺走，并且狠狠扇她耳光；波塞冬言辞激烈地挑衅阿波罗，想让对方先动手，而阿波罗拒绝这样的挑衅，他知道眼下已经没必要再庇护赫克托耳了。

此时，特洛伊城那伟大的斯开亚门打开了，特洛伊人顺着敞开的大门仓皇逃入城内。只有赫克托耳一动不动地站在城墙外。他年迈的父亲普里阿摩斯和母亲赫卡柏都在城门处叫他进门逃命，但赫克托耳不为所动。他心想：“我率领着特洛伊人。他们战败是我的错。我怎能饶过自己呢？如果我此时放下长矛和盾牌，对阿基琉斯说我们愿意归还海伦，并连同半个特洛伊的财富一起送上，那又会怎么样呢？没用的。他会把我当作一个手无寸铁的女人一样杀死。还不如现在拼死一战。”

阿基琉斯冲上来，如初升的太阳一样光辉灿烂。雅典娜就在他身边，而赫克托耳却是孤身一人。阿波罗丢下他，让他独自面对命运。他们两个逼近的时候，赫克托耳转身就跑。被追的人和追他的人绕着特洛伊城墙飞快地跑了三圈。是雅典娜让赫克托耳停了下来。她变成他的兄弟得伊福玻斯的模样出现在他的身边，赫克托耳误以为来了援手，便直面阿基琉斯，并对他喊道："如果我杀了你，我会把你的尸体还给你的同胞，你也会对我做同样的事情。"但阿基琉斯回答："疯子。狼和羊之间不谈条件，你和我之间也一样。"他说着掷出长矛。虽然没有命中目标，但雅典娜捡了回来。然后赫克托耳掷出长矛，正中目标，扎在了阿基琉斯的盾牌中间。但是有什么用呢？那身盔甲是神灵打造的，不可能被穿透。他赶紧转身让得伊福玻斯再给他一支长矛，但是他的兄弟不在了。赫克托耳明白了真相。雅典娜耍了他，现在他无路可逃了。"众神要置我于死地，"他心想，"我至少不能束手就擒，必须竭尽全力奋战，让此事流传后世。"他拔出身上仅剩的一件武器——一把剑，然后冲向对手。阿基琉斯还有长矛，而且还有雅典娜帮忙。阿基琉斯深知，赫克托耳从帕特洛克罗斯身上夺走的那套盔甲在脖子处有空隙，因此不等他靠近，阿基琉斯就用长矛刺中了他的咽喉。赫克托耳倒地而死，弥留之际祈求道："请把我的尸体还给我的父母吧。"阿基琉斯回答："我不会为你祈祷的，你这个畜生！就凭你犯下的恶行，我要生吃了你的血肉。"此时赫克托耳的灵魂离开他的身体，抛却一切活力和青春，悲叹着自己的命运，进入了冥府。

阿基琉斯从尸体上剥下那副血淋淋的盔甲，希腊人围拢过来想看看赫克托耳究竟有多高，看起来究竟有多高贵。阿基琉斯却在想别的事情。他刺穿死者的双脚，用绳子拴起来绑在自己的战车后面，头则拖在地上。他鞭打自己的马，绕着特洛伊城跑了一圈又一圈，伟大的赫克托耳就落得这样一个下场。

最终阿基琉斯对自己的复仇感到满意，他平息了愤怒，站在帕特洛克罗斯的尸体旁边说："即使你在冥府也请听我说。我把赫克托耳绑在我的战车后面拖行，我要把他拿去喂狗，就在你的火葬堆旁。"

奥林波斯的众神正争执不休。除了赫拉、雅典娜、波塞冬以外，其他神灵都被这番虐待尸体的暴行惹怒了。宙斯尤其生气。他派伊里斯出现在普里阿摩斯面前，叫他不用害怕，带上大笔赎金，直接去找阿基琉斯赎回赫克托耳的尸体。她告诉普里阿摩斯，尽管阿基琉斯很暴躁，但他不是坏人，他会恰当对待前去请求的人。

年迈的国王准备好特洛伊城内最贵重的礼物，乘上马车，穿过希腊人扎营的平原。赫耳墨斯与他同行，他假扮成希腊年轻人，主动给普里阿摩斯带路，去往阿基琉斯的营帐。在他的陪伴下，老国王从卫兵面前经过，来到杀害并侮辱了他儿子的人面前。他跪下来亲吻了阿基琉斯的手，他这样做的时候，阿基琉斯和在场的其他人都感到敬畏，大家惊诧地面面相觑。普里阿摩斯说："记住，阿基琉斯，你自己的父亲也和我年纪相仿，也和我一样想要见到自己的儿子。但我现在比他更值得同情，我比世界上任何人都更勇敢，因为我必须向杀了我儿子的凶手求情。"

听着这番话，阿基琉斯不禁难过起来。他轻轻地扶起那位老人。"请坐在我身边，"他说，"我们各自都请节哀顺变。人人皆有多舛的命运，但我们仍要勇敢前行。"然后他命令仆人洗净赫克托耳的尸体，并涂上香油，穿上柔软的袍子，这样普里阿摩斯就不会看到其凄惨的死状，也就不会太生气了。他担心万一普里阿摩斯发怒，他也不能控制自己。"你打算花几天时间为他举办葬礼？"他问道，"在此期间，我也不会让希腊人出战。"普里阿摩斯将赫克托耳带回家，在特洛伊举行了盛大无比的葬礼。就连海伦都为他哭泣。“别的特洛伊人都骂我，”她说，“但只有你会用你温柔的灵魂和话语安慰我。你是我唯一的朋友。”

他们哀悼了他九天，然后把他放在豪华的火葬堆上点起火焰。当一切都烧尽之后，他们用酒水浇灭火焰，将残留的骸骨装进金色的骨灰瓮里，用柔软的紫布包起来。然后他们把骨灰瓮埋进空空的墓穴里，又在上面堆起大量石头。

这就是“驯马者”赫克托耳的葬礼。

《伊利亚特》也随之结束了。

第二章

特洛伊的陷落

这段故事的大部分情节都来自维吉尔。特洛伊陷落是《埃涅阿斯纪》第二卷的主题，描写得简洁、直率、生动有力，即使称不上维吉尔讲得最好的故事，至少也可位列其一。不过故事的开头和结尾不是取自维吉尔的作品。菲罗克忒忒斯的故事和埃阿斯之死这两段情节来自公元前5世纪的悲剧诗人索福克勒斯。特洛伊陷落之后，城里众位女性各自的结局则取自索福克勒斯同时代的剧作家欧里庇得斯的作品，这段故事和《埃涅阿斯纪》所表达的尚武精神形成了鲜明的对比。对维吉尔而言，正如对所有罗马诗人而言，战争是人类最光荣最高尚的行为。而生活在维吉尔之前四百多年的希腊诗人却不会这样想。这场著名的战争究竟留下了些什么呢？欧里庇得斯仿佛提出了这样的疑问。不过是一座化为废墟的城池、一个死去的婴儿和一些悲惨的女人罢了。

赫克托耳死后，阿基琉斯知道，母亲所说的死期已经逼近了。在他彻底结束战斗之前，他还立下了最后一项重要的战功。黎明女神之子、埃塞俄比亚王子门农率领大军前来援助特洛伊人，虽然赫克托耳死了，但是希腊人依然不占优势，而且损失了很多勇敢的士兵，包括老涅斯托耳的儿子——健步如飞的安提罗科斯。最后，阿基琉斯在一场光荣的战斗中杀了门农，这也是这位希腊英雄的最后一战。随后他倒在了斯开亚门旁。他把特洛伊人驱赶到特洛伊的城墙边，帕里斯在城墙上朝他射了一箭，阿波罗引导那支箭准确射中了阿基琉斯身上唯一的弱点——他的脚踝。在他出生后，他母亲忒提斯想让他变得刀枪不入，便握着他的脚把他浸入斯提克斯河的水中，可是忒提斯太过马虎，没有把她手握的脚踝部分也浸到水。阿基琉斯死后，奥德修斯抵挡住特洛伊人的攻击，埃阿斯将他的尸体从战场上带回去。据说在阿基琉斯火葬之后，剩下的骨头都和他的挚友帕特洛克罗斯装进了同一个骨灰瓮里。

忒提斯请赫淮斯托斯为阿基琉斯打造的那身豪华盔甲导致了埃阿斯的死亡。大家一致决定，最有资格得到盔甲的英雄就是埃阿斯和奥德修斯。于是大家发起匿名投票，最终奥德修斯得到了盔甲。在那个时代，投票的结果是很严肃的。得到盔甲的人非常光荣，没有得到盔甲的人则倍感屈辱。埃阿斯觉得自己蒙羞，盛怒之下决定去杀了阿伽门农和墨涅拉俄斯。他坚信是这两人给他投了反对票。到了晚上他去找这两个人，到了他们的营帐时，雅典娜让他发起疯来。他觉得希腊人的畜群是军队，于是冲上去大开杀戒，心里还以为自己接二连三杀掉的是各位首领。最终他将一头大公羊拖回自己的营帐，糊里糊涂地把它认作奥德修斯，把它绑在营帐的柱子上，狠狠地揍了它一顿。等他清醒过来，恢复了理智，他才明白，没得到盔甲已经算不上什么耻辱了，刚才的那一番行为才是最可耻的。所有人都知道他愤怒、愚蠢而且疯狂。被他杀死的动物躺了一地。“可怜的牛啊，”他对自己说，“被我毫无意义地杀死了！我独自站在这里，人神共愤。此时只有懦夫才会苟且偷生。一个人若不能高贵地活着，至少应该高贵地死去。”于是他拔出剑自杀了。希腊人没有为他举行火葬，而是直接把他埋了。因为自杀是不光彩的行为，不能享受火葬后装进骨灰瓮的待遇。

阿基琉斯刚死不久，埃阿斯又自杀身亡，希腊联军的士气受到了极大的打击，他们似乎胜利无望了。他们的先知卡尔卡斯说没有收到任何神谕，但是在特洛伊有一个人通晓未来，那便是先知赫勒诺斯。如果他们能抓到此人，就知道该怎么办了。奥德修斯成功地抓住了他，这个先知对希腊人说，除非有人用赫拉克勒斯的弓和箭与特洛伊人作战，否则特洛伊永远不会陷落。赫拉克勒斯死时，他把弓和箭送给了为他点燃火葬堆的菲罗克忒忒斯王子，菲罗克忒忒斯后来加入希腊联军，随大军一起踏上了前往特洛伊的征程。航行途中，希腊人在一个小岛上停下来向众神献祭，菲罗克忒忒斯当时被岛上的蛇咬了，受了重伤。那伤老是好不了，他无法随军前往特洛伊了，部队便没有等他。大家把他留在利姆诺斯岛，尽管在众英雄去寻找金羊毛的时候那个岛上住了很多女人，然而到攻打特洛伊的时候岛上已经无人居住了。

把受伤的人丢在荒野里实在有些残忍，但是大家急于去往特洛伊，再说他有弓和箭，肯定不会缺食物。赫勒诺斯说出事实，但是希腊人却知道他们当初那样对待菲罗克忒忒斯，现在很难再说服他，让他把宝贵的弓和箭拿出来了。于是他们派出最足智多谋的奥德修斯去智取弓和箭。有人说狄俄墨得斯跟他一起去了，同去的还有涅俄普托勒摩斯（又名皮洛斯），他是阿基琉斯年少的儿子。他们几个成功地把弓箭偷到手，不过在离开的时候，他们也不忍心丢下受伤的菲罗克忒忒斯不管。最终他们说服了菲罗克忒忒斯一起离开。到了特洛伊，睿智的希腊医师治好了他，最终他愉快地再次上了战场，他第一个射伤的人就是帕里斯。帕里斯倒下的时候，恳求众人把他带到俄诺涅身边，当初三位女神到伊达山上找他之前，他就跟那位仙女住在一起。她曾对帕里斯说，她有种魔药能治愈一切病痛。于是大家把帕里斯送去了，他请求俄诺涅救他一命，但俄诺涅拒绝了。他抛弃了她，一直对她不闻不问，她不可能因为他一时受伤就轻易原谅他。俄诺涅目睹他死去，然后离开此地自杀了。

特洛伊并没有因帕里斯之死而陷落。他死了并不是什么大事。最终希腊人得知在城内有一个帕拉斯·雅典娜的神像，只要神像还在城里，特洛伊就不会陷落。于是当时世界上活着的两位最伟大的首领奥德修斯和狄俄墨得斯决定去把它偷来。狄俄墨得斯是把神像背出城的人。在奥德修斯的帮助下，他趁着夜色翻过城墙，找到了神像，带回了营地。此举极大地鼓舞了希腊人，他们决定不再拖延，要想尽办法迅速终结这场战争。

他们现在明白了，除非让希腊军队进入城内，对特洛伊人发起突袭，否则就没有取胜的可能。自他们对特洛伊发起首次围攻已经过了将近十年，这座城池看起来依然固若金汤。城墙仿佛完好无损，甚至没有经受一次真正的进攻。战斗基本上都是在远离城墙的地方进行的。希腊人要么神不知鬼不觉地顺利进入特洛伊，要么接受失败的结果。这个新的决策和想法就是著名的木马计。自然，这个办法是奥德修斯发挥他的聪明才智想出来的。

他让一位熟练的木匠造了一匹巨大的木马，木马是中空的，而且里面很大，可以藏很多人。然后他费劲唇舌，好歹说服了一些希腊首领藏在木马里，当然，他自己也藏身其中。阿基琉斯之子涅俄普托勒摩斯无所畏惧，但其他人都很害怕，他们的确面临着巨大的危险。这个计谋是这样构思的：其他的希腊人全部收起营帐，上船准备返程，不过事实上他们将躲在附近的岛上，不让特洛伊人发现。不管行动是否成功，这些人都安全无虞；即使木马计被识破，他们依然可以返乡，然而藏在木马中的人就必死无疑了。

可以想见，奥德修斯也预料到了这种可能性。他计划让一个人留在废弃的营地里，编一套谎话说服特洛伊人，让他们不经查看就把木马搬进城里。等到午夜伸手不见五指之时，希腊军队肯定也已经返回特洛伊在城外等着了，大家就从木马的肚子里爬出来，打开城门让大军进来。

夜幕降临，计划顺利实施了。这是特洛伊陷落前的最后一天。特洛伊人站在城墙上，惊讶地面面相觑。在斯开亚门前摆着一匹巨大的木马，从没有人见过这样的东西，它太过离奇而古怪，甚至叫人害怕，即便它纹丝不动，也没有发出任何声响。事实上，到处都是一片寂静。平时吵吵闹闹的希腊军营静得出奇，一点动静也没有了。船也都开走了。看来只能得出一个结论：希腊人放弃了。他们接受战败的结果，返航回希腊去了。所有特洛伊人都很高兴，这场漫长的战争终于结束了，痛苦的日子终于到头了。

特洛伊人聚集到被废弃的希腊军营里看热闹：这里是阿基琉斯当初生气的地方，那里曾是阿伽门农扎营的地方，这里是诡计多端的奥德修斯住过的地方。大家高兴地看着这片空荡荡的营地，再也没什么让人害怕的东西了。最后他们又回到那个巨大的木马旁，不知道该拿它怎么办。此时留在营地里的希腊人就出现了。

他的名字叫作西农，是个能说会道的人。他被带到普里阿摩斯面前，哭着说自己不想再返回希腊了。他编的这个故事乃是奥德修斯的得意之作。西农说，由于希腊人偷走了神像，帕拉斯·雅典娜对他们勃然大怒，众人非常害怕，就求问神谕，想知道如何才能令她高兴。神谕表示："你们来到特洛伊的时候杀了一个少女来平息风暴。现在也必须用鲜血来献祭。要交出一个希腊人才能补偿你们的罪过。"西农对普里阿摩斯说，他就是被选中要拿去献祭的牺牲品。一切都准备好了，就等在希腊联军离开前举行这个可怕的仪式，但是那天晚上他想办法逃走了，藏在附近的沼泽里，眼睁睁地看着船队扬帆开走。

这个故事编得滴水不漏，特洛伊人毫不怀疑。他们同情西农，让他从今往后就住在这里，成为他们的一员。伟大的狄俄墨得斯、勇猛的阿基琉斯、十年的战争、上千艘战船都没有办成的事情，现在却由虚假的说辞和佯装的眼泪办成了。西农没有忘记这番谎话的后半段。他说，木马也是用来献祭给雅典娜的，之所以做得那么大，就是不想让特洛伊人把它搬进城里。希腊人希望特洛伊人捣毁这个木马，惹雅典娜生气。如果把木马放进城里，女神就会对他们宠爱有加，不再眷顾希腊人。这番谎话巧妙至极，本身就足以达到希腊人想要的效果了；但众神之中最反感特洛伊的波塞冬还帮了希腊人一把。当木马刚被发现的时候，祭司拉奥孔就催促特洛伊人捣毁木马。他说："希腊人就算送来礼物我也觉得可怕。"普里阿摩斯的女儿卡珊德拉也赞成他的意见，但是任何人都不听她的，于是她在西农出现之前就回宫殿去了。拉奥孔和他的两个儿子疑心重重地听完了西农的说辞，他们是仅有的有所疑虑的人。西农说完后，海里突然冒出两条可怕的大蛇，它们游上岸，直接冲向拉奥孔，巨大的身躯缠住他和他的两个儿子，转眼便勒死了他们。随后，两条大蛇钻进雅典娜的神庙，消失不见了。

于是众人不再犹豫。围观人群惊恐地认为拉奥孔是受到了惩罚，因为他反对将木马运进城里，现在谁都不会反对了。人们叫喊起来：

“把那个木马搬进来，
献给雅典娜，
这是给宙斯之女的大礼。”

年轻人中有谁不是赶紧上前？
老年人中有谁还待在家里？
大家欢声笑语地将死亡请进门，
同来的还有背叛和毁灭。

他们把木马运进城里，放在雅典娜的神庙前。然后，他们回到十年来都未曾平静过的家中，沉浸在好运眷顾的喜悦中，他们坚信战争已经结束了，雅典娜会保佑自己。

午夜时分，木马上的门打开了。希腊首领们一个个出来了。他们悄悄来到城门旁打开大门，希腊大军进入这座沉睡的城市。他们安静地执行了第一个任务——点燃了城中各处的建筑物。等特洛伊人惊醒过来，手忙脚乱地穿上盔甲时，他们都还没搞清楚到底发生了什么，特洛伊已经成了一片火海。他们一个个疑惑地冲到街道上。不等特洛伊人集结起来，早已埋伏在街上的希腊士兵就发起了进攻。这不是战斗，而是屠杀。很多人甚至来不及反击就死了。在城中较为偏远的地方，特洛伊人得以三三两两地集结起来，这下轮到希腊人遭殃了。他们被特洛伊人打得落花流水——这些人被逼到了绝境，只求在自己死前多杀死几个敌人。他们知道，对战败一方而言，不可能有任何安全保障。这种背水一战的决心往往让胜利一方无从招架。聪明的特洛伊人脱掉自己的盔甲，穿上死去的希腊士兵的盔甲，很多希腊人以为自己和友军会合了，最终发现对方是敌人时已经太迟，为此付出了生命的代价。

他们爬上屋顶，拆下房梁，砸向希腊人。普里阿摩斯宫殿屋顶上的一整座塔楼都被抬起来扔了下去。守卫的一方欣喜地看到塔楼砸死了一大群正在撞击宫门的敌人。但是这样的胜利非常短暂。又一批希腊人扛着一根巨大的房梁冲上来，踩着已成瓦砾的塔楼和碾成肉泥的尸体，用房梁狠狠撞门。宫门被撞破了，特洛伊人来不及撤离屋顶，希腊人就冲进了宫殿。女人和小孩躲在祭坛周围的院子里，其中还有一个男人，那便是年迈的国王普里阿摩斯。阿基琉斯曾饶他一命，但阿基琉斯的儿子却当着他妻女的面杀了他。

特洛伊的末日已经降临。这场战斗从一开始就不是势均力敌的。太多的特洛伊人在突袭中被杀，以至于希腊人没有被击退的空间了。特洛伊人的抵抗渐渐终止。天还没亮，所有特洛伊领袖都已战死，只有一人除外，那便是阿佛洛狄忒的儿子埃涅阿斯，只有他得以逃生。只要身边还有活着的同胞，他一直在竭尽全力和希腊人战斗，但是当他看到屠杀不可避免、死亡逐渐逼近的时候，他想起自己的家人，他们被无助地留在家中。他已经为特洛伊竭尽全力，现在该为家人做点事情了。他赶回家，见到了自己的老父亲，还有妻子和儿子，此时他母亲阿佛洛狄忒出现，催促他赶紧走，并且保护他不受火灾和希腊人的伤害。即使有女神庇护，他也没能救下自己的妻子。他们离开家后，她和埃涅阿斯走散，随后被杀了。但另外两位家人则安然无恙，他背着父亲，牵着儿子，三人一起穿过敌军，穿过城门，来到开阔地带。任何凡人都救不了他们，只有神灵能做到。那一天，阿佛洛狄忒是唯一一个帮了特洛伊人的神灵。

她也帮了海伦。她送海伦出城，并把她交给墨涅拉俄斯。墨涅拉俄斯高兴地迎接了海伦，后来他们一同回到了希腊。

黎明时分，这座亚洲原本最富饶的城市已成一片焦土。特洛伊城内只剩下一群被俘的女人，她们无依无靠，丈夫死了，孩子也被抢走了。她们只等着被主人带到大海那边去接受奴役。

年迈的王后赫卡柏也是俘虏之一，和她一起被俘的还有她的儿媳——赫克托耳的妻子安德洛玛刻。对赫卡柏来说，一切都结束了。她蜷缩在地上，一边看着希腊的战船整装待发，一边看着特洛伊城在燃烧。“特洛伊不复存在了，那我——我又是谁呢？一个被人像牛一样驱使的奴隶。一个无家可归的老太婆。”她自言自语——

还有什么悲伤我没有尝到呢？
国破家亡，无亲无故，
家族的荣耀也已黯淡无光。

周围的女人回答道：

我们都是一样悲痛。
我们也是奴隶。
我们的孩子在哭泣，流着泪呼唤我们：
“母亲，我很孤独。

他们把我赶上黑色的船。
我看不到你，母亲。”

有一个女人还带着自己的孩子。安德洛玛刻抱着自己的儿子阿斯提亚纳克斯，这孩子之前还被父亲头盔上的羽冠吓到过。安德洛玛刻心想：“他还这么小，他们会让我照顾他的。”但是一个传令官从希腊军营里走来，支支吾吾地对她下达命令。他请求安德洛玛刻不要因此而记恨他，他转达的这项命令也有违他自己的良心。她的儿子……安德洛玛刻打断了他：

他不能和我一起走吗？

传令官回答：

这孩子必须死——
要从特洛伊高高的城墙上扔下去。
现在——现在就要执行。忍耐吧，
做个勇敢的女人。你现在孤身一人。
一个女人，成了奴隶，孤立无援。

她知道传令官说的句句属实。没有人帮他。她只能向孩子道别：

你在哭吗，我的宝贝？好啦，好啦。
你并不知道是什么在等待着你。
那个过程是怎样的呢？落啊，落啊，
直到粉身碎骨，却无人怜悯。

亲亲我吧。今后再也亲不了了。靠近点，再近点。
用你的双臂抱住我的脖子，我是生养你的母亲。
亲亲我吧，嘴唇贴着嘴唇。

士兵们把他带走了。在将阿斯提亚纳克斯扔下城墙之前，他们还把赫卡柏年少的女儿波吕克塞娜带到阿基琉斯坟前杀死。随着赫克托耳的儿子死去，特洛伊的祭祀也终告完成。等待登船的女人们看到了这座城的末日：

伟大的特洛伊城已经陷落，
只有火红的烈焰依然盘踞期间。

尘土飞扬，遮天蔽日，
仿佛一只由烟雾组成的巨翅。
我们现在东一个西一个，四处流亡，
特洛伊城则已永远消亡。

再见了，亲爱的城邦！
再见了，孩子们生于斯长于斯的故乡！
就在下方，希腊船队正等着起航。

第三章

奥德修斯的历险

这个故事最权威的版本就是《奥德赛》，不过雅典娜与波塞冬一致同意摧毁希腊舰队的一段情节不在《奥德赛》中，这段情节我取自欧里庇得斯的悲剧《特洛伊妇女》。《奥德赛》的趣味之一便在于以细节取胜，这也是它有别于《伊利亚特》的地方，在瑙西卡的故事以及忒勒玛科斯拜访墨涅拉俄斯的情节中可见一斑。作者运用高超的技巧调动这些细节，让故事显得生动而真实，既不至于阻碍情节的推进，也不会将读者的注意力从主线上抽离。

特洛伊陷落后，凯旋的希腊舰队行至海上，很多船长都还不知道，他们将面临巨大的灾难，其严重程度丝毫不亚于他们带给特洛伊人的。在众神之中，雅典娜和波塞冬是希腊人最坚定的

支持者，但是特洛伊陷落之后，他们的态度就变了。两位神灵变得与希腊人势不两立。希腊人冲进特洛伊城那晚被胜利冲昏了头脑，他们忘了胜利来自神灵相助，于是在返乡途中受到了严厉的惩罚。

女先知卡珊德拉是普里阿摩斯的几个女儿之一。阿波罗爱她，给了她预言未来的能力。但是由于她拒绝了阿波罗，于是阿波罗也不再眷顾她。虽然他无法收回送给卡珊德拉的礼物——神灵的恩典一旦送出就没法撤回了——但他让这项本领派不上用场了：任何人都不会相信她的预言。她每次告诉特洛伊人接下来会发生什么，没有一个人信她的。她说希腊人会藏在木马里，但是大家都当没听见。总能预见到灾难却无力扭转，这就是她的命运。当希腊人攻陷特洛伊时，她躲在雅典娜的神庙里，紧紧攀着她的神像，受到了女神的庇护。希腊人发现她之后都不敢上前。只有埃阿斯把她拖下祭坛，拽出神庙——当然不是那位死去的伟大英雄埃阿斯，而是另一个同名的小首领。没有一个希腊人站出来反对这次大不敬的行为。雅典娜非常愤怒。她去找波塞冬，将自己受到冒犯一事告诉了海神。她说："帮我报仇吧。让希腊人都不能顺利返乡。当他们航行的时候，掀起狂风巨浪。让海湾里堆满尸体，海滩和暗礁上遍布死者。"

波塞冬同意了。特洛伊现在已经化为灰烬，他对特洛伊人的愤怒也该结束了。希腊人在返乡途中遇到了剧烈的风暴，阿伽门农几乎失去了所有的船只，墨涅拉俄斯被吹到埃及去了，而犯下大罪的渎神之人埃阿斯被淹死了。埃阿斯的船被海浪高高推起拍碎，随后便沉没了，但他努力游到了岸上。本来他是可以得救的，但是他忽然犯傻，高喊自己是大海也淹不死的人。如此狂妄的态度惹怒了众神。波塞冬让那片他正抓紧的嶙峋岩石碎裂，埃阿斯掉进波涛汹涌的海水中死了。

奥德修斯没有性命之虞，但是他虽说比一些希腊人受的苦更少，他受苦的时间却比他们都要长得多。他流浪了十年才回到家。他到家的时候，年幼的儿子已经长大成人了。因为从他启程前往特洛伊时算起，时间已经过去了二十年。

他的故乡伊萨基岛上形势变得很严峻。每个人都认定他死了，唯有他的妻子珀涅罗珀和儿子忒勒玛科斯还抱着一线希望。他们虽然也很绝望，但依然不肯放弃。所有人都认定珀涅罗珀成了寡妇，可以再婚也应该再婚了。伊萨基本地及周边岛屿的人纷纷跑到奥德修斯的宅子，想迎娶他的妻子。珀涅罗珀不肯接受任何人。她丈夫生还的希望虽然渺茫，但从未熄灭。再说她和忒勒玛科斯都很讨厌那群求婚的人，这也是很自然的，那群人粗鲁、贪婪、傲慢，整天都聚在大厅里挥霍奥德修斯的财产，宰杀他的牲畜，狂饮他的好酒，烧他的木柴，使唤他的仆人。他们声称，如果珀涅罗珀不选一个人结婚，他们就赖着不走。他们对待忒勒玛科斯就只是打趣嘲笑，仿佛他是个地位低下的小孩一样。母子二人都无法容忍这种事情，但是又找不到帮手，他们两个孤立无援，对方却是一大群人。

起初珀涅罗珀希望拖到他们失去耐心。她告诉那些人，她必须为奥德修斯的老父亲莱耳忒斯织一件非常豪华的寿衣，以备他百年之后使用，这件衣服不织完她就不能结婚。这件事着实值得敬重，那群人就让步了，他们同意等到这件寿衣织完。但是这衣服永远也织不完，因为珀涅罗珀每天夜里都会把白天织了的部分拆掉。但是这个计划最终失败了。她的一个侍女将实情告诉了求婚者，他们当场揭穿了她。从那以后他们当然就逼得更紧，更加肆无忌惮了。在奥德修斯流浪的第十个年头，事态已经变得非常紧张。

由于希腊人残忍地对待卡珊德拉，雅典娜不加区别地将怒气洒在了所有希腊人身上，不过在那之前，在战争期间，她就格外青睐奥德修斯。她喜欢他思维敏捷、足智多谋，总是愿意助他一臂之力。特洛伊陷落之后，奥德修斯也和别人一样承受了她的怒火，他返航的时候也遭遇了风暴，远远地偏离了航线，从此以后就再也没有回到航道上来。他年复一年地漂泊，经历了一次又一次惊心动魄的冒险。

不过十年的时光足够漫长，怒气也该消散了。除了波塞冬依然不依不饶，其余众神都有些怜悯奥德修斯了，雅典娜尤甚。她对奥德修斯的感情又回来了，决定不再让他受苦，帮他回家。这样的想法一直萦绕在她的心头，直到某天奥林波斯众神集会的时候，她惊喜地发现波塞冬不在现场。当时波塞冬去了埃塞俄比亚，那是位于俄刻阿诺斯河彼岸的一个国家，靠近南边，他会在那里停留一段时间，纵情享乐。雅典娜开门见山地向众神提起奥德修斯的悲惨遭遇。她对大家说，奥德修斯长时间被仙女卡吕普索囚禁在岛上，卡吕普索爱他，根本不想放他走。除了不放他走以外，卡吕普索对他非常好，自己所有的一切都供他使用。但是奥德修斯郁郁不乐。他渴望回家，思念自己的妻儿。他整天都在沙滩上望着地平线，却总也看不到有船驶来，甚至连自家屋子上方升起的青烟也看不到，他觉得十分厌烦。

奥林波斯众神被雅典娜的话语打动。大家都觉得奥德修斯不应落得如此下场，宙斯说众神应该一起想办法确保他能回家。如果他们达成了一致，波塞冬也无法反对。宙斯表示他会派赫耳墨斯去找卡吕普索，命令她放奥德修斯离开。雅典娜心满意足地离开奥林波斯，下凡去了伊萨基。她已经有了主意。

她非常喜欢忒勒玛科斯，不光因为他是奥德修斯的儿子，还因为他是个正直谨慎的年轻人，沉着、精明而且可靠。她认为在奥德修斯回乡之前，最好能让忒勒玛科斯出去一趟，不要一直看着那群狂妄的求婚者生闷气。而且此行的目的是让他去打探父亲的消息，也能顺便给各个地方的人留下好印象。他们会把他看作一个尽职尽责且孝顺父母的年轻人，他确实是这样的。于是雅典娜假扮成远航的水手，来到了奥德修斯的家中。忒勒玛科斯见这位客人站在自家门口等候，却没人及时出迎，不禁感到生气。他赶紧招呼这位陌生人，接过他的长矛，请他坐在尊贵的位置上。仆人们也赶紧拿出富裕家庭的好客态度，给他送上食物和酒水，没有丝毫怠慢。随后二人开始交谈。雅典娜轻声问道，她是不是赶巧遇到了一场酒宴；还说她无意冒犯主人，但是教养良好的人对于那群人的举止感到不满也是情有可原的。忒勒玛科斯把整件事情一五一十地告诉了雅典娜：他担心奥德修斯此时已经不在人世；远远近近的人都跑来追求他母亲，而他母亲也没有办法彻底拒绝他们的礼物，只能一概不接受而已；他还说这些求婚者快把他家毁掉了，他们吃光了家里的东西，在家里大肆破坏。雅典娜表现出极大的愤怒。她说这件事太可恶了。如果奥德修斯回到家，这群恶人必须马上认罪，他们是不会有什么好下场的。她强烈建议忒勒玛科斯去打探一下父亲的下落。她还说最有可能知道相关消息的人就是涅斯托耳和墨涅拉俄斯。说完她就走了，那位年轻人热血沸腾地做出了决定，此前的一切犹豫都烟消云散。他惊讶地察觉到了这个变化，于是确信刚才那位客人是个神灵。

次日他召集众人，给他们讲了自己的行动计划，让他们找一艘结实的船，再找二十个桨手，但是所有人都对他冷嘲热讽。求婚者叫他待在家里等消息就行了。他们不让他出门。随后他们一边嘲笑忒勒玛科斯，一边大摇大摆地走向奥德修斯的宫殿。忒勒玛科斯绝望地来到沙滩上，边走边向雅典娜祈祷。女神应他的祈祷而来。她化身为奥德修斯最信任的伊萨基人门托耳，对他说了很多鼓励和安慰的话语。她答应忒勒玛科斯一定找到最快的船，而且她会亲自随他一起出发。忒勒玛科斯当然不知道说话的并非门托耳本人，不过既然有人相助，他可以无视那群求婚者了，于是他马上回家做好了出发的准备。他谨慎地等到夜里才出发。等家里所有人都睡了，他才来到船上，门托耳（其实是雅典娜）已经在等着他了，他们一起朝老涅斯托耳的故乡皮罗斯驶去。

涅斯托耳正和他的儿子们在沙滩上向波塞冬献祭。涅斯托耳热情地欢迎了他们，但是说起他们此行的目的，他却表示无能为力。他对奥德修斯一无所知；他们并不是一起离开特洛伊的，从那以后，他就再也没有听说过奥德修斯的消息。涅斯托耳说最有可能知道奥德修斯下落的人应该是墨涅拉俄斯，他从埃及辗转回乡。如果忒勒玛科斯愿意，他会派自己的一个儿子用马车送他去斯巴达，他儿子知道路，走陆路比走海路快得多。忒勒玛科斯满怀感激地接受了这个建议，他让门托耳留下守船，自己第二天就和涅斯托耳的儿子赶赴墨涅拉俄斯的宫殿。

他们在斯巴达一座气派的建筑前勒住马，两个年轻人都没见过如此豪华的宫殿。对方以王侯之礼为他们接风洗尘。他们被侍女们领进浴室，在银盆里沐浴，随后身上被涂满馨香的蜜油。接着侍女们为他们穿上精美的长袍，套上温暖的紫色斗篷，引领他们来到宴会大厅。一个女仆赶紧上前，用盛在金壶里的水冲洗他们的手指，并用一个银盆在下面接水。他们坐在光亮的桌边，桌上摆满了美味佳肴，每个人面前的金杯里都盛满美酒。墨涅拉俄斯隆重地欢迎了他们，请他们饱餐一顿。面对如此盛大的宴会，两个年轻人显得有些受宠若惊。忒勒玛科斯非常小声地对朋友说，唯恐别人听到："奥林波斯的宙斯宫殿也不过如此吧。我真是惊呆了。"

但是片刻后他就忘了此时的羞涩，墨涅拉俄斯对他说起奥德修斯的消息，说起他的英雄事迹和深深的忧愁。忒勒玛科斯不禁热泪盈眶，他掀起斗篷遮住脸，以此掩饰自己的激动情绪。但墨涅拉俄斯注意到了他的动作，并且猜出了他的身份。

不过此时忽然有一件事分散了所有人的注意力。美丽的海伦离开她精美的卧室来到大厅，随行的侍女中一个带着椅子，一个带着柔软的脚垫，还有一个带着银质的女红篮，里面装着紫色的羊毛。她当场就认出了忒勒玛科斯并叫出了他的名字，因为他像极了他的父亲。涅斯托耳之子说海伦没认错，他的朋友正是奥德修斯之子，他们是为了寻求帮助和建议而来。接着忒勒玛科斯又讲述了家中的不幸，只有他父亲返乡才能赶走那群人，他还询问墨涅拉俄斯有没有关于父亲的消息，无论好坏他都能接受。

“说来话长，”墨涅拉俄斯回答，“我从一个很奇怪的渠道得知了他的消息。那时我还在埃及，因为天气不好，我被困在一个名叫法罗斯的岛上耽误了很多天。我们的补给品即将耗尽，正在绝望之际，一个海洋女神却对我心生怜悯。她告诉我，她父亲海神普洛透斯知道离开这座可憎的岛屿并安全返乡的办法，只不过我必须设法让他说出来。我必须牢牢抓住他，不得到我想要的消息绝不放手。她制订了一个绝妙的计划。每天普洛透斯都会和一群海豹到沙滩上来，他们总是聚在同一个地方。我便在地上挖了四个坑，我和另外三人都披上女神提供的海豹皮，各自蹲在一个坑里。当老海神在离我不远的沙滩上躺下时，我们立刻从坑里跳出来抓住了他，简直不费吹灰之力。但是要抓住他不放手就很麻烦了。他有任意变形的本领，他在我们手中就变成了狮子、龙以及其他各种动物，最后他甚至变成了一棵枝繁叶茂的大树。但我们始终紧紧抓住他，最终他妥协了，把所有相关消息都告诉了我。他提到了你的父亲，据说他被仙女卡吕普索困在某个小岛上，饱受思乡之苦。从十年前我们离开特洛伊算起，我就只知道这一个和他有关的消息。”他说完这番话，众人都沉默了。大家想起特洛伊和这么多年来发生的事情，不禁潸然泪下——忒勒玛科斯为自己的父亲落泪；涅斯托耳之子感怀自己的兄弟安提罗科斯，健步如飞的他死在特洛伊的城墙外；墨涅拉俄斯怀念那些牺牲在特洛伊平原上的勇敢同胞；而海伦——谁知道海伦在为谁流泪呢？她坐在丈夫的豪华宫殿里，是否在想着帕里斯呢？

当天晚上，这两个年轻人就住在斯巴达。海伦命令侍女为他们在门厅铺好床铺，铺床用的是厚实的紫色毯子，加上柔软的床单和羊毛盖被。一个仆人手持火炬护送他们过去，他们舒舒服服地一觉睡到天亮。

与此同时，赫耳墨斯奉宙斯之命去找卡吕普索。他脚上穿着用永不褪色的黄金制成的凉鞋，凉鞋托举着他，像风一样极速飞越陆地和大海。他手握那把可以让人类昏睡的手杖，冲上高空，随后又冲向海面，踏浪而行，最终来到那座可爱的小岛上——对奥德修斯而言，这里却俨然是可憎的监狱了。赫耳墨斯单独找到了那位仙女，奥德修斯仍像平时一样在沙滩上望着空旷的大海独自流泪。卡吕普索对于宙斯的命令非常不满。她说，当奥德修斯的船在岛屿附近沉没时，是她救了这人的命，还照顾了他这么多年。诚然，每个人都必须服从宙斯的命令，但这么做很不公平。再说她怎么能让奥德修斯返航呢？她既没有船，也没有船员。但是赫耳墨斯觉得这些问题和自己无关。“千万小心，不要惹怒宙斯。”说完，他就开心地走了。

卡吕普索郁郁不乐地做准备。她把宙斯的命令跟奥德修斯说了，奥德修斯首先认为她是在恶作剧，而且是很恶劣的那种——

比如说是想把他淹死——卡吕普索再三保证他才相信。她保证会帮忙造一架结实的木筏，并装上各种必需品。再也没有哪个人工作起来能像奥德修斯造筏子这么愉快了。他们砍了二十棵大树并等它们干透，这样才能在水上浮得很高。卡吕普索在筏子上装了充足的食物和饮料，甚至还装了一口袋奥德修斯最喜爱的美食。赫耳墨斯到访之后第五天，奥德修斯趁着顺风出海了，行驶在平静的水面上。

一连十七天，天气一直很好，奥德修斯不敢懈怠，一直不眠不休地控制着方向。到了第十八天，灰蒙蒙的山峦出现在海平线上，他觉得自己肯定得救了。

但是此时波塞冬正好从埃塞俄比亚回来，他看见了奥德修斯，立刻明白众神都做了什么。他自言自语道："至少在他登上陆地之前，我可以让他继续痛苦地航行一段时间。"于是他召来狂风暴雨，让海洋和陆地上都聚集起乌云。东风和南风撞在一起，猛烈的西风和北风呼啸而来，一时间波涛汹涌。奥德修斯眼见死亡逼近，心想："死在特洛伊平原上的人反而比较幸福啊！而我，就要这样卑微地死去了！"他似乎确实是难逃一死了。木筏就像秋日的枯叶一样反转漂荡。

但是一位善良的女神就在附近，那便是脚踝纤细的伊诺，她曾是忒拜的公主。她怜悯奥德修斯，于是像海鸥一样从海中轻轻升起，告诉他，他唯一的生机便是弃筏游上岸。而且她还把自己的面纱送给了奥德修斯，只要他在海里，这张面纱就能确保他不受任何伤害。随后伊诺便消失在波涛之中。

奥德修斯没办法，只能听她的。波塞冬掀起层层巨浪扑向他，这便是大海的恐怖之处。木筏支离破碎，就像被风吹着的一把干叶子，奥德修斯被甩进了汹涌的海水里。但是他还不知道最坏的事情已经快过去了。波塞冬对这场风暴感到满意，于是去别处策划新的风暴去了，雅典娜得以自由行动，很快便平息了风暴。即使如此，奥德修斯也游了两天两夜才靠近陆地，找到一片安全的地方登陆。他精疲力竭地爬上岸，全身赤裸，饥肠辘辘。当时正值晚上，目之所及并无房屋，更没有人烟。不过奥德修斯不光是个英雄，他也是个足智多谋的人。他找到一处长着几棵矮树的地方，枝繁叶茂，紧靠地面，湿气透不进来。树下堆积着干燥的叶子，足以盖住好几个人。他挖出一个洞，躺下之后把树叶当作毯子盖住自己。他终于找到一个温暖安全的地方，周围环绕着陆地的气息，他可以安心地睡了。

他当然不知道自己在哪里，不过雅典娜把之后的事情都安排好了。这里是淮亚基亚人的国家，淮亚基亚人是了不起的航海家。他们的国王阿尔基诺俄斯是个非常贤明的人，他深知自己的妻子阿克瑞忒远比自己睿智，因此每逢重大事件，总是由妻子决定。他们有一个美丽的女儿尚在闺中。

那位公主名叫瑙西卡，她做梦都没想到次日自己将会拯救一位英雄。她醒来的时候只想着该去洗一家人的衣服了。她确实是公主，不过那时候出身高贵的女性也必须干活，因此家中的亚麻衣物都由瑙西卡负责清洗。清洗衣物在当时是一件很不错的差事。她让仆人备好一辆轻便的骡车，车上装满要洗的衣物。她母亲给她装了一箱美味佳肴，还给了她一个金色的瓶子，瓶子里装着清澈的橄榄油，以便她和女仆沐浴时使用。然后大家就出发了，由瑙西卡驾车。她们去的那个地方就是奥德修斯登陆的地点。一条美丽的河流在那里汇入大海，形成了几个非常适合沐浴的水塘，水量充沛，清澈见底，水面上还咕咕地冒着泡。女孩们只需把衣物泡在水里，自己踩在上面跳舞，直到把污渍清洗干净。水塘非常阴凉，洗起衣服来相当惬意。洗完之后，她们把亚麻衣物铺在海滩上晾干，海水已经把海滩冲刷得干干净净。

然后她们就可以休息了。她们沐浴之后涂上香油，吃午餐，抛球玩，大家嬉戏舞蹈。最终太阳落山，这快乐的一天就要结束了。她们收起衣物，套好骡子，正准备回家，忽然看到一个没穿衣服的野蛮人从树丛里走出来。奥德修斯是被女孩们的声音吵醒了。女孩们都被吓跑了，只有瑙西卡留了下来。她面不改色地看着他，奥德修斯则尽可能施展他的口才，试图说服对方："啊，女王，我在您膝下恳求您的帮助，虽然我不知道您是凡人还是神灵。我从未在任何地方见过像您这样的人。我目睹您的尊容，心中啧啧称奇。我遭遇了船难，孑然一身，孤立无援，衣不蔽体，请对我发发慈悲，听听我的恳求吧。"

瑙西卡友好地回答了他。她说这里是淮亚基亚人的地方，大家对于不幸的流浪者都抱有善意。她的父亲是一国之主，一定会热情地招待他。她把受到惊吓的侍女们都叫回来，让她们把油交给这个陌生人，方便他去沐浴，并且还给他找了袍子和斗篷。等他沐浴更衣之后，大家一起回城。到达瑙西卡的家之前，这个谨慎的少女让奥德修斯稍微后退，让她和侍女们单独走在前面。她说："人言可畏。如果他们看到你这么英俊的人跟我走在一起，就会编出各种传闻。你可以轻松找到我父亲的房子，最豪华的那座就是了。你只管大胆进去找我的母亲，她肯定会在火炉旁纺线。我母亲说什么我父亲都会听。"

奥德修斯立刻同意了。瑙西卡的精明之处让他信服，他严格按照她的指示做了。他进屋后径直穿过大厅，来到火炉旁，跪在王后面前，抱住她的膝盖，请求她帮助。国王立刻扶起他，请他坐在桌边，叫他不必害怕，只管吃饱喝好。国王还说不管他是谁，这里就是他的家，他可以安心休息，他们会帮他安排船只送他回家。眼下已是睡觉的时间，第二天早上他可以向他们说明自己的身世以及他一路上的遭遇。随后大家一夜安眠，奥德修斯躺在柔软温暖的卧榻上，自从离开卡吕普索的岛之后，他还从未睡得如此安稳。

次日，他当着众位淮亚基亚人首领的面讲了自己十年来的流浪经历。他从离开特洛伊讲起，舰队刚起航不久就遭到风暴袭击。他和手下的船只在海上漫无目的地漂泊了九天。第十天他们漂到了食莲族的国度，被困在了那里。他们非常疲惫，需要休整，然后马上离开。当地居民热情地迎接了他们，给他们端上莲花作为食物，吃了这些花的人——还好为数不多——就立刻忘了自己的故乡。他们从此就只想定居在这莲花之国，再也不去回忆过往了。奥德修斯不得不把他们拖回船上绑起来，而他们还哭喊着想要留下，想永远吃那些甜美的莲花。

他们的下一段冒险是同独眼巨人波吕斐摩斯展开的，这个故事已经在第一部分的第四章里讲过了。他们的几个同胞被波吕斐摩斯吃掉了，但更严重的是他们惹怒了巨人的父亲波塞冬，波塞冬无比愤怒，他发誓要让奥德修斯吃尽苦头，直到失去所有的伙伴才能回家。这十年来，波塞冬的怒火一直随着他漂洋过海。

离开独眼巨人的岛之后，他们来到了风的国度，此地由埃俄罗斯统治。宙斯让他掌管所有的风，风起或风止都要听他的号令。埃俄罗斯热情地迎接了他们，他们离开的时候，埃俄罗斯送给奥德修斯一个皮袋作为饯别的礼物，袋子里装着所有的狂风。袋子被紧紧地绑住，一丝风都跑不出来，必定不会给行船造成危险。这样的条件对水手而言堪称完美，但奥德修斯的船员竟然差点害死了所有人。他们以为那个被小心收起来的皮袋里装的全是金子，想打开看看。于是他们就打开了，所有的风自然而然都蹿了出来，形成剧烈的风暴，把他们都吹走了。在绝境中挣扎了几天之后，他们终于看到了陆地——早知道那是莱斯特律贡人的国度，他们还不如待在风暴肆虐的海上呢，莱斯特律贡人可是身形巨大的食人族。那群可怕的家伙捣毁了奥德修斯所有的船只，只有他本人乘坐的那一艘幸免于难——因为当莱斯特律贡人袭击他们的时候，那艘船还没入港。

这是迄今为止最大的灾难，他们怀着绝望的心情，停靠在他们途经的下一座岛上。要是他们知道那是什么岛，就肯定不会登陆了。那是埃埃亚岛，是最美丽也最危险的女巫基耳刻的领地。每一个靠近她的人都会被她变成动物，只有内心还保持着理智：他知道自己身上发生了什么。基耳刻在自己家里设宴款待奥德修斯派来侦察情况的人，并把他们全部变成了猪。她把这些人关在猪圈里，给他们吃橡子。他们还真吃了，因为他们已经是猪了。但是他们内心依然保持着人的理智，知道自己现在处境悲惨，却不得不屈服于基耳刻的魔法。

奥德修斯还算走运，这群人中有一个非常谨慎，根本没有进屋。他看到了事情的经过，吓得赶紧逃回船上。这个消息让奥德修斯将一切谨慎的想法抛在脑后，他独自出发——没有一个船员愿意跟随——想去营救自己的手下。在半路上，赫耳墨斯拦住了他。赫耳墨斯外表是个少年，正值最美好的青春年华。他告诉奥德修斯，有一种草药可以帮他抵御基耳刻的魔法。只要带着那棵草药，他就可以随便吃基耳刻给他的东西，而不会受到任何伤害。赫耳墨斯还说，等喝了基耳刻送上的饮料之后，他必须拔剑威胁基耳刻，要是不放了他的同伴就杀死她。奥德修斯带上那棵草药，满怀感激地去了。事情和赫耳墨斯所说的一模一样，结果好得出乎意料。当基耳刻对奥德修斯施法的时候，她惊讶地发现曾经屡

试不爽的魔法竟然对他无效，想到这个人竟能抵御自己的魔法，她不禁感到惊诧，甚至爱上了他。她决定就按他说的办，于是把奥德修斯的手下都变回了人形。后来基耳刻对他们非常好，请他们在自己家吃住，他们在那里度过了愉快的一年。

最终他们觉得是时候离开了，基耳刻便运用自己的魔法知识来帮助他们。她得知他们若想平安回家，就必须去完成一项任务。她所说的这项任务很可怕。他们必须穿越俄刻阿诺斯河，将船停泊在珀耳塞福涅的领地，也就是通往黑暗冥府的入口。奥德修斯必须进入冥府，找到忒拜圣人和先知忒瑞西阿斯的灵魂。他会告诉奥德修斯回家的方法。召唤忒瑞西阿斯灵魂的办法只有一个，就是杀几头绵羊，将羊血放在坑里。所有的鬼魂都会忍不住来喝一口血，他们全都会冲向装着羊血的坑，但奥德修斯必须持剑拦住所有的鬼魂，一直等到忒瑞西阿斯跟他说话为止。

这着实是个坏消息，所有人在离开基耳刻的岛后都在哭泣，他们划桨驶向厄瑞玻斯，那个地方由哈得斯和令人敬畏的珀耳塞福涅共同统治。他们挖好了坑，在坑里放上了羊血，鬼魂顿时蜂拥而来，那情景真的很可怕。但奥德修斯毫不慌乱。他手持利剑拦住鬼魂，最终忒瑞西阿斯的鬼魂终于来了。奥德修斯让他靠近，喝了黑色的血，接着就向他提问了。先知马上就给出了答案。他说，他们面临的最大危险就是有可能会在某个岛上伤及太阳神的牛。任何伤害了神牛的人都必死无疑。它们是世界上最美的牛，太阳神倍加珍视。但是奥德修斯本人无论如何都能够返回故乡，他将面临种种磨难，但是最终他都能一一克服。

先知说完之后，一大群死者轮番上前来喝血，并与奥德修斯交谈，其中有古代的英雄和美女，也有在特洛伊战死的勇士。阿基琉斯来了，埃阿斯也来了，他还因为希腊众将领把阿基琉斯的盔甲给了奥德修斯而不是他而怀恨在心。还有很多鬼魂纷至沓来，都急着想跟奥德修斯说说话。最终鬼魂实在是太多了，奥德修斯也害怕起来。他赶紧回到船上，让船员们扬帆起航。

他们从基耳刻那里得知赛壬的岛屿是他们的必经之地。那些女妖有着无比美妙的歌喉，足以让人忘记一切，最终她们的歌声会置人于死地。在那座岛的岸上堆满了受歌声诱惑而死之人的骸骨，她们就坐在那海滩上唱歌。奥德修斯对手下说了这件事，还说想要安全通过，每个人就必须用蜡塞住耳朵。但是他自己却想听听那歌声，于是他让船员把他紧紧绑在桅杆上，无论如何也挣脱不了。大家照他说的办，到了临近岛的海域，所有人都堵住耳朵，只有奥德修斯能听见。他听到了那歌声，只觉得旋律美妙，歌词更是动人心弦，至少对希腊人来说是这样的。她们说，对所有登岛的人，她们都有知识相赠，那是沉淀下来的智慧，能让精神得到振奋。“我们知道这世间将要发生的一切。”她们把这歌唱得宛转悠扬，奥德修斯心痒难耐，想要过去一探究竟。

但是他被牢牢地绑着，最终平安度过此次危机。接下来的危险又在海上等着他们了——他们要从斯库拉岩礁和卡律布狄斯旋涡之间穿过去。“阿尔戈号”曾经从这里经过；埃涅阿斯差不多也就在那个时候航向意大利，由于先知事先警告过他，所以他得以避开；奥德修斯有雅典娜庇护，当然也成功地穿过了。但那是一场可怕的考验，有六个船员在那里丧命。然而他们就算不死在那里也不可能活得更长，因为船队接下来停靠的就是太阳神的岛屿，船员们做出了极度愚蠢的行为。他们肚子饿了，于是杀了神牛。奥德修斯没参与此事。他独自一人到岛上去祈祷了一番。回来之后他当场就绝望了，那些牛已经被烤熟吃了，事情已经无法挽回。太阳神立刻报复了他们。他们一离开那座岛，船就被闪电劈碎了。

所有人都溺水而死，只有奥德修斯幸免于难。他抓紧龙骨，在风暴中四处漂泊。他就这样漂流了多日，最后被冲到了卡吕普索之岛的海滩上，从此以后，他在那岛上又待了很多年。最终他总算可以回家了，但是又遭遇了风暴，此后他又历尽艰险，方才来到淮亚基亚人的土地上，他现在一无所有，无依无靠。

漫长的故事到此为止，但听众都还沉浸在故事中，依然沉默不语。最终国王发话了。他对奥德修斯说，一切苦难都结束了。他们会送他回家，这一天在场的所有人都会送礼物给他，让他不至于空手而归。所有人都同意了。船准备好了，礼物也都搬上了船，奥德修斯满怀感激地和主人告别。他躺在甲板上，很快陷入深深的睡梦中。等他醒来时，他已经在陆地上了，正躺在沙滩上。水手们把他抬上岸，把他的东西摆在他旁边，然后就走了。他站起来环顾四周，没认出这就是他的故乡。一个年轻人走了过来，他看起来像是个牧羊少年，但举止高雅，仿佛是王子来放羊了。在奥德修斯看来他是这等模样，但实际上这少年却是雅典娜。她回答了奥德修斯急于知道的问题，她说这里是伊萨基。虽然十分高兴，但奥德修斯依然很谨慎。他给自己编了一整套的经历和身世，其中没有半句真话，女神听完之后笑着拍了拍他，随后露出了真面目。高挑美丽的女神笑着说："你真是奸诈狡猾！只有老谋深算的人才能跟得上你的诡计。"奥德修斯高兴地向女神致意，女神让他不要忘了还有很多事情要做，他们两个一起制订了计划。雅典娜跟他讲了他家里的事情，还保证要帮他除掉所有的求婚者。她会暂时把奥德修斯变成一个老乞丐的模样，这样不管他去哪里都不会引人注意了。这天夜里，他要和自己的猪倌欧迈俄斯待在一起，此人忠心耿耿，值得信赖。雅典娜和奥德修斯一起把带回来的财物藏在附近一个偏僻的山洞里，随后女神去叫忒勒玛科斯回家，奥德修斯则被她施法变成了一个衣衫褴褛、步履蹒跚的老头，前去找那猪倌。欧迈俄斯热情地接待了这个贫穷的陌生人，给他吃喝，留他过夜，还让他盖着自己的厚斗篷睡觉。

与此同时，在雅典娜的诱导下，忒勒玛科斯离开海伦和墨涅拉俄斯，登上自己的船全速返回家乡。他计划登陆后不直接回家，而是去找猪倌问问自己离家期间发生的情况——这也是雅典娜让他产生的想法。当这个年轻人出现在门口的时候，奥德修斯正在帮忙做早饭。欧迈俄斯喜极而泣，向他致意，请他坐下来吃饭。用餐之前，忒勒玛科斯让猪倌把自己回来的消息通报给珀涅罗珀。于是父子二人得以单独相处。此时奥德修斯看见雅典娜在门口招手叫自己过去。他刚走过去，一眨眼的工夫，雅典娜又把他变回了原本的样子，让他对忒勒玛科斯说出实情。忒勒玛科斯起初没发现任何异常，最后才发现回来的不是刚才那个老乞丐，而是个仪表堂堂的人。他非常惊讶，以为自己看到了神灵。奥德修斯说："我是你的父亲。"于是父子二人相拥而泣。但时间紧迫，他们还有很多事情要处理。两人的谈话充满了焦虑。奥德修斯决心要用武力驱逐那些求婚者，但是两个人怎么对付那么多对手呢？最后他们决定第二天一早回到家里，奥德修斯当然要乔装一番，忒勒玛科斯把所有武器藏起来，只留下他们两个人用的，这样才能轻松击败对手。雅典娜也来帮忙。欧迈俄斯回来的时候，发现那个老乞丐还在家里。

次日，忒勒玛科斯独自出发，奥德修斯和欧迈俄斯跟在后面。他们穿过城镇，来到宫殿，阔别二十年后，奥德修斯终于回到了自己的家。他走近的时候，一条躺在门口的老狗抬起头竖起耳朵。这条狗名叫阿尔戈斯，是奥德修斯出发去特洛伊之前养的。此时它居然认出了主人，还摇了摇尾巴，但是它已经没有力气起身来到主人身边了。奥德修斯也认出了它，他赶紧擦掉自己的泪水。他不敢走到阿尔戈斯身边去，担心这样会引起猪倌怀疑；就在他转身走开的时候，那条狗就死了。

那些求婚者在大厅里游荡，他们吃饱喝足，正好可以拿此时进门的老乞丐取笑一番。奥德修斯隐忍着，任凭他们取笑。最终其中一个脾气最坏的人气急败坏地打了他一拳。他竟敢打一个前来做客的陌生人。珀涅罗珀听闻这等暴行后，表示她要亲自和那位被打的人谈谈，但是首先她要去一趟宴会厅。她想见见忒勒玛科斯，而且她亲自去会会那些求婚者也是明智之举。她和她儿子一样精明。如果奥德修斯真的死了，对她最有利的做法就是嫁给求婚者中最富裕最慷慨的一位。她总要给他们留一点希望。再说了，她还有个似乎很不错的主意。于是她带上两个侍女，离开房间来到大厅，一块面纱遮住她的脸，看起来非常美丽，求婚者们见了，不禁颤抖起来。大家起身赞美她，但是这位谨慎的女士回答，她深知自己美貌不再，只剩下悲伤和忧虑。她想和他们说一个严肃的事情。显然她的丈夫已经不可能回来了，那他们为什么不能像追求一个出身尊贵的女士一样认真追求她呢？每个人都应该献上贵重的礼物才行。大家立刻接受了这个提议。他们的随从为她献上各种精美的物件，诸如长袍、珠宝和金链。她的女仆把这些东西搬上楼。珀涅罗珀内心虽然满意，但还是一脸严肃地离开了。

随后她派人去请那位被打的陌生人。她礼貌地对他说话，奥德修斯编了个故事，说在去特洛伊的路上遇到过她丈夫，珀涅罗珀忍不住抽泣起来。他很同情她，但他还是没有说出自己的身份，神情依然没有丝毫变化。随后珀涅罗珀想起自己作为女主人的责任。她叫来从婴儿时期就照顾奥德修斯的老保姆欧律克勒亚，让她为陌生人洗脚。奥德修斯很害怕，因为他的一只脚上有童年时代留下的伤疤，那是狩猎野猪时受的伤，他担心欧律克勒亚会认出自己。她确实认出了他，一松手让脚滑落下来，打翻了洗脚盆。奥德修斯抓住她的手低声说："亲爱的奶妈，你认对人了，但是千万不要向任何人透露半点消息。"欧律克勒亚低声答应了，奥德修斯就离开了。他在门厅处找到一张床，但是却怎么也睡不着，他整夜都在想要如何消灭这么多无耻之徒。最终他提醒自己，他在独眼巨人的洞穴里的处境比现在艰难得多，现在他有雅典娜相助，一定能成功的，随后他就睡着了。

天一亮，那群求婚者又回来了。他们比之前更加嚣张，随意落座，肆无忌惮地享受美食，全然不知女神和饱尝艰辛的奥德修斯为他们准备了一顿致命的宴席。

珀涅罗珀完全不知道他们的计划。头天夜里她自己想了个办法。这天清早她去了自己的库房，在各种珍宝中找出一把强弓和一袋箭矢。这是奥德修斯的东西，除了他以外没有任何人使用过。珀涅罗珀亲自拿着这些东西来到求婚者聚集的大厅里。"各位大人，请听我说。"她说道，"这弓曾属于天神般的奥德修斯。谁能拉动这把弓，射箭穿过排成一线的十二个圆环，我就选他做我的丈夫。"忒勒玛科斯立刻明白这个计策对他们有利，他马上附和自己的母亲道："来试试吧，各位求婚者。不要退缩，不要谦让。来试试吧。我先献丑，看看我的力量能否比得上家父。"说完他把十二个圆环排成一条直线。随后他竭尽全力拉弓。也许他确有可能成功射穿十二个圆环，不过奥德修斯示意他放弃。接着其他人也来尝试，他们一个接一个地拿起弓，但是弓太硬，就算其中最强壮的人也拉不动分毫。

奥德修斯确信谁都拉不开弓，就独自离开，来到院子里，猪倌正在那里跟牛倌说话，此人也同样值得信赖。他需要这两人协助，于是对他们表明了自己的身份。为了证明自己所言不虚，他给他们看自己脚上那道伤疤，他们曾经不止一次地见过这道疤。他们认出了疤，顿时喜极而泣。但奥德修斯让他们赶紧收声。“别说出来，”他说，“一切听我指挥。欧迈俄斯，你想办法让我拿到弓和箭，然后叫人守住女眷的房间，不准任何人进去。而你，牛倌，你去把宫门闩上。”说完他就回到大厅，两个仆人紧跟着他。他们进去的时候，正好最后一个求婚者也拉弓失败。奥德修斯说：“把弓给我，看看我是不是和当年一样强壮。”众人立刻激烈反对。他们嚷嚷说，一个乞讨的外邦人不应该触碰这神圣的弓矢。但是忒勒玛科斯言辞坚定地反驳了他们。他说应该由他决定谁可以来拉弓，其他人都不得插嘴，接着他就让欧迈俄斯把弓交给奥德修斯。

奥德修斯检查那把弓的时候，所有人都紧张地盯着他。他毫不费力就拉开了弓弦，仿佛娴熟的音乐家拨动琴弦一般轻松。他抽出一支箭搭在弓弦上，一动不动地坐在原位，轻松射穿了十二个圆环。他随即一个箭步跳到门口，忒勒玛科斯立即来到他身边。“总算到了这一天！”他高喊着射出又一支箭。箭命中了目标，一个求婚者当即倒地身亡。其他人顿时惊惶逃窜。他们的武器呢？在哪里？到处都找不到。奥德修斯还在不停地射箭。每射出一支箭，就有一个人应声倒地。忒勒玛科斯手持长矛负责护卫，他挡住众人去路，使他们既不能从门口逃走，也不能从背后袭击奥德修斯。那群人成了活靶子，他们聚在一起，只要箭没用完，他们就只能坐以待毙；就算箭用完了，他们的处境也不会有丝毫改善，因为雅典娜也参与了这场伟大的战斗——敌人对奥德修斯的每一次进攻都不能命中，而他闪电般的长矛却能稳稳地出击，发出砸碎头骨的可怕声响，地板上早已血流成河。

最后那群狂妄无耻的匪徒只剩下两个人，其一是众位求婚者的祭司，另一个是他们的诗人。他们两个都哭着请求饶命，但是那个祭司虽然抱着奥德修斯的膝盖哭泣求情，却依然没有得到原谅。英雄手起刀落，祭司还没来得及说完恳求的话就死了。诗人比较幸运，他是个受众神教导能唱出神圣诗歌的人，奥德修斯不敢随便杀了他，于是就饶他一命，好让他继续唱歌。

这场战斗——或者说是屠杀——最终结束了。老保姆欧律克勒亚和她手下的女仆被叫来清理房间，整理物品。她们围着奥德修斯又哭又笑，欢迎他回家，奥德修斯自己也忍不住要哭了。她们最后还是动手干活了，欧律克勒亚则上楼去了女主人的房间。她站在珀涅罗珀的床边，说："快醒醒，亲爱的，奥德修斯回家了，所有的求婚者都死了。""你这个疯疯癫癫的老婆子，"珀涅罗珀抱怨道，"我睡得正香呢。快走开，打搅了我睡觉，我没扇你耳光你该觉得庆幸，换成其他人早挨打了。"但是欧律克勒亚坚持道："是真的，奥德修斯回来了。他给我看了那道伤疤。就是他本人。"可是珀涅罗珀依然不信。她赶紧下楼亲自去看。

一个身材高大、王者气派的男人坐在壁炉旁，火光从头到脚映照在他的身上。她坐在他对面，默默地打量着他，内心充满了疑惑。她似乎觉得是认出了他，可是再看却又觉得他是个陌生人。忒勒玛科斯高声说："母亲，母亲，你太残忍了！丈夫离家二十年归来，哪个女人会表现得这么冷漠？"珀涅罗珀回答道："我的儿子，我是没力气了。如果这位真的是奥德修斯，我们自然有办法相认。"听到这话，奥德修斯露出微笑，示意忒勒玛科斯离开。他说："我们马上就能相认了。"

整洁干净的大厅里旋即充满了欢声笑语。游吟诗人用七弦琴奏出甜美的音乐，唤醒了大家心中对跳舞的渴望。身着华服的男女快乐地起舞，最终整座房子都回荡着他们的舞步声。奥德修斯在外漂泊多年，此时终于回到了家，所有的人都很开心。

第四章

埃涅阿斯的历险

这段故事主要取材于最伟大的拉丁文诗歌《埃涅阿斯纪》。这部史诗写于恺撒遇刺之后，当时奥古斯都接管了一片混乱的罗马。在他的强势统治之下，罗马的内战结束了，奥古斯都和平时期随之开启，这一时期持续了近半个世纪。维吉尔及其同辈对新时代充满了热情，他创作《埃涅阿斯纪》是为了歌颂罗马帝国，旨在塑造一个民族英雄的形象，一个“注定称霸世界的伟大民族”的奠基人。在前几卷中，埃涅阿斯还只是一介凡人，但到了后面几卷已经超凡入圣，这种演变大概要归因于维吉尔的爱国情怀。他决意塑造一个罗马的英雄，并且要让其他所有英雄在这个英雄面前相形见绌，诗人的创作也遵从了这样纯粹的想象。罗马作家的一大特点就是喜欢夸张。故事中众神的名字采用的自然是其拉丁文形式；如果某个人物既有希腊文名字又有拉丁文名字，我选择采用拉丁文。比如尤利西斯，就是奥德修斯在拉丁文中的称呼。

第一节
从特洛伊到意大利

埃涅阿斯是维纳斯的儿子，是特洛伊战争中最有名的英雄之一。在特洛伊人这边，他仅次于赫克托耳。当希腊人攻陷特洛伊之后，埃涅阿斯在母亲的帮助下，带着父亲和年幼的儿子逃了出来，乘船前往新的家园。

他们经历了长时间的漂泊，无论在海上还是在陆地上都受尽折磨，最终来到了意大利。埃涅阿斯打败了那些反对他进入意大利的人，迎娶了一个势力强大的国王的女儿，并建立了一座城市。他通常被视为罗马真正的创始人，因为罗马城的实际建立者罗慕路斯和雷穆斯都是在阿尔巴隆加出生的，这座城市恰好是埃涅阿斯之子建造的。

当他乘船离开特洛伊的时候，很多特洛伊人都追随他。大家都急于找到一个地方安定下来，但是谁都不知道该去哪里。有好几次，他们都已经开始建造城邦了，却因遭遇不幸或是看到了恶兆而再次流浪。最后，埃涅阿斯从梦中得知，在遥远的西边有一片注定属于他们的土地，那就是意大利——当时那里名叫赫斯珀里亚，意为“西方之国”。当时埃涅阿斯等人正在克里特岛上，虽然那西边的应许之地距离遥远，必须穿过未知的海洋才能抵达，他们依然满怀感激，因为他们知道只要踏上旅程，总有一天能够得到属于自己的家园。但是他们还要过很长时间才能到达梦想中的乐园，而且在那期间会有很多磨难，要是他们能提前知晓，也许就不会急着出发了。

虽然“阿尔戈号”众英雄是从希腊向东出发的，而埃涅阿斯一行人是从克里特岛向西前行的，但这群特洛伊人也像伊阿宋等人一样遇到了哈耳庇厄。不过希腊的英雄们更加勇敢，或者说希腊英雄的剑术更加高明，他们正要杀死那些怪物的时候，彩虹女神前来阻止了；而特洛伊人则被哈耳庇厄赶走了，他们不得不继续航行，好躲开怪物。

紧接着，他们在下一个登陆的地方与赫克托耳的妻子安德洛玛刻不期而遇。特洛伊陷落时，她被送给涅俄普托勒摩斯（又名皮洛斯），他是阿基琉斯的儿子，正是他在祭坛前杀了年迈的普里阿摩斯。涅俄普托勒摩斯很快厌烦了安德洛玛刻，又喜欢上了海伦的女儿赫耳弥俄涅，不过婚后不久他就死了。他死后，安德洛玛刻嫁给了特洛伊的先知赫勒诺斯。现在安德洛玛刻和赫勒诺斯统治着一个国家，他们见到埃涅阿斯等人非常高兴，非常热情地款待了他们。在他们离开时，赫勒诺斯还对未来的行程提出了有用的建议。他说，他们不能从比较近的东海岸登陆意大利，因为那里全是希腊人。他们命中注定的家园在西海岸靠近北部的某个地方，但是他们不能抄近路从西西里和意大利之间穿过去。因为那片水域有一座非常危险的海峡，由斯库拉和卡律布狄斯把守，“阿尔戈号”全靠忒提斯相助才顺利通过，尤利西斯在通过时折损了六名船员。但“阿尔戈号”明明是从亚洲前往希腊，为什么却到了意大利西海岸？个中原因不得而知，尤利西斯为何会经过这里也难以解释，总之在赫勒诺斯看来，这里就是那条海峡的所在。他详细告诉埃涅阿斯该如何通过，如何避免让那两头怪兽掠走船员——要往南绕过西西里岛，绕一个大圈从北部进入意大利，这样就能避开永不平息的卡律布狄斯大旋涡和足以吞食整艘船只的斯库拉黑岩洞。

特洛伊人离开了热情的主人，并成功绕过意大利东部，继续往西南方向航行。根据预言的指引，他们满怀信心地绕过西西里岛。可是赫勒诺斯虽然拥有神秘的天赋，却没能料到此时西西里岛的南部被库克罗普斯占领了，因此也就没有告诉特洛伊人不要在那里登陆。他们在日落之后登上那座岛，并且毫不犹豫地在海滩上扎营。第二天一早，独眼巨人还没醒来的时候，有个不幸的人跑到埃涅阿斯睡觉的地方——要不是他来了，很可能所有人都会被那些怪物抓住吃掉。那人一把跪在地上，但其实他凄惨的外表就足够让人怜悯了：他脸色苍白，仿佛马上就要饿死了；整个人蓬头垢面，衣不蔽体，衣服全靠荆棘别在一起。他说他是尤利西斯手下的船员之一，从波吕斐摩斯的洞穴逃生的时候不小心和同伴走失了，那之后他就一直躲在树林里勉强维生，时刻都害怕独眼巨人会来抓他。据这个人说，岛上有一百个独眼巨人，每一个都跟波吕斐摩斯一样又大又恐怖。“快逃吧！”他对埃涅阿斯等人说，“砍断系船的绳子，赶紧全速逃命吧！”听了他的忠告，大家都屏住呼吸，尽可能安静而迅速地砍断缆绳。但是就在他们即将出发的时候，那个瞎眼的巨人正慢慢地朝海滩上走来，他打算清洗被挖空了的眼窝，那里依然流血不止。他听见了船桨拍打水面的声音，于是冲进海里。不过特洛伊人已经起航了。波吕斐摩斯没来得及追上他们，就被深深的海水淹没了。

他们逃离了此次危机，但是很快又遇到了一个更大的危机。在绕过西西里岛的时候，他们遭遇了前所未见的猛烈风暴，海中的巨浪高得甚至淹没了星星，而海浪之间的深谷则深得可以看到海床。很显然这不是一场普通的风暴，实际上朱诺才是幕后的黑手。

她痛恨特洛伊人，始终对帕里斯的裁决怀恨在心；在战争期间，她也是特洛伊最棘手的敌人，而且她尤其讨厌埃涅阿斯。她知道将来特洛伊人的后代会建造罗马城，也知道埃涅阿斯的后代将注定征服迦太基。而迦太基正是朱诺庇护的城市，她喜欢迦太基胜过世上其他一切城市。没人知道朱诺能否违抗命运女神的命令——即使是朱庇特也不能违抗——但朱诺确实尽其所能想要淹死埃涅阿斯。她去找曾经帮助过尤利西斯的风王埃俄罗斯，要求他淹没特洛伊人的船只，并且许诺事成之后将最可爱的仙女送给他做妻子。于是埃俄罗斯掀起猛烈的风暴。要不是涅普顿出手干涉，朱诺肯定就如愿了。身为朱诺的兄弟，他对她的行事风格一清二楚，但涅普顿不愿让她插手海洋的事。不过他很谨慎，他对待朱诺如同对待朱庇特一样小心。他什么都没说，只是去严厉训斥了埃俄罗斯。随后他让海洋平静下来，好让特洛伊人能够靠岸。最终他们在非洲北部海岸登陆——原来他们被从西西里一路向南吹到此地。此时他们登陆的地点离迦太基很近，朱诺立刻开始思考要如何给他们制造危机，并让迦太基人从中获益。

迦太基由一个名叫狄多的女人建立，其时仍由她统治，并在她治下发展成了一个繁荣兴盛的城邦。狄多是个美丽的寡妇，埃涅阿斯则在特洛伊陷落当晚失去了自己的妻子。朱诺的计划是让他们两人相爱，这样埃涅阿斯就不会去意大利了，他会安定下来，跟狄多待在一起。这个计划本来不错，不过被维纳斯打乱了。她猜到了朱诺的心思，决意加以阻挠。她有自己的计划。她很乐意让狄多和埃涅阿斯相爱，因为这样埃涅阿斯在迦太基期间就不会受到伤害了，但是他对狄多的感情必须仅限于愿意接受狄多给予的一切，而不能有损他前往意大利的愿望。于是她去奥林波斯找到朱庇特，骂了他一通，她美丽的眼睛里噙满了泪水。她说她亲爱的儿子埃涅阿斯就要被毁了。众神和凡人之王朱庇特向她保证说，埃涅阿斯会成为一个民族的祖先，而这个民族日后必将称霸世界。朱庇特笑着亲吻她，擦干她的泪水。他对维纳斯说，他承诺的事情必定会成为现实。埃涅阿斯的后代就是罗马人，在命运女神的安排下，他们将建立起一个广阔无垠的帝国。

维纳斯放心地离开了。为了让事情万无一失，她又去找自己的儿子丘比特帮忙。她认为，狄多不需要任何帮助就能给埃涅阿斯留下深刻的印象，而埃涅阿斯单凭一己之力可能没法俘获狄多的芳心。据说狄多不是一个容易动感情的人。所有邻国的国王都想娶她为妻，但谁都没能如愿。维纳斯叫来丘比特，丘比特保证一定会让狄多对埃涅阿斯一见钟情。对维纳斯来说，让他们二人见面是很容易的。

在他们登陆的第二天，埃涅阿斯一大早就带上他忠诚的朋友阿卡忒斯，离开了与他一同落难至此的部下，前去探查自己究竟漂到了什么地方。出发前他说了些鼓励大家的话：

伙伴们，我们长年累月与悲伤打交道，
更苦的日子都熬过来了。一切终将结束，振作起来吧，
忘掉令人泄气的恐惧。也许有朝一日，
我们会想起，今日的苦难也会带来欢乐……

当这两位英雄去探查陌生的国度时，维纳斯假扮成一个女猎手接近他们。她告诉他们这是什么地方，并建议他们直接去迦太基，因为那里的女王肯定会帮助他们。于是他们放心地按维纳斯所指的路前进，一路上女神都保护着他们，将他们笼罩在浓雾中，不过他们自己并不知道。就这样，他们顺利到达城邦，走在熙熙攘攘的街道上，没有引起任何人的注意。他们在一座宏伟的神庙前停了下

来，开始思考要如何才能见到女王，这时一个新发现燃起了他们的希望。在这座壮美的建筑物的外墙上，他们看到了精致的浮雕，雕刻的内容正是他们亲身参与的特洛伊战争。他们从中看到了敌人和朋友的面孔：阿特柔斯的两个儿子，年迈的普里阿摩斯向阿基琉斯伸出双手，垂死的赫克托耳。"我有勇气了，"埃涅阿斯说，"此地也有为特洛伊而流的泪水，也有被这些凡人的命运打动的心灵。"

与此同时，美如狄安娜的狄多正带领众多随从前往那座神庙。环绕着埃涅阿斯的迷雾立即消散，他在女王面前站定，如同阿波罗一样俊美。他向狄多表明自己的身份，于是受到了非常隆重的欢迎，他和他的同伴都得以进入城内。狄多深知凄凉绝望、无家可归是什么感觉，因为她本人为了逃离兄弟的追杀，曾和几个朋友只身逃往非洲。"我对痛苦并不陌生，也知道如何帮助不幸的人。"她说。

她为这群陌生人举行了盛大的晚宴，埃涅阿斯则从特洛伊陷落说起，讲述了他们这趟漫长的旅程。他讲得精彩动人，就算当时没有神灵在场，狄多也会被这充满英雄气概的语言打动，更何况当时丘比特确实在场，她更是别无选择了。

她度过了一段幸福的时光。埃涅阿斯似乎深爱着她，她将自己拥有的一切都慷慨地交付给他。她让他明白，这城邦既然归她狄多所有，自然也就归他埃涅阿斯所有。他这个遭遇船难的流浪者是和狄多平起平坐的。她让迦太基人像对待君主一般对待埃涅阿斯。他的同伴也受到厚待。她愿意为他们做任何事。她只是一味地给予，不求任何回报，只要埃涅阿斯爱她即可。对埃涅阿斯而言，他则是满足地享受着狄多赐予的一切。有这样一个美丽而强大的女王爱着他，倾其所有地满足他的要求，为了讨他开心而安排狩猎大会，请求他——不是允许，而是请求他——一遍又一遍地讲述他的冒险故事，夫复何求？

无疑，起航前往未知土地的愿望对埃涅阿斯来说越来越微弱了。朱诺对事情的进展非常满意，而维纳斯却也泰然自若。她比朱庇特的妻子更了解这位朱庇特。她确信朱庇特最终必定会让埃涅阿斯前往意大利，和狄多的这段小插曲丝毫不会影响他儿子的名声。她是对的。朱庇特一旦行动起来是很果断的。他把墨丘利派往迦太基，给埃涅阿斯带来了严厉的谴责。墨丘利找到那位英雄的时候，他正身着华服在散步，腰间挂着一把剑柄镶嵌着碧玉的宝剑，肩上披着一袭华美的金线刺绣的紫色斗篷，这些都是狄多送给他的，那件斗篷甚至是她亲手制作的。他耳畔突然响起了严厉的话语，将这位高雅的贵族从闲适的满足中惊醒过来。“你还想在这无所事事的奢侈中浪费多少时间？”一个苛责的声音质问道。他转过身，只见墨丘利正站在自己面前。“天庭的统治者派我来找你，”他说，“他命令你立刻出发，去寻找注定属于你的国家。”说完他就像盘旋的薄雾一样消失在空气中。埃涅阿斯既敬畏又兴奋，他决定遵从神的旨意，但又痛苦地意识到狄多听了该有多么难过。

他召集手下的人，命令他们整理船只，准备立即出发，但一切工作都必须秘密进行。但狄多还是知道了，她派人找到埃涅阿斯。起先她态度非常温柔。她不相信埃涅阿斯真的要离开自己。“你是要离开我吗？”她问，“拉着我的手，这泪水在替我请求你。如果我确实对你好，如果我确实让你尝到了甜蜜的滋味——”

埃涅阿斯回答，他不能否认狄多对自己很好，他永远也不会忘记她。而狄多一定要记住，他没有和她结婚，可以选择时机自由地离开。朱庇特的命令他必须遵守。“请不要再抱怨了，”他恳求道，“那只会徒增我们的苦恼。”

狄多便说出了自己的想法。她说当初埃涅阿斯刚来的时候是如何失魂落魄，如何食不果腹，他一无所有，是她把自己和自己的国家都给了他。可是埃涅阿斯完全无动于衷，狄多的热情打动不了他。她越说越激动，声音都嘶哑了。她扭头跑开了，躲在谁都找不到的地方。

当天晚上，特洛伊人就起航了，这是很明智的。只要女王一声令下，他们就走不了了。埃涅阿斯站在甲板上回望迦太基，看到城墙上燃起一团大火。他看着火焰蹿起来，随后又慢慢熄灭，也不知道究竟发生了什么。他看到的火光来自狄多的火葬堆，他对此毫不知情。当她发现埃涅阿斯已经离去，就自杀身亡了。

第二节

前往冥界

和之前的行程相比，从迦太基前往意大利西部的旅途要顺利得多。但是他们忠实的领航员帕利努洛斯死了，这是个巨大的损失，他是在海上的危险行程即将结束时淹死的。

先知赫勒诺斯跟埃涅阿斯说过，等他一到达意大利，就必须去寻找库迈的女先知所在的山洞，她是个充满智慧的女人，能够预言未来，告诉他应该做些什么。埃涅阿斯确实找到了她，她声称能带他去冥界，他有任何问题，都可以从他的父亲安基塞斯那里得到答案——安基塞斯在那场大风暴之前就去世了。她还警告埃涅阿斯，这一路下来并不轻松：

特洛伊人，安基塞斯之子，到阿韦尔诺很容易，整日整夜，黑暗冥府的大门都在那里敞开。
但是若想原路返回，再次呼吸到地上的空气，
那就要颇费一番功夫了。

但不管怎样，如果他心意已决，她愿意陪他前去。首先他必须去树林里找到一根长在树上的金枝，并摘下来随身携带。他必须手拿金枝才能进入冥府。埃涅阿斯立刻出发去寻找，和他同行的是忠实的阿卡忒斯。他们走进广袤的森林，几乎陷入了绝望，在这里找东西，无异于大海捞针。不过他们忽然看见两只鸽子，那是维纳斯的信鸟。于是两人跟着缓慢飞行的鸽子，最终来到了阿韦尔诺湖，那是一片昏暗恶臭的水域，女先知跟埃涅阿斯说过，湖边的洞口就是通往冥界的入口。两只鸽子高高飞上树梢，在那枝叶之间有一簇明亮的黄色光芒，那就是金枝了。埃涅阿斯高兴地摘下金枝，带给了女先知。随后女先知和英雄一起前往冥界。

在埃涅阿斯之前也有英雄去过冥府，他们觉得那里并不可怕。虽然尤利西斯确实被蜂拥而来的鬼魂吓到了，但是忒修斯、赫拉克勒斯、俄耳甫斯、波吕丢刻斯在路上都没遇到什么特别的阻挠。就连羞怯的普绪刻也曾深入冥府，找普洛塞庇娜为维纳斯求得美丽的秘方，当时她所见到的最可怕的东西也只是三头犬刻耳柏洛斯而已，对付它只需一块蛋糕就够了。然而这位罗马的英雄却接二连三地遇到恐怖的东西。那条路是女先知精心选择的，足以吓跑最胆大妄为的人。午夜时分，在阴森的湖边，在漆黑的洞口，女先知杀死了四头乌黑的小公牛，献给令人敬畏的黑夜女神赫卡忒。她刚把祭品放在燃烧的祭坛上，大地便发出轰鸣，在他们的脚下震动，黑暗深处似乎传来遥远的犬吠。女先知对埃涅阿斯大喊一声：“现在就看你的勇气了！”说完她冲进山洞，埃涅阿斯毫不犹

豫地跟上。他们来到一条路上，道路笼罩着阴影，但仍能看到路两侧充满影影绰绰的可怕事物——那里有面色惨白的“疾病”，有一心复仇的“忧虑”，有教唆人们犯罪的“饥饿”，凡此种种，组成了非常恐怖的情景；那里还有导致死亡的“战争”，有长着带血蛇发的“不和”，此外还有很多诅咒着凡人的东西。他们平安地从中穿过，最终来到一个地方，那里有个老人撑船载人过河。一幅可悲的景象呈现在他们眼前：河岸上的鬼魂多得不计其数，如同冬季来临前森林里的落叶一样，他们个个都伸出手，请求摆渡人带他们去河对岸。但是那个阴郁的老人只从中选择了一部分渡河：他让其中一些鬼魂上了船，其余的则被他一把推开。埃涅阿斯好奇地看着这一切。女先知说，他们现在到了冥界两条大河的交汇处，一条是痛泣之河科库托斯，另一条是阿刻戎。那个船夫名叫卡戎，被他拒绝上船的都是没有被体面安葬的可怜人。他们注定要漫无目的地流浪一百年，一刻不得安息。

当埃涅阿斯和他的向导来到河边时，卡戎打算拒绝他们。他叫他们站住，他不摆渡活人，只运渡死者。但是他一看到金枝就让步了，把他们送到了对岸。刻耳柏洛斯在对岸的路上吠叫不休，不过普绪刻的办法是很奏效的。女先知也准备了一些蛋糕，埃涅阿斯毫不费劲就让狗吃下了。他们继续往前走，来到米诺斯所在的地方，他对来到此地的灵魂进行最终的宣判。米诺斯是欧罗巴的儿子，是冥界无情的判官。他们赶紧离开那个无情的判官，接着就到了“哀悼之地”，那些因遭遇不幸而自杀的苦命情侣都在这里。这里长着一丛丛的桃金娘，为这悲伤之地平添了一分可爱，埃涅阿斯在此看到了狄多。他哭着向她致意。“是我害死你的吗？”他问，“我发誓我不是有意要丢下你的。”她没有看他，也没有回答。一块大理石也不会比她更冷漠了。而埃涅阿斯则大受震动，狄多

从视野中消失之后，他仍旧泪流不止。

最后，他们来到了一个岔路口。左边那条路上传来可怕的声音，有呻吟声和呼啸声，还有铁链碰撞的声音。埃涅阿斯恐惧地停下脚步。但女先知叫他不要怕，只要大胆地把金枝固定在面向岔路的墙上就可以了。她还说，左边那条路通往铁面无私的拉达曼提斯的地盘，拉达曼提斯也是欧罗巴的儿子，他负责惩罚那些作恶的坏人；右边那条路通往极乐之地厄吕西翁，埃涅阿斯的父亲就在那里。他们到了极乐之地后，发现那里一切都很美好，有柔软的青草地、可爱的树丛和清新的空气，阳光闪耀着紫色的光泽，到处都是一片宁静祥和。这里住着一切伟大而善良的灵魂，英雄、诗人、祭司以及因帮助他人而被世人铭记的人。埃涅阿斯很快就在他们当中找到了安基塞斯，他无比高兴地迎接了他们。这次怪异的重逢虽然是死者和活人相见，但父子二人都高兴得热泪盈眶。埃涅阿斯对父亲的爱是如此强烈，竟挺身来到了死者的世界。

他们之间当然有说不完的话。安基塞斯把埃涅阿斯带到忘却之河勒忒河边，凡是要再次转生的灵魂都必须喝下这条河里的水。“饮一口忘川水，前事皆成过往。”安基塞斯说。接着他就给埃涅阿斯指出哪些亡魂将成为他们的后代——其中有他自己的后代，也有埃涅阿斯的后代——他们都在河边等着喝水，以便将前世的经历和遭受的苦难统统忘记。这是一个蔚为壮观的群体，他们就是未来的罗马人，将成为世界的主人。安基塞斯一一点出他们的身份，并讲述他们将做出哪些名垂青史的伟业。最后他指导儿子如何在意大利建立新的家园，以及如何躲避或解决未来的危机。

随后他们互相道别，此时两人心绪平静，因为他们知道此次离别只是暂时的。埃涅阿斯和女先知又回到了人间，埃涅阿斯又回到了自己的船上。次日，特洛伊人扬帆起航，沿着意大利海岸继续北上，驶向他们命中注定的家园。

第三节
意大利之战

还有严酷的考验在等待着这群冒险者。朱诺又开始制造麻烦。她煽动意大利最强大的两个民族——拉丁人和鲁图里人，激烈反对特洛伊人定居。要不是她，事情肯定会顺利得多。年迈的拉丁努斯是萨图耳努斯的曾孙，也是拉丁姆城的王，他父亲的鬼魂法乌努斯曾警告过他，绝不要让他的独生女拉维尼亚和本国的任何人结婚，她必须和一个即将到来的异乡人结婚。他们的结合会诞生出一个伟大的民族，最终能够称霸整个世界。后来，埃涅阿斯的使者前来向拉丁努斯请求在海岸处的狭窄之地容身，自由呼吸那里的空气，饮用那里的水，拉丁努斯便友好地接待了他。他确信埃涅阿斯就是法乌努斯预言中说到的那个贤婿，于是他也对使者说了一样的话。他对使者们说，只要他活着，就一定是他们的盟友。他也为埃涅阿斯带去了消息，说神灵禁止他的女儿和本国的居民结婚，他坚信这位特洛伊人的首领就是注定要迎娶他女儿的外乡人。

但朱诺又来插手了。她从冥府叫来复仇女神之一阿勒克托，要她给当地带去惨烈的战争。阿勒克托愉快地答应了。她首先在拉丁努斯的妻子阿玛塔王后心中燃起怒火，让她强烈反对女儿和埃涅阿斯的婚事。然后她又去找鲁图里人的国王图耳努斯，他是迄今为止拉维尼亚众多追求者中最受欢迎的一个。复仇女神其实没必要特意找上门去，怂恿他反对特洛伊人。一想到和拉维尼亚结婚的人竟然不是他，图耳努斯就要气疯了。他一听说特洛伊的使者去见了拉丁努斯，便立即召集军队前往拉丁姆，准备武力阻止拉丁人与异乡人签订条约。

阿勒克托的第三步行动也是精心策划的。拉丁人中有个农夫，此人有一头宠物雄鹿，那动物非常美丽而温顺，它可以整天自由地奔跑，到了晚上，就会熟门熟路地自己回家。农夫的女儿精心照顾这头鹿，她梳理它的皮毛，用花环装饰它的犄角。远近的农夫都认识这头鹿，也知道保护它。哪怕是他们自己人伤害这头鹿也要受到严重的惩罚。要是哪个异乡人做了这种事，定会惹怒全镇的人。然而在阿勒克托的引导下，埃涅阿斯年少的儿子阿斯卡尼俄斯伤害了那头鹿。他当时正在森林里打猎，在复仇女神的指引下，他和他的猎犬来到了那头鹿躺着的地方。他射出一箭，那头鹿受了重伤，不过还是努力跑回了家，死在了女主人面前。阿勒克托设法让这个消息迅速传播出去，战争随即爆发，愤怒的农夫们一心要杀死阿斯卡尼俄斯，而特洛伊人则奋起保卫他。

这个消息差不多和图耳努斯同时到达拉丁姆。拉丁努斯眼见不光是自己的人拿起武器，甚至鲁图里人也在自己的城门外扎营，他无法接受这个事实。而愤怒的王后无疑也影响了他的决定。他把自己关在宫中，任由事态发展。如果埃涅阿斯想要赢得拉维尼亚，他未来的岳父肯定是指望不上的。

城里有个风俗，每当战争一触即发的时候，雅努斯神庙和平时期关着的两扇门就必须由国王亲自开启，与此同时还要吹响号角，战士们齐声呐喊。但是拉丁努斯把自己锁在宫殿里，不可能去神庙。就在市民们不知道该怎么办才好的时候，朱诺从天而降，亲手卸下门闩，打开了神庙的门。城中一片欢腾，人们为这整齐的队列、闪亮的盔甲、亢奋的战马和威武的旌旗感到欣喜，为即将见证一场殊死的搏斗感到激动。

拉丁人和鲁图里人组成了强大的联军，而他们的对手特洛伊人则人数寥寥。联军统帅图耳努斯骁勇善战、武艺高强，他还有个很厉害的副手名叫墨曾提乌斯，此人也是一员虎将，但他生性残忍，导致臣服于他的伊特鲁里亚人发动叛乱，他不得不投靠图耳努斯。另外一个副手则是个少女，她叫卡米拉，从小被父亲在荒郊野外抚养长大，靠着小手里一个弹弓或一张弓，她学会了捕猎疾飞的鹤或野天鹅，她奔跑的速度甚至不输给它们飞行的速度。她精通各种武器，能娴熟使用标枪和双刃斧，跟用起弓箭来一样无人能敌。她对婚姻嗤之以鼻，却热衷于捕猎、战斗和自由。很多勇士都追随在她身后，其中不乏年轻女性。

特洛伊人情况危殆，此时他们驻地所在的台伯河的河神托梦给埃涅阿斯。他让埃涅阿斯赶快去上游厄万德耳的居住地，他是一个贫瘠城邦的邦主，但那个城邦日后注定会成为世界上最伟大的城市之一，到时候罗马的高塔会直入云霄。河神还向他保证，在那个地方他定能得到必要的帮助。黎明时分，埃涅阿斯挑选了几个人和他一起出发，满载士兵的船首次航行在台伯河上。他们到达厄万德耳的住所时，受到国王和他年轻的儿子帕拉斯的热情欢迎。他们带领客人走进简陋的王宫，并给他们指出当地的风景：这里是塔耳珀亚巨岩；巨岩旁边是朱庇特的圣山，别看现在荆棘丛生，但未来会有一座金碧辉煌的神庙矗立在此；那里是一片牧牛的草地，将来会成为世界各地的人聚集的场所——罗马广场。“法翁和宁芙曾经生活在这里，”国王说，“还有一支野蛮的部族也曾在此生活。但后来萨图耳努斯被自己的儿子朱庇特流放来到这个国家，一切都发生了改变。人类摒弃了野蛮无序的生活方式。在他公正的统治下，这里维持着和平，那段时间被称为‘黄金时代’。但是后来别的习俗开始风行，和平与公正被唯利是图、穷兵黩武取而代之。这个国家一直被暴君统治，直到命运将我带到此地，我从希腊流放而来，阿卡迪亚是我亲爱的故乡。”

老人讲完这番话后，他们来到一座简陋的棚屋里，老国王便住在这里。埃涅阿斯在落叶铺成的卧榻上睡了一夜，盖的是熊皮。第二天一大早，他们在曙光和鸟鸣声中醒来，便一齐起身了。国王走在前面，两条大狗跟在他身后，这是他仅有的随从兼保镖。他们吃完早餐后，国王就埃涅阿斯此行的诉求给出了自己的建议。阿卡迪亚——他用故乡的名字命名了这个新国家——是个弱国，无法为特洛伊人提供帮助。不过在河对岸居住着富饶强大的伊特鲁里亚人，他们的国王墨曾提乌斯已经逃去帮助图耳努斯了。单凭这一点，伊特鲁里亚人就肯定会选择与埃涅阿斯并肩作战，因为他们对前任统治者恨之入骨。墨曾提乌斯生性残暴，以折磨他人为乐。他发明的酷刑是人类闻所未闻的：他会把死人和活人绑在一起，手连着手，脸贴着脸，活人就在这恐怖的拥抱中缓慢地死去。

最终所有伊特鲁里亚人都联合起来反对他，可是他仍然成功逃脱。不过他们下定决心，一定要把他捉回来，让他受到应有的惩罚。他们肯定会成为埃涅阿斯最有力的盟友。老国王还说，他会派出自己唯一的儿子帕拉斯，追随特洛伊的英雄去侍奉战神。与帕拉斯同去的还有一群年轻的战士，他们是阿卡迪亚骑兵中的精英。此外他还给每一位客人赠送一匹骏马，这样他们就能迅速找到伊特鲁里亚人的军队，得到他们的帮助。

在这个时候，特洛伊人的营地只有土堆起来的防御工事，首领和最好的战士都不在，处境很是艰难。图耳努斯袭击了他们的营地。第一天，特洛伊人成功守住了营地，埃涅阿斯离开前命令他们绝不能主动出击，他们严格遵守了命令。但是敌方人数众多，战况对特洛伊人很不利，他们必须马上通知埃涅阿斯才行——这很难办到，因为鲁图里人完全包围了他们。不过在这支小队里有两个人，他们不屑于计较成败，认为越是危险的事情越值得一试。他们决定在夜色的掩护下穿过敌阵，找到埃涅阿斯。

这两人名叫尼索斯和欧律阿罗斯，尼索斯是一名久经沙场、英勇无畏的战士，而欧律阿罗斯只是个初出茅庐的小伙子，但也一样勇敢，渴望做出一番英雄壮举。他们从来都是并肩作战，不管是站岗还是战斗，只要其中一个在，另一个必定也在。这次冒险最先是尼索斯想到的，他望着堡垒对面的敌人，发现那边只有少许几点火光，营地里一片寂静，肯定是所有人都睡了。于是他把自己的计划告诉友人，但他没想让欧律阿罗斯同去。但是那个少年大声说他绝不会离开自己的朋友，再说为了这样光荣的事业而死比苟且偷生好多了。尼索斯悲恸而又惶恐地请求道："让我一个人去吧。要是万一遭遇不测，你还可以赎回我的尸体，给我一个体面的葬礼——这种行动很容易出现意外。再说，不要忘了你还年轻，还有大好的人生。""别废话了，"欧律阿罗斯回答，"我们赶紧出发吧！"尼索斯见无法说服他，只能悲伤地让步。

他们发现特洛伊人的首领们正在开会，于是说出了自己的计划。大家立刻就同意了，那些王公贵族流着泪，哽咽着感谢他们，许诺要给他们丰厚的奖赏。"我只有一个请求。"欧律阿罗斯说，"我母亲也在营地里，她不愿和别的女人一起留下，想跟我一起走。她只有我一个亲人了。如果我死了——""那她就是我的母亲，"阿斯卡尼俄斯马上说，"我对她会像对待我那个死在特洛伊陷落之夜的母亲一样。我对你发誓。来，拿上我的剑吧，它不会让你失望的。"

两人就这样出发了，他们穿过壕沟，进入敌军的营地。到处都是睡着的敌人。尼索斯低声说："我杀出一条路，你保持警惕。"说完，他开始接二连三地杀敌，动作如此娴熟，以至于他们还没来得及发出任何声响就死了，没有发出一丝呻吟以起到报警的作用。欧律阿罗斯也加入了这场血腥的行动。他们到达军营另一侧的时候，身后留下了一条畅通无阻的大道，路边只有枕藉的死者。但是他们耽误太久，犯下了无可挽回的错误。天已经大亮，一队人马从拉丁姆城的方向过来，他们看到了欧律阿罗斯闪亮的盔甲，于是上前质问。他跑进树丛没有回答，对方知道他肯定是敌人，便包围了树林。情急之下，这对好友走散了，欧律阿罗斯走上了歧路。尼索斯焦急地折返回来找他。他躲在暗处，发现欧律阿罗斯被敌人抓住了。他要怎样才能救自己的朋友呢？他现在孤身一人。虽然希望渺茫，但还是要奋力一搏，即使战死，也好过丢下他不管。于是他和那些人战斗，单枪匹马地对付一群人，他掷出长矛，击中了一个又一个战士。他们的头领不知道这致命的攻击来自何方，便抓住欧律阿罗斯大声说："你得为此付出代价！"他刚刚把剑举起，还没来得及刺向欧律阿罗斯，尼索斯就冲上前喊道："冲我来，杀我吧！一切都是我干的，他只是跟着我而已。"但是他话音未落，那把剑就已经刺穿了少年的胸膛。欧律阿罗斯倒在地上，奄奄一息，尼索斯也放倒了那个凶手。随后他被乱枪刺中，死在了自己的朋友身边。

其他特洛伊来的冒险者也都冲上了战场。埃涅阿斯带着一支伊特鲁里亚大军及时返回，救了整个营地，一场大战随之爆发。接下来的故事基本上都在描述双方互相残杀的景象。战斗一场接着一场，内容都差不多。无数英雄倒下，地上血流成河，他们吹响黄铜号角，密集的箭矢像冰雹一样从弓弦上飞出来，激动的战马踩在死尸上，蹄子都滴着血。还没有等到战争结束，人们已经对恐怖感到麻木了。最终特洛伊人的敌人都被杀光了。卡米拉在慷慨自陈一番后倒地而亡；恶贯满盈的墨曾提乌斯也迎来了他命该如此的结局，只不过他年轻英勇的儿子为了保护父亲而先他而死。许多伟大的盟友也都战死了，包括厄万德耳的儿子帕拉斯。

最终图耳努斯和埃涅阿斯展开一对一的搏斗。埃涅阿斯在此前的故事中只是个像赫克托耳或阿基琉斯一样的凡人，但此时的他已经变成了一个怪异凶狠的角色，已经不再是人类了。他曾经体贴地背着自己的老父亲离开燃烧的特洛伊城，鼓励自己年幼的儿子和自己一起奔跑；当他到了迦太基的时候，他知道了什么叫遭遇不幸，什么叫"为身外之物流泪"；他在狄多的宫殿里身着华服四处走动时，也是个完完全全的凡人。但是在拉丁人的战场上，他已经不复为人，而俨然是一个恐怖的奇迹了。他"比阿索斯山还要巍峨，比亚平宁山脉还要雄伟，仿佛在摇动巨大的橡树，将积雪覆盖的山巅直指云天"；他像"巨人埃该翁一样有一百只手臂一百个手掌，有五十张喷出烈焰的嘴，紧握五十面隆隆作响的厚重盾牌，挥舞五十把利剑——即便如此，埃涅阿斯仍然将他胜利的怒火倾泻到整个大地上"。最后一战面对图耳努斯时，他对战斗的结果已经毫不在意。图耳努斯和他打斗，就像跟雷电或地震打斗一样毫无胜算。

维吉尔的史诗以图耳努斯的死亡收尾。埃涅阿斯顺理成章地和拉维尼亚结婚，建立了罗马民族。关于罗马人，维吉尔是这样说的："让其他民族去行艺术和科学之事吧，要记住，他们注定要让天下的一切民族臣服，将其纳入罗马帝国的版图，对谦卑者应当宽容相待，对骄纵者则应强力镇压。"

第五部分

神话中的伟大家族

第一章

阿特柔斯家族

阿特柔斯及其后裔的故事之所以重要，主要在于公元前5世纪的悲剧诗人埃斯库罗斯以之为主题创作了伟大的《俄瑞斯忒亚》三联剧，由《阿伽门农》《奠酒人》和《欧墨尼斯》三部戏剧组成。《俄瑞斯忒亚》是古希腊悲剧的巅峰之作，唯有索福克勒斯关于俄狄浦斯及其子嗣的四联剧能够与之相提并论。生活在公元前5世纪初的品达讲过当时流行的坦塔罗斯设宴款待众神的故事，还说这个故事不是真的。常有作品描写坦塔罗斯受罚的经历，最早见于《奥德赛》，本书即引用了其中的相关内容。安菲翁的故事和尼俄柏的故事则引自奥维德的作品，只有奥维德完整讲述过这二人的故事。至于珀罗普斯在战车竞速中获胜的故事，我比较喜欢公元1世纪或2世纪的作家阿波罗多洛斯的版本，在传至今世的作品中，这个版本是最完整的。阿特柔斯和梯厄斯忒斯的罪行以及后

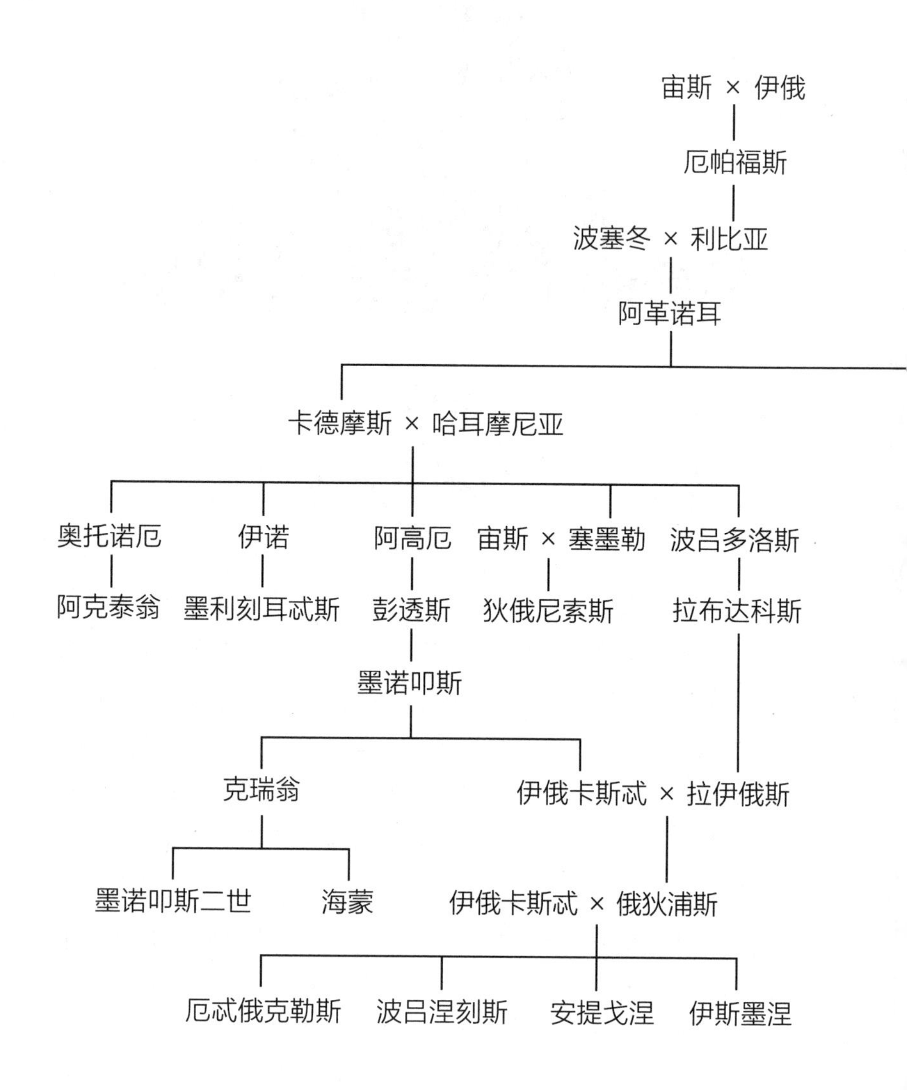

宙斯 × 伊俄
厄帕福斯
波塞冬 × 利比亚
阿革诺耳
卡德摩斯 × 哈耳摩尼亚
奥托诺厄
伊诺
阿高厄
宙斯 × 塞墨勒
波吕多洛斯
阿克泰翁
墨利刻耳忒斯
彭透斯
狄俄尼索斯
拉布达科斯
墨诺叩斯
克瑞翁
伊俄卡斯忒 × 拉伊俄斯
墨诺叩斯二世
海蒙
伊俄卡斯忒 × 俄狄浦斯
厄忒俄克勒斯
波吕涅刻斯
安提戈涅
伊斯墨涅

忒拜王室和阿特柔斯的族谱

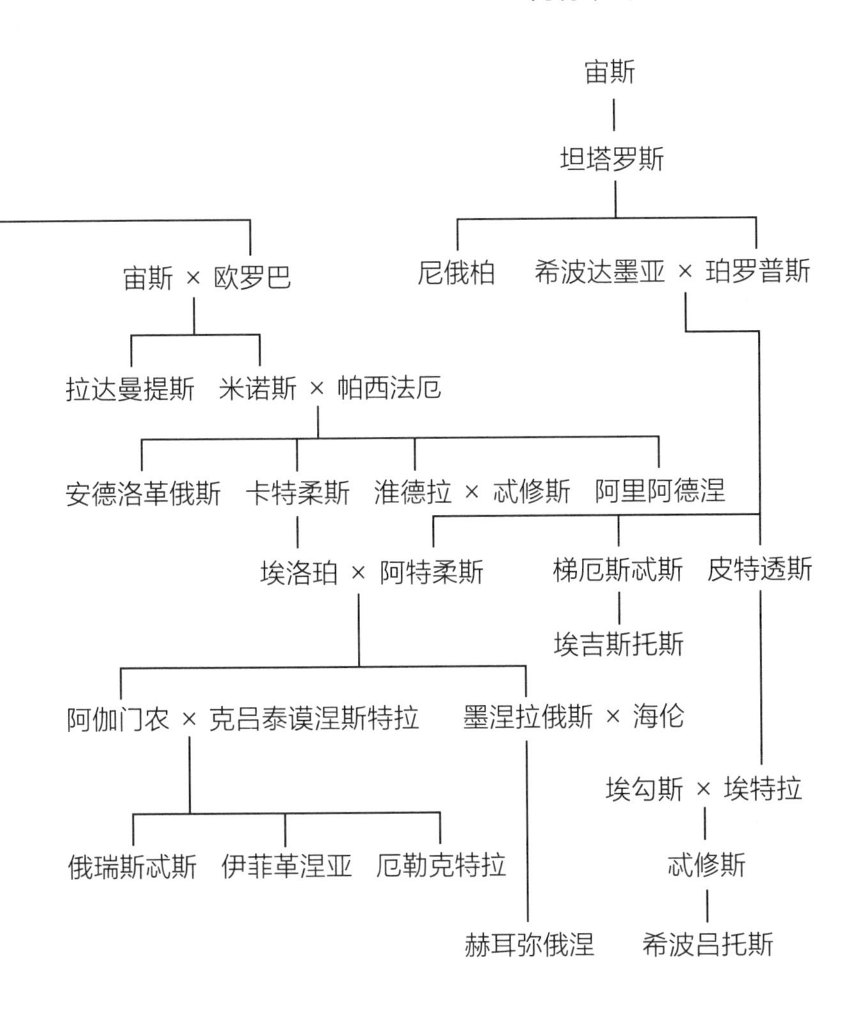

续的故事都来自埃斯库罗斯的《俄瑞斯忒亚》。

阿特柔斯家族是神话中最有名的家族之一。家族成员阿伽门农是特洛伊战争中希腊联军的统帅。他的直系亲属也都像他本人一样有名，包括他的妻子克吕泰谟涅斯特拉，他的子女伊菲革涅亚、俄瑞斯忒斯和厄勒克特拉。他的弟弟墨涅拉俄斯是海伦的丈夫，特洛伊战争就是应他的号召而打响的。

这是个命运多舛的家族，一切悲剧都源于家族的一个祖先——吕底亚之王坦塔罗斯。他做出了极为恶劣的行为，自己也受到了严厉的惩罚。事情到此并未完结。他的罪行延续到了他死后。他的一些后代也因作恶而受到惩罚。这个家族似乎受到诅咒了，让人们不由自主地犯下罪行，无论是罪不可赦之徒，还是清白无辜之人，都会遭受痛苦和死亡。

坦塔罗斯和尼俄柏

坦塔罗斯是宙斯之子，众神青睐他远胜过宙斯其他在凡间的孩子。他们允许他和众神同桌用餐，享用仙馔蜜酒，除了他以外没有哪个凡人能享用到这些东西。众神所做的还不止这些，他们甚至去坦塔罗斯的宫殿赴宴，纡尊降贵和他一起用餐。众神对他恩宠有加，他却表现得异常凶残，任何诗人都无法解释他的行为。他把自己的独生子珀罗普斯杀掉之后，放在大锅里煮熟，然后端给众神吃。此举无疑是出于对众神的某种憎恨，他不惜牺牲自己的儿子，也要让众神因食人而感到恐惧。也许他是想用一种骇人听闻的方式来证明那些受人敬仰、顶礼膜拜的神灵是有多么容易受骗上当。他藐视众神，妄自尊大，根本没意识到其实众神已经知道摆在眼前的是何种食物了。

他愚蠢透顶。整个奥林波斯都知道了。众神离开那场恐怖的宴会，着手惩罚犯下这项罪行的人。众神宣布他必须受到严厉的惩罚，让后世的人一听到他所受的惩罚就再也不敢这样冒犯神灵。他们把这个大罪人关在冥府的一个水池里，每当他觉得焦渴难耐，想要俯身喝水，却总是碰不到水面。他一弯下腰，水就会流入地底，消失得无影无踪。而他一站起来，水面又恢复原状。池边的果树上结满了梨子、石榴、粉红的苹果和甘甜的无花果。每当他伸手想要摘果子，风就会把水果吹到他摘不到的地方。他就这样永远站着，喉咙永远干渴，纵有美食围绕，腹中却永远饥饿。

众神将他的儿子珀罗普斯复活了，不过他的肩膀只能用象牙代替。因为有一位女神——有人说是得墨忒耳，也有人说是忒提斯——无意间品尝了那份可怕的菜肴，在给那孩子装回胳膊的时候，唯独缺了一个肩膀。这个丑恶的故事应该是以最原始的野蛮形式未经修饰流传下来的。后来的希腊人都不喜欢它，并表示了反对。诗人品达称之为——

以美妙的谎言粉饰的故事，与真相截然相反。
崇高的神灵食人肉的行为，愿人们不再谈起。

但无论如何，珀罗普斯后来的人生是很成功的。在坦塔罗斯的后代中，他是唯一一个没有遭遇不幸的。他的婚姻也很幸福，不过他所追求的那位女性很危险，导致了不少死亡，那便是希波达墨亚公主。人们为她而死，但不是她本人的错，而是她父亲造成的。这位国王有一对神奇的良马，那是阿瑞斯的礼物，自然胜过凡间的一切马匹。他不想让自己的女儿嫁人，所以一旦有人来追求她，国王就要求对方跟自己赛马。如果追求者赢了，就能迎娶希波达墨亚；如果是国王赢了，追求者就必须付出生命的代价。这个方法害得不少鲁莽的年轻人丧了命。即便如此，珀罗普斯也要冒险一试。他的马是波塞冬送的礼物，值得信赖，他最终赢得了比赛；但有一个版本的故事说他获胜靠的不是波塞冬的马，而是靠了希波达墨亚。也许她爱上了珀罗普斯，也许她觉得是时候终止这样的比赛了。她买通了父亲的马夫来帮她，那人名叫弥耳提罗斯。他把国王马车上的螺栓拔了，珀罗普斯自然就取得了胜利。后来弥耳提罗斯被珀罗普斯杀死，临死前还诅咒了他，有人说这就是他们家族诅咒的开端。但绝大部分作家都认为，诅咒来自更深层的原因，是坦塔罗斯的邪恶葬送了他的后代。

在坦塔罗斯的后代中，要数他的女儿尼俄柏最为悲惨。但起初，众神似乎是打算让她和她兄弟珀罗普斯一样过上幸福生活的。她婚姻美满。她的丈夫是杰出的音乐家安菲翁，他是宙斯之子，曾和他的孪生兄弟仄托斯绕忒拜城修筑了一座高大的围墙以加强防御。仄托斯身强体壮，而他的兄弟醉心于艺术，对强身健体的运动并不上心，仄托斯对此十分不屑。但是在为修建城墙准备石材期间，温柔的音乐家却比强壮的运动员搬得更多，因为他用七弦琴弹出了具有魔力的音乐，石头竟自己动了起来，跟着他一路滚到了忒拜。

安菲翁和尼俄柏心满意足地统治着忒拜，但后来，尼俄柏身上显露出遗传自坦塔罗斯的狂妄自大。她自视甚高，甚至高于一切凡人敬畏的对象。她出身高贵，并且有钱有势。她生了七子七女，儿子个个英俊勇敢，女儿个个美丽无比。她觉得自己不光可以像父亲一样骗过众神，甚至能够公开否定他们。

她要求忒拜的民众崇拜她。她说："你们向勒托焚香祝祷，她能和我相比吗？她只有两个孩子——阿波罗和阿耳忒弥斯，而我的孩子是她的七倍之多。我贵为王后，而她只是个无家可归的流浪者，只有提洛岛这样的小地方才肯接纳她。我生活幸福，无比强大，地位崇高，任何人、任何神都不可能伤害到我。你们就在勒托的神庙里向我献祭吧，那里现在是我的神庙，与她无关了。"

因为自恃强大而心存傲慢，进而口出狂言，这样的话语总能传到天庭，这样的行为也总会受到惩罚。阿波罗和阿耳忒弥斯迅速离开奥林波斯来到忒拜，他们一个是弓箭之神，一个是狩猎女神，自然箭无虚发，将尼俄柏的儿女射杀得一个不剩。尼俄柏眼睁睁看着孩子们死去，他们的痛苦无以言表。她倒在那些之前还年轻健壮的身体旁，一动不动，陷入了深深的悲痛，变得像石头一样麻木，心也变得跟石头一样坚硬了，只有泪水还在不断地流淌。她就这样化成了石头，整日整夜地流着泪水。

珀罗普斯有两个儿子——阿特柔斯和梯厄斯忒斯。坦塔罗斯的那份邪恶完完整整地遗传给了他们。梯厄斯忒斯爱上了自己的嫂子，诱使她违背了自己的结婚誓言。阿特柔斯发现后，发誓要让梯厄斯忒斯付出前所未有的代价。他杀了弟弟的两个幼子，并把那两个孩子的四肢一一砍下，然后煮熟，端给孩子的父亲吃。他吃完之后——

> 得知了恐怖的真相，这个可怜的人
> 不禁大叫一声，仰面跌倒，将那血肉
> 呕吐出来，向这家族发出

最恶毒的诅咒，并砸碎了餐桌。

阿特柔斯是国王，梯厄斯忒斯没有权力。阿特柔斯活着的时候没有因这残暴的罪行遭到惩罚，但是他的子子孙孙都因此承受了痛苦。

阿伽门农和他的子女

众神全部到齐，参加在奥林波斯举行的一次会议。凡人与众神之父率先发言。人类对众神不敬的态度让宙斯很愤怒，他们把自己的恶行归咎于众神的力量，甚至众神想阻止他们都来不及。“你们都知道埃吉斯托斯，就是被阿伽门农的儿子俄瑞斯忒斯杀死的那个，”宙斯说，“他爱上了阿伽门农的妻子，并在阿伽门农从特洛伊回来时杀了他。此事当然怪不得我们。我们通过赫耳墨斯警告过他了。‘阿特柔斯之子会死去，俄瑞斯忒斯将为他复仇。’赫耳墨斯是这样说的，但这友好的警告却没能阻止埃吉斯托斯，他最终还是付出了代价。”

阿特柔斯家族首次出场就是在《伊利亚特》的这段故事里。在《奥德赛》中，奥德修斯来到淮亚基亚人的土地上，向他们讲述了自己去冥府见到众鬼魂的遭遇，他说阿伽门农的鬼魂尤其令他动容。他请求阿伽门农说明自己是如何死去的，那位国王说他死得很不光彩，是坐在桌边像任人宰杀的牛一样被杀死的。他说：“是埃吉斯托斯干的，我那可恶的妻子则在一旁协助。他请我去他家中，趁我用餐时杀死了我，还杀了我的手下。你见过很多在一对一搏斗中死去的人，也见过在战斗中牺牲的人，但没有哪个像我们这样，死在酒钵旁和丰盛的餐桌上，置身于血流成河的大厅里。

卡珊德拉临死前的尖叫声还回荡在我耳边，克吕泰谟涅斯特拉当着我的面杀了她。我努力举起双手想接住她，但手最终还是垂落下来了，我那时已经奄奄一息了。”

这就是这个故事最初的样貌：阿伽门农被他妻子的情人杀死。这是个肮脏的故事。我们不知道它是何时被搬上舞台的，但是数百年后，公元前5世纪的埃斯库罗斯又写了这段故事，他描写的内容很不一样。那是个宏伟的故事，讲述了激烈的复仇、悲剧的激情和不可避免的毁灭。阿伽门农的死因不再是男女私情，而是母亲对女儿的爱，女儿被自己的父亲杀死后，身为妻子的她决定杀死丈夫为女儿报仇。埃吉斯托斯的角色被淡化了，几乎看不到他的身影，而阿伽门农的妻子克吕泰谟涅斯特拉则占据了舞台前方最重要的位置。

阿特柔斯有两个儿子，其中阿伽门农是特洛伊战争中希腊联军的统帅，而墨涅拉俄斯则是海伦的丈夫，两人的结局大相径庭。墨涅拉俄斯一开始不怎么成功，但晚年却过得非常富足。有一段时间他失去了自己的妻子，但是当特洛伊陷落之后，他又迎回了海伦。在返程途中，雅典娜掀起风暴，将他的船吹到了埃及，但是最终他还是平安返乡，和海伦幸福地生活在一起了。而他的兄弟却是另一番遭遇了。

特洛伊陷落时，阿伽门农是获胜的将领中最幸运的一位。他的同胞要么在风暴中丧命，要么被吹到陌生的国度，只有他的船顺利穿过了风暴。在经历一番艰险之后，他的船不光安全抵达故乡，而且是以征服特洛伊的英雄身份凯旋。他的臣民都期待他到来。他一登陆，消息就传遍全国，所有人聚集起来，为他举办了盛大的欢迎仪式。他看上去确实是深得人心的，而且也是最伟大最成功的人，在获得辉煌的胜利之后回到故乡，和平富足的生活近在眼前。

但在满心感激地欢迎他回来的人群中，有几张焦虑的脸，不祥之兆从一个人口中传给另一个人。他们低声说："他会迎来不祥之事。这座宫殿里曾经和睦愉快，但现在不是了。要是宫殿会说话，它会自己讲述故事。"

宫殿前聚集着城里的长者，准备赞颂他们的国王，但是他们却有些悲伤，而且很焦虑，不祥之兆让这群人满心疑虑，倍感不安。等待的时候，他们低声谈论过去的事情。他们年龄很大了，对他们来说，历史比现实更真实。他们想起了献祭伊菲革涅亚的往事，这个可爱而无辜的小姑娘，无比信任自己的父亲，结果被带到了祭坛上，迎接她的只有无情的刀子和冷酷的脸庞。对那些长者而言，这是十分鲜明的记忆，他们说得仿佛自己当初就在现场一样，仿佛他们和伊菲革涅亚一起，听见她亲爱的父亲对手下说把她抬到祭坛上杀了她一样。是他杀了她，并非出于自愿，而是被等得不耐烦的大军逼迫，他们急需顺风将他们送到特洛伊。但这件事并没有那么简单。他之所以屈从军队的意思，是因为他家族中代代相传的邪恶如今要应验在他身上了。那些长者知道诅咒还纠缠着这个家族：

对鲜血的渴望——
刻在了他们的骨子里。旧伤尚未痊愈，
又有新血汩汩流出。

伊菲革涅亚已经死了十年了，而她的死带来的后果却要到现在才实现。那些长者很睿智，他们知道每一项罪行都会带来新的罪行，每一桩错事都会引发一连串别的错事。在这凯旋的时刻，那女孩临死时发出的威胁就萦绕在他父亲的头顶。他们又说，也许那威胁尚未完全成形。他们想找到一丝希望，但是他们心里都明白，复仇已经在宫殿里等着阿伽门农了，只不过大家都嘴上不说而已。

自从王后克吕泰谟涅斯特拉从奥利斯港回来之后，复仇就一直在等着他了，正是在奥利斯港，她目睹了自己的女儿死去。她不必再对丈夫忠诚，是他杀了他们的孩子；她有了一个情人，所有人都知道此事。他们还知道，当阿伽门农返回的消息传来时，她也没把情人送走。那情人依然跟她在一起。他们在宫殿里计划着什么呢？就在众人惊恐又好奇的时候，一阵乱哄哄的声音传来，有马车的声音，也有叫喊的声音。一架豪华马车驶入庭院，国王就在车上，他身边还有一个少女，她非常美丽，有着一副外邦人的面庞。侍从和城里的居民都跟在他们后面。他们停下马车，宫殿的大门随之打开，王后出现在门前。

国王从车上下来，高声说："胜利属于我，并永远属于我！"他的妻子上前迎接他。她高昂着头，脸庞光彩照人。她知道，除了阿伽门农以外，所有人都知道她的不忠，但是她直面所有人，用微笑的嘴唇告诉他们，即使是在这个时候，她也能公然宣称自己深爱丈夫，当他不在时她深受孤独之苦。她说着兴高采烈的话语欢迎他回来。她对他说："你就是我们安全的保障，是我们坚定的守护者。我们看到你，如同暴风雨后的水手看到陆地一样亲切，又像干渴的旅人看到清澈的流水一样快乐。"

阿伽门农则以沉默回应，随后进入宫殿。他首先介绍了马车上那个女子，她名叫卡珊德拉，是普里阿摩斯的女儿；他还对妻子说，这是军队分给他的战利品，是被俘女性中最美的一位。他让克吕泰谟涅斯特拉照顾她，对她好。随后他走进房间，门在这对夫妇身后关上了。他们两个再也不会同时出现在门口了。

人群散去。只有那群长者还在沉默的建筑和空白的大门前不安地等待着。那位被俘虏来的公主引起了他们的注意，大家好奇地看着她。他们对她奇怪的名声早有耳闻，她是个女先知，预言屡屡应验，但是从来没有人相信她。她也惊恐地看着他们，疑惑地问，这是到了哪里，这座房子又是什么地方。老人们不假思索地回答说，这里是阿特柔斯之子居住的地方。她惊呼道："不！这是被众神憎恨的房子，人们在这里被杀死，地板上满是殷红的血。"老人们恐惧地看着彼此。鲜血，残杀，他们也正是这样想的，阴郁的过去预示着更阴郁的未来。而她，这个陌生的外邦人，怎么会知道此地的过去呢？"我听见了孩子们的哭喊，"她悲叹道——

为流血的伤口而哭喊。
父亲享用了孩子的血肉。

梯厄斯忒斯和他的儿子们……她是从哪里听说的呢？接着她又说出更多疯话，仿佛亲眼见过这座房子多年来发生的一切，仿佛在一场又一场死亡发生时，她就在现场一样，她似乎看见一项项的罪恶联合起来制造出更多的罪恶。说完过去，她又说起未来。她哭着说，今日又有两个人将要在此死去，其中一人正是她自己。"死亡我承受得起。"说完，她转身朝宫殿走去。老人们想阻止她进入那座不祥的宅邸，但是她不肯。她走了进去，门就在她身后永远地关闭了。她离开后众人一片沉默，突然传出一个吓人的声音，那是一个男人在痛苦地高喊："神啊！我被袭击了！我受了致命——"然后又是一片沉默。老人们既害怕又迷惑，大家挤在一起。那是国王的声音。他们该怎么办呢？"破门而入吗？快，赶快！"他们互相催促，"我们必须弄清楚。"但是他们没必要诉诸行动了。宫殿的门开了，王后就站在门口。

她衣服上、手上、脸上都有暗红的痕迹，然而她神情泰然，毫不慌乱。她向所有人宣告了刚才发生的事情。“这里躺着我那已经死去的丈夫，是我亲手杀死他的。”她说。她脸上、衣服上沾的全是他的血，而她却喜形于色：

他倒下时喘着粗气，鲜血喷涌而出，
溅了我一身，染黑了我的衣服。
对我来说，那是死亡的甘露，
犹如麦田出苗时天降的甘霖。

她认为没必要解释自己的行为，也没必要开脱。在她看来，自己并不是杀人凶手，她只是一个行刑者；她严惩了一个杀人凶手，那个人杀死了自己的亲骨肉：

就像羊圈里挤满羊群的时候，
对一头牲畜的死活毫不在意，
他亲手杀死了自己的女儿——
只为了抵御色雷斯的海风。

她的情人埃吉斯托斯跟着她走出来，站在了她的身边。他是梯厄斯忒斯最小的孩子，生于那场可怕的人肉宴之后。他与阿伽门农无冤无仇，然而当初是阿特柔斯杀了那两个孩子，并把他们做成菜肴让孩子们的父亲吃；阿特柔斯既已死去，他没法向死人寻仇，所以阿特柔斯的儿子必须付出代价。

王后和她的情人理应知道，罪行不能终结罪行。他们刚刚杀死的那个人就是明证。但是他们满怀胜利的喜悦，根本没想到这次死亡和此前的每次死亡一样，会带来更多的罪行。“我们的双手不会再染上鲜血了，”克吕泰谟涅斯特拉对埃吉斯托斯说，“现在我们是这里的统治者。我们会把一切都处理好。”但这只是一句空话。

伊菲革涅亚是阿伽门农的三个子女之一。另外还有一个男孩俄瑞斯忒斯和一个女孩厄勒克特拉。要是俄瑞斯忒斯在的话，埃吉斯托斯肯定会杀了他，幸而他被送到了一个值得信赖的朋友家。埃吉斯托斯不屑于杀死厄勒克特拉，可是却想方设法让她吃尽了苦头，最终她人生的全部希望都寄托在俄瑞斯忒斯身上，希望他能回来为父亲报仇。复仇——会是什么样呢？她一遍又一遍地问自己。埃吉斯托斯当然该死，但是光杀死他却远远谈不上公正。他的罪行不及另一个人的罪行那般深重。但是那又怎么样呢？儿子为了给父亲报仇而杀死母亲，这算得上公正吗？这痛苦的日子持续了很多年，她就在这样的思前想后中度过；与此同时，克吕泰谟涅斯特拉和埃吉斯托斯统治着这片土地。

俄瑞斯忒斯长大后，对这两难的境况看得比厄勒克特拉更加透彻。为父报仇是儿子义不容辞的责任，这份责任比其他任何事情都更加重要。然而弑母更是一桩人神共愤的罪行，一项神圣的义务竟然跟一桩丑恶的罪行绑到了一起。他只想做正确的事情，却必须在两个可怕的错误之间做出选择：要么背叛自己的父亲，要么弑杀自己的母亲。

他带着苦恼和疑惑去得尔斐求问神谕，阿波罗非常明确地回答了他：

> 杀死两个杀人者。
> 以死亡补偿死亡。

用新血清洗旧血。

俄瑞斯忒斯明白，他必须履行家族中的诅咒，完成复仇任务，然后为自己的罪行付出代价。他回到阔别多年的家中，当初离家时他年纪尚幼。和他同去的还有他的表兄弟兼挚友皮拉得斯。他们两人一起长大，彼此的感情远远超过普通的友情。厄勒克特拉不知道他们来了，她还在等待。等待自己的弟弟归来是她生命中仅存的希望了。

有一天，她在父亲的墓前献上供品并祈祷说："父亲啊，请指引俄瑞斯忒斯回家吧。"就在此时，俄瑞斯忒斯忽然出现在她身边，宣称她就是他的姐姐，还拿出自己的斗篷作为证明——那件斗篷是厄勒克特拉亲手缝制的，当年他离开时，她把他包裹在斗篷里面。但是她不需要什么证明。她大声说："你的脸和父亲一模一样。"她将自己的爱全部倾注在俄瑞斯忒斯身上，在那些悲惨的日子里，她的爱找不到倾诉的对象：

全部，全部的爱都归你了：
我欠已故父亲的爱，
我本该给我母亲的爱，
还有给我那惨死的姐姐的爱。
全都是你的了，只属于你一人。

俄瑞斯忒斯完全沉浸在自己的思绪中，完全专注于自己即将面对的事情，他根本没有回答厄勒克特拉，甚至没听她说。他打断她的话，告诉她自己无暇顾及其他，心里只想着一件事：阿波罗可怕的神谕。俄瑞斯忒斯充满恐惧地说道：

他告诉我要安抚愤怒的亡魂，
因他临死前的呼喊无人听见。
他无家可归，也无处可躲；
没人为他祭祷，也没人为他哀悼。
他死得孤独而凄惨。神啊，
我能相信这样的神谕吗？然而——
此事终需完成，我必须去做。

他们三个制订了计划。俄瑞斯忒斯和皮拉得斯装作信使去宫殿通报俄瑞斯忒斯的死讯。克吕泰谟涅斯特拉和埃吉斯托斯听到这个消息肯定很高兴，毕竟他们总担心俄瑞斯忒斯会来报仇，他们肯定愿意会见这两个信使。一旦进入宫中，俄瑞斯忒斯和他的朋友就能伺机拔剑，出其不意地发动攻击了。

他俩被请进宫中，厄勒克特拉在外等待。她一生总在痛苦地等待。宫门慢慢打开，一个女人安详地站在台阶上。那是克吕泰谟涅斯特拉。她只出现了片刻，就有一个奴隶喊道："叛徒！主人！有叛徒！"他看到克吕泰谟涅斯特拉，于是又大喊："俄瑞斯忒斯——还活着——就在这里。"她明白了。已经发生的和即将发生的一切她都明白了。她果断命令奴隶拿来一把战斧。她决定为自己的生命而战。但是武器来得不如她想象的快。一个人穿门冲了过来，他的剑上沾满鲜血，她知道那是谁的血，也知道持剑者是谁。她立即想到一个比斧头更保险的自卫方法——她毕竟是眼前这个人的母亲啊。"站住，我的儿子。"她说，"看——这是我的胸膛。你沉甸甸的脑袋曾放在这里睡觉，啊，次数太多了。你用还没长牙的小嘴吮吸我的奶水，你才长大——"俄瑞斯忒斯喊道：

"啊，皮拉得斯，她是我母亲。我是否要放过——"他的朋友严肃地回答说不行。这是阿波罗的命令，神的旨意必须服从。俄瑞斯忒斯说："那我便服从。你——跟着我。"克吕泰谟涅斯特拉知道事情已无法挽回，便平静地说："我的儿子，看来你会杀死自己的母亲。"俄瑞斯忒斯示意她进屋。她走在前面，他紧随其后。

当他再次出来的时候，无需等他开口，在院子里等待的人就知道他刚才做了什么。他们同情地看着他，一句话也没说，现在他是他们的主人了。他似乎没有看见他们，而是看着他们身后某个恐怖的东西。他结结巴巴地说道："那人死了。我没有罪。那个奸夫。他必须死。但是她——她到底做没做呢？你啊，我的朋友。我说我杀了我的母亲——虽然事出有因——她太坏了，她杀了我的父亲，神灵也厌恨她。"

他的眼睛始终盯着那无形的恐怖之物。他尖叫道："快看！快看！那边的女人。黑色，全是黑色，长长的头发像蛇一般。"别人赶紧告诉他那边没有女人："那只是你的错觉，不要怕。""你看不见她们吗？"他喊道，"不是错觉。我——我看见了她们。是我母亲派她们来的。她们挤在我周围，她们的眼睛在滴血。啊，让我走吧！"他跑开了，除了那些无形的女人，没人随他而去。

很多年以后他才再次回到故乡。他四处流浪，去了很多地方，那些可怕的人影总是跟随在他的身后。他被痛苦折磨着，虽然他失去了一切，但还是有一项被人们珍视的收获。他说："痛苦给了我教训。"他懂得了任何罪行都是可以弥补的，即使是他这样的弑母之人也可以赎清罪孽。他现在要去雅典，是阿波罗派他去那里向雅典娜求情的。他去请求帮助，无论如何他满怀着信心。想要净化罪孽的人不会被拒绝，经过很多年痛苦孤独的流浪后，他罪行的污点变得最来越淡。现在他坚信罪孽已经涤清了。"我可以用清白的双唇对雅典娜说话了。”他说。

女神聆听了他的请求。阿波罗就在他身边。“我应该对他所做的一切负责，”他说，“他是听我的命令去杀人的。”追逐他的那些恐怖的身影其实是复仇女神厄里倪斯，现在她们就站在他对面，俄瑞斯忒斯平静地听完她们复仇的要求。他说：“我才是杀害我母亲的凶手，不是阿波罗。但我已经洗清了我的罪孽。”阿特柔斯家族中从未有人说过这种话。这个家族里的凶手从未因自己的罪孽痛苦过，也没有为自己赎罪过。雅典娜接受了他的请求，并说服复仇女神也接受了这个请求。伴随这条慈悲新法的建立，她们也改变了形态，从可怕的复仇女神厄里倪斯变成了善心女神欧墨尼斯——一切祈援之人的保护神。她们赦免了俄瑞斯忒斯，赦免的话语刚说出口，长久以来纠缠这个家族的邪恶力量也消散了。俄瑞斯忒斯离开了雅典娜的法庭，重新获得了自由。他和他的后代再也没有被过去那种不可抵御的力量卷入罪行中了。阿特柔斯家族的诅咒终结了。

伊菲革涅亚在陶里人的国度

这个故事全部出自公元前5世纪的悲剧诗人欧里庇得斯的两部剧作。再没有其他哪位作家完整讲述过这个故事。因神明降临而带来大团圆结局，也就是所谓的“机械降神”，是欧里庇得斯和另外三位悲剧诗人常用的手法。在我们看来这是一种缺陷，而且在这个故事中肯定是毫无必要的，因为只要删去关于逆风的描述就能确保同样快乐的结局了。事实上雅典娜的出场破坏了剧情。这样写的原因有可能是因为这位伟大的诗人是雅典人，而雅典人在和斯巴达交战期间遭受了很多痛苦，他们急切希望出现奇迹，欧里庇得斯便成全了他们。

据说希腊人不喜欢用人类献祭的故事，也不喜欢取悦愤怒的众神或者请求大地母亲赐予好收成之类的故事。他们对于献祭的看法和我们类似，认为这种做法令人心生厌恶，凡提出此类要求的神灵都被认为是邪恶的。诗人欧里庇得斯就说："如果神灵作恶，那就不再是神灵。"因此在奥利斯港献祭伊菲革涅亚的故事不可避免地会产生新的说法。按照早期的说法，希腊人杀死了一头阿耳忒弥斯宠爱的动物，为了重获女神的青睐，那些犯下罪行的猎人必须献祭一个少女，因此伊菲革涅亚才被杀死。但是对晚期的希腊人来说，这是在诽谤阿耳忒弥斯。森林中那位可爱的女神绝不会提出这样的要求，毕竟她是弱小无助的生灵的保护者：

神圣的阿耳忒弥斯如此温柔，
她照顾婴儿，惠及弱小，
庇护草地上一切幼崽
以及森林里的所有生灵。

因此这个故事被赋予了另外一个结局。伊菲革涅亚等着被叫去献祭，当奥利斯港的希腊士兵来带她走的时候，她母亲就在她身边。可她不让克吕泰谟涅斯特拉和她一起去祭坛，还说："这样对我们两个都好。"她母亲就独自留在了原地。后来，克吕泰谟涅斯特拉看到一个人朝她跑来，不禁好奇为什么此人如此急切地来给她传达消息。那人对她喊道："好消息！"他说，她女儿没有被献祭。事实确实如此，但是谁都不清楚究竟发生了什么。祭司正准备杀她的时候，所有人都感到强烈的痛苦，不得不全部低下头。接着那个祭司大叫一声，大家抬头看的时候，见到了一个令人难以置信的奇迹。那个少女消失了，祭坛旁边躺着一头被割断了喉咙的鹿。“这是阿耳忒弥斯的作为，”祭司说，“她不愿让自己的祭坛沾上人类的鲜血。她亲自拿出牲畜，现在她收到祭品了。”那位信使说：“王后啊，我告诉您，这一切发生的时候我也在场。您的孩子肯定被神灵带走了。”

但是伊菲革涅亚没有被带去天庭。阿耳忒弥斯把她带去了陶里人的国度（即现在的克里米亚），那里位于不友善之海的海岸，当地人十分野蛮，他们的风俗是只要在国内抓住了希腊人就拿去献祭给女神。阿耳忒弥斯一直保护着伊菲革涅亚的安全，她让伊菲革涅亚在自己的神庙里当祭司。但是她因此便有了一项可怕的任务，那就是主持献祭仪式。她虽然不用亲手杀死自己的同胞，但是要通过古老的仪式让他们变得圣洁，再交给那些刽子手发落。

她就这样侍奉了女神很多年。后来一艘希腊的船只来到不友善之海的岸边——它不是被迫来的，也不是被风暴吹来的，而是自愿来的。各地的人都知道陶里人是怎么对待希腊俘虏的，这艘船在此抛锚，必定有着极为强大的动机。黎明时分，船上下来两个年轻人，他们直接朝着神庙走去。这两个人显然都出身高贵，看上去一副王子的派头，不过其中一人脸上布满痛苦，他低声对自己的朋友说：“皮拉得斯，你不认为这就是那座神庙吗？”另一个人回答：“是啊，俄瑞斯忒斯，这里一定就是那个沾满鲜血的地方。”

俄瑞斯忒斯和他忠实的朋友到了这里？他们来这个对希腊人充满敌意的国家做什么？这是在俄瑞斯忒斯犯下弑母罪行之前还是之后？这是他弑母之后的故事。虽然雅典娜宣布他已清洗罪孽，但在这个故事里，并不是所有的复仇女神都接受了这个判决，其中还有几位仍在继续追逐俄瑞斯忒斯，至少俄瑞斯忒斯是这样认为的。尽管雅典娜宣布宽恕他，他自己却没能解开心结。虽然追逐他的复仇女神少了，但她们一直都在。

绝望之中他去了得尔斐。这是全希腊最神圣的地方，如果这里不能提供帮助，那么任何地方都不能帮助他了。阿波罗的神谕给了他希望，但是他必须冒生命危险采取行动。得尔斐的女祭司说，他必须去陶里人的国家，将阿耳忒弥斯的圣像从她的神庙里拿回来。在他把圣像放在雅典的一刻，他将终于被治愈，获得完全的平静。他再也不会看到那些恐怖的身影追逐自己了。此行非常危险，但是他完全要仰仗这次冒险。不管付出什么代价他都要试试，而皮拉得斯不愿让他独自前往。

他们二人到达神庙之后立刻明白了，必须要等到夜里才能采取行动。白天不管做什么都会被发现。他们便躲在一个阴暗偏僻的角落里。

伊菲革涅亚跟平常一样郁郁寡欢，正当轮到她当班去侍奉女神的时候，一个信使跑来告诉她来了两个年轻人，是希腊人，他们已经被关起来了，现在正被拿去献祭。他是来通知她为神圣的仪式做好准备的。日常的那种恐怖感再次攫住了她。她想到这件事就忍不住发抖，那些吓人的血迹，还有死者的痛苦，全都熟悉得可怕。但是这次她冒出一个新的念头。她扪心自问："女神会赞成这种事情吗？以献祭为名的杀戮会让她快乐吗？我不这么认为。是这片土地上的人嗜血成性，他们却把自己的罪孽强加在神灵身上。"

她站在原地陷入沉思，此时俘虏们被带进来了。她派侍从去神庙里做些准备，只剩下他们三个人的时候，她便和两个年轻人交谈起来。她问他们的故乡在哪里，他们很可能再也回不去了。她说着忍不住流下了眼泪。另外两人见她这么富有同情心，都感到惊讶。俄瑞斯忒斯温和地劝慰她，让她不必为他们感到难过。当他们来到这片土地上的时候，就必须面对有可能出现的危机。但是她继续提问。他们是兄弟吗？俄瑞斯忒斯说是的，不是亲生兄弟，但却相亲相爱。他们叫什么名字？俄瑞斯忒斯回答："人之将死，还有必要问他的名字吗？"

"你们连来自哪个城市都不肯告诉我吗？"她问。

"我来自迈锡尼，"俄瑞斯忒斯回答，"一座盛极一时的城邦。"

"那里的国王确实很富有，"伊菲革涅亚说，"他的名字是阿伽门农。"

"我不知道这个人，"俄瑞斯忒斯突兀地说，"我们还是不要谈了。"

"不，不，跟我说说他的事情吧。"她恳求道。

"他死了，"俄瑞斯忒斯说，"他的妻子杀死了他。别再问我了。"

"就再问一句，"她惊呼道，"她——那位妻子——还活着吗？"

"也死了，"俄瑞斯忒斯回答，"被自己的儿子杀死了。"

他们三个沉默地看着彼此。

伊菲革涅亚浑身颤抖，低声说："这真是——邪恶，可怕。"她努力振作起来，又问："他们有没有说起过那个被献祭的女儿？"

"只在谈论死人的时候才说。"俄瑞斯忒斯说。伊菲革涅亚神情变了，她似乎非常急切而且警觉。

她说："我想到一个计划，我们三个都能得救。你们两位获救之后，能不能帮我给在迈锡尼的朋友捎个信？"

俄瑞斯忒斯说："不，我不行。但我的朋友可以。他只是陪我来的。你杀了我吧，把信给他就好。"

"那就这样吧，"伊菲革涅亚说，"等我去拿信。"她说完赶紧走了。

皮拉得斯对俄瑞斯忒斯说："我不会留你在这里送死。如果我这么做，所有人都会说我是个懦夫。不行。我爱你——而且我怕别人瞧不起我。"

"我把我姐姐托付给你。"俄瑞斯忒斯说，"厄勒克特拉是你的妻子，你不能抛下她。至于说我——我死了也是一桩幸事。"就在他们这样急切地小声交谈时，伊菲革涅亚拿着信回来了。"我会说服国王，他肯定会给我的信使放行的。但是首先——"她对皮拉得斯说，"我告诉你信里写了什么，这样就算你不慎遗失了信件，也能把信的内容告诉我的朋友。"

"好主意。"皮拉得斯说，"我该把信交给谁？"

"给俄瑞斯忒斯，"伊菲革涅亚说，"阿伽门农的儿子。"

她看着远处，一心想着迈锡尼，没有注意到那两个人正惊讶地看着她。

"你就这样对他说，"她继续说道，"写信的人是在奥利斯港被献祭的那一个。她并没有死——"

"难道还能死而复生吗？"俄瑞斯忒斯惊呼。

"安静点，"伊菲革涅亚生气地说，"时间紧急。你跟他说：'弟弟，带我回家吧。带我逃离这血腥的祭司生活，离开这片野蛮的土地。'记清楚，年轻人，把这信带给俄瑞斯忒斯。"

"神啊，神啊，"俄瑞斯忒斯连声说，"真是难以置信！"

"我在跟你说话，没跟他说话。"伊菲革涅亚对皮拉得斯说，"你记住那个名字了吗？"

"记住了，"皮拉得斯说，"但是我立刻就可以把你的信送到。俄瑞斯忒斯，这是你的信，是你的姐姐写来的。"

"我收到了，"俄瑞斯忒斯说，"我高兴得无以言表。"

说着他把伊菲革涅亚紧紧抱在怀里，但她挣脱出来了。

“怎么回事？”她大声说，“这是怎么回事？你有什么证据？”

“你还记得你去奥利斯港之前做的最后那块刺绣吗？”俄瑞斯忒斯问，“我这就告诉你那刺绣长得什么样。你还记得你在宫中的闺房吗？我这就告诉你那房间里有什么。”

伊菲革涅亚相信了，她扑进他怀里哭起来。“最亲爱的人啊！你是我最亲爱的人，我亲爱的弟弟。我离开你的时候，你还是个小孩子。今天在这里相遇，简直比奇迹还要神奇！”

“可怜的姐姐，”俄瑞斯忒斯说，“你和我一样，与悲伤为伴。你差点就杀了自己的弟弟。”

“多可怕啊，”伊菲革涅亚喊道，“但是我已经做了很多可怕的事情。这双手差点就杀了你。可是现在——我该怎么做才能救你？哪位神，哪个人，能帮帮我们？”皮拉得斯安静地等着，他虽然充满同情，但却有些着急了。他认为现在应该马上采取行动了。他提醒这对姐弟：“等我们离开这个可怕的地方再叙旧吧。”

“我们杀死国王，可行吗？”俄瑞斯忒斯急切地提议道。但伊菲革涅亚气愤地表示反对。托阿斯王对她很好，她不想伤害国王。忽然她想出一个主意，绝对万无一失。她迅速对这两个年轻人说明了自己的计划，他们当即同意。于是三人一起进入神庙。

片刻后，伊菲革涅亚搬着圣像出来。一个人正好穿过神庙大门准备进去。伊菲革涅亚喊道：“陛下啊，千万别过来。”国王惊讶地问她发生了什么。她说今天送来的两个人有重罪。那两人道德败坏，心存恶念，他们杀了自己的母亲，因此惹怒了阿耳忒弥斯。

“我正要把圣像拿去海边清洗，”她说，“还要在那里洗掉那两个人的罪孽。清洗干净之后才能进行献祭。我必须独自完成净化过程。把那两个俘虏带过来，然后通知全城绝不要靠近我。”

“就照你说的办，”托阿斯回答，“你不必着急。”他看着他们离开——伊菲革涅亚带着圣像走在前面，俄瑞斯忒斯和皮拉得斯跟在后面，再后面则是一些拿着容器的侍从，在净化仪式上会用到这些容器。伊菲革涅亚大声祈祷："宙斯和勒托之女，你既是少女又是王后，你将永远纯净，我们也将永远快乐。"他们走进俄瑞斯忒斯的船只所在的海湾，消失了身影。伊菲革涅亚的计划似乎大功告成了。

计划确实不错。她可以让那些侍从离开，只留她和她弟弟以及皮拉得斯三人去海边。侍从们听她的命令站在原地。他们三人迅速登船，船员们拔锚起航。但是在快要离开海湾时，一阵狂风从海面上吹向陆地，他们没法顶风前进。在想尽一切办法之后，他们还是被吹了回去。船只似乎就要撞上礁石了。陶里人也识破了他们的计谋。一部分人守在原地，等船搁浅就上去抓人，其他人则跑去向托阿斯王通报消息。国王非常愤怒，他迅速离开神庙去抓他们，准备把那两个亵渎神灵的异乡人和那个通敌叛国的女祭司处死。此时他的上空忽然出现一个光芒四射的形象——那显然是一位女神。国王连忙后退，对神的敬畏让他停了下来。

"国王，收手吧，"女神说道，"我是雅典娜。听好了，我命令你放那艘船走。就连波塞冬现在也已经平息了风浪，给他们安排了安全的路线。伊菲革涅亚和另外两人是在神灵的指引下行动的。平息你的愤怒吧。"

托阿斯顺从地回答："一切都听您的，女神。这就照办。"在海岸上围观的人见到风向变了，海浪也平息了，希腊人的船离开了海湾，挂着满帆，朝开阔的海面驶去。

第二章

忒拜的王室

忒拜王室的故事和阿特柔斯家族的故事同样有名，有名的原因也如出一辙。正如公元前5世纪的作家埃斯库罗斯以阿特柔斯的后代为题材，写下了他最伟大的剧作，与他同时代的剧作家索福克勒斯也以俄狄浦斯及其子女为题材，创作了他最伟大的作品。

卡德摩斯和他的子女

卡德摩斯和他的女儿们的故事只是后来那个伟大故事的序曲。这个故事在古典时期很流行，好几位作家都部分或完整地写过。我比较喜欢阿波罗多洛斯的版本，他的作品写于公元1世纪或2世纪，写得简洁明确。

欧罗巴被公牛带走之后，她的父亲派她的兄弟们去找她，还命令他们不找到就不准回来。卡德摩斯是其中一位，但他没有漫无目的地四处寻找，而是很明智地去了得尔斐，向阿波罗求问她的去向。神灵告诉他不要再费劲去找欧罗巴了，也不要理会父亲说的不找到欧罗巴就不准回家的命令，直接去建立一座属于自己的城邦吧。阿波罗说，当他离开得尔斐后，会遇到一头小母牛，卡德摩斯必须跟着那头牛，牛在哪里停下来休息，他就在哪里建立城邦。忒拜就是这样建立起来的，它周围的土地被命名为维奥蒂亚，意为“母牛之地”。但首先，卡德摩斯必须战斗，他要杀死守护着附近泉水的一条恶龙，还要趁龙的同伴去取水的时候把它们也都杀死。他独自一人是不可能建立起城邦的，但是当恶龙死后，雅典娜出现在他面前，让他把龙牙种进地里。虽然不知道会发生什么，但他还是照办了，随后他惊恐地发现全副武装的士兵从田垄里跳出来。不过他们没有理会卡德摩斯，而是捉对厮杀，最终只剩下五个人，卡德摩斯说服他们成了自己的帮手。

在这五个人的帮助下，卡德摩斯建立了伟大的城邦忒拜。在他英明的统治下，忒拜变得一派繁荣。希罗多德说是他将字母文字引入希腊的。他的妻子是阿瑞斯和阿佛洛狄忒的女儿哈耳摩尼亚。众神出席他们的婚礼，祝福他们的婚姻，阿佛洛狄忒送给哈耳摩尼亚一条神奇的项链，这条项链是奥林波斯的工匠之神赫淮斯托斯亲自打造的，然而这条出自神灵之手的项链却给他们的后代带来了无数灾祸。

他们育有四个女儿和一个儿子，从子女身上，他们得知众神的宠爱不会永久持续。他们的四个女儿都遭遇了巨大的不幸。塞墨勒便是其中之一，她是狄俄尼索斯的母亲，因暴露在宙斯的神光之下而死。伊诺是另外一个女儿，她是佛里克索斯恶毒的继母，那个男孩全靠长着金羊毛的公羊相助才逃过一死。她的丈夫发起疯来，杀死了他们自己的儿子墨利刻耳忒斯。伊诺抱着儿子的尸体投海自尽。不过众神救了这对母子，伊诺成了海洋女神，当奥德修斯的木筏沉没时，是她救了他；墨利刻耳忒斯也成了海神。在《奥德赛》中，她的名字依然叫作伊诺，不过后来她的名字变成了琉科忒亚，她儿子的名字则变成了帕莱蒙。和塞墨勒一样，她终究还算幸运。她们的另外两个姐妹则不然，两人都因自己的儿子而痛苦不已。阿高厄是所有母亲中最悲惨的一个，狄俄尼索斯让她发了疯，她认定自己的儿子彭透斯是一头狮子，于是亲手杀了他。奥托诺厄的儿子是阿克泰翁，他是个了不起的猎人。奥托诺厄比阿高厄略好一些，她没有杀死自己的儿子，但是她却得忍受自己的儿子死于花样年华，而他根本没做错任何事，根本不该死。

阿克泰翁外出打猎，觉得又热又渴，他进入一座洞穴，那里有一条小溪流入池塘。他只是想在清澈的水中凉快一下，全然不知自己恰好闯入了阿耳忒弥斯最喜欢的沐浴场所——而且时间也挑得好，女神此时正宽衣解带，在水边露出美丽的胴体。女神受到了冒犯，丝毫没考虑他是有意冒犯还是无意闯入的。她抬起湿淋淋的手，将水洒在他脸上，水滴一落在他身上，他就变成了雄鹿。不光是外表发生了变化，他内心也成了鹿，他之前从来都无所畏惧，现在却吓得撒腿就跑。他的狗看见他跑就都追了上去。尽管很害怕，他还是没办法摆脱那群急切追赶的猎犬。它们扑到他身上，这群忠实的猎犬就这样咬死了自己的主人。

卡德摩斯和哈耳摩尼亚享尽荣华富贵，及至暮年，却因儿孙饱尝悲伤。彭透斯死后，他们离开了忒拜，似乎是想要逃离不幸。然而不幸却追着他们。他们来到遥远的伊利里亚，众神把他们变成了蛇，这不是惩罚，因为他们没有做错任何事情。他们的命运也证明了，痛苦并不是对恶行的惩罚，无辜者也和罪人一样经常遭受痛苦。

在这个不幸的家族中，谁都不如俄狄浦斯那般无辜，他是卡德摩斯的玄孙，他遭受的苦难比谁都深重。

俄狄浦斯

除了斯芬克司的谜语，这个故事完全取材于索福克勒斯的同名戏剧。关于那则谜语，索福克勒斯只是一笔带过，而很多作家都曾讲述过，具体内容则大同小异。

忒拜王拉伊俄斯是卡德摩斯的第三代子孙。他娶了自己的远房表亲伊俄卡斯忒。在他们统治时期，得尔斐的阿波罗神谕主导着这个家族的命运。

阿波罗是讲述真相的神灵。得尔斐的女祭司说的一切最终都会成为现实。想要逃避预言是没有用的，就像反抗命运一样毫无意义。然而，当神谕警告拉伊俄斯会被自己的儿子杀死的时候，他还是决心阻止此事发生。孩子出生后，他就把孩子的双脚绑起来，扔到了山里的僻静处，这样那孩子就必死无疑了。拉伊俄斯安心了，他觉得自己在预言未来这件事上比神灵还要出色。他的愚蠢让他无法认清事实。他最终还是被杀死了，但他以为自己是死在了一个外乡人的手里。他永远不知道自己的死亡恰好证明了阿波罗是正确无误的。

他死在远离故乡的地方，距离他将婴儿抛在山间已经过去了很多年。据说是一群强盗把他和他的随从全都杀了，只留下一个活口，好把消息带回去。此事没有经过认真调查，因为当时忒拜正处于困境——周围的土地被可怕的怪兽斯芬克司侵扰，那怪物状如长着翅膀的狮子，但是胸口和脸却是女人的模样。她在城外的路上等着过路的人，被她抓住的人就会被迫猜谜语，要是猜对了，她就会放对方走。但谁都猜不对，于是那怪物就把一个个过路的人都吃了，以至于整座城仿佛完全被包围了。忒拜那引以为傲的七座大门只能紧闭着，饥荒威胁着城里的居民。

这种情况一直持续到一个外乡人的到来，此人智勇双全，名叫俄狄浦斯。他原本是科林斯王波吕玻斯的儿子，由于得知了得尔斐的另一个神谕，于是自我流放离开了家乡。阿波罗说他命中注定会杀死自己的父亲。他也像拉伊俄斯一样，想让神谕失效，便决定永远不再见到波吕玻斯。他独自流浪，来到了忒拜附近，听说了此地发生的事情。他无家可归，也没有朋友，对他来说生活也没什么意义，于是他决定去见见斯芬克司，尝试解开谜语。斯芬克司问他：“什么生物早上用四条腿走路，中午用两条腿走路，傍晚用三条腿走路？”俄狄浦斯回答：“是人。婴儿时期手脚并用地爬着走，壮年时期直立行走，等老了就拄着拐杖走动。”这个答案完全正确。斯芬克司随即自杀身亡，这一举动着实匪夷所思，但对忒拜居民而言却是一大幸事——他们得救了。俄狄浦斯得到了一切，甚至比他在家乡时还要多。忒拜人出于感激，立他为王，他也娶了先王的遗孀伊俄卡斯忒。他们一起度过了很多年幸福的生活。看起来这一次阿波罗的预言落空了。

当他们的两个儿子长大成人后，忒拜遭遇了一场可怕的瘟疫，

到处都一片荒凉。举国上下不光是民众在死去，牛羊和田里的作物也都接连死去。没有死于瘟疫的人也因饥荒而死。但谁都不像俄狄浦斯那般痛苦。他认为自己是整个城邦的父亲，所有人都是他的孩子，每个人遭受的痛苦他都感同身受。于是他派伊俄卡斯忒的兄弟克瑞翁去得尔斐向神灵求助。

克瑞翁带着好消息回来了。阿波罗说，只要满足一个条件，疫情就会结束——让谋杀拉伊俄斯王的凶手受到惩罚。俄狄浦斯松了口气。虽然过去好几年了，但要找到那个人（也许是几个人）应该不难，到时候他们自有办法惩罚他。于是他召集所有人来听克瑞翁带回的消息：

这片土地上的任何人
都不得收留他。他是污秽之人，
不得让他进入你们的家门。
我庄严地祈祷，愿行凶的恶人
在恶劣的环境中结束生命。

俄狄浦斯投入大量精力处理此事。他找来忒拜城里最受尊敬的盲眼老先知忒瑞西阿斯，问他有没有什么办法能查明凶手。然而先知拒绝回答，他感到惊讶又愤怒。俄狄浦斯恳求道："看在众神的分上，如果你知道——""愚蠢。"忒瑞西阿斯打断了他的话，"你们个个愚蠢透顶。我是不会回答的。"但俄狄浦斯步步紧逼，甚至指责他也参与了谋杀，所以才不肯回答。这一下惹怒了老先知，逼他说出了他本来绝对不肯说出口的话，每个字都显得无比沉重："你本人就是你要找的那个凶手。"在俄狄浦斯看来，这个老人精神恍惚，他说的纯粹是疯话。于是他把忒瑞西阿斯赶走，命令他再也不准出现在自己面前。

伊俄卡斯忒也对此回答嗤之以鼻。她说："先知和神谕都是胡说八道。"接着她就告诉丈夫，得尔斐的女祭司曾预言拉伊俄斯会被自己的儿子杀死，当时他们夫妇一起杀了那个婴儿，确保此事不会发生。"拉伊俄斯是被强盗杀死的，在通往得尔斐的一个三岔路口。"她颇为得意地说道。俄狄浦斯奇怪地看着她，慢慢地问："这是何时发生的？"她回答："是你来到忒拜之前不久。"

"他带了多少人？"俄狄浦斯问。伊俄卡斯忒马上回答："一行五人，只有一个活了下来。"俄狄浦斯说："我要见见那个人。叫他来。""好的，"她回答，"马上就去。但是我得知道你在想什么。""我在想什么你都会知道的。"他回答，"在我来忒拜之前，我曾去过得尔斐，因为当时有人当面告诉我说我不是波吕玻斯的儿子。我便去求问神谕。他没有回答我，却给我说了很可怕的事情——我会杀死自己的父亲，迎娶自己的母亲，大人小孩都会鄙弃我。我便再也没有返回科林斯。在去得尔斐的路上有个三岔路口，我遇到一个人，带了四个随从。他想逼我让路，还用他的棍子打我。我一生气就把他们杀了。莫非那个头领就是拉伊俄斯？""活着的那个人回来说是一伙强盗干的。"伊俄卡斯忒说，"拉伊俄斯是被一伙强盗杀死的，不是被自己的儿子杀死的——那个可怜的小孩死在山里了。"

他们说话间，又一件事情似乎证明了阿波罗是错的。一个科林斯来的信使向俄狄浦斯报告波吕玻斯的死讯。伊俄卡斯忒高声说："神谕啊，现在你在哪里呢？那个人死了，不是被自己的儿子杀死的。"信使睿智地笑了笑，问道："您是因为害怕弑父才离开科林斯的吗？陛下，您错了。您根本不必害怕——您不是波吕玻斯的儿子。他把您当作自己的儿子养大，但是却是我把您交给了他。”“你是在哪里找到我的？”俄狄浦斯问，“我的父母是谁？”信使回答：“我不知道您的父母是谁。是一个流浪的牧羊人把您交给我的，那人是拉伊俄斯的仆人。”

伊俄卡斯忒脸色苍白，露出恐惧的神情。她叫道：“不要浪费时间听此人说话了。他说的完全不重要。”她语速飞快，情绪激动。俄狄浦斯不明白。他问：“我的出身不重要吗？众神在上，你别说了。”“我的痛苦已经够多了。”她说完就跑进了宫内。

这时一个老人走了进来，他和那个信使好奇地对视了一番。信使大声说：“陛下，就是这个人。这就是把您交给我的那个牧羊人。”俄狄浦斯问老人：“他认识你，你也认识他吗？”老人没有回答，但是信使坚称：“你肯定记得。你捡到一个孩子交给我——眼前这位国王就是当年那个小孩。”“见鬼，”老人咕哝道，“管住你的嘴！”“什么！”俄狄浦斯愤怒地说道，“你和他密谋，不肯说出我想知道的事情？我肯定有办法让你开口的。”

老人哀求道：“不要伤害我。是我把那个孩子交给了他。但是主人啊，看在众神的分上，不要再问了。”俄狄浦斯说：“如果要让我问第二次你是在哪里捡到小孩的，你就没命了。”老人叫道：“问您的妻子。她知道得最详细。”“是她把小孩给你的吗？”俄狄浦斯问。老人连声叹息：“是啊，是啊。我本该杀死那个小孩。有预言说——”“预言！”俄狄浦斯也跟着说，“是说他会杀死自己的父亲？”“是啊。”老人低声回答。

国王痛苦地大喊一声。他终于明白了。“全部应验了！现在我的光明全部变成了黑暗。我被诅咒了。”他杀了自己的父亲，娶了父亲的妻子——那可是他的亲生母亲。什么都帮不了他，也帮不了她，更帮不了他们的孩子。所有人都被诅咒了。

俄狄浦斯在宫殿里发疯似的寻找自己的妻子——她同时也是

他的母亲。他终于在她自己的房间里找到了她。她已经死了。真相暴露之后她自杀了。俄狄浦斯站在她旁边，朝自己伸出手，但他没有自杀。他把自己的光明变成了黑暗——他挖出了自己的眼睛。失明带来的黑暗成了避难所，与其在那个明亮的世界里，用满怀愧意的异样目光打量一切，还不如置身于黑暗的世界之中。

安提戈涅

这个故事主要取材于索福克勒斯的两部戏剧——《安提戈涅》和《俄狄浦斯在科罗诺斯》，只有墨诺叩斯之死出自欧里庇得斯的戏剧《请愿的妇女》。

伊俄卡斯忒死后，一切罪孽也随她而去。俄狄浦斯一直住在忒拜，他的孩子渐渐长大。他有两个儿子，分别是波吕涅刻斯和厄忒俄克勒斯；还有两个女儿，分别是安提戈涅和伊斯墨涅。这几个年轻人都非常不幸，不过他们并没有像神谕对俄狄浦斯所说的那样，变成令人胆寒的怪物。两个男孩深受忒拜人喜爱，两个女孩也是无可指摘的好女儿。

俄狄浦斯当然退位了。他的长子波吕涅刻斯也没有即位。忒拜人觉得这样很明智，因为这个家族被诅咒了，于是他们接受了伊俄卡斯忒的兄弟克瑞翁当摄政王。多年来他们一直善待俄狄浦斯，但是最后他们还是决定流放他。不知道为什么会做出这样的决定，但克瑞翁急于流放他，俄狄浦斯的两个儿子也同意了。俄狄浦斯的朋友只剩下两个女儿了。他经历了那么多不幸，女儿们还是对他不离不弃。当他被赶出城市的时候，安提戈涅也和他一起走了，她为盲眼的父亲带路并照顾他。伊斯墨涅则留在忒拜充当父亲的耳目，城里一旦发生触及他利益的事情，她便将情况通报给他。

俄狄浦斯走后，他的两个儿子开始争夺王位，两人都想当王。尽管厄忒俄克勒斯为次子，但他还是成功坐上王位，并流放了自己的哥哥。波吕涅刻斯去了阿尔戈斯避难，他四处挑起人们对忒拜的憎恨，最终目的是想组织起一支军队进攻忒拜。

俄狄浦斯和安提戈涅四处漂泊，最终来到了科罗诺斯，这是雅典附近一个美丽的地方，曾经是复仇女神厄里倪斯的圣地之所在，后来复仇女神成了善心女神，这里也就成了恳求宽恕之人的避难所。这个盲眼的老人和自己的女儿在这里感到很安全，他最终死在了这里。虽然他一生命运多舛，但他最终竟得以善终。神谕曾对他说出可怕的预言，却在他临死前安慰了他。阿波罗向他保证，他虽然是个罪人，是无家可归的流浪者，但是他坟墓所在的地方将受到神灵的庇护。雅典王忒修斯隆重地接待了他，老人知道人们不再憎恨他，反而因他能造福此地而欢迎他，于是心安理得地死去。

是伊斯墨涅把那个令人安心的神谕告诉父亲的，父亲去世时，姐妹二人都守在他身边，后来忒修斯送她们安全回家。到达忒拜时，她们发现一个兄弟居然在攻打这座城市，想要攻陷它，而另一个兄弟决意守城到最后一刻。波吕涅刻斯是进攻的一方，而且他也更有权继承王位，然而他的弟弟厄忒俄克勒斯是在为忒拜而战，是在保卫家园不被攻占。两姐妹也不知道该支持哪位了。

有六位首领与波吕涅刻斯并肩作战，其中一人是阿尔戈斯王阿德拉斯托斯，另一个是阿德拉斯托斯的妹夫安菲亚拉俄斯。安菲亚拉俄斯是个先知，他是最后一个决定参战的人，但其实他很不愿意参与其中，因为他知道他们七人中除了阿德拉斯托斯，其他人都不会活着回来。但是他发过誓，如果他和内兄之间出现纠纷的话，就由妻子厄里费勒做出决定。因为在那之前，当他和阿德拉斯托斯发生冲突时，也是由厄里费勒进行调解的。波吕涅刻斯拿一条华美的项链收买了厄里费勒，让她帮自己说话，那条项链就是他的祖先哈耳摩尼亚的结婚礼物。厄里费勒便说服自己的丈夫参战了。

这七个勇士去进攻忒拜的七座城门，而对方的七个勇士也奋力守城。厄忒俄克勒斯守卫着波吕涅刻斯进攻的那座城门，安提戈涅和伊斯墨涅在宫殿里等着，也不知道谁会被杀死。但是决战还没发生，一个忒拜的少年就为国捐躯了，死亡让他成了战争中最高贵的人。他就是克瑞翁的小儿子墨诺叩斯。

先知忒瑞西阿斯曾为忒拜王室带去不少可怕的预言，此次又带来另一个坏消息。他对克瑞翁说，如果墨诺叩斯死去，忒拜就能得救。做父亲的当然拒绝这么做——他宁愿自己死去。他说："就算是为了这座城市，我也不会杀死我的儿子。"当忒瑞西阿斯说那件事的时候，墨诺叩斯也在场。克瑞翁对儿子说："上楼去，我的孩子，竭尽全力离开这里，不要让城里的人知道。""去哪里，父亲？去哪座城市？找哪个朋友？"男孩问道。父亲回答："越远越好。我会想办法——我会找到金子。""那就去吧。"墨诺叩斯说。但是当克瑞翁匆匆离去之后，他对别人说：

我父亲——他会夺走这座城邦的希望，
让我成为一个懦夫。算了——他老了，
就此原谅他吧。但我还年轻。
如果我背叛忒拜，就不可原谅了。

他凭什么认为我无法拯救这座城市，
认为我不敢为了这座城市赴死？
我若能拯救我的国家，却逃之夭夭，
那我活着还有什么意思？

他便上了战场，但毕竟疏于战阵，他很快就被杀死了。

不管是攻方还是守方都没能占据上风，于是双方同意让兄弟二人决战。如果厄忒俄克勒斯获胜，阿尔戈斯军队就撤退；如果厄忒俄克勒斯落败，波吕涅刻斯就称王。但是没有哪一方胜出，兄弟二人都战死了：厄忒俄克勒斯临死时看着自己的兄弟流下泪水，已经没力气说话了；波吕涅刻斯也只能喃喃地说出短短的两句话："我的兄弟，我的敌人，我亲爱的，我一直爱你。请把我埋在故乡——至少靠近我的城市。"

决斗没有结果，战争还在继续。但墨诺叩斯并没有白白送死——最终忒拜人获胜，除了阿德拉斯托斯以外，攻打忒拜的其余几位勇士全部死去。他带着溃败的军队去了雅典。克瑞翁掌管了忒拜，他宣布一律不得为攻打忒拜的人举行葬礼。厄忒俄克勒斯理应被厚葬，他是死者中最高贵的一位，但波吕涅刻斯则只能被丢到野外，留给鸟兽去侵食。此举有违众神的法令，违背了法律给予的权限，这是在惩罚死者。未被埋葬的死者就无法越过环绕着冥界的冥河，只能孤独地游荡，没有可居住的地方，即使疲倦也无法休息。埋葬死者是一项神圣的义务，不只是要埋葬自己的同胞，任何一个异乡人都应该被埋葬。但克瑞翁说，由于波吕涅刻斯犯了罪，他们没有这份义务了。埋葬他的人要被处死。

安提戈涅和伊斯墨涅对克瑞翁的决定十分恐惧。伊斯墨涅震惊不已，而那可怜的死尸和无家可归的灵魂更让她痛苦，除了默许，她似乎也没有别的办法了。她和安提戈涅现在都无依无靠了。所有忒拜人都欣喜万分，给他们带来战争的人就该受到严厉的惩罚。她对姐姐说："我们是女人，我们只能服从。我们没有力量反抗整个国家。"安提戈涅说："你尽可以选择如何行事，但我要去埋葬我亲爱的兄弟。"伊斯墨涅大声说："你不够强大。"安提戈涅回答："是吗？那当我力所不及的时候我就放弃。"她说完就离开了妹妹，伊斯墨涅没敢跟她一起。

几个小时后，在宫殿里的克瑞翁被一声叫喊吓了一跳："有人抗命埋葬了波吕涅刻斯。"他赶快出去，遇到了他派去守卫尸体的卫兵和安提戈涅。"这个女孩埋葬了他，"卫兵说，"我们看见她了。一阵严重的沙尘暴掩护了她。沙尘暴过去之后，尸体已经被埋好了，那女孩正给死者献上供品。"克瑞翁问："你知道我的命令吗？"安提戈涅回答："知道。""那你为什么违背法令？"安提戈涅说："那是你的法令，却不是与众神为伍的正义之神的法令。天庭中未被写下的法令不只适用于今天或明天，它是永恒不变的。"

伊斯墨涅哭着从宫殿里跑出来，和姐姐站在一起。"我也帮忙了。"她说。但是安提戈涅阻止了她。"是我一个人做的。"她对克瑞翁说，不让妹妹再说话，"你选择活下去。我选择死去。"

她被处死的时候，对旁观的人说道：

看着我，我受此痛苦，
只因我坚守了众神的法令。

伊斯墨涅消失了。再也没有任何关于她的故事或者诗歌。忒拜的最后一个王室——俄狄浦斯家族，就这样湮没在历史中。

七雄攻忒拜

两位大作家都写过这个故事——埃斯库罗斯和欧里庇得斯分别以此为主题创作过一部戏剧。我选择了欧里庇得斯的版本，因为这个故事跟他的其他大多数作品一样，出色地反映了我们的观点。埃斯库罗斯把故事讲得非常精彩，但是流淌在他笔尖的不过是一首慷慨激昂的战争诗篇。欧里庇得斯的《请愿的妇女》相较于他的其他任何一部剧本，都更能突显他的现代思想。

由于安提戈涅付出了生命的代价，波吕涅刻斯终于得以安葬，他的灵魂可以渡过冥河，在死者的世界找到一个住处。但是另外五位随他一起去攻打忒拜的首领却迟迟没有下葬，依克瑞翁的命令，他们永远都不能被埋葬。

阿德拉斯托斯是攻城的七位勇士中唯一活下来的人，他去了雅典王忒修斯的宫廷，请求忒修斯去说服忒拜人埋葬那些死者。和他一起去雅典的还有死者的母亲和儿子。他对忒修斯说："我们只求能够埋葬我方的死者。我们来请求你的帮助，因为雅典是最具同情心的城市。"

"我不会帮你们的，"忒修斯回答，"是你率领你的人去攻打忒拜的。战争是你一手造成的，不是忒拜人。"

但是忒修斯的母亲埃特拉却打断了两位国王的对话，那些悲伤的母亲刚到此地就向她求助了。她说："我的儿子，我能否为你和雅典的荣誉说一句话？"

"好的，请说吧。"他回答。于是他认真听取了母亲的想法。

“你应该帮助那些遭遇不公的人。”她说，“那些采取暴力的人不肯让死者享受他们的正当权利，你应该去督促他们遵守法令。在整个希腊，葬礼都是神圣的。除了每个人都尊重法律赋予众人的权利，还有什么能把我们各个城邦联系在一起呢？”

“母亲，”忒修斯大声说，“你说得没错。但是我本人不能决定此事。因为这座城邦是个自由的国度，每个人都有投票的权利。如果雅典的公民同意，我就去忒拜。”

那些可怜的女人就这么等着，埃特拉陪伴在她们身边；忒修斯则召开集会，让大家决定这些女人死去的孩子们结局究竟是喜是忧。她们祈祷：“雅典娜的城市啊，请帮帮我们，这样才不至于破坏法律的公正，让一切无依无靠、受到压迫的人都能得到帮助。”后来忒修斯带着好消息回来了。参加集会的人投票决定：雅典虽然想和忒拜做友好邻邦，但是雅典人也不能对错误的行为袖手旁观。他们会这样对忒拜人说：“满足我们的要求吧，我们只想做正确的事情。如果你们不愿意，那就选择战争，我们必须为无助的人而战。”

不等他把话说完，一个信使进来，问道：“谁是此地的主人？谁是雅典王？我为他带来一条忒拜王的消息。”

“你所说的那个人并不存在。”忒修斯回答，“这里没有主人。雅典是自由的，由它的人民统治。”

“忒拜比你们要好，”信使说，“我们的城市不是由一群乌合之众摇摆不定地统治着，我们由一个人统治。一群无知的人怎么能够英明地指导国家行为呢？”

忒修斯说：“在雅典，我们制定自己的法律，再由这些法律约束我们。对我们来说，让法律掌握在一个人手中才是城邦最大的敌人。优势在我们这方，我们的国家十分快乐，所有的子民都强壮有力，因为他们都智慧且公正。对暴君来说这是很可怕的。他杀死臣民，唯恐自己的统治被动摇。

“回忒拜去吧，告诉那边，我们深知对人类而言，和平远远好过战争。傻子才会冲上战场奴役弱国。我们不会伤害你们的国家。我们只想帮助死者，让他们入土为安，谁都不是身体的主人，只是暂时寄居于此罢了。尘土必须回归尘土。”

克瑞翁对忒修斯的要求不予理睬，于是雅典人便朝着忒拜进发。他们获胜了。惊恐的忒拜人以为自己要么被杀，要么被奴役，整个城市将会毁于一旦。虽然通往城里的道路就在获胜的雅典军队眼前，但忒修斯却命令大家都停下。“我们不是来毁灭这座城市的，”他说，“只是来索要遗骸。”信使则把消息报告给焦急等待的雅典人：“我们的国王忒修斯亲自给那五具可怜的尸首准备好了坟墓，将其清洗干净，穿衣入殓。”

那些悲伤的母亲总算感到些许宽慰，她们的儿子终于被放在了火葬堆上，得到了应有的尊敬和荣誉。阿德拉斯托斯为每个人都做了最后的陈词：“卡帕纽斯卧于此处，他强大而富有，却像穷人一样谦卑，对每个人都真诚相待；他全然不知狡诈为何物，说出来的全是友善的言辞。厄忒俄克罗斯就在旁边，他虽清贫却满身荣誉，因此他其实是富有的；有人给他金子，他却不肯接受，因他不愿成为财富的奴隶。他旁边躺着的是希波墨冬，一个对苦难甘之如饴的人，既是猎人，也是战士，自幼就不安于平静的生活。接下来是阿塔兰忒之子帕忒诺派俄斯，无论男女都喜爱他，他从未伤害过任何人；他以祖国强盛为乐，以祖国衰败为忧。最后一位是提丢斯，他不善言辞，却善于用剑与盾论理；他品行高洁，讷言敏行，足见其品格之高。”

然后火葬堆就被点燃了，一个女人出现在山崖上。那是卡帕纽斯的妻子厄瓦德涅，她叫道：

> 我看到了你火葬堆上的火焰，你的坟墓。
> 我要在那里结束这痛苦悲伤的人生。
> 啊，随我心爱之人同去，多么甜蜜！

她跳进火光冲天的火葬堆里，和她丈夫一起去了冥界。

得知自己孩子的灵魂都安息了，那几位母亲也平静了。然而死者的幼子们则不然。他们一边看着火葬堆熊熊燃烧，一边发誓等自己长大后要让忒拜血债血偿。“我们的父亲躺在坟墓里，但他们遭遇的不公从未平息。”他们说。十年后他们再次征战忒拜。他们获得了胜利，忒拜人落败逃跑，整个城市也被夷为平地。先知忒瑞西阿斯在逃亡途中死去。现在古老的忒拜唯一剩下的东西就是哈耳摩尼亚的项链，这条项链被送到得尔斐，几百年来一直供香客朝拜。七位勇士的儿子为父亲报了仇，打败了父辈当年的敌人，他们被称为“厄庇戈诺斯”，意思是“后生者”，仿佛是在说他们出生得太晚，已经错过了所有的英雄壮举。不过当忒拜陷落时，希腊人的船只还没航向特洛伊，提丢斯之子狄俄墨得斯有朝一日将在特洛伊城墙外大放异彩，成为青史留名的战士之一。

第三章

雅典的王室

普洛克涅和菲罗墨拉的故事出自奥维德。这个故事他写得比任何人都要出色，然而即便如此，他也间或出现匪夷所思的败笔。他花了长达十五行的篇幅描写菲罗墨拉的舌头被割掉的情景（我略去了这段内容），忒柔斯把它扔到地上，它还在不停地“抖动”。希腊诗人都不会描写这样的细节，而拉丁语作家对此却不反感。普洛克里斯和俄瑞梯亚的故事大部分也出自奥维德，一些细节则取自阿波罗多洛斯的作品。欧里庇得斯曾以克瑞乌萨和伊翁为主题创作过一部戏剧，此剧同他的其他多部戏剧一样，试图以仁慈、荣誉、自制等普遍的人性标准为参照，向雅典人展示众神的真实面貌。希腊神话中充斥着劫掠欧罗巴一类的故事，至于神灵在此类事件中是否表现得缺乏神性，则一概不予置评。在他那部关于克瑞乌萨的戏剧中，欧里庇得斯对观众说：“看看你们的阿波罗，手

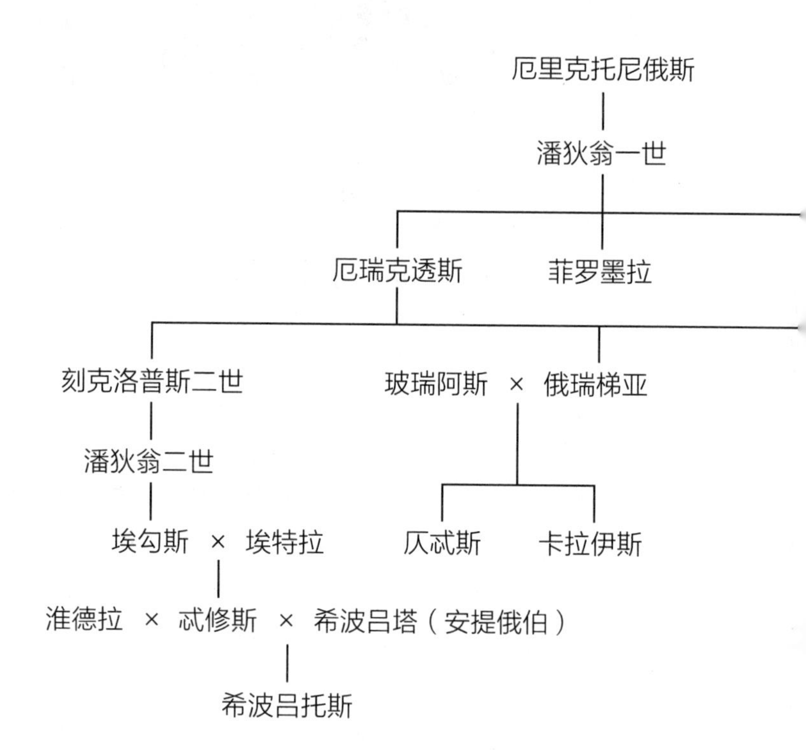

厄里克托尼俄斯
潘狄翁一世
厄瑞克透斯
菲罗墨拉
刻克洛普斯二世
玻瑞阿斯 × 俄瑞梯亚
潘狄翁二世
埃勾斯 × 埃特拉
仄忒斯
卡拉伊斯
淮德拉 × 忒修斯 × 希波吕塔（安提俄伯）
希波吕托斯

雅典王室族谱

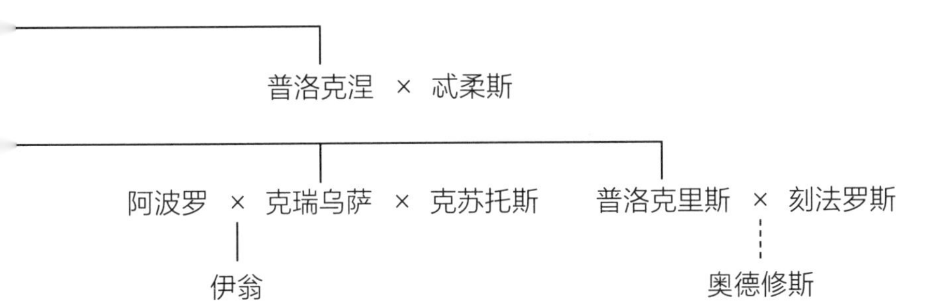

持七弦琴的光明之神，纯粹的真相之神。这就是他的所作所为。他粗暴地强迫年轻无助的女孩，然后又抛弃了她。”当这样的戏剧在雅典广受欢迎时，希腊神话的终结也指日可待了。

雅典的王室因其成员的特殊经历而引人瞩目，即使和神话里的其他显赫家族相比，雅典王室也毫不逊色。他们人生中的某些经历可以说是最为离奇的故事了。

刻克洛普斯

阿提卡的第一任国王名叫刻克洛普斯。他的祖先不是人类，他自己也是半人：

刻克洛普斯，是国王也是英雄，
由龙所生，
下半身也是龙的模样。

通常认为他是雅典娜成为雅典守护者的最主要原因。波塞冬也想成为这座城市的守护者，为了显示他能带来各种好处，他用自己的三叉戟劈开卫城的石头，海水冲过这道裂口，形成了一个深井。雅典娜则更胜一筹，她让一棵橄榄树在此生长，这是全希腊最珍贵的树种：

雅典娜向世人展示
闪耀着灰色光泽的橄榄，

那是雅典城的荣光，
是上天恩赐的冠冕。

为了回报这份厚礼，时任仲裁者的刻克洛普斯决定让雅典娜成为城市的守护者。波塞冬恼羞成怒，发起滔天的洪水，惩罚雅典的居民。

在一个描述这两位神灵竞争的故事中，女性的投票权起到了重要作用。据说在早期，女人和男人一样拥有投票权。所有的女人都投票支持雅典娜，而所有的男人都投票支持波塞冬。然而女人比男人多出一人，于是雅典娜胜出。男人们都站在波塞冬一边，他们对女性获胜一事感到气恼，当波塞冬掀起洪水淹没土地时，他们决定取消女性的投票权。无论如何，雅典娜仍然得到了雅典城。

大部分作家都说这些事情发生在大洪水之前，出身于雅典望族的刻克洛普斯并不是一个半龙半人的古代怪物，而是一个普通人，他之所以如此重要，是因为他的几个亲属：他的父亲是一位伟大的国王，两个姑姑和三个姊妹都是著名的神话人物；最重要的是，他是雅典英雄忒修斯的曾祖父。

他的父亲是雅典王厄瑞克透斯，据说在他统治时期，得墨忒耳到了厄琉息斯，人类开始了农业生产。厄瑞克透斯有两个姊妹，分别是普洛克涅和菲罗墨拉，她们是因不幸而出名的。她们的遭遇真的非常悲惨。

普洛克涅和菲罗墨拉

普洛克涅是姐姐，她嫁给了色雷斯的忒柔斯。忒柔斯是阿瑞斯之子，他继承了父亲一切不好的品质。普洛克涅和忒柔斯生下了儿子伊提斯。普洛克涅一直住在色雷斯，和她的家人天各一方，等到伊提斯五岁的时候，她便请求忒柔斯让她的妹妹菲罗墨拉来看望她。忒柔斯同意了，还说他愿意亲自去雅典接菲罗墨拉过来。菲罗墨拉美得好像山中或水中的仙女一般，忒柔斯对她一见钟情。他轻易说服了菲罗墨拉的父亲，让女孩跟他一起去色雷斯，菲罗墨拉自己也高兴得难以言表。旅途中一切都很顺利，但是当他们上了岸，正朝宫殿走去的时候，忒柔斯对菲罗墨拉说，他收到了普洛克涅的死讯，并强迫菲罗墨拉跟自己结婚。这场虚假的婚姻还没持续多久，菲罗墨拉就知道了真相，并且非常不理智地去威胁忒柔斯。她说，她有办法让全世界都知道他的所作所为，会让他遭到所有人的唾弃。这番话让忒柔斯既愤怒又恐惧。他抓住菲罗墨拉，切掉了她的舌头，把她关在一个严密把守的地方，接着又跑去对普洛克涅说菲罗墨拉死在了半路上。

菲罗墨拉的情况似乎不容乐观：她被关了起来，口不能言，而且在那个时代，人们还不会书写。忒柔斯好像安全了。然而，尽管不会书写，人们无需开口也能讲述故事，因为他们都是娴熟的工匠，现代人根本没法比。一个工匠能做出一面盾牌，上面装饰着猎狮的图案：两头狮子在吞食一头牛，而牧人则指挥着自己的猎犬去攻击狮子。工匠也能描绘出丰收的场景：在一片麦田里，有人在收割麦穗，还有人把它们捆成一束一束；在一座葡萄园里，男孩女孩提着篮子采摘大串的葡萄，而其中一人则吹着牧笛给同伴们加油鼓劲。女人们也一样擅长手工。她们会织布，织出来的东西栩栩如生，别人一看便知它们讲述了怎样的故事。于是，菲罗墨拉将希望寄托在织布机上。她下定决心要把事情经过织在布匹上，把故事讲得清清楚楚，这是任何艺术家都未曾做到的。她忍受着巨大的痛苦，凭借高超的技巧，最终织出了一张华丽的壁毯，上面详细记录了她所遭遇的不幸。她把壁毯交给照顾她的老妇人，并示意将其交给王后。

老妇人拿着这样一件美丽的礼物，不禁倍感自豪，立刻把它交给了普洛克涅。普洛克涅此时还在为妹妹服丧，她的心情就像她的丧服一样黯淡。她展开壁毯，菲罗墨拉的脸和身形便映入她的眼帘，忒柔斯也清清楚楚地出现在上面。她惊恐地看懂了上面的内容，眼前的图画清晰得与文字无异。她虽然非常愤怒，但内心深处的理智让她能够自制。她没有流泪，也没说什么，而是集中精神思考该如何救出妹妹，同时让丈夫得到应有的惩罚。首先，显然是在那位送信的老妇人的帮助下，她找到了菲罗墨拉，并告诉无法作答的妹妹，说自己已经知道了一切，并把她带回了宫殿。菲罗墨拉哭泣的时候，普洛克涅在想办法。"把眼泪留到以后吧。"她对妹妹说，"忒柔斯敢这样对你，他一定要付出代价，为此我什么都做得出来。"这时她的幼子伊提斯跑了进来。她看着自己的孩子，似乎十分厌恶。"你可真像你父亲啊。"她慢慢地说道，很快就想出了完整的计划。她用匕首一刀刺死了小男孩，然后把尸体切成小块，将四肢放在锅里炖了，晚上端给忒柔斯当晚餐吃。她看着他把饭吃完，然后才告诉他刚才吃的是什么。

一开始，恶心和惊恐让他无法动弹，姐妹两人趁机逃走了。但是忒柔斯在道利斯附近追上了她们二人，眼看她们就要被他杀死了，神灵突然将她们变成了鸟：普洛克涅变成了夜莺，菲罗墨拉变成了燕子。由于舌头被割掉了，菲罗墨拉只能啾啾地啼叫，不能放声歌唱，而普洛克涅——

有着褐色的羽翼，
这只歌声婉转的夜莺

永远在哀鸣：啊，伊提斯，我的孩子，

我就这样失去了你，失去了你。

在所有的鸟类中，她的歌声最为悲伤，因而也最为甜美。她永远不会忘记被她杀死的那个孩子。

可恶的忒柔斯也变成了鸟，一只丑陋至极的鸟，长着巨大的喙；有人说他变成了鹰。

罗马的作者们在讲述这个故事的时候，不知何故将两姐妹搞混了，说没有舌头的菲罗墨拉是夜莺，这是极其荒谬的。但在英文诗歌中，菲罗墨拉通常就被称为夜莺了。

普洛克里斯和刻法罗斯

这对不幸的姐妹有个侄女名叫普洛克里斯，她也和两位姑姑一样命运凄惨。她和风王埃俄罗斯的孙子刻法罗斯成婚后，本来过着幸福的生活，但是才过几周，刻法罗斯就被黎明女神奥罗拉带走了。因为他喜爱捕猎，经常早起去追逐野鹿，于是黎明女神多次看到这位年轻的猎人，最终爱上了他。但是刻法罗斯对普洛克里斯一片真心，心里只装得下普洛克里斯一人，就连光彩照人的女神都不能让他背叛自己的妻子。奥罗拉使尽了各种解数，都动摇不了刻法罗斯半分，如此忠贞的爱情气坏了黎明女神，她最终只能放他回去跟妻子团聚，但要他确认一下普洛克里斯在这段时间里是否像他一样忠贞不渝。

这个恶毒的建议让刻法罗斯嫉妒得发了疯。他离家很久了，而普洛克里斯又是如此美丽……他觉得如果不能排除一切怀疑，确定普洛克里斯只爱他一人，不会转投他人的怀抱，那么他是绝对没办法安心的。于是他乔装打扮了一番——有人说是奥罗拉帮了他——总而言之，此次乔装非常成功，他回到家的时候，没人认出他来。看到家人都在盼他回来，他感到些许安慰，但是他的目标依然很坚定。当他被带到普洛克里斯面前的时候，她那溢于言表的悲伤、郁郁寡欢的神色和闷闷不乐的态度让他几乎要放弃试探的计划了。但他还是坚持自己的目标，他忘不了奥罗拉讥讽的语气。他立刻尝试引诱普洛克里斯，想让她爱上他这个异乡人——她确实是这么认为的。他向她热情地示爱，还不断提醒她，说她的丈夫已经抛弃她了。但是很长一段时间里她都不为所动。对于他所有的说辞，她总是回答："我属于他，不管他在哪里我都爱他。"

但是有一天，当他再次恳求她、劝说她并向她许诺的时候，她犹豫了。她并没有让步，只是没有坚定地反对他了，但对刻法罗斯来说这就足够了。他喊道："你这虚伪无耻的女人，我是你丈夫。我亲眼看到你背叛了我。"普洛克里斯看了他一眼，转身离开了他，离开了这座房子。她对他的爱全部变成了恨，她憎恨所有的男性，便去山里独自生活了。刻法罗斯迅速清醒过来，意识到自己扮演了多么可悲的角色。他四处寻找，最终找到了她，然后谦卑地请求她原谅。

她没有立刻原谅他，她对他的欺骗行为恨之入骨。但是最终他还是让她回心转意了，两个人幸福地生活了很多年。后来有一天，他们像往常一样出去打猎。普洛克里斯递给刻法罗斯一支标枪，这支标枪从来不会射偏。这对夫妇进入林中后，分头各自寻找猎物。刻法罗斯密切关注着周围的动静，忽然发现树丛里有什么东西在动，于是掷出了标枪。标枪正中目标——然而倒地而亡的却是普洛克里斯，她被标枪刺穿了心脏。

俄瑞梯亚和玻瑞阿斯

普洛克里斯有个姐妹叫俄瑞梯亚。北风之神玻瑞阿斯爱上了她，但是她父亲厄瑞克透斯以及所有的雅典人都反对这门婚事。因为普洛克涅和菲罗墨拉的命运实在不幸，而忒柔斯刚好是北方人，于是他们坚信所有住在北方的人都很坏，也就拒绝将俄瑞梯亚交给玻瑞阿斯。但是他们实在愚蠢，居然以为自己能将伟大的北风之神想要的人留在身边。有一天，俄瑞梯亚在河畔和姐妹们玩耍时，玻瑞阿斯掀起一阵狂风将她掳走了。后来她为玻瑞阿斯生了两个儿子——仄忒斯和卡拉伊斯，这两人都随伊阿宋参加了寻找金羊毛的行动。

伟大的雅典教师苏格拉底生活在神话故事出现之后的几百年或者几千年。有一天，他和自己喜欢的年轻人斐德若在路上走着，一边闲逛一边交谈。斐德若问："据说玻瑞阿斯从伊利索斯河岸边掳走了俄瑞梯亚，是不是就发生在此地附近？"

"故事是这么说的。"苏格拉底回答。

"你觉得这就是故事发生的确切地点吗？小溪如此清亮怡人，我觉得少女们可能就在附近玩耍。"斐德若问。

"我认为应该是在下游四分之一里的某处，那里应该有一座玻瑞阿斯的祭坛。"苏格拉底回答。

"请告诉我，苏格拉底，你是否相信这个故事？"斐德若问。

"智者多疑。如果我对它有所怀疑，那也没有什么奇怪的。"苏格拉底回答。

这段对话发生在公元前 5 世纪末期。从那时开始，人们已经逐渐失去了对那些古老故事的兴趣。

克瑞乌萨和伊翁

克瑞乌萨是普洛克里斯和俄瑞梯亚的姐妹，她也是个很不幸的女人。当她还是个孩子的时候，有一天她在悬崖边收集番红花，旁边有个很深的山洞。她用自己的面纱当篮子，在里面装满了黄色的花朵。她正准备回家，忽然被一个男人一把抱进怀里——那人是凭空出现的，仿佛原本隐形的人一眨眼变得可见了。他有如天神般俊美，然而克瑞乌萨非常害怕，根本没看清他的长相，只是尖叫着喊妈妈，但是周围根本没有人。这个抓她的正是阿波罗，他把克瑞乌萨带进了漆黑的山洞里。

虽然他是神灵，但克瑞乌萨讨厌他，尤其是到了生孩子的关头，他既没有现身，也没有帮她。她不敢告诉自己的父母。很多故事一再表明，即使做了神灵的情人，无力去反抗对方，这也不能成为借口。如果她说出来，就有可能被杀死。

克瑞乌萨临产时，她又独自来到那个漆黑的山洞，生下了一个男孩。她把孩子丢在山洞里等死。后来，她迫切地想知道那孩子怎么样了，又忍不住回去看他。山洞里空空如也，一丝血迹也没有。那孩子肯定不是被野兽吃掉了。而且奇怪的是，用来包裹孩子的面纱和她亲手织的斗篷，现在也不翼而飞了。她惊恐地猜想是不是巨鹰或秃鹫飞进洞里，用尖利的爪子将孩子连同衣物一起抓走了。看起来这是唯一可能的原因。

过了一段时间，她结婚了。她的父亲厄瑞克透斯将她赐给了一个为他立下战功的外邦人。此人名叫克苏托斯，是个货真价实的希腊人，但他既不是雅典人，也不是阿提卡人，因而被视为外族人和异乡人，受到轻视，即使他和克瑞乌萨没有孩子，大家也不会觉得这有什么不幸。克苏托斯却不这样想。他比克瑞乌萨更想有个儿子。于是他们动身前往得尔斐——希腊人遇到麻烦都会去那里寻求庇护——他们要求问神灵能否有个孩子。

克瑞乌萨把丈夫留在城里和一个祭司做伴，自己一个人去了圣域。她在外庭里看到一个俊美的少年，他正穿着祭司的衣服，手持金瓶，专心致志地倒水清洁神庙，一边干活还一边唱着赞美神灵的颂歌。他和蔼地看着这位美丽端庄的女士，克瑞乌萨也看着他，接着他们开始聊天。他说，看得出来她出身高贵，总有好运相伴。克瑞乌萨痛苦地回答："还好运呢！不如说悲伤让生活变得难以忍受。"这短短一句话道尽了她全部的悲惨遭遇：很久以前的恐惧和痛苦，失去孩子的哀痛，以及在心底隐忍多年的秘密。少年好奇地看着她，她赶紧振作起来问他是谁，他那么年轻，却似乎全身心地侍奉这个希腊最神圣的所在。他回答说自己名叫伊翁，但是他也不知道自己是从哪里来的。某天早晨，得尔斐的女祭司，也就是阿波罗的女先知在神庙的台阶上发现了他，他躺在那里，还是个小小的婴儿。女祭司给了他温柔的母爱，将他抚养长大。他一直过得很幸福，在神庙里快乐地工作。他侍奉的是神灵而非凡人，这一点令他非常自豪。

伊翁接着也谨慎地提出了自己的问题。他温柔地问克瑞乌萨，为什么她如此悲伤，为什么她眼睛里饱含着泪水——来得尔斐的朝圣者可不是这样的，他们终于能接近真相之神阿波罗纯正的神庙了，应该高兴才对。

"阿波罗！"克瑞乌萨大声说，"不！我不是来找他的。"伊翁听到这个回答，露出惊讶又责怪的神情。克瑞乌萨说，她是带着一个隐秘的目的来到得尔斐的。她丈夫想知道他能不能有个儿子，而她则想了解一个孩子的命运，那孩子的母亲是……说到这里，她支支吾吾，随后陷入了沉默。接着她飞快地说："……是我的一个朋友，她是个不幸的女人，曾被得尔斐的这位大神侮辱过。他强迫她生下那个孩子，一出生就被她遗弃了。肯定是死了。事情已经过去很多年了，但是她还是想确认那孩子是不是真的死了，也想知道他是怎么死的。于是我来这里帮她问问阿波罗。”

伊翁对这番话感到震惊，因为这是在指责他的主人。“这不是真的。”他激动地说，“肯定是某个凡人干的，她却把自己的亏心事推到了神灵头上。”

“不，”克瑞乌萨肯定地说，“就是阿波罗。”

伊翁沉默了半晌，接着摇摇头说：“就算你说的是真的，你这么做也很愚蠢。你总不能跑到神灵的祭坛面前，指责他是个恶棍。”

当这个陌生的少年说话时，克瑞乌萨觉得自己的内心开始动摇，意志变得不再坚定。“我不去了，”她顺从地回答，“就按你说的办吧。”

一种她无法理解的感觉回荡在心头。他们两个就这样看着彼此。这时克苏托斯进来了，他一脸喜悦，伸出双臂走向伊翁，伊翁不禁反感地后退几步。但克苏托斯不顾他反对，一把将他抱住。

“你是我儿子，”他大声说，“阿波罗告诉我了。”

克瑞乌萨的心中交织着痛苦和抗拒的情绪。“你的儿子？”她干脆利落地问道，“那他母亲是谁？”

“我不知道。”克苏托斯疑惑地回答，“反正我认为他就是我的儿子，也许是神灵送给我做儿子的。不管怎么说，他现在就是我的儿子了。”

这几个人中，伊翁冷淡至极，克苏托斯虽满腹狐疑却喜形于色，克瑞乌萨心里痛恨男人，一个身份不明的下贱女人生的儿子要强塞给她，她可接受不了。就在这时，那位年长的女祭司来了，她是阿波罗的女先知，手中拿着两样东西。克瑞乌萨原本沉浸在自己的思绪中，此刻也为之一惊，她仔细地打量着它们：一个是一条面纱，另一个是一件少女的斗篷。女祭司对克苏托斯说，祭司有话要跟他说，等他走了，女祭司便将手里的东西交给伊翁。

"亲爱的孩子，"她说，"你一定要带着这些东西和你这位新出现的父亲一起去雅典。这些是我找到你时裹在你身上的东西。"

"啊，"伊翁大声说，"肯定是我母亲为我穿上的。这些就是关于我母亲的线索。我会四处寻找他，找遍整个欧洲和亚洲。"

但是克瑞乌萨已经偷偷地走到他身边，不等他再次因为反感而躲开，克瑞乌萨就抱住他的脖子哭了起来。她将脸贴住他的脸，大声地叫道："我的儿子——我的儿子！"

对伊翁来说这太难以接受了。"她一定是疯了。"他叫道。

"不，不，"克瑞乌萨说，"这面纱，这斗篷，都是我的。我离开你的时候就用它们裹着你。我跟你说的那个朋友……不是我的朋友，而是我自己。阿波罗是你的父亲。啊，不要走！我证明给你看。你打开这些东西，我告诉你上面绣着什么，它们可是我亲手绣上去的。看哪，你会发现斗篷上系着两条小金蛇，是我放上去的。"

伊翁找到了那两件珠宝，他看看小金蛇，又看看克瑞乌萨。"我的母亲，"他惊讶地说，"难道真相之神说错了吗？他说我是克苏托斯的儿子。母亲啊，我不明白。"

"阿波罗没说你是克苏托斯的亲生儿子。他把你作为礼物送给了克苏托斯。"克瑞乌萨一边说着，一边瑟瑟发抖。

突然，天上出现一片亮光，洒在他们二人身上。他们抬起头，在敬畏和惊讶中，忘记了所有的悲痛。一个神圣的身影伫立在他们上方，显得无比美丽而庄严。

“我是帕拉斯·雅典娜。”那个幻影说，“阿波罗让我来告诉你，伊翁是他和你的儿子。你丢下伊翁之后，阿波罗把他从山洞里带了出来。你把他带回雅典吧，克瑞乌萨。他的能力足以统治我的土地和城邦。”

她说完便消失了。母子二人看着对方，伊翁自是欣喜万分，而克瑞乌萨呢？阿波罗迟来的补偿能抵消她所受的痛苦吗？故事里并没有提到，我们只能自己猜测了。

第六部分

次要的神话

第一章

弥达斯及其他

弥达斯的故事数奥维德讲得最好，我也采用了他的版本。品达完整讲述了阿斯克勒庇俄斯的一生，我在写到这个故事时，便以他为依据。达那伊得姐妹则是埃斯库罗斯一部戏剧的主角。格劳科斯和斯库拉的故事、波摩娜和维耳图谟努斯的故事，以及厄律西克同的故事都来自奥维德。

弥达斯这个名字已经成了富人的代名词，可他并没有从自己的财富中获得多少收益。他拥有财富的日子只持续了不到一天，而且这财富还迅速威胁到了他的生命。在他身上，愚蠢与罪恶同样危险，因为他虽然不想危害他人，却也没有动过脑子。他的故事表明他几乎没什么智力可言。

弥达斯是玫瑰的国度弗里吉亚的国王，他的宫殿附近就有一大片玫瑰花园。年迈的森林之神西勒诺斯曾误入此地，他像平时一样喝得醉醺醺的，脱离了酒神巴克科斯的队伍，然后就迷路了。宫里的仆人发现一个又老又胖的酒鬼睡在玫瑰花丛中。他们用玫瑰花环绑住他，给他戴上玫瑰花冠，然后叫醒他，让他穿着这身奇怪的打扮去逗弥达斯开心。弥达斯欢迎他的到来，设宴款待了他十天，随后把他送回巴克科斯身边。巴克科斯见西勒诺斯回来了，非常高兴，他告诉弥达斯，不管他发出什么愿望，都一定会实现。弥达斯不假思索地说，他希望自己摸到的东西全部变成黄金，他说这话时根本没考虑后果。巴克科斯在满足他的愿望时显然已经预见到在下一次用餐时会发生什么了，而弥达斯却浑然不觉，他拿起食物送到嘴边时，那食物变成了一块金属。他很害怕，而且又饿又渴，不得不又去找巴克科斯，请他收回这件礼物。巴克科斯让他去帕克托罗斯河的源头洗手，这样他就能摆脱这件致命的礼物了。弥达斯照办了，据说这就是帕克托罗斯河里有金沙的原因。

后来阿波罗把弥达斯的耳朵变成了驴耳朵，这也是对他的愚蠢的惩罚，倒不是他做了什么坏事。阿波罗和潘神要比赛音乐，他被选为裁判之一。身在乡野之间的潘神能用他的芦笛演奏出非常动听的旋律，但是当阿波罗拨动他银色的七弦琴时，天上地下的一切乐声都无法匹敌，唯有缪斯们的合唱能够与之相提并论。裁判之一的山神特摩罗斯判定阿波罗获胜，将棕榈枝交到他手里，而弥达斯呢，他在音乐方面的判断力并不比其他方面好多少，他老老实实地选择了潘神。对他而言，这可谓蠢上加蠢了，毕竟稍微谨慎一点的话他就该清楚，站在潘神这边反对阿波罗有多危险，潘神可比阿波罗弱多了。于是他的耳朵就变成了驴耳朵。阿波罗说，给他这样一对迟钝呆滞的耳朵正好合适。弥达斯用一顶特制的帽子遮住这对耳朵，但是为他剪头发的仆人还是不可避免地看到了。这个仆人庄严发誓会守口如瓶，但是这个秘密压在他心头实在太难受，他最终还是跑去野外挖了个洞，朝洞里轻声说道："弥达斯王有一对驴耳朵。"说完他就觉得轻松了，又把洞填上了。但是春天一到，那片地里长出芦苇来，风吹过的时候，芦苇仿佛说出了那些被埋起来的话语——所有人都知道了可怜又愚蠢的国王长着驴耳朵，而且还知道了当神灵竞赛的时候，必须站在强者那一边才安全。

阿斯克勒庇俄斯

色萨利有个少女名叫科洛尼斯，她美得超凡脱俗，阿波罗也爱上了她。但奇怪的是，她对这位来自天庭的情人并不长情，反倒喜欢上了一个凡人。她丝毫没有意识到，这位真相之神从不欺骗别人，也不能容忍自己被骗：

得尔斐神庙的皮同之神，
他有一位值得信赖的同伴，
直截了当，绝不拐弯抹角——
那便是他无所不知的头脑，
可以洞穿一切真相，
任何神灵或凡人都骗不了他。
无论计划是否已经实施，
他都了如指掌。

科洛尼斯很蠢，她居然以为阿波罗不会发现她的不忠。据说是阿波罗的鸟给他带了信，那是一只周身洁白的渡鸦，长着雪一般美丽的羽毛。阿波罗勃然大怒，要知道神灵发起火来是不分青红皂白的，他惩罚了那个忠实的信使，把它的羽毛变成了黑色。当然科洛尼斯也被杀死了。有人说是阿波罗亲自动手的，也有人说他让阿耳忒弥斯用那支百发百中的神箭射死了她。

他虽然冷酷无情，但看到那少女被放在火葬堆上，火焰猛地蹿上来时，他还是感到十分难过。“至少我要救自己的孩子。”他自言自语。正如宙斯在塞墨勒死时所做的那样，他把即将出生的孩子从死神手里夺了回来。他把孩子带给年迈的刻戎，那是个睿智善良的半人马，住在珀利翁山的山洞里；他让刻戎在山洞里把孩子养大，还告诉他这孩子名叫阿斯克勒庇俄斯。很多知名人物都曾把儿子交给刻戎抚养，但是在刻戎所有的弟子中，要数已故科洛尼斯的儿子和他最为亲密。别的小孩总是跑来跑去，热衷于运动，他就不大一样，他一心想着从养父那里学到治疗之术。这门学问实在博大精深，刻戎尤其擅长使用草药、安抚咒和清凉剂。但是他的弟子超越了他，能够医治各种各样的疾病。前来找他的人，不管是四肢受伤，还是身患重疾，哪怕是病入膏肓，他都能一一治好：

以妙手仁心祛除病魔、
减轻痛苦，受人喜爱，
给人们带来宝贵的健康。

他是所有人的救星。但是他也让自己遭受了众神的震怒，他犯下了众神绝不能原谅的罪过。他认为“思想对人来说是非常伟大的”。他被重金聘请复活了一个死者。据说死而复生的那个人名叫希波吕托斯，是忒修斯的儿子，他死得很冤。此后他再也没有屈服于死亡的势力，而是住在意大利，长生不死，那里的人称他为维耳比乌斯，把他奉为圣灵。

然而把他从冥界带回来的神医却没有这么好运。宙斯不允许有人能违抗死亡，于是他用雷电击中了阿斯克勒庇俄斯，把他杀死了。儿子的死讯令阿波罗震怒，他去了埃特纳火山，也就是独眼巨人库克罗普斯制造雷电的地方，在那里拉弓射箭，大开杀戒，有人说他杀死了库克罗普斯，有人说他杀的是独眼巨人的儿子们。这下轮到宙斯勃然大怒了，他命令阿波罗去给阿德墨托斯王当奴隶——时间长短存在不同的说法，有说一年的，也有说九年的。赫拉克勒斯从冥府中救出来的那位阿尔刻斯提斯，正是这位阿德墨托斯的妻子。

阿斯克勒庇俄斯虽然惹怒了众神之王，人类却非常尊敬他，胜过其他任何人。他死后数百年，生病的人、残疾的人、盲人依然会去他的神庙祈求治愈。他们祈祷献祭，然后睡在那里。他们会梦见那位良医告诉他们治疗的方法。在治疗过程中，蛇会起到一定的作用——具体是什么作用却不得而知——它们被认为是阿斯克勒庇俄斯神圣的仆人。

可以确定的是，几个世纪以来，成千上万的患者相信他能治愈病痛，让他们恢复健康。

达那伊得姐妹

这些少女非常有名——任何一个读过她们故事的人都想不到她们是如此知名。她们经常被诗人提及，在神话所描述的地狱中，她们也是最广为人知的受难者，她们得永不停息地用漏水的罐子去装水。除了许珀耳谟涅斯特拉，她们也和“阿尔戈号”的英雄们在利姆诺斯岛上发现的那些女人一样，杀死了自己的丈夫。然而，利姆诺斯岛上那些女人的事情很少被人提起，倒是达那伊得姐妹的故事，但凡对神话略知一二的人都曾听说过。

她们共有五十人，都是达那俄斯的女儿，达那俄斯则是伊俄在尼罗河流域定居之后的后代之一。达那俄斯的兄弟埃古普托斯有五十个儿子，想娶这五十个堂姐妹为妻，但是出于某种不明的原因，她们对此表示坚决反对。她们乘船和父亲一起逃到阿尔戈斯寻求庇护。阿尔戈斯人一致同意要帮助这些逃难的人。埃古普托斯的儿子们追到阿尔戈斯，决定用武力夺回他们的新娘，遭到了阿尔戈斯人的拒绝。他们对这群外邦人说，他们不允许哪个女性违背自己的意志被强迫结婚，也绝对不会把前来求助的人交给追捕他们的人，不管求助的一方多么脆弱，也不管前来追捕的人多么强大。

故事在这里突然中断了。到故事继续进行的时候——姑且称之为下一章吧——达那伊得姐妹们就和她们的堂兄弟们结婚了，她们的父亲主持了婚礼。很难解释故事为什么会这样发展，但很快大家就知道了，并不是达那俄斯或他的女儿们改变了主意，因为在那场婚礼上，他给了每个女儿一把匕首。我们从故事的进展可以得知，他告诉了她们应该怎么做，大家也一致同意了。婚礼结束后，夜深人静时，她们杀死了新郎——但有一个人不同意，那就是许珀耳谟涅斯特拉。她心存怜悯。她看着自己身边那个在睡梦中一动不动的强壮的年轻人，实在无法掏出匕首，将这活力四射的躯体变作冰冷的死尸。她忘了自己对父亲和姐妹们做出的承诺。拉丁语诗人贺拉斯说，她做得不够地道，但此举让人拍手称快。她叫醒了那个名叫林叩斯的年轻人，将事情原委向他和盘托出，然后帮他逃走了。

她背叛了自己的父亲，达那俄斯也因此把她扔进了监狱。有一个故事里说她和林叩斯最终在一起过上了幸福的生活，他们的儿子阿巴斯是珀耳修斯的曾祖父。其他故事写完这个血腥的新婚之夜和许珀耳谟涅斯特拉入狱就结束了。

但是所有这些故事都讲到了这四十九个达那伊得姐妹在冥界的遭遇，她们被迫永无止境地从事那项徒劳的工作，这是对她们杀死自己丈夫的惩罚：她们不断地来到河岸边，用有漏洞的罐子打水，水在路上全部流光了，她们不得不回去重新打水，接着又再一次看着新打的水流干。

格劳科斯和斯库拉

格劳科斯是个渔夫，有一天他在海边的草坡上捕鱼。他把捕来的鱼摊在草地上清点数量，结果鱼都挣扎起来想跳回水里逃走。他觉得很奇怪。这是神灵所为吗？还是草地上有什么魔力？他抓了一把草尝了尝，忽然产生了一股难以遏制的冲动，想要冲进海里。他没有挣扎，而是往前奔跑，跳进了海浪里。海神们友好地迎接了他，让俄刻阿诺斯和忒梯斯洗去他身上凡人的特质，把他变成神灵。一百条河流都被召唤来泼在他身上。在洪水的冲击下，他失去了意识。他醒来后发现自己成了海神，有着海水一般绿色的头发，下半身长出了鱼尾巴——对于在海中生活的生物而言，这是非常优美且熟悉的形态，但是对陆地上的居民来说，这个模样非常奇怪，令人讨厌。这也是他留给可爱的仙女斯库拉的印象，当时斯库拉正在小海湾里沐浴，看见他从海里升起。她赶紧逃跑，来到一块高耸的海岬上，这样她就能安全地看着他，观察这个半人半鱼的生物。格劳科斯对他说："姑娘，我不是怪物。我是管理这片水域的神灵——我爱你。"但是斯库拉转身逃走，跑向陆地，

消失在他的视线中。

格劳科斯感到绝望，因为他已深陷爱河。他决定去找女巫基耳刻，请求她用爱情魔药软化斯库拉的铁石心肠。但是当他给基耳刻说这件事的时候，女巫自己竟爱上了他。她用尽甜言蜜语，想用自己的美貌打动他，但是格劳科斯不为所动。他对基耳刻说："除非海床上长满树木，海草长在山顶上，否则我会一直爱着斯库拉。"基耳刻勃然大怒，但是她生的是斯库拉的气，而非格劳科斯。她准备了一份致命的毒药，然后去了斯库拉沐浴的海湾，将那份毒药倒进海湾的水里。斯库拉刚一踏进海湾，就变成了可怕的怪物。她的身体里长出了数个毒蛇和恶狗的头。这些野兽是她身体的一部分，她不能从中脱离。而且她的双脚被固定在岩石里，她无比痛苦又满心仇恨，只能摧毁靠近她的一切。对附近的水手来说，她是极其危险的，伊阿宋、奥德修斯和埃涅阿斯都已经领教过了。

厄律西克同

有一个女人获得了变化外形的能力，这能力跟普洛透斯一样强大。奇怪的是，她却用这种能力来为自己饥饿的父亲获取食物。在她的故事中，善良的谷物女神刻瑞斯唯一一次表现得冷酷无情且复仇心切。厄律西克同肆无忌惮地砍倒了刻瑞斯圣林里最高的橡树。他先是命令仆人们把它砍倒，可仆人们畏畏缩缩，不敢做这样大不敬的事情；于是他亲自抡起斧头，砍向那根粗大的树干，树木仙女德律阿得们曾绕着这棵橡树跳舞。他一斧头砍下去，树里竟流出了鲜血，一个声音从树里传出来，警告他说刻瑞斯会惩罚他的。但这些奇迹也没能平息他的愤怒，他不停地砍呀砍呀，那棵大橡树最终轰然倒地。树木仙女们马上去向刻瑞斯报告，女神觉得自己被严重冒犯了，于是告诉她们，她会以一种前所未有的方式惩罚罪人。她派一位仙女乘她的车去了“饥饿”居住的不毛之地，命令她占据厄律西克同的身体。刻瑞斯说：“让她务必留意，再丰盛的食物也满足不了他的食欲——即使狼吞虎咽，也总是饥肠辘辘。”

“饥饿”照办了。她趁厄律西克同睡觉的时候潜入他的房间，用瘦骨嶙峋的胳膊抱住他，通过这让人作呕的拥抱，将自己注入了他的体内，让他感觉到了饿意。他醒来后疯狂地想要吃东西，便叫人端来食物。但是他越吃越想吃，就算喉咙里已经塞满了肉，他也饥饿难耐。他把所有的钱都花在了食物上，但是即使这样胡吃海喝，他也没能获得哪怕片刻的满足。到最后，除了他的女儿，他什么也不剩了。于是他把女儿也卖掉了。买家的船就停在海岸边，她向波塞冬祈祷，不要让自己沦为奴隶。海神听到了她的请求，于是把她变成了一个渔夫。她的买主本来就在她身后不远处，现在只看到在长长的海滩上有个男人的身影在忙着摆弄鱼线。他对那人喊道：“刚才还在这儿的那个女孩哪里去了？她的脚印到这里就突然消失了。”那个所谓的渔夫答道：“我向海神发誓，除了我以外，还没有哪个男人到过这片海滩，更没有什么女人。”那个买家感到莫名其妙，只能坐船走了，女孩这才变回了自己的模样。她回到父亲身边，跟他说了刚才发生的事情，厄律西克同听了喜上眉梢，他在女儿身上看到了取之不尽的滚滚财源。他把她卖了一次又一次，每一次波塞冬都把她变了个模样，有时候变成一匹母马，有时候变成一只鸟，如此等等。每一次她都从买家手中逃脱，然后回到父亲身边。但是最后她挣来的钱也不够父亲买食物了，厄律西克同只能转而吞噬自己的身体，就这样杀死了自己。

波摩娜和维耳图谟努斯

这两位是罗马神，不是希腊神。波摩娜是唯一一位对蛮荒山林不感兴趣的仙女，她一门心思照顾水果和果园，对其他漠不关心。修枝、嫁接之类的园艺工作让她开心。她对男人敬而远之，只和自己喜欢的树木待在一起，不让任何追求者靠近。在她所有的追求者中，当数维耳图谟努斯最为热情，但是他也没取得任何进展。他通常可以乔装打扮出现在她面前，有时候扮成一个粗鲁的农夫，送给她一篮子大麦穗；有时候装作一个笨拙的牧人，或者修剪葡萄藤的匠人。这种时候他就能有幸看到她，然而同时也心碎地意识到她永远不会正眼看自己这样的人一眼。然而，他最终还是有了个好主意。他装扮成一个老妇人，这样波摩娜就不会疏远他。在赞美了一番她照料的果子之后，他对她说："你的美丽有过之而无不及。"随后便亲吻了她。然而，他继续吻着波摩娜，没有哪个老太太会这样亲她，这可把她吓到了。维耳图谟努斯察觉到之后，立刻放开她，自己则正对着一棵榆树坐下，树上缠着一根葡萄藤，上面长满了紫色的果实。他轻声说："它们长在一起多可爱呀，要是分开的话就不一定了，树是没用的树，葡萄藤长在地上也结不出果实。你不就是这样一根葡萄藤吗？你拒绝了追求你的人。你想要独自一人。我这个老太婆爱你爱到超乎你的想象，你就听我说一句吧——有个叫维耳图谟努斯的，你可千万不要拒绝他。你是他的初恋，也将成为他最后的归属。他也喜欢果园和花园。他会在你身边帮忙的。"接着他又一本正经地对她说，维纳斯多次表示过，她讨厌铁石心肠的少女；他还给她讲了阿那克萨瑞忒的故事，她看不起追求她的伊菲斯，伊菲斯绝望之下在她的门柱上上吊自杀，维纳斯便把这个冷酷的女孩变成了石像。"听我的劝，”他恳求道，“接受真正爱你的人吧。”说完他脱下自己的伪装，站在波摩娜面前的是个光彩照人的年轻人。波摩娜被他的美貌和口才征服了，从此以后果园里有了两个守护者。

第二章

神话短篇

阿拉克涅

只有拉丁语诗人奥维德写过这个故事，因此这里的神用的都是拉丁语名字。

这位少女的命运充分说明了在任何事情上宣称自己堪比神灵都是极其危险的。密涅瓦在奥林波斯众神中最擅长纺织，就好比伏尔甘是最好的工匠一样。她理所当然地认为她的纺织品精美绝伦，无人能及。当她听说有个名叫阿拉克涅的农家少女声称自己的女红比她更精美时，她非常生气。女神去了阿拉克涅的住处，要求和她比赛。阿拉克涅接受了。她们两个架起纺车，支好布匹，开始工作。她们两人身边堆满了色彩斑斓的纺线，像彩虹一样美

丽，此外还有大量的金丝银线。密涅瓦竭尽全力，织出来的作品如同奇迹，而阿拉克涅的作品也同时完成，在各个方面都不输给密涅瓦。女神大怒，将布匹从头到尾撕碎，还用梭子打阿拉克涅的头。阿拉克涅受到羞辱，一怒之下上吊自杀。这时密涅瓦忽然有了一丝悔改之意。她将尸体从吊索上放下来，洒上有魔力的水滴。阿拉克涅变成了一只蜘蛛，她依然保留着织造的技艺。

阿里斯泰俄斯

他是一个养蜂人，是阿波罗和水泽仙女库瑞涅的儿子。他的蜜蜂因为不明原因死去，于是他去向母亲求援。库瑞涅告诉他，睿智的老海神普洛透斯知道如何防止蜜蜂再次这样死去，但是他只在受到强迫的时候才会说出来。阿里斯泰俄斯必须抓住普洛透斯，并用铁链把他锁起来，这项任务难度很大，墨涅拉俄斯从特洛伊返航的时候已经尝试过了。普洛透斯有能力变化成各种形态。但是如果抓住他的人足够坚决，无论他如何变形也牢牢抓住不放，普洛透斯最终也会让步，老老实实地回答任何问题。阿里斯泰俄斯听从了母亲的建议，去了普洛透斯最喜欢的地方法罗斯岛（也有人说是卡尔帕索斯岛）。他抓住了普洛透斯，不管他变成何等恐怖的形象也绝不放手，最终海神屈服了，变回了本来的样子。他叫阿里斯泰俄斯向众神献祭，并把献祭后的动物尸体留在原地。九天之后，他必须回去检查这些尸骸。阿里斯泰俄斯照他说的做了，第九天，他发现了奇迹：其中一具尸体上聚集了一大群蜜蜂。从此以后他的蜜蜂再也没有遭遇任何疾病或灾害。

阿里翁

此人似乎真实存在过，是个生活在公元前700年左右的诗人，但是他的诗歌一首也没有流传下来。我们对他唯一的了解来自一则记录他逃生经历的故事，这个故事如同神话一般。他从科林斯出发，去西西里参加音乐竞赛。他七弦琴弹得极好，最终赢得了大奖。在回家途中，水手们觊觎他的奖品，计划杀死他。阿波罗告诉他有危险，还告诉他该如何逃生。水手们攻击他的时候，他苦苦哀求，希望他们能发发善心，让他临死前最后演奏歌唱一次。一曲唱罢，他纵身跳进海里，船的周围是被他的音乐吸引来的海豚，海豚在他落水后将他驮回了岸边。

阿玛尔忒亚

有一个故事说，阿玛尔忒亚是一头山羊，用奶水养育了宙斯。另一个故事说，她是一个仙女，是上面提到的那头山羊的主人。据说她有一只羊角，里面装满了人人都想得到的美味佳肴，那便是“丰饶角”（拉丁文写作 Cornu copiae，在罗马神话中也叫 Cornucopia）。但根据拉丁人的说法，丰饶角是河神阿刻卢斯的角，当赫拉克勒斯和他打斗时，他变成了一头公牛，赫拉克勒斯打败了他，折断了他的角。这只魔法的牛角里永远装满了水果和鲜花。

阿密摩涅

她是达那伊得姐妹之一。她父亲派她去取水，一个萨梯洛斯看到了她，并追逐着她。波塞冬听见了她求救的呼喊，爱上了她，于是从萨梯洛斯手中救了她。他用自己的三叉戟挖出了一眼泉水，并用阿密摩涅的名字命名。

安提俄珀

她是忒拜的一个公主，为宙斯生下了两个儿子——安菲翁和仄托斯。由于害怕父亲生气，她刚把这两个孩子生出来，就把他们丢到了荒山里。一个牧羊人捡到了这两个孩子，并将他们抚养长大。当时忒拜的统治者是吕科斯，他的妻子是狄耳刻，她对安提俄珀非常残忍，最终安提俄珀决定远离他们躲藏起来。她来到自己的两个儿子居住的地方。不知道怎么回事，他们居然认出了她，也可能是她认出了他们，于是他们集结了一群人，前往宫殿帮她报仇。他们杀了吕科斯，又残忍地杀死了狄耳刻——他们把她的头发绑到了公牛身上。随后这对兄弟将她的尸体扔进泉水，那眼泉此后就叫狄耳刻了。

奥罗拉和提托诺斯

《伊利亚特》曾提及这两位的故事：

> 黎明女神从卧榻上起身，身边躺着高贵的提托诺斯；
> 她有着玫瑰色的纤纤玉指，为众神和凡人带来光明。

提托诺斯是黎明女神奥罗拉的丈夫，也是她的孩子门农的父亲。黑皮肤的门农是埃塞俄比亚王子，曾与特洛伊人并肩作战，最后战死沙场。提托诺斯的命运很是离奇。奥罗拉让宙斯赐予他永生，宙斯同意了，但是她忘了要求让他永葆青春。结果他渐渐老去，却无法死去。最终，他连手脚都无法移动，变得非常无助，只能祈求一死，但是始终无法得到解脱。他只能永远活下去，不断增长的年纪沉重地压在他身上。最后，黎明女神满心怜悯地让他躺在一个房间里，然后关上门离开了他。他在那里不断地胡言乱语，发出毫无意义的声音。思想和力量都已经离他而去。他成了一具干枯的人形躯壳。

也有一个故事说，他的身体不断地缩小，最终奥罗拉觉得万物都应符合自己的状态，就把他变成了一只干瘦吵闹的蚱蜢。

在埃及的底比斯，人们为他的儿子门农建起了一座雕像，据说当第一缕阳光照在雕像上时，会发出拨动竖琴一样的声音。

比同和克勒俄比斯

比同和克勒俄比斯是赫拉的女祭司库狄珀的儿子。库狄珀渴望去阿尔戈斯看看那座最美丽的赫拉雕像，那是由伟大的雕塑家老波吕克里托斯创作的，这位老波吕克里托斯据说和与他同时代的年轻雕塑家菲狄亚斯一样伟大。阿尔戈斯太远了，她不能走着去，当时也没有马或者牛能驮着她去。她的两个儿子决定帮她实现愿望。他们自己拉车，冒着酷热和灰尘，一路拉着她去了阿尔戈斯。他们到了之后，大家都赞叹他们的孝心和虔诚行为，他们的母亲骄傲又快乐地站在赫拉的雕像前，祈祷女神能尽其所能给予他们最好的礼物作为奖赏。祈祷刚刚结束，这两个孩子就倒在地上了。他们面带微笑，仿佛安详地睡着了；可事实上，他们死了。

德律俄珀

她的故事和其他好几个故事一样，表明了古希腊人强烈反对砍伐和伤害树木的行为。

德律俄珀和她的姐妹伊俄勒有一天一起去池塘边，打算为仙女们做花环。她还带着她的小儿子，见水边有一棵忘忧树，树上开满了鲜艳的花朵，便摘了一些给孩子玩。她惊恐地看到居然有血顺着树干流下来。这棵树其实是仙女罗提斯，她正在躲避一个追求者，所以变成了树木。德律俄珀看到这怪异的情景，感到很害怕，想要逃走，但她的双脚却无法移动，脚似乎在地上扎了根。伊俄勒无助地看着她，眼看着她身上从下往上长出树皮，渐渐覆盖了全身。等她丈夫和父亲来的时候，已经摸不到她的脸了。伊俄勒哭着对他们说出刚才发生的事情。他们跑到那棵树旁边，拥抱温暖尚存的树干，用泪水浇灌它。德律俄珀没有时间了，她只能说自己不是故意做错事的，并请求他们要经常把孩子带到树荫下来玩，也许有朝一日能把她的遭遇讲给他听，这样一来他每次看到这个地方，就会想起来："我的母亲就藏在这个树干里。""还要告诉他永远不要摘花，"她说，"每一株灌木都有可能是经过伪装的女神。"然后她就不能说话了，树皮覆盖了她的脸。她就这样永远地消失了。

俄里翁

他是个身材高大、相貌俊美的年轻人，也是个了不起的猎人。他爱上了希俄斯王的女儿，出于对她的爱，他把希俄斯岛上所有的野兽都打死了。每次他都把猎物送给自己的心上人（有人说是埃洛，有人说是墨洛珀）。女孩的父亲俄诺庇翁同意把女儿嫁给俄里翁，但是俄里翁却一再推迟婚礼。有一天俄里翁喝醉了，侮辱了那位少女，俄诺庇翁请求狄俄尼索斯惩罚他。于是酒神让他陷入了深深的昏睡，俄诺庇翁趁机戳瞎了他的双眼。不过有神谕告诉俄里翁，只要他往东走，让初升的太阳照在他眼睛上，他就能复明。他一直走到了利姆诺斯岛，在那里恢复了视力。他立即返回希俄斯向国王报仇，但是俄诺庇翁逃走了，怎么也找不到他。于是他去了克里特岛，在那里以阿耳忒弥斯的猎人的身份生活。然而，最终女神却杀了他。有人说是因为黎明女神奥罗拉爱上了他，阿耳忒弥斯嫉妒了，一怒之下杀了他；也有人说是因为俄里翁惹恼了阿波罗，于是阿波罗设计让自己的妹妹杀了他。他死后被放到了天上，成了系着腰带、佩着利剑、手持大棒和狮皮的猎户座。

厄庇墨尼得斯

此人之所以能在神话故事中占有一席之地，只因他长眠不醒。他生活在公元前600年左右，据说他小时候为了追一只走失的绵羊，结果陷入了昏睡，睡了整整五十七年。醒来后，他继续找寻那只羊，丝毫不知道发生了什么，结果他发现周围一切都变了样。得尔斐的神谕命他去雅典祛除瘟疫。雅典人很感激他，要给他一大笔钱财，他却拒绝了，只要求雅典和他位于克里特岛的故乡克诺索斯保持友好。

厄里克托尼俄斯

他和厄瑞克透斯是同一人。荷马只写到了一个叫这个名字的人，柏拉图则提到有两个人。他是赫淮斯托斯的儿子，半人半蛇，由雅典娜抚养长大。雅典娜有个箱子，她把婴儿放在箱子里，交给刻克洛普斯的三个女儿，并且禁止她们打开。但她们还是打开了，并且看到了那个像蛇一样的怪物。为了惩罚她们，雅典娜让她们发了疯，她们就从雅典卫城上跳下去自杀了。厄里克托尼俄斯长大后成了雅典之王。他有个和他同名的孙子，后者成了刻克洛普斯二世、普洛克里斯、克瑞乌萨和俄瑞梯亚的父亲。

赫洛和勒安得耳

勒安得耳是位于赫勒斯滂托斯海峡岸边的阿卑多斯城的一个青年，赫洛则是海峡对岸塞斯托斯城中的阿佛洛狄忒的女祭司。每天晚上勒安得耳都会游到海峡对岸去和她见面，有人说指引他的亮光是塞斯托斯的灯塔，也有人说是赫洛放在塔顶上的一个火炬。在一个暴风雨的夜里，火光被吹灭了，勒安得耳淹死了。他的尸体被冲上海岸，赫洛得知后，也自杀了。

刻　戎

身为肯陶洛斯的一员，他却不同于其他生性残暴的半人马，他以智慧和善良著称，很多英雄都把自己的幼子交给他教导和培养。阿基琉斯就是他的弟子，伟大的医师阿斯克勒庇俄斯、著名的猎人阿克泰翁，以及其他很多人都拜在他的门下。在肯陶洛斯一族中，只有他是长生不死的，但最终他还是死了，进入了冥界。是赫拉克勒斯在无意间间接导致了他的死亡。赫拉克勒斯某次出行，顺路去拜访自己的半人马朋友福罗斯，因为口渴，他说服福罗斯打开一罐酒，那罐酒是肯陶洛斯族的公有财产。美酒的香味让其他半人马察觉到了，他们都跑来报复偷酒的人。但是他们加起来也敌不过赫拉克勒斯。赫拉克勒斯打退了所有对手，但是在战斗过程中，他无意间弄伤了刻戎，其实刻戎根本没有参与打斗。那个伤口根本无法治愈，宙斯最终答应成全刻戎，让他死去，以免活着承受永恒的痛苦。

卡利斯托

她是阿卡迪亚之王吕卡翁的女儿。吕卡翁由于自身的邪恶，最终被变成了一匹狼。他用人肉招待前来做客的宙斯。他罪有应得，但是他的女儿也和他遭遇了同样的痛苦，即使卡利斯托是完全无辜的。宙斯在阿耳忒弥斯的狩猎队伍中看见了她并爱上了她。赫拉勃然大怒，于是在卡利斯托生下一个男孩之后把她变成了熊。那个男孩长大后出去狩猎，赫拉把卡利斯托带到他面前，希望他在毫不知情的情况下射死自己的母亲。但宙斯把那头熊带走了，把她放到群星之间，她成了大熊座。后来，她的儿子阿耳卡斯也被放在他身边，成了小熊座。赫拉见自己的对手竟享受这样的荣誉，一怒之下找到海神，说服他不让这两个星座像其他星星一样沉入大海。这也是为什么在所有的星座当中，唯有这两个永远不会沉入地平线以下。

克吕提厄

她的故事非常独特，不是神灵对少女起了单相思，而是少女对神灵起了单相思。克吕提厄爱上了太阳神，然而太阳神却对她无动于衷。她憔悴地坐在屋外的地上，这样就能看到太阳神了。她的脸庞随着他转动，眼睛随着他行过整个天空。她一直这样看着，最终变成了一朵向日葵，始终面朝着太阳转动。

勒托（拉托娜）

她是提坦神福柏和科俄斯的女儿。宙斯爱她，但是当她快要分娩的时候，宙斯因惧怕赫拉而抛弃了她。所有的国家和岛屿也都因为惧怕赫拉而拒绝收留她，也不肯为她提供分娩的场所。她绝望地流浪着，最终来到了一个漂浮在海上的地方。此地没有根基，只是被海浪和海风吹着到处漂泊。那个地方叫提洛岛，是所有岛屿中最危险的，除此之外，岛上怪石嶙峋，而且非常荒凉。当勒托到岛上请求避难的时候，这个小岛愉快地接纳了她；与此同时，四根宏伟的柱子从海底升起来，牢牢地固定住了提洛岛。勒托的孩子就在这里出生，他们是阿耳忒弥斯和福玻斯·阿波罗；多年以后，宏伟的阿波罗神庙矗立在此，世界各地的人都到此朝拜。这座荒凉的岩岛被称为“天造之岛”，它从原本最受厌弃的地方变成了最为知名的岛屿。

利诺斯

荷马在《伊利亚特》中描述了一座葡萄园，园中的少男少女一边采摘葡萄，一边唱着“甜美的利诺斯之歌”。这也许是对阿波罗和普萨玛忒之子利诺斯的哀悼之歌，他被自己的母亲抛弃，由牧羊人抚养长大，但尚未成人就被一群狗撕成了碎片。这位利诺斯就像阿多尼斯和许阿金托斯一样，皆为年轻美好的生命，尚未成熟就悄然逝去。希腊语里有个词“ailinon”，字面意思是“为利诺斯而恸”，后来演变成了类似于“悲哉”的意思，用于任何哀悼的场合。还有另外一个利诺斯，他是阿波罗和一位缪斯的儿子，做过俄耳甫斯的老师，他也试图教导赫拉克勒斯，却反被他杀了。

洛科斯

他看到一棵快倒了的橡树，就把它扶起来。于是那个差点就没命的树木仙女让他说出自己的愿望，她一定会满足。洛科斯想要得到她的爱，她答应了。树木仙女让他随时留意，她会派一只蜜蜂作为她的信使，告诉他她的心愿。但洛科斯遇到了几个朋友，完全忘了蜜蜂的事情，他听见嗡嗡声，就把蜜蜂赶走了，还打伤了蜜蜂。他刚回到树旁，就被气愤的仙女弄瞎了眼睛，因为洛科斯居然把她的话当耳边风，而且还打伤了她的信使。

玛耳珀萨

和其他被神灵爱慕的少女相比，她可要幸运得多。经她同意，伊达斯带她离开了她的父亲——这位名叫伊达斯的英雄参加过卡吕冬野猪狩猎行动，也参加过“阿尔戈号”远征。他们本该从此幸福地生活下去，但是阿波罗却爱上了这个少女。伊达斯不肯放弃她，甚至不惜和阿波罗决斗。宙斯将他二人分开，并让玛耳珀萨选择要和谁在一起。她担心神灵会对她不忠——这当然情有可原——便选择了那位凡人。

玛耳绪阿斯

雅典娜发明了长笛，但是因为吹笛时必须鼓起双颊，令她面部难看，她就把笛子扔了。一个名叫玛耳绪阿斯的萨梯洛斯捡到笛子并吹了起来，他吹得令人如痴如醉，竟胆敢向阿波罗发起挑战，要和他比试比试。当然最终还是阿波罗胜出，他剥了玛耳绪阿斯的皮以示惩罚。

密耳弥冬人

他们是由埃伊纳岛上的蚂蚁变化而成，当时此岛的统治者是阿基琉斯的祖父埃阿科斯。在后来的特洛伊战争中，他们追随阿基琉斯作战。他们不仅勤勉节俭，一如人们从他们的起源做出的推断，而且他们还很勇敢。他们从蚂蚁变成了人，还是源于某次赫拉嫉妒发作。她之所以生气，是因为宙斯爱上了埃伊纳，埃伊纳岛就是以这位少女的名字命名的；埃伊纳的儿子埃阿科斯则成了埃伊纳岛的国王。赫拉在岛上散布了一场可怕的瘟疫，数以千计的居民为之丧命。似乎岛上再也没有活人了。埃阿科斯爬上宏伟的宙斯神庙向他祈祷，请他不要忘了自己是他的儿子，是一个他曾爱过的女人的骨肉。在他祈祷之时，他看到了一群忙碌的蚂蚁，便喊道："啊，父亲，请把这些生物变成我的子民吧，要像蚂蚁一样数量众多，足以填满整座城市。"一声响亮的雷声似乎回应了他。当天晚上，他梦见自己看到蚂蚁被变成了人形。到了早晨，他的儿子忒拉蒙叫醒了他，说有一大群人正向宫殿走来。他出去一看，看到像蚂蚁一样数量众多的人高喊着他们是他忠实的子民。就这样，埃伊纳岛靠着一座蚁丘又重新变得人丁兴旺，这个族群被称为密耳弥冬人，得名于他们变身而来的蚂蚁[1]。

墨兰波斯

他的仆人杀了一对大蛇，他救下了它们所生的两条小蛇并养作宠物，小蛇后来也回报了他的救命之恩。有一次他睡得正香，小蛇爬到他的卧榻上舔他的耳朵。他吓得惊醒过来，结果发现自己居然听懂了窗台上两只鸟的对话。原来是小蛇赋予了他这种能力，使他能听懂一切飞禽走兽的语言。就这样，他前无古人地获得了未卜先知的能力，成了远近闻名的预言家。他还靠这一门本领救了自己一命。他的敌人曾经抓住过他，把他关在一个小牢房里。他在牢里听见房梁上的蛀虫说，房梁已经快被蛀穿了，很快就会垮掉，下面的人都会被压死。于是他告诉了抓捕自己的人，请求换个地方。他们照办了，前脚刚一走开，后脚房顶就垮了。他们这才知道墨兰波斯是个伟大的预言家，不但把他给放了，还给了他赏金。

墨洛珀

她的丈夫克瑞斯丰忒斯是赫拉克勒斯之子，也是麦西尼亚之王，他和自己的两个儿子死于一场叛乱。他的继任者波吕丰忒斯娶了他的遗孀墨洛珀为妻。但是墨洛珀将三儿子埃皮托斯藏在了阿卡迪亚。多年后他回到麦西尼亚，谎称自己杀死了埃皮托斯，波吕丰忒斯便友好地迎接了他。然而她母亲却不知道他是谁，只想着要杀死谋害自己儿子的人。幸好最终她知道了他的身份，两人

1　蚂蚁在古希腊语中被称作“myrmex”，“密耳弥冬”（Myrmidon）即由此词衍生而来。

便联手杀了波吕丰忒斯。埃皮托斯当上了国王。

尼索斯和斯库拉

墨伽拉之王尼索斯有一绺紫色的头发，他曾得到警示，绝对不能剪掉，因为他的王位是否稳定全倚仗这绺头发。克里特之王米诺斯围困了他的城邦，尼索斯知道，只要他这绺紫发不受伤害，墨伽拉就安全无忧。但尼索斯的女儿斯库拉从城墙上看到了米诺斯，疯狂地爱上了他。她觉得不把父亲的紫发交给米诺斯，让他攻占这座城市，就没办法引起他的注意了。于是她真就这么做了，趁父亲睡觉时剪下头发送给米诺斯，向后者说明了自己的所作所为。米诺斯惊恐地往后退，并且把她赶走了。当克里特人攻陷墨伽拉之后，他们乘船准备返乡，斯库拉疯狂地冲向海岸，跳进水里，抓住了米诺斯所乘坐的那艘船的船舵。就在此时，一只大鹰向她俯冲而来。那是她的父亲尼索斯，被神灵救了下来并变成了鹰。斯库拉恐惧之余松开了手，她本来也应该掉进水里的，但是忽然间她也变成了鸟。尽管她是个叛徒，但还是有神灵同情她，因为她是为爱而犯的罪。

普勒阿得姐妹

她们是阿特拉斯的女儿，共有七位，分别是厄勒克特拉、迈亚、塔宇革忒、阿尔库俄涅、墨洛珀、刻莱诺、斯忒洛珀。俄里翁追求过她们，但是她们全都逃走了，俄里翁一个也没抓住，可他仍然死缠着她们不放。后来宙斯出于同情，把她们变成了天上的星星。但是据说即使如此，俄里翁也依然追逐着她们，从未成功，但从未放弃。当她们还住在凡间的时候，迈亚生下了赫耳墨斯，厄勒克特拉则生下了后来成为特洛伊人始祖的达达诺斯。虽然她们姐妹共有七人，但其实清晰可见的只有六颗星——除了那些视力非凡的人，一般人是看不见第七颗星的。

萨尔摩纽斯

凡人想要效仿神灵是一件致命的事，萨尔摩纽斯的故事便是一例。他的所作所为非常愚蠢，但是后来人们常说那是因为他疯了。他假装自己是宙斯。他有一辆战车，每次跑起来就会发出响亮的黄铜撞击声。有一天，在宙斯的节日里，他驾驶这辆战车在城里疾驰，还到处扔火把，对人们大喊大叫，让大家崇拜他，因为他就是雷霆之神宙斯。但是很快就滚过一阵真正的雷鸣，劈下一道真正的闪电，萨尔摩纽斯从他的战车上跌落而死。

这个故事经常被说成是古代人在施展天气魔法。按照这种说法，萨尔摩纽斯是个法师，他模仿暴风雨的情形求雨，这是一种常见的施法方式。

缇　洛

缇洛是萨尔摩纽斯的女儿。她为波塞冬生下了一对双胞胎，但是她怕父亲知道此事生气，就抛弃了这两个孩子。萨尔摩纽斯的马夫发现了他们，和妻子一起将其抚养长大，并给他们起名为珀利阿斯和涅琉斯。数年后缇洛的丈夫克瑞透斯发现了她和波塞冬的关系，一怒之下抛弃了缇洛，娶了她的侍女西得洛为妻。西得洛常常虐待缇洛。克瑞透斯死后，那对双胞胎的继母如实告知了他们的身世。他们立刻去找缇洛，向她表明了身份。他们发现缇洛过得很悲惨，于是他们又去找西得洛，打算惩罚她。西得洛听说他们来了，立刻逃到赫拉的神庙避难。但是珀利阿斯还是杀了她，并因此惹怒了女神。赫拉亲自报了仇，不过那是多年以后的事了。珀利阿斯同母异父的兄弟，也就是缇洛和克瑞透斯的儿子，成了伊阿宋的父亲。珀利阿斯派伊阿宋前去寻找金羊毛是为了置他于死地，然而，到头来伊阿宋却间接导致了珀利阿斯的死亡：他死在了自己的女儿们手上，而教唆她们的美狄亚正是伊阿宋的妻子。

西绪福斯

西绪福斯是科林斯之王。有一天他偶然看到一只巨鹰，比一切凡间的鸟都要巨大，而那只鹰正抓着一个少女，朝不远处的岛屿飞去。河神阿索波斯来到他身前，告诉他那少女是自己的女儿埃伊纳，他强烈怀疑那只鹰就是宙斯，希望西绪福斯能帮他找回女儿，西绪福斯便告诉了他自己看到的一切。结果因为这件事，西绪福斯招来了宙斯无穷无尽的怒火。他在冥府受到惩罚，要永不停息地把一块石头推上山坡，这块石头又会永不停息地朝他滚回来。但其实他也没帮到阿索波斯。河神去了那座岛屿，但宙斯用雷电把他赶走了。为了纪念那位少女，那座岛更名为埃伊纳岛。埃伊纳的儿子埃阿科斯是阿基琉斯的祖父，阿基琉斯有时被称为埃阿基得斯，意思便是“埃阿科斯的后裔”。

许阿得姐妹

许阿得姐妹是阿特拉斯的女儿，与普勒阿得姐妹同父异母。

她们是预兆下雨的星星，因为在每年的五月上旬和十一月，她们总是天黑时升起，天亮时落下，这段时间通常会下雨。她们共有六个。宙斯将还是婴儿的狄俄尼索斯交给她们抚养，后来为了报答她们，把她们变成了星星。

亚马逊女战士

埃斯库罗斯称她们为“好战的亚马逊人，厌恶男人的女人”。亚马逊是个女人的国度，所有居民都是战士。据说她们生活在高加索山区，忒弥斯克律拉是她们最大的城市。奇怪的是，虽然艺术家从她们身上获得灵感，创作了大量的雕像和绘画，但是却鲜有诗人写到她们。于是乎，我们虽然对她们很熟悉，但关于她们的故事却不多。她们入侵了吕基亚，后来被柏勒洛丰击败；她们入侵了弗里吉亚，那时普里阿摩斯还很年轻；她们还入侵了阿提卡，当时的国王是忒修斯。忒修斯劫走了她们的女王，她们前往营救，却被忒修斯打败了。在特洛伊战争中，她们在女王彭忒西勒亚的带领下进攻希腊人，这个故事在《伊利亚特》中找不到，而是由帕乌萨尼亚斯讲述的。他说彭忒西勒亚死于阿基琉斯之手，由于她是如此年轻美丽，以至于她死后阿基琉斯还为她哀悼。

伊比科斯和鹤

伊比科斯不是一个神话人物，而是一位生活在公元前550年左右的诗人。他的作品只有零星片段流传下来。关于他的生平，我们只知道他死得很离奇。他在科林斯附近被强盗袭击，受了重伤。一群鹤从天而降，他请求鹤为自己报仇。不久后，科林斯的一个露天剧场正在上演戏剧的时候，一群鹤出现在座无虚席的观众席上，在观众头顶盘旋。突然有人惊恐万分地高喊起来：“那是伊比科斯的鹤，是来报仇的！”观众们也跟着喊起来：“凶手自己暴露了。”那人随即被抓了，其他强盗也一一被逮捕，他们全都被处死了。

第七部分

北欧神话

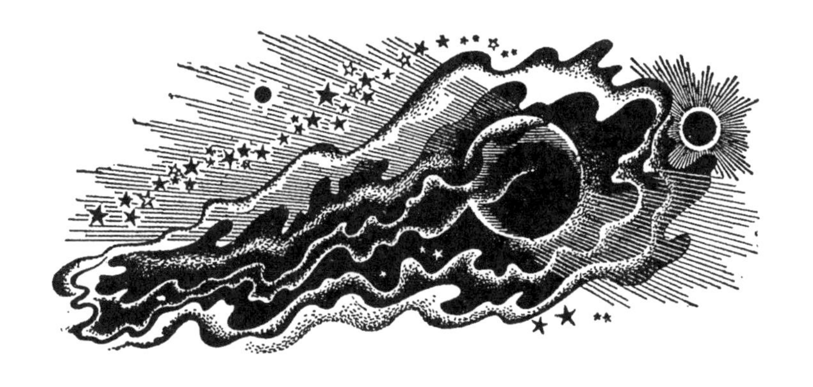

北欧神话简介

北欧神话有着一个相当奇特的世界。阿斯加德是众神的家园，但是它和人们想象中的天堂不太一样：没有流光溢彩的欢愉，也不能保证永享极乐——那是个严肃阴郁的地方，而且注定会迎来末日。众神知道，他们终究会毁于一旦。有朝一日，他们会与自己的敌人狭路相逢，在下面的世界迎来失败和死亡，阿斯加德也会变成一片废墟。面对邪恶的势力，善良的力量奋起反抗，然而毫无胜算。即便如此，众神还是会战斗到最后。

人类世界也一样。如果神灵在邪恶面前是无能为力的，那么凡间的男女也一样。早期故事里的男女英雄都面临着灭顶之灾。他们知道，无论自己如何勇敢，如何坚韧，完成了何种英雄壮举，最终都难逃一死。饶是如此，他们还是没有屈服，直到临死的一刻仍在顽强抵抗。英勇的死亡能够让他们——至少是那些男性的英雄——有资格进入瓦尔哈拉，那是阿斯加德的一个殿堂，但是到了瓦尔哈拉，他们也同样要面对最终的毁灭。在善恶的终极决战之时，他们会和众神并肩战斗，并和他们一起死去。

这种人生观构成了北欧宗教的底蕴，这是人类历史上最为阴郁的一种价值理念。英雄主义是人类精神的唯一支撑，也是纯正美德之人所渴望获得的，不过这种英雄主义却源自毁灭性的因素：英雄们只能以死来证明自己。善良的力量并不是通过战胜邪恶来体现的，而是即使必败无疑，也要抗争到底，至死不屈。

他们这种对待生命的态度乍看之下似乎是宿命论，但正如“预定论”在圣保罗和他那些激进的新教信徒身上所起的作用一样，天命不可违的想法在北欧人的生存策略中并未扮演特别重要的角色，其中的理由也是完全一样的。虽然北欧的英雄们若不屈服就在劫难逃，但是他们可以在屈服和死亡之间做出选择，决定权在他们自己手中。而且更重要的是，如同殉道一样，英勇的死亡不是失败，而是胜利。有一则北欧神话故事提到，一个英雄在被敌人们活生生地挖出心脏时放声大笑，这就说明他是个胜利者。他仿佛是在对他们说：“你们奈何不了我，因为我并不在乎你们做了什么。”敌人就算杀死他，他也是至死未被击败的。

对人类而言，这确实是极其严苛的生存标准，虽然与“登山宝训”[1]形式不同，其严苛的程度却不相上下。不过从长远来看，人类是从不安于舒适稳定的生活的。北欧人和早期基督徒一样，以英雄的标准来衡量自己的生活。不过基督徒期待着天堂里永恒的快乐，北欧人则不然。对他们来说，只要有英雄主义就够了，这种情况不知道持续了多久，直至基督教传教士去了之后才有所改变。

创作北欧神话的诗人们认为胜利总伴随着死亡，勇气则永远不可能败北，这种信念的代言人就是伟大的条顿民族——英格兰

1　出自《圣经·新约·马太福音》，是耶稣在山上所讲的一段话，被认为是基督徒言行的准则。

有一部分条顿人，通过移民美洲，美国也有了条顿人的后代。在早期记录中，欧洲西北部到处都有条顿人的踪迹，但他们的传统、歌谣、故事都被基督教修道士抹去了，因为他们对异教徒心怀厌恶，总想彻底销毁。他们销毁得非常彻底，只有少许片段保留下来，如英国的《贝奥武甫》、德国的《尼伯龙人之歌》，以及其他一些四散的残篇。如果不是有两部冰岛的《埃达》，我们对这个宗教，对这个塑造了我们民族的宗教就真的一无所知了。由于地理原因，冰岛是最后一个受到基督教影响的北欧国家，传教士们在冰岛也表现得比较温和，或者说是影响力比较弱。拉丁语也没能撼动古代北欧语作为文学语言的地位。人们依然用共通的语言讲述那些古老的故事，其中一些故事还被用文字记载下来了，虽然它们的作者和创作年代我们已无从知晓。《老埃达》最古老的手稿可以追溯到公元 1300 年，也就是基督教进入冰岛之后三百年左右，但是构成这部作品的诗歌全然是异教内容，学者们普遍认定其非常古老。《新埃达》是散文体，是由斯诺里·斯蒂德吕松在 12 世纪末写成的，主要内容是讲解诗歌的写作技巧，其中也包含一些《老埃达》里没有的史前神话内容。

在两部《埃达》之中,《老埃达》更为重要。它由不同的诗歌组成，这些诗歌讲述的往往是同一个故事，但是相互之间并无关联。其中所包含的素材足以造就一部伟大的史诗，和《伊利亚特》一样伟大，甚至有过之而无不及，但是没有诗人将其整合起来，就像荷马将早期的故事整理成《伊利亚特》一样。北欧地区缺少这样一位天才，能将零散的诗歌冶于一炉，创作出一部优美有力的作品；甚至没人能剔除其中野蛮、平庸的部分，也没人能删掉其中幼稚、累赘的内容。《埃达》有时竟会用长达数页的篇幅罗列人名。尽管文风有所欠缺，但故事严肃宏伟的基调是不会变的。也许任何不懂古代北欧语的人都不应该批评它的“文风”，但是所有的译文都同样行文笨拙，让人不得不怀疑这是原文使然，至少部分原文如此。比起写作技巧，创作《老埃达》的诗人们似乎更长于立意。很多故事都臻于完美；在希腊神话中，也许唯有那些由悲剧诗人重述的作品能够与之一较高下。北欧神话中最好的故事都是悲剧，讲述男男女女一步步走向死亡，而且他们都是主动选择的，甚至是早就计划好的。在这些悲惨的故事中，唯一的希望之光就是英雄气概。

第一章

西格妮和西古尔德的故事

我之所以选择这两个故事，是因为它们比其他故事更好地反映了北欧人的性格和观点。西古尔德是北欧神话中最著名的英雄，他的故事与《尼伯龙人之歌》里西格弗里德的故事如出一辙。《尼伯龙人之歌》因瓦格纳的歌剧而变得家喻户晓，《沃尔松萨迦》就是这个日耳曼故事的北欧版，而西古尔德正是这部萨迦的主角。但我的故事并非出自《沃尔松萨迦》，我是从《老埃达》中取材的，其中包含很多诗歌，都以西古尔德、布伦希尔德和古德伦等人的爱情和死亡为主题。所有的萨迦都是散文体故事，问世时间都更晚。西格妮的故事只在《沃尔松萨迦》里讲到过。

西格妮是沃尔松的女儿，和西格蒙德是孪生兄妹。她的丈夫叛变，杀了沃尔松，并掳走了他的儿子们。在夜里，他把沃尔松的儿子们一个一个地绑起来，这样他们就会被饿狼们发现并吃掉。最后轮到西格蒙德了，他被绑起来丢到外面，西格妮想出了一个办法救他。她成功地救出了西格蒙德，两人发誓一定要为父亲和弟弟们报仇。西格妮认定，西格蒙德必须有一个他们自己的血亲作为助手，于是她乔装后找到他，和他共度了三夜，而他一直都不知道她是谁。等到他们二人的孩子长到可以离开母亲的年级，她让他去找西格蒙德，随后父子二人生活在一起，直到那个名叫辛菲奥特利的孩子长大成人。在此期间，西格妮一直和她的丈夫生活在一起，还给他生了孩子，丝毫没有将内心复仇的热望表露出来。复仇的日子终于到了。西格蒙德和辛菲奥特利突然闯入他们家中，杀死了西格妮其他所有的孩子，并把她的丈夫关在屋里活活烧死。西格妮一言不发地看着他们做完这一切。事成之后，她对他们说这是一次光荣的复仇，说完她也走进燃烧的房间，死在了里面。这么多年来，她一直等待着时机，计划杀死自己的丈夫并和他一起死去。若有一位北欧的埃斯库罗斯来写她的故事，那么克吕泰谟涅斯特拉也会黯然失色。

西格弗里德的故事大家早已耳熟能详，所以，他在北欧神话里的原型西古尔德的故事，只需要点到为止。布伦希尔德是一名瓦尔基里，也就是奥丁的侍女，她因违抗奥丁的命令而被罚陷入沉睡，必须等到某个人来唤醒她。她请求奥丁，前来唤醒她的人必须是一名无畏的勇士，于是奥丁将火焰环绕在她的卧榻周围，唯有英雄才敢靠近。西古尔德是西格蒙德的儿子，他完成了这项壮举。他驾着自己的马穿过火焰，唤醒了布伦希尔德，她高兴地以

身相许，因为西古尔德证明了自己确实英勇无畏。不久之后，他又把布伦希尔德留在这个烈焰环绕的地方，独自离去。

西古尔德去了吉乌基家族的领地，与该族的国王贡纳尔结为兄弟。贡纳尔的母亲格里姆希尔德想把女儿古德伦嫁给西古尔德，就让他服下魔药，令他忘了布伦希尔德。他迎娶了古德伦。随后，格里姆希尔德又施法将他变成了贡纳尔的模样，他再次骑马穿过火焰，为贡纳尔赢得了布伦希尔德，贡纳尔本人根本不敢前往。西古尔德在那里和她共度了三个夜晚，但是他把剑放在床中间，隔开了他们二人。布伦希尔德和他一起回到了吉乌基族人的身边，西古尔德也变回原本的样子，可是他根本不记得布伦希尔德了。布伦希尔德以为西古尔德背弃了自己，是贡纳尔穿过火焰找到了她，便和贡纳尔结婚了。在一次和古德伦的争吵中，她得知了事情的真相，于是决计复仇。她对贡纳尔说，西古尔德破坏了他们的兄弟誓言，他声称三个夜晚都用剑将两人隔开，但其实早就占有了她；她还说，贡纳尔若不杀了西古尔德，她就要离他而去。贡纳尔毕竟曾和西古尔德宣誓结为兄弟，他自己下不了手，但他说服了自己的弟弟，让弟弟趁西古尔德熟睡时杀了他。古德伦醒来后，发现自己身上沾满了丈夫的鲜血：

布伦希尔德笑了起来，
仅此一次，发自内心地笑着，
因为她听见了古德伦的哭号。

西古尔德之死要归咎于古德伦，即使如此，也许正因为如此，她不肯独自活下去。她对自己的丈夫说：

我只爱过他一人，
我的心从来不曾改变。

她对贡纳尔说，当西古尔德代替贡纳尔穿过火焰来追求她时，并没有破坏誓言：

我们同床共枕，
犹如兄妹一般。
世间男女悲伤度日，
哀叹生命过于漫长。

她自杀身亡，祈求将自己的尸体和西古尔德一同摆在火葬堆上。

古德伦一言不发地坐在西古尔德的尸体旁。她说不出话，也哭不出来。大家担心如果不好好安抚她，她恐怕会心碎，于是那些女人一个个上前跟她诉说自己的伤心事：

每个人经历过的最痛苦的事情。

其中一个说："丈夫、女儿、姐妹、兄弟，都已离我而去，只有我还苟活在世上。"

但是悲痛的古德伦依然不哭，
英雄的尸体令她心如死灰。

另一个女人说："我的七个儿子死在南方，丈夫也死了，都死于战争。我亲手为他们入殓，独自承受了半年时间，却没有一个人来安慰我。”

但是悲痛的古德伦依然不哭，
英雄的尸体令她心如死灰。

接着，人群中最聪明的那个女人上来揭开了死者的裹尸布：

她把他那备受珍视的头颅
放在他妻子的膝上。
“看一眼你的爱人，亲吻他的嘴唇吧，
就当他还活着一样。”
古德伦只看了他一眼，
只见他头发上凝结着血块，
明亮的眼睛变得黯淡无光。
她弯腰，低头，
泪如雨下。

这就是早期的北欧传说。人生来就充满悲伤，灵魂会高飞而上。活着就是痛苦，唯一的办法就是勇敢面对这痛苦的人生。西古尔德在第一次去找布伦希尔德的时候，半路上遇到了一个智者，于是他问智者自己的命运如何：

无论如何艰难也不必隐瞒。

智者回答：

你知道我不会撒谎。
你永远不会沾染上恶习，
但毁灭之日终究会到来，
那是愤怒之日，也是痛苦之日。
但是要记住，人类的统治者，
英雄的一生始终为命运所左右。
天底下再不会有这样一个人，
他能比西古尔德还更高贵。

第二章

北欧众神

希腊的神都不是英雄。奥林波斯众神都是不死的，是不可战胜的。他们永远感受不到勇气的光辉，他们永远不会对抗危险。当他们战斗时，他们一定会胜利，而且不会受到任何伤害。在阿斯加德则不然。北欧诸神被称为阿萨神族，他们有一群好战且顽抗的敌人，即住在约顿海姆的巨人族。巨人族不仅对阿萨神族造成了持久的威胁，而且他们也深知，他们终将取得最后的胜利。

这个想法沉重地压在阿斯加德所有神灵的心头，但压力最大的还数众神的首领奥丁。奥丁和宙斯一样都是天父：

> 身披乌云般灰色的外衣，头戴天空般碧蓝的帽子。

但他们的相似之处只有这一点。除奥丁以外，几乎找不到第二个与荷马笔下的宙斯如此迥然不同的角色了。奥丁是个古怪又严肃的人，永远离群索居。即使是与众神坐在他金碧辉煌的格拉兹海姆宫里，或者和诸位英雄聚集在英灵殿瓦尔哈拉宴饮时，他也不吃不喝。放在他面前的食物都交给趴在他脚边的两头狼吃掉。他肩膀上停着两只渡鸦，它们每天满世界飞来飞去，将人类的消息带给他。这两只渡鸦，一只名叫胡金（意为“思想”），一只名叫穆宁（意为“记忆”）。

众神吃喝时，奥丁就思考胡金和穆宁带给他的消息。

他比其他神灵肩负着更多的责任，要尽可能推迟世界末日的到来。那一天被称作“诸神的黄昏”，届时天与地都会毁于一旦。他是众神之父，地位远超一切神灵和凡人，即使如此他也在不断寻求智慧。他去了智者弥米尔把守的智慧之泉，希望能喝一口泉水。弥米尔回答说，他必须交出一只眼睛作为代价，奥丁答应了。他忍受痛苦，掌握了如尼文。如尼文是有魔法的符文，使用者只要把它们刻在物体上，不管是木头、金属还是石头，就能施展出巨大的魔法。奥丁花了惨痛的代价来学习这些字符。在《老埃达》中，他自述——

在一棵被风吹动的树上吊了九天九夜，
全身被长矛刺伤。
我被献给奥丁，我自己献给我自己，
在一棵无人知晓的树上。

他将自己艰难获得的知识传授给人类。从此，人类也能用如尼文保护自己了。他再一次冒着生命危险，从巨人族那里夺走了诗之蜜酒，任何品尝到它的人都能吟咏诗篇。他将这宝贵的礼物赐予了人类，也赐予了众神。从各个方面来说，他都对人类助益良多。

奥丁的侍女叫作瓦尔基里。她们在阿斯加德的宴会上侍奉众神，时刻让角杯里盛满美酒，但是她们最重要的工作是去战场上，按照奥丁的命令决定众人的生死，然后将勇敢的死者带到奥丁面前。“瓦尔”的意思是“被杀者”，瓦尔基里就是“拣选被杀者之人”，她们会把死者带去“被杀者的殿堂”瓦尔哈拉。这些必死无疑的英雄将会在战斗中看到——

美丽绝伦的少女，
身着闪亮的盔甲，骑着战马，
神情严肃，若有所思，
她们雪白的双手让人心驰神往。

星期三是奥丁之日。南方的人称他为沃登。[1]

除他以外还有五位重要的神灵，分别是巴尔德、托尔、弗雷、海姆达尔和提尔。

无论是在天庭还是在凡间，巴尔德都是最受喜爱的神灵。他的死是众神遭遇的第一桩灾祸。有一天晚上，他做了个梦，这个梦预言说他将遇到巨大的危险。他的母亲，也就是奥丁的妻子弗丽嘉得知此事后，决心保护他不受任何伤害。她走遍全世界让万物发誓，不管是有生命的还是没有生命的，都绝不伤害巴尔德。但即便如此，奥丁依然很担心。他驾车来到死者的世界尼弗尔海姆，发现死亡女神赫尔的住所布置一新，仿佛过节一般。一个女智者告诉他这房子是为谁而布置的：

1 “星期三”（Wednesday）由“沃登”（Woden）衍生而来。

巴尔德的蜜酒已经备好，
天神的希望已经破灭。

奥丁知道巴尔德难逃一死了，但是别的神灵坚信弗丽嘉已经让他安全了。他们举行竞赛，大家都很高兴。他们朝巴尔德扔东西，或是扔石头，或是扔飞镖，或是射箭，或是用剑去刺他，但是这些武器要么落空，要么滚到了一旁。任何东西都伤害不了巴尔德。有了这份奇怪的豁免权，他似乎超越了众神，有了特别的光荣，但洛基却不以为然。他不是神，而是巨人的儿子，他走到哪里，麻烦就跟到哪里。他不断地把众神卷入各种纷争和危险，但他还是能够自由进入阿斯加德，因为奥丁曾与他结为兄弟，具体原因不得而知。他讨厌一切善行，嫉妒巴尔德。他决定想尽一切办法伤害他。他假扮成一个女人去找弗丽嘉，跟她攀谈。弗丽嘉告诉他，在她前去为巴尔德的安全求得保障的路上，万物都发誓不伤害他，但唯有一棵小草除外，那就是槲寄生，因为槲寄生实在太弱了，所以她也就压根儿没有理会。

对洛基来说知道此事就够了。他采下槲寄生，去了众神正在玩乐的地方。巴尔德的盲眼兄弟霍德独自坐在一旁。洛基问："你为什么不和他们一起玩？"霍德回答："我眼睛瞎了怎么玩？而且我也没有什么东西可以朝他扔啊。"洛基说："啊，去吧，这里有根小树枝，去扔一下，我帮你瞄准。"霍德接过槲寄生，用尽全力扔出去。在洛基的指引下，槲寄生全速冲向巴尔德，刺进他的心脏。巴尔德倒地而死。

他的母亲还不肯放弃希望。弗丽嘉呼唤众神，问谁愿意去找赫尔，把巴尔德给赎回来。她的一个儿子赫尔莫德主动前往。奥丁把自己的神马斯莱泼尼尔借给他，于是他就这样全速奔向尼弗尔海姆。

其他人则着手准备葬礼。他们在一艘大船上搭了一个高高的火葬堆，把巴尔德的尸体摆上去。巴尔德的妻子南娜最后去看望他，她心碎不已，最终倒在甲板上死去。她的尸体也被放在火葬堆上，就在巴尔德旁边。随后火葬堆被点燃，大船起航离去。当它行至海上时，烈焰腾空而起，将整艘船包裹在火光之中。

赫尔莫德来到赫尔面前，转达了众神的请求。赫尔回答，只要证明世界各地都在哀悼，那她就愿意放巴尔德回去。但是只要有一个东西或者一个生灵不为他哭泣，巴尔德就不能走。于是众神派出信使去各处收集为巴尔德流下的泪水，这样他就能复活了。谁也没有拒绝他们。天地万物都为这位受人喜爱的神灵哭泣。信使们高高兴兴地踏上了归途，准备把这些消息带给众神。就在他们的旅途行将结束时，他们遇到了一位女巨人，结果全世界的悲伤都变成了徒劳，因为这位女巨人拒绝哭泣。她嘲讽地说："我这里只有干涸的眼泪。我对巴尔德没有好感，也不会对他表示出任何好意。"于是赫尔便没有放走死者。

洛基受到了惩罚。众神抓住他，把他关在一个深深的山洞里。他头上盘着一条大蛇，蛇的毒液滴到他脸上，给他带来无尽的痛苦。但是他的妻子希格恩来帮了他。她坐在洛基旁边，拿一只杯子接住了蛇毒。即使如此，每次她要清空杯子的时候，蛇毒还是会短暂地滴在洛基脸上，那份痛苦实在剧烈，他忍不住挣扎，大地也会随之震撼。

再说说其余四位大神。雷神托尔是阿萨神族中的最强者，星期四便因他而得名；[1]弗雷是大地上一切果实的庇护者；海姆达尔

1 "星期四"（Thursday）由"托尔"（Thor）衍生而来。

是彩虹桥比弗罗斯特的看守，这座大桥直通阿斯加德；提尔是战神，星期二曾是他的日子，也以他的名字命名。[1]

跟奥林波斯的女神比起来，阿斯加德的女神就显得没那么重要了。在北欧众神中，没有哪位女神可以和雅典娜相提并论，只有两位值得一提。一位是奥丁的妻子弗丽嘉，有人说星期五是以她的名字命名的，据说她非常睿智，但是少言寡语，她从不把自己知道的事情告诉别人，就连奥丁她也不说。她的形象很模糊，通常她被描述为总在纺线的样子，她纺的线都是金子，但是她为什么纺线却是个秘密。

另一位是芙蕾雅，她是爱与美的女神，但是战场上一半的死者都属于她，这一点在我们看来有些奇怪。奥丁手下的瓦尔基里把另一半带去瓦尔哈拉。芙蕾雅本人骑马去战场，收取属于她的死者，对北欧的诗人来说，这正是爱与美的女神的本性和本职。一般认为星期五是以她的名字命名的。[2]

但是有一个地方是完全由女神掌管的。死者的国度属于赫尔。其他任何神灵在此都没有权力，连奥丁也没有。金色的阿斯加德属于众神，辉煌的瓦尔哈拉属于英雄，米德加德则是男人的战场，与女人无关。在《老埃达》中，古德伦如是说：

男人以残暴支配着女人的命运。

在北欧神话中，那片冰冷苍白的亡魂之国才是女人的世界。

1 “星期二”（Tuesday）由“提尔”（Tyr）衍生而来。

2 “星期五”（Friday）或由“芙蕾雅”（Freya）衍生而来。

创 世

在《老埃达》中，一位女智者曾说：

上古世界一片虚无，
没有沙，没有海，也没有冰冷的波浪；
没有大地，没有天空，
只有一道宽广的深渊。
太阳不知道自己该在何处，
月亮也没有自己的国度，
星星更是没有立足之地。

这道深渊虽然巨大无比，却并未延展到四面八方。遥远的北方是尼弗尔海姆，那是冰冷的死者的国度；遥远的南方是穆斯佩尔海姆，那是一片火焰之地。十二条河流从尼弗尔海姆流出，流入深渊中被冻成冰，直到深渊被冰填满。燃烧的云朵从穆斯佩尔海姆飘来，将这些冰融为雾气。水从雾气中滴下来，在这水中诞生了冰霜少女和第一个巨人伊米尔。伊米尔的儿子就是奥丁的父亲，他的母亲和妻子都是冰霜少女。

奥丁和他的两个兄弟杀了伊米尔，并用他的身体创造了世界：用他的血创造了海洋，用他的躯体创造了大地，用他的头颅创造了天空。他们从穆斯佩尔海姆取来火花，放在天空中，成了太阳、月亮和星星。大地是圆的，四周被海洋环绕。众神用伊米尔的眉毛筑起了一道巨大的围墙，保卫人类将生活在其中的那个地方。这片区域被围在里面，被称为米德加德。世界上第一对男女是用树做成的，男人是梣树，女人是榆树，他们是所有人类的始祖。这个世界上还居住着矮人族，他们住在地下，外形丑陋，却是能工巧匠；此外还有精灵族，他们非常可爱，负责照顾花朵和河流。

支撑整个宇宙的是一棵神奇的梣树伊格德拉西尔，它的根系穿透了整个世界：

伊格德拉西尔有三条根，
赫尔住在第一条根的下方，
第二条根下住着冰霜巨人，
人类则住在第三条根下面。

据说“有一条根向上通往阿斯加德”。在这条根旁有一眼泉，里面盛满了白色的泉水，那便是“乌尔德之泉”，这眼泉无比神圣，谁也不能从中喝水。诺恩三女神守护着它：

她们为人类之子安排人生，
把他们分配给各自的命运。

她们三个分别是乌尔德（代表过去）、维尔丹迪（代表现在）和斯库尔德（代表未来）。每一天，众神都会穿过晃动的彩虹桥来到此地，他们坐在泉边，判定凡人的行为。世界之树的另外一条根下有另一眼“智慧之泉”，由智者弥米尔看守。

伊格德拉西尔跟阿斯加德有着同样的境遇，时刻面临着毁灭的威胁。跟众神一样，世界之树也注定会死去。一条大蛇带着一窝蛇崽，在不断地啃噬着它位于尼弗尔海姆旁边的树根，尼弗尔海姆乃是赫尔的地盘。总有一天它们会咬死伊格德拉西尔，整个世界就会随之轰然坍塌。

冰霜巨人和山岳巨人住在约顿海姆，他们是一切善良生物的敌人。他们是凡间的野蛮力量，日后将不可避免地与天上的神圣力量开战，而野蛮的一方将会获胜：

众神的命运已经注定，他们难逃一死。

但是这样的想法和人类内心深处的信仰是截然相反的，人类坚信正义必将压倒邪恶。这些顽固又绝望的北欧人要在冰天雪地里度过阴暗的长冬，他们的英雄主义因此而不断受到挑战，饶是如此，他们仍能穿透黑暗看到遥远的光芒。《老埃达》中有一段预言，像极了《圣经》里的《启示录》，写的是众神战败后的情景：

太阳变黑，大地沉入海中，
炽热的星星从空中陨落，
火焰高高地蹿入天空。

新的天空和新的大地将会诞生：

将会重新焕发出惊异的美丽。
一切建筑都将覆上金色的屋顶，
大地无需耕种就会结出果实——
世间万物将会永享幸福。

然后世界将由一个比奥丁更崇高的神灵统治，邪恶的力量也无法企及：

他比万事万物都要伟大。
但我不敢说出他的名字。
只有极少数人能够看到
奥丁殒命后的情景。

这种渺无边际的幸福遐想看上去似乎只是北欧人聊以自慰的手段罢了，但这已经是两部《埃达》所提供给他们的唯一希望了。

北欧人的智慧箴言

从另一个角度来看北欧人的性格，和英雄的一面截然不同，这在《老埃达》中也有充分的描述。有好些智慧箴言里没有丝毫英雄主义的成分，只是描述与之相应的生活。北欧的智慧文学远不及希伯来《圣经》里的《箴言》那么深邃，事实上它甚至配不上“智慧”这个伟大的词，但是创造它的北欧人总体来说是非常理智的，这和他们坚定不移的英雄气概形成了鲜明的对比。和《箴言》一样，智慧文学的作者们似乎也都很年长，是富有经验、对人类事务有着深思熟虑的人。无疑他们曾经也是英雄，但现在他们从战场上退下来，以另一种角度看待事物。有时候他们对生活的态度也是很幽默的：

麦酒对人的好处
要比人们想象的少得多。

财富总是让人变得愚蠢，
谁不知道这个道理谁就是傻子。

懦夫以为只要远离战争，
他就能永生不死。

想法只能跟一个人说，
告诉两人就会坏事，
再多一个则尽人皆知。

傻子胡思乱想，
以致通宵不眠。
心力交瘁到天明，
但问题仍未解决。

有些箴言则敏锐地道出了人类的天性：

卑鄙下作的人
就喜欢嘲笑一切。

勇者在任何地方都能活得很好，
懦夫却畏惧一切事物。

有时候他们乐观，甚至是轻松愉快的：

我曾年轻，独自旅行，
遇见他人便觉得自己富有。
人类的快乐总是源于他人。

对朋友要以心换心，
以欢笑来换取欢笑。

去好友家的路
都畅通无阻，
哪怕路途遥远。

有时候他们也显得格外豁达：

任何人都不会只有痛苦，千万别灰心丧气。
对这个人来说，他的儿子是快乐之源；
对那个人而言，则是他的亲友或财富；
还有一些人，则因行善而感到快乐。

男人不要轻信少女的话，
女人的话也要三思。
但我说，男女都一样，
男人对女人的想法总是飘忽不定。

没有人好得完美无瑕，
也没有人坏得一无是处。

有时候他们会说一些很有洞察力的话：

人聪明一点当然好，

但切不可聪明过度，
因为智者总是忧心忡忡。

牛羊会死，家人会死，大家都会死。
但我知道有一个东西永远不死，
那便是对每一个死者的评价。

在最重要的一部集子的末尾，有两行文字是这样描述智慧的：

头脑只知道
内心之所向。

除了那些令人敬畏的英雄主义，这些生活在北方的人其实还有着讨人喜爱的常识。这种组合看起来不可思议，但上述诗歌却是明证。从民族上来说，我们与北欧人紧密相连；从文化上来说，我们可以追溯到希腊人。北欧神话和希腊神话共同组成了一幅清晰的图景，展示了我们在心灵和智慧两方面的先祖是什么样的人。

译名对照表

A

阿巴斯	Abas
阿卑多斯	Abydus
阿波罗	Apollo
阿德拉斯托斯	Adrastus
阿德墨托斯	Admetus
阿多尼斯	Adonis
阿尔巴隆加	Alba Longa
阿尔甫斯	Alpheus
阿尔戈号	Argo
阿尔戈斯	Argos
阿尔基诺俄斯	Alcinoüs
阿尔开俄斯	Alcaeus
阿尔克墨涅	Alcmena
阿尔刻得斯	Alcides
阿尔刻斯提斯	Alcestis
阿尔库俄涅	Alcyone
阿尔忒亚	Althea
阿耳戈斯	Argus
阿耳卡斯	Arcas
阿耳刻西俄斯	Arcesius
阿耳忒弥斯	Artemis
阿佛洛狄忒	Aphrodite
阿伽门农	Agamemnon
阿高厄	Agave
阿革诺耳	Agenor
阿格莱亚	Aglaia
阿基琉斯	Achilles
阿基斯	Acis
阿卡迪亚	Arcady
阿卡忒斯	Achates
阿克里西俄斯	Acrisius
阿克瑞忒	Acrete
阿克泰翁	Actaeon
阿克西涅	Axine
阿刻卢斯	Achelous
阿刻戎	Acheron
阿奎罗	Aquilo
阿拉克涅	Arachne
阿勒克托	Alecto

阿里阿德涅	Ariadne	埃阿斯	Ajax
阿里斯泰俄斯	Aristaeus	埃埃亚	Aeaea
阿里翁	Arion	埃多斯	Aidos
阿罗阿得斯	Aloadae	埃俄利亚	Aeolia
阿罗欧斯	Aloeus	埃俄罗斯	Aeolus
阿玛尔忒亚	Amalthea	埃厄忒斯	Æetes
阿玛塔	Amata	埃该翁	Aegeaon
阿密摩涅	Amymone	埃勾斯	Aegeus
阿那克萨瑞忒	Anaxarete	埃古普托斯	Aegyptus
阿普绪耳托斯	Apsyrtus	埃吉斯	aegis
阿瑞斯	Ares	埃吉斯托斯	Aegisthus
阿瑞图萨	Arethusa	埃里曼索斯	Erymanthus
阿萨拉科斯	Assaracus	埃洛	Aero
阿萨神族	Aesir	埃洛珀	Aerope
阿斯加德	Asgard	埃涅阿斯	Aeneas
阿斯卡尼俄斯	Ascanius	埃皮托斯	Aepytus
阿斯克勒庇俄斯	Aesculapius	埃特拉	Aethra
阿斯提亚纳克斯	Astyanax	埃特纳	Etna
阿索波斯	Asopus	埃伊纳	Aegina
阿索斯	Athos	安德洛革俄斯	Androgeus
阿塔兰忒	Atalanta	安德洛玛刻	Andromache
阿塔玛斯	Athamas	安德洛墨达	Andromeda
阿特拉斯	Atlas	安菲特里忒	Amphitrite
阿特洛波斯	Atropos	安菲特律翁	Amphitryon
阿特柔斯	Atreus	安菲翁	Amphion
阿提卡	Attica	安菲亚拉俄斯	Amphiaraus
阿韦尔诺	Avernus	安基塞斯	Anchises
埃阿基得斯	Aeacides	安泰俄斯	Antaeus
埃阿科斯	Aeacus	安忒洛斯	Anteros

安忒亚	Anteia
安提俄珀	Antiope
安提戈涅	Antigone
安提罗科斯	Antilochus
奥德修斯	Odysseus
奥丁	Odin
奥革阿斯	Augeas
奥利斯	Aulis
奥林波斯	Olympus
奥罗拉	Aurora
奥萨	Ossa
奥斯忒耳	Auster
奥提伽	Ortygia
奥托诺厄	Autonoe

B

巴尔德	Balder
巴克坎忒	Bacchante
巴克科斯	Bacchus
巴克特里亚	Bactria
巴忒亚	Batea
柏勒洛丰	Bellerophon
柏罗娜	Bellona
柏罗斯	Belus
鲍基斯	Baucis
比弗罗斯特	Bifröst
比同	Biton
波吕玻斯	Polybus
波吕得克忒斯	Polydectes
波吕丢刻斯	Polydeuces
波吕斐摩斯	Polyphemus
波吕丰忒斯	Polyphontes
波吕克里托斯	Polyclitus
波吕克塞娜	Polyxena
波吕涅刻斯	Polyneices
波吕许谟尼亚	Polyhymnia
波吕伊多斯	Polyidus
波摩娜	Pomona
波塞冬	Poseidon
玻瑞阿斯	Boreas
布里塞伊斯	Briseis
布伦希尔德	Brynhild

D

达达诺斯	Dardanus
达佛涅	Daphne
达那俄斯	Danaüs
达那厄	Danaë
达那伊得	Danaïd
代达罗斯	Daedalus
道利斯	Daulis
得阿尼拉	Deianira
得尔斐	Delphi
得摩丰	Demophoön
得墨忒耳	Demeter
得伊福玻斯	Deiphobus

得伊翁	Deion
德律阿得	dryad
德律俄珀	Dryope
狄安娜	Diana
狄多	Dido
狄俄墨得斯	Diomedes
狄俄尼索斯	Dionysus
狄俄涅	Dione
狄俄斯库洛斯	Dioscouri
狄耳刻	Dirce
狄克提斯	Dictys
狄刻	Dike
狄斯	Dis
丢卡利翁	Deucalion
多多那	Dodona
多利安人	Dorian
多利斯	Doris

E

俄狄浦斯	Oedipus
俄耳甫斯	Orpheus
俄刻阿尼得	Oceanid
俄刻阿诺斯	Ocean
俄里翁	Orion
俄纽斯	Oeneus
俄诺庇翁	Oenopion
俄诺涅	Oenone
俄普斯	Ops
俄瑞阿得	Oread
俄瑞斯忒斯	Orestes
俄瑞斯忒亚	Oresteia
俄瑞梯亚	Orithyia
俄忒	Oeta
俄托斯	Otus
厄庇戈诺斯	Epigoni
厄庇米修斯	Epimetheus
厄庇墨尼得斯	Epimenides
厄耳科斯	Orcus
厄菲阿尔忒斯	Ephialtes
厄费瑞	Ephyre
厄革里亚	Egeria
厄科	Echo
厄拉托	Erato
厄勒克特拉	Electra
厄勒克特律翁	Electryon
厄勒梯亚	Eileithyia
厄里达诺斯	Eridanus
厄里费勒	Eriphyle
厄里克托尼俄斯	Ericthonius
厄里倪斯	Erinys
厄里斯	Eris
厄琉息斯	Eleusis
厄洛斯	Eros
厄吕西翁	Elysian Fields
厄律提亚	Erythia
厄律西克同	Erysichthon

厄倪俄	Enyo
厄帕福斯	Epaphus
厄瑞玻斯	Erebus
厄瑞克透斯	Erechtheus
厄忒俄克勒斯	Eteocles
厄忒俄克罗斯	Eteoclus
厄瓦德涅	Evadne
厄万德耳	Evander
恩底弥翁	Endymion
恩纳	Enna

F

法厄同	Phaëthon
法罗斯	Pharos
法翁	faun
法沃纽斯	Favonius
法乌努斯	Faunus
菲狄亚斯	Phidias
菲勒蒙	Philemon
菲罗克忒忒斯	Philoctetes
菲罗墨拉	Philomela
菲纽斯	Phineus
斐德若	Phaedrus
斐瑞斯	Pheres
佛勒革同	Phlegethon
佛里克索斯	Phrixus
弗雷	Freyr
弗里吉亚	Phrygia
弗丽嘉	Frigga
伏尔甘	Vulcan
芙蕾雅	Freya
福柏	Phoebe
福玻斯·阿波罗	Phoebus Apollo
福耳库斯	Phorcys
福罗斯	Pholus

G

盖亚	Gaea
高加索	Caucasus
戈耳戈	Gorgon
革律翁	Geryon
格拉兹海姆	Gladsheim
格赖阿	Graiea
格劳科斯	Glaucus
格里姆希尔德	Griemhild
贡纳尔	Gunnar
古德伦	Gudrun

H

哈得斯	Hades
哈耳庇厄	Harpy
哈耳摩尼亚	Harmonia

哈玛德律阿得 Hamadryad
海伦 Helen
海蒙 Haemon
海姆达尔 Heimdall
赫柏 Hebe
赫布罗斯 Hebrus
赫尔 Hela
赫尔莫德 Hermod
赫耳弥俄涅 Hermione
赫耳墨斯 Hermes
赫淮斯托斯 Hephaestus
赫卡柏 Hecuba
赫卡忒 Hecate
赫克托耳 Hector
赫拉 Hera
赫拉克勒斯 Hercules
赫勒 Helle
赫勒诺斯 Helenus
赫勒斯滂托斯 Hellespont
赫楞 Hellen
赫利阿得 Heliad
赫利俄斯 Helios
赫利孔 Helicon
赫洛 Hero
赫斯珀里得 Hesperid
赫斯珀里亚 Hesperia
赫斯提亚 Hestia
胡金 Hugin
淮德拉 Phaedra
淮亚基亚 Phaeacia
霍德 Hoder

J

基耳刻 Circe
基迈拉 Chimaera
基泰戎 Cithaeron
基西拉 Cythera
吉乌基家族 Giukung
伽拉忒亚 Galatea
伽倪墨得 Ganymede

K

卡德摩斯 Cadmus
卡尔卡斯 Calchas
卡尔帕索斯 Carpathos
卡拉伊斯 Calais
卡利俄珀 Calliope
卡利斯托 Callisto
卡吕冬 Calydon
卡吕普索 Calypso
卡律布狄斯 Charybdis
卡米拉 Camilla
卡墨娜 Camenae
卡纳刻 Canace
卡帕纽斯 Capaneus

卡皮斯	Capys
卡戎	Charon
卡珊德拉	Cassandra
卡斯塔利亚	Castalia
卡斯托耳	Castor
卡特柔斯	Catreus
卡西俄珀亚	Cassiopeia
科俄斯	Coeus
科尔基斯	Colchis
科库托斯	Cocytus
科林斯	Corinth
科罗诺斯	Colonus
科洛尼斯	Coronis
克勒俄比斯	Cleobis
克里特	Crete
克利俄	Clio
克洛诺斯	Cronus
克洛托	Clotho
克吕墨涅	Clymene
克吕泰谟涅斯特拉	Clytemnestra
克吕提厄	Clytie
克律塞伊斯	Chryseis
克诺索斯	Cnossus
克瑞斯丰忒斯	Cresphontes
克瑞透斯	Cretheus
克瑞翁	Creon
克瑞乌萨	Creüsa
克珊托斯	Xanthus
克苏托斯	Xuthus
刻耳柏洛斯	Cerberus
刻法罗斯	Cephalus
刻菲索斯	Cephissus
刻甫斯	Cepheus
刻克洛普斯	Cecrops
刻莱诺	Celaeno
刻琉斯	Celeus
刻律尼提亚	Cerynitia
刻戎	Chiron
刻瑞斯	Ceres
刻宇克斯	Ceyx
肯陶洛斯	Centaur
库狄珀	Cydippe
库克罗普斯	Cyclops
库迈	Cumae
库瑞涅	Cyrene
奎里努斯	Quirinus
昆提亚	Cynthia
昆托斯	Cynthus

L

拉奥孔	Laocoön
拉庇忒斯人	Lapithae
拉布达科斯	Labdacus
拉达曼提斯	Rhadamanthus
拉丁姆	Latium
拉丁努斯	Latinus

拉俄达弥亚 Laodamia
拉俄墨冬 Laomedon
拉耳 Lar
拉耳瓦 Larvae
拉刻西斯 Lachesis
拉里萨 Larissa
拉特摩斯 Latmus
拉托娜 Latona
拉维尼亚 Lavinia
拉伊俄斯 Laius
莱耳忒斯 Laertes
莱斯特律贡 Laestrygon
莱斯沃斯 Lesbos
勒安得耳 Leander
勒达 Leda
勒穆瑞斯 Lemures
勒拿 Lerna
勒忒 Lethe
勒托 Leto
雷穆斯 Remus
利柏耳 Liber
利比亚 Lybia
利姆诺斯 Lemnos
利诺斯 Linus
林叩斯 Lynceus
琉基波斯 Leucippus
琉科忒亚 Leucothea
卢基娜 Lucina
卢娜 Luna
鲁图里人 Rutulian
路西法 Lucifer
罗慕路斯 Romulus
罗提斯 Lotis
洛基 Loki
洛科斯 Rhoecus
吕底亚 Lydia
吕基亚 Lycia
吕卡翁 Lycaon
吕科墨得斯 Lycomedes
吕科斯 Lycus
吕库耳戈斯 Lycurgus

M

玛耳珀萨 Marpessa
玛耳斯 Mars
玛耳绪阿斯 Marsyas
玛涅斯 manes
迈纳得 Maenad
迈锡尼 Mycenae
迈亚 Maia
麦西尼亚 Messenia
美狄亚 Medea
美杜莎 Medusa
门农 Memnon
门托耳 Mentor
弥达斯 Midas

弥耳提罗斯	Myrtilus
弥米尔	Mimir
米德加德	Midgard
米底亚人	Medes
米尼厄斯人	Minyan
米诺斯	Minos
米诺陶洛斯	Minotaur
密耳弥冬人	Myrmidon
密涅瓦	Minerva
缪斯	Muse
谟涅摩绪涅	Mnemosyne
摩耳甫斯	Morpheus
摩伊拉	Moirae
墨曾提乌斯	Mezentius
墨尔波墨涅	Melpomene
墨伽拉	Megara
墨该拉	Megaera
墨拉尼翁	Melanion
墨兰波斯	Melampus
墨勒阿格洛斯	Meleager
墨利刻耳忒斯	Melicertes
墨洛珀	Merope
墨涅拉俄斯	Menelaus
墨诺叩斯	Menoeceus
墨丘利	Mercury
墨塔涅拉	Metaneira
穆尔基柏耳	Mulciber
穆宁	Munin
穆斯佩尔海姆	Muspelheim

N

那基索斯	Narcissus
那伊阿得	naiad
纳克索斯	Naxos
奈迈阿	Nemea
南娜	Nanna
瑙西卡	Nausicaä
尼俄柏	Niobe
尼弗尔海姆	Niflheim
尼诺斯	Ninus
尼索斯	Nisus
倪萨	Nysa
涅俄普托勒摩斯	Neoptolemus
涅斐勒	Nephele
涅琉斯	Neleus
涅墨西斯	Nemesis
涅普顿	Neptune
涅柔斯	Nereus
涅瑞伊得	Nereid
涅斯托耳	Nestor
涅索斯	Nessus
宁芙	nymph
努马	Numa
努门	Numina
诺恩	Norn
诺托斯	Notus
女先知	Sibyl

O

欧佛洛绪涅 Euphrosyne
欧克西涅 Euxine
欧罗巴 Europa
欧洛斯 Eurus
欧律阿罗斯 Euryalus
欧律狄刻 Eurydice
欧律克勒亚 Eurycleia
欧律诺墨 Eurynome
欧律斯透斯 Eurystheus
欧律托斯 Eurytus
欧迈俄斯 Eumaeus
欧墨尼斯 Eumenis
欧忒耳珀 Euterpe

P

帕耳卡 Parcae
帕福斯 Paphos
帕克托罗斯 Pactolus
帕拉斯·雅典娜 Pallas Athena
帕莱蒙 Palaemon
帕勒斯 Pales
帕里斯 Paris
帕利努洛斯 Palinurus
帕纳索斯 Parnassus
帕忒诺派俄斯 Parthenopaeus
帕特洛克罗斯 Patroclus
帕特农 Parthenon
帕特诺斯 Parthenos
帕西法厄 Pasiphaë
潘 Pan
潘达洛斯 Pandarus
潘狄翁 Pandion
潘多拉 Pandora
彭忒西勒亚 Penthesilea
彭透斯 Pentheus
蓬托斯 Pontus
皮埃里亚 Pieria
皮埃罗斯 Pierus
皮格马利翁 Pygmalion
皮拉 Pyrrha
皮拉得斯 Pylades
皮拉摩斯 Pyramus
皮罗斯 Pylos
皮洛斯 Pyrrhus
皮特透斯 Pittheus
皮同 Python
珀耳迦摩斯 Pergamos
珀耳塞福涅 Persephone
珀耳修斯 Perseus
珀伽索斯 Pegasus
珀里厄瑞斯 Perieres
珀里图斯 Pirithoüs
珀利阿斯 Pelias
珀利翁 Pelion

珀琉斯	Peleus
珀罗普斯	Pelops
珀纳忒	Penates
珀涅罗珀	Penelope
珀纽斯	Peneus
珀瑞涅	Pirene
普勒阿得	Pleiad
普里阿波斯	Priapus
普里阿摩斯	Priam
普路同	Pluto
普罗米修斯	Prometheus
普洛克里斯	Procris
普洛克涅	Procne
普洛克儒斯忒斯	Procrustes
普洛塞庇娜	Proserpine
普洛忒西拉俄斯	Protesilaus
普洛透斯	Proteus
普萨玛忒	Psamathe
普绪刻	Psyche

Q

丘比特	Cupid

R

如尼文	Rune
瑞亚	Rhea

S

萨尔摩纽斯	Salmoneus
萨拉米斯	Salamis
萨梯洛斯	satyr
萨图耳努斯	Saturn
塞勒涅	Selene
塞洛伊人	Selli
塞米拉米斯	Semiramis
塞墨勒	Semele
塞壬	Siren
塞斯托斯	Sestus
色雷斯	Thrace
色萨利	Thessaly
鼠神	Sminthian
斯巴达	Sparta
斯芬克司	sphinx
斯卡曼德洛斯	Scamander
斯开亚	Scaean
斯科纽斯	Schoeneus
斯刻戎	Sciron
斯库尔德	Skuld
斯库拉	Scylla
斯莱泼尼尔	Sleipnir
斯忒洛珀	Sterope
斯提克斯	Styx
斯廷法罗斯	Stymphalus
索吕米人	Solymi

索谟努斯 Somnus

T

塔耳珀亚 Tarpeia
塔利亚 Thalia
塔罗斯 Talus
塔纳托斯 Thanatos
塔塔洛斯 Tartarus
塔宇革忒 Taygete
台伯 Tiber
坦塔罗斯 Tantalus
陶里人 Taurian
忒拜 Thebes
忒耳弥努斯 Terminus
忒耳普西科瑞 Terpischore
忒拉蒙 Telamon
忒勒玛科斯 Telemachus
忒弥斯 Themis
忒弥斯克律拉 Themiscryra
忒弥斯托 Themisto
忒柔斯 Tereus
忒瑞西阿斯 Teiresias
忒斯庇埃 Thespiae
忒梯斯 Tethys
忒提斯 Thetis
忒修斯 Theseus
特里普托勒摩斯 Triptolemus
特里同 Triton
特洛斯 Tros
特洛伊 Troy
特摩罗斯 Tmolus
梯厄斯忒斯 Thyestes
梯林斯 Tiryns
提丢斯 Tydeus
提尔 Tyr
提丰 Typhon
提洛 Delos
提斯柏 Thisbe
提坦 Titan
提托诺斯 Tithonus
提西福涅 Tisiphone
缇洛 Tyro
廷达瑞得斯 Tyndaridae
廷达瑞俄斯 Tyndareus
透刻洛斯 Teucer
图耳努斯 Turnus
托阿斯 Thoas
托尔 Thor

W

瓦尔哈拉 Valhalla
瓦尔基里 Valkyrie
维奥蒂亚 Boeotia
维尔丹迪 Verdandi

维耳比乌斯	Virbius
维耳图谟努斯	Vertumnus
维纳斯	Venus
维斯塔	Vesta
卫城	Acropolis
翁法勒	Omphale
沃登	Woden
沃尔松	Volsung
乌尔德	Urda
乌拉尼亚	Urania
乌拉诺斯	Ouranos

X

西得洛	Sidero
西顿	Sidon
西尔瓦努斯	Sylvanus
西格弗里德	Siegfried
西格蒙德	Sigmund
西格妮	Signy
西古尔德	Sigurd
西勒尼	Sileni
西勒诺斯	Silenus
西米里人	Cimmerian
西摩厄斯	Simois
西尼斯	Sinis
西农	Sinon
西塞罗	Cicero
西绪福斯	Sisyphus
希波达墨亚	Hippodamia
希波克瑞涅	Hippocrene
希波吕塔	Hippolyta
希波吕托斯	Hippolytus
希波墨冬	Hippomedon
希波墨涅斯	Hippomenes
希俄斯	Chios
希格恩	Sigyn
希墨洛斯	Himeros
辛菲奥特利	Sinfiotli
许阿得	Hyad
许阿金托斯	Hyacinthus
许德拉	Hydra
许拉斯	Hylas
许门	Hymen
许珀耳玻瑞亚人	Hyperborean
许珀耳谟涅斯特拉	Hypermnestra
许珀里翁	Hyperion
许普西皮勒	Hypsipyle
叙拉古	Syracuse
叙谟普勒伽斯	Symplegades
绪任克斯	Syrinx

Y

雅努斯	Janus
亚历山大	Alexander

亚马逊人	Amazon
亚细亚	Asia
伊阿珀托斯	Iapetus
伊阿宋	Jason
伊阿索斯	Iasus
伊奥尼亚	Ionian
伊比科斯	Ibycus
伊达	Ida
伊达斯	Idas
伊俄	Io
伊俄卡斯忒	Jocasta
伊俄拉俄斯	Iolaus
伊俄勒	Iole
伊菲革涅亚	Iphigenia
伊菲克勒斯	Iphicles
伊菲墨狄亚	Iphimedia
伊菲斯	Iphis
伊格德拉西尔	Yggdrasil
伊卡里俄斯	Icarius
伊卡洛斯	Icarus
伊克西翁	Ixion
伊里斯	Iris
伊利里亚	Illyria
伊利索斯	Ilissus
伊罗斯	Ilus
伊米尔	Ymir
伊纳科斯	Inachus
伊诺	Ino
伊萨基	Ithaca
伊斯墨涅	Ismene
伊特鲁里亚	Etruria
伊提斯	Itys
尤利西斯	Ulysses
约顿海姆	Jötunheim

Z

仄费洛斯	Zephyr
仄忒斯	Zetes
仄托斯	Zethus
宙斯	Zeus
朱庇特	Jupiter
朱诺	Juno
诸神的黄昏	Ragnarok

图书在版编目（CIP）数据

希腊罗马神话全书 / (美) 伊迪丝·汉密尔顿
(Edith Hamilton) 著 ; 王爽译. -- 长沙 : 湖南文艺出
版社, 2023.4
（幻想家）
书名原文: Mythology
ISBN 978-7-5726-0422-5

Ⅰ. ①希… Ⅱ. ①伊… ②王… Ⅲ. ①神话－作品集
－古希腊②神话－作品集－古罗马 Ⅳ. ①I17

中国版本图书馆CIP数据核字(2021)第209295号

本书根据 *Mythology: Timeless Tales of Gods and Heroes*（Blackdog & Leventhal Publishers，2017）翻译，内文插图出自 *Mythology*（Little, Brown and Company，1942），插图作者为美国插画家斯蒂尔·萨维奇（Steel Savage，1898—1970）。

幻想家

希腊罗马神话全书

XILA LUOMA SHENHUA QUANSHU

著　　者：〔美〕伊迪丝·汉密尔顿　　**译　　者**：王　爽
出 版 人：陈新文　　**责任编辑**：吴　健　　**封面插画**：陆文津
装帧设计：Mitaliaume　　**内文排版**：钟灿霞　钟小科

出版发行：湖南文艺出版社（长沙市雨花区东二环一段508号 邮编：410014）
印　　刷：恒美印务（广州）有限公司
开　　本：880 mm×1230 mm 1/32　　**印　　张**：14.25　　**字　　数**：315千字
版　　次：2023年4月第1版　　**印　　次**：2023年4月第1次印刷
书　　号：ISBN 978-7-5726-0422-5　　**定　　价**：78.00 元